KB181123

趙世用 教授 近影

左로부터 손녀 銀娥, 장손자 鍾玟, 큰며느리 李允銑, 장남 潤增, 아내 文春燮, 차남 明增, 둘째 며느리 金庭任, 본인, 3남 琦增, 손자 勳鍾, 셋째 며느리 朴美燕

손자 鍾賢(明增의 장남)

손자 鍾遠(明增의 차남)

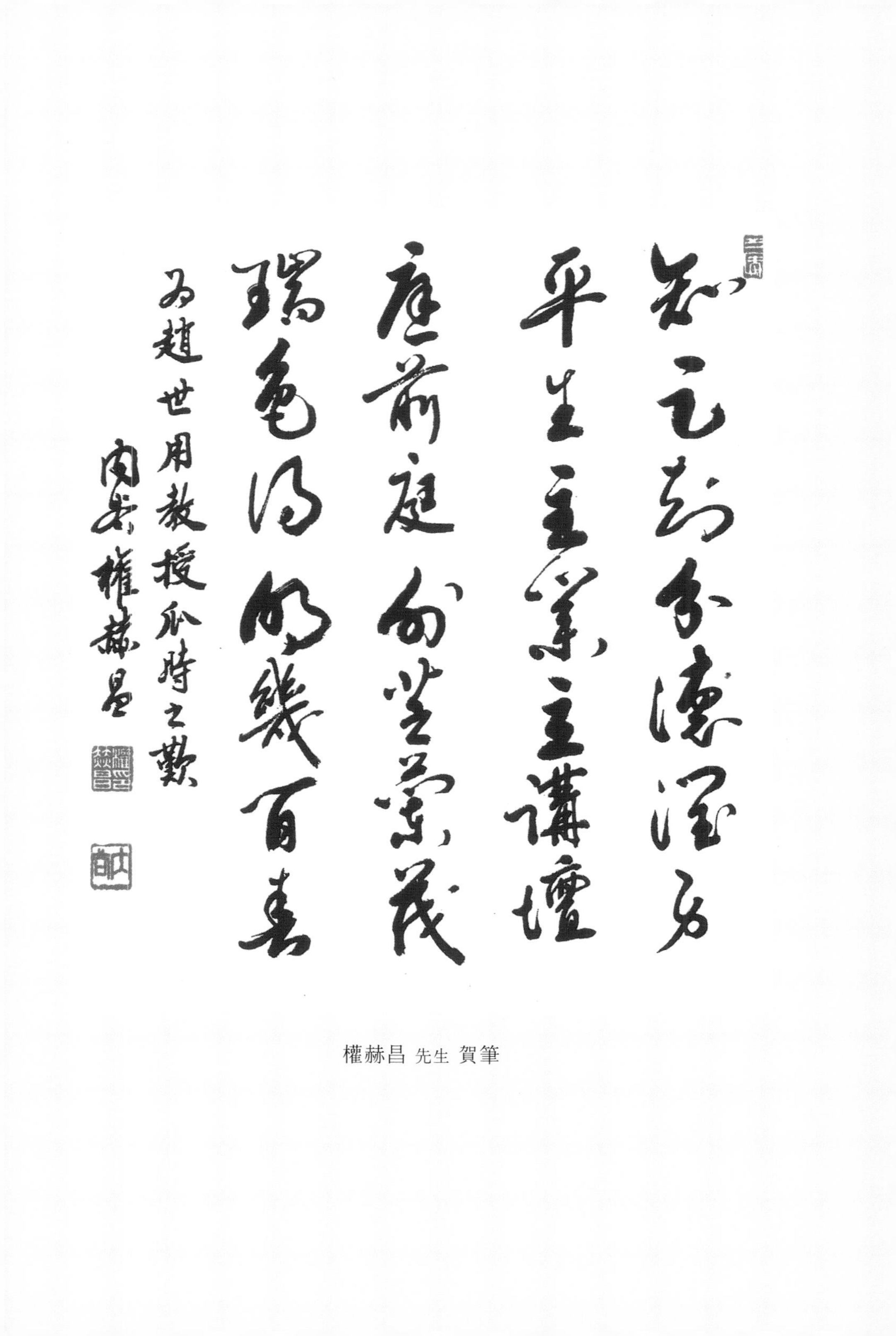

權赫昌 先生 賀筆

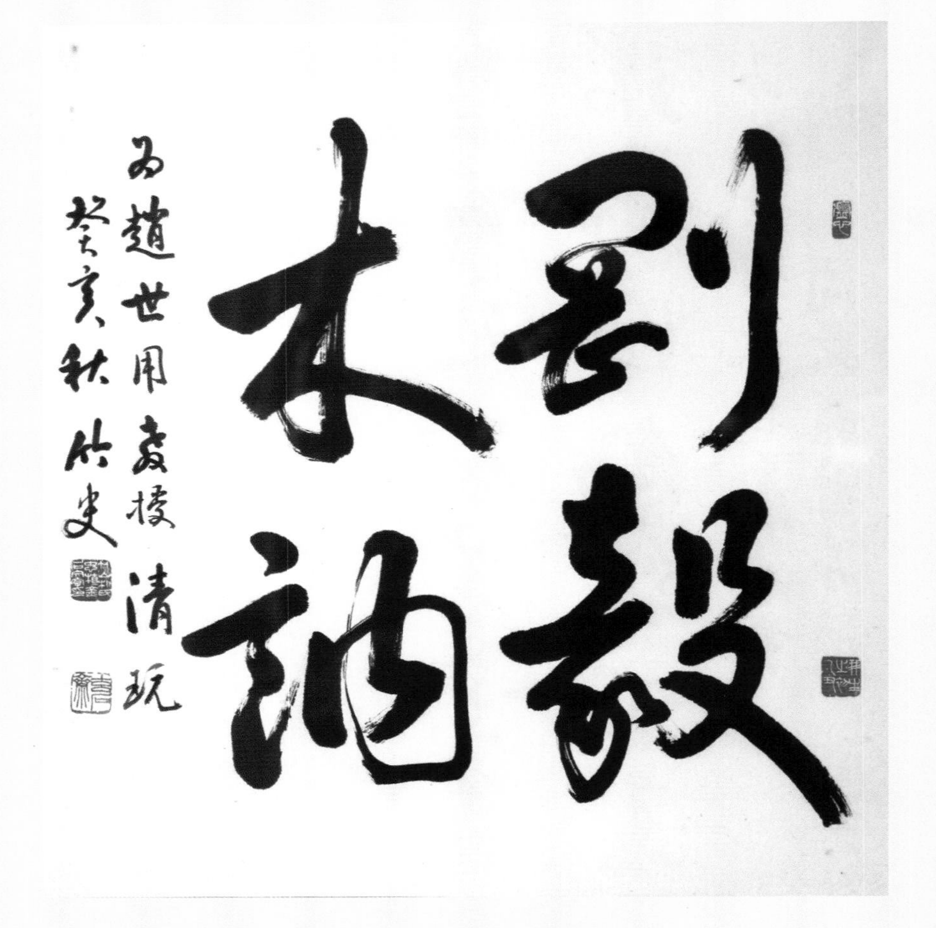

朴忠植 先生 賀筆

凡事感謝
聖靈充滿

壬辰秋 宇觀 金鍾庠

金鍾庠 先生 賀筆

李眞心 畫伯 賀畫

成淑濟 畫伯 賀畫

金英玉 畵伯 賀畫

한뫼 晶峯 趙世用 教授 傘壽紀念文集

그리움은 잉걸불처럼

趙 世 用 著

국학자료원

한뫼 晶峯 趙世用 教授 傘壽紀念文集

그리움은 잉걸불처럼

趙世用 著

국학자료원

책 머리에

『한서(漢書)』 소무전(蘇武)에 '사람의 한평생이란 아침에 맺혔다가 이내 사라지는 이슬과 같다(人生如朝露).'라고 기록되어 있는 것처럼 참으로 덧없는 건 세월이요, 허무한 건 우리네 인생인 것 같다.

1936년 6월 15일(음 4월 26일) 서울 한복판인 종로구 청진동 49번지에서 출생하여 어느덧 '고희(古稀)'와 '종심(從心)'의 나이를 훌쩍 넘기고 기쁘게 인생을 정리할 수 있다는 희수(喜壽)의 나이를 지나 인생 종착역에 가까운 산수(傘壽)의 나이에 이르렀으니 말이다.

2001년 8월 나는 34년간 학문을 연구하고 제자들을 가르쳤던 정든 상아탑에서 법정년(法定年)을 다 마치고 물러나서 제2의 인생로를 찾다가 2005년 『문학예술』 봄호에 어린 시절 나에게 아름다운 꿈을 심어 준 마음의 고향인 홍은동 일대의 자연 경관을 시적 대상으로 쓴 장시 <사향(思鄕)>을 발표함으로써 문단에 정식으로 얼굴을 내밀고 열심히 시와 수필을 써 오고 있다.

인생 80년! 결코 짧지 않은 긴 세월을 살아 온 나는, 회고해 보건대 이 절 저 절을 전전(輾轉)하다가 제대로 밥도 얻어 먹지 못한 두절개처럼 초지일관(初志一貫)한 삶을 살지 못하고 문학의 세계와 학문의 세계를 넘나들며 이리 기웃 저리 기웃거리다가 어느 하나를 뚜렷하게 이루지 못한 실패한 삶을 살아 온 것 같다.

그러나, 이제 나는 인생 황혼길에 접어들면서 그 동안 쌓아 온 학문적 족적물(足跡物)과 문학적 족적물 중 어느 한 쪽만이라도 정리해야겠다는 생각이 들어, 초라하지만 문학적 족적물 가운데 이미 발표했던 작품들을 솎아내어 다시 퇴고(推敲)한 작품들에다 미발표된 작품들을 덧보태어 『그리움은 잉걸불처럼』이라는 제목의 산수(傘壽) 기념 문집을 상재(上梓)하기에 이르렀다.

제1부는 시부(詩部)로 여기에는 2005년 『문학예술』 봄호를 통해 정식으로 문단에 등단하기 이전에 창작한 약 20여편의 시편들과, 정식 등단 이후 펴낸 『봄 그리는 마음(새미, 2005)』, 『내 마음의 봄은(신우, 2006)』, 『그 물개 솔밭길 걸으며(월간문학, 2006)』, 『산막이 옛길을 따라(문학예술, 2012)』 등 4권의 시집 속에 수록된 300편 가까운 시편들 가운데 절반 정도를 솎아내고 퇴고(推敲)한 시편에다 최근작 약 20여 편을 덧보탠 시편들로, 내용별로 분류하면 다음과 같다.

1. 에 수록된 시편들은 모두 '신의 예술(A. 단테)'인 자연을 시적 대상으로 쓴 것들이다.

2. 에 수록된 시편들은 내 마음 속에 영원한 잉걸불로 남아 있는 그리움과 향수(鄕愁)를 주제로 한 것들이다.

3. 에 수록된 시편들은 참다운 삶의 길을 노래해 본 것들이다.

4. 에 수록된 시편들은 암울한 현실과 국가의 장래를 고뇌(苦惱)한 일종의 현실 참여시요, 우국시(憂國詩)다.

5. 에 수록된 시편들은 유서 깊은 곳을 찾아 국내 여행을 하면서 보고 느낀 바를 노래한 국내 기행시들이다.

6. 에 수록된 시편들은 해외 여행을 통해서 보고 느낀 바를 노래한 기행시들이다.

제2부는 산문부(散文部)로 2001년 정년 퇴임 기념 시문집『살며 생각하며(새미, 2001)』에 수록된 수필들과 2009년에 펴낸 제2수필집『가게 기둥에 立春(새미, 2009)』에 수록된 수필 및 평론들을 솎아내고 다듬은 것에다 최근에 발표한 작품들을 한데 묶어 다음과 같이 분류하였다.

가. 수필

1. 에 수록된 수필들은 경수필류의 미셀러니들이다.

2. 에 수록된 수필들은 중수필류의 에세이들이다.

3. 에 수록된 작품들은 학문과 문학을 접목(椄木)시켜서 쓴 새로운 형식의 어원(語源) 수필로, 대체적으로 전반부는 경수필, 후반부는 중수필 형식으로 되어 있다.

4. 에 수록된 작품들은 광의의 수필 영역에 들어가는 서간문과 기행문들이다.

나. 평론, 평설

연전에 발표한 바 있는 <시적 대상에 대한 인식의 오류>라는 제목의 평론과 최근에 쓴 <'시다운 시' 창작을 위한 나의 관견(管見)>이라는 제목의 평론 및 성동제 시인의 시조집『길마가 무겁기로』에 대한 평설 <분출(噴出)된 육성(肉聲)의 언어들>이라는 제목의 평설이다.

끝으로, 인생 팔십 두절개의 삶을 살아온 우생(愚生)이 남긴 이 글들이 독자들에게 자양분(滋養分)이 될 수 있는 하나의 작은 밀알이 되었으면 하는 바람으로 감히 이 책을 세상에 내놓는다.

2015년 신록의 계절에

한뫼 晶峰 趙世用

차 례

// 2. 영각의 소리 //

// 3. 삶의 노래 //

// 4. 봄 그리는 마음 //

// 5. 길 따라 골골샅샅 //

// 6. 바다 건너 만릿길 //

제2부 산문(散文)

(가) 수필

// 1. 그때 그 시절 //

// 2. **가을이 오는 길목에서** //

// 3. 말의 뿌리를 찾아서 //

// 4. 서간문, 기행문 //

(나) 평론, 평설

제1부 시(詩)

// 1. 아름다운 자연 //

봄 비

봄비는
봄을 윙크하는
여인의 방긋한 미소

대지를 촉촉이 적시면
나무들은
기쁨에 겨워
파릇한 날개 퍼득여
새순을 낳는다

봄비는
봄문을 여는
여인의 해맑은 눈빛

앞마당에 자목련
뒷마당에 개나리
꽃망울 터뜨려
상큼한 미소 짓는다.

봄의 교향악

광교산 계곡
살포시 적시는 봄비에

차돌얼음 녹는 소리
갯버들 웃는 소리
복수초 꽃망울 터뜨리는 소리
자목련 익어가는 소리
홍매화 눈 속에서 방긋 웃는 소리

소리
소리
소리들

여기서
저기서
앞 다퉈
봄을 노래하고 있네.

봄이 타고 있네

봄이 타고 있네
광교산 시루봉 산마룻길
두견이(杜鵑-) 토한 핏물인가

상큼한 연두옷 갈아입은
나뭇잎 사이사이

여기도 한 다발
저기도 한 다발

연분홍 진달래
화알활 화알활
불타고 있네

봄이
하하하
파안대소(破顔大笑) 웃고 있네.

섬진강(蟾津江)의 봄

마이산 남쪽
진안 팔공산 중턱

데미*샘에서 토해낸 물줄기는
임실 갈담에서 잠시 쉬었다가
순창 오수천, 곡성 요천을 거쳐
구례 보성강, 서시천되어 흐른 뒤

백운산 감돌아
하동, 광양만으로 들어가는
육백리 두꺼비강* 섬진강의 봄은

남도 광양 매화 마을
선혈 동백꽃 사이
백매화, 청매화
콧끝으로 스며드는
은은한 향기로부터 와서

저 멀리 지리산 한 자락
구례 산동마을
황금빛 산수유 뭉게구름
모락모락 피운 다음

하동 화개장터
강변 십리 벚꽃길 벚꽃
진달래, 개나리, 목련화
얼굴 마주보며
흐드러지게 한바탕 웃다가

농익은 꽃비되어
어깨춤 들석이며
서나서나 떨어진다.

* '큰 덩어리', 또는 '산봉우리'의 전라 방언. 표준어는 '더미'임.
* 전래 민담에 의하면, 고려 우왕 11년(1385) 왜구가 침략했을 때, 수많은 두꺼비가 갑자기 나타나 일시에 울어 왜구들이 놀라 도주했다고 함. 이후 이 강의 이름을 '두꺼비강', 또는 '두꺼비 섬(蟾)'자가 들어간 '섬진강(蟾津江)'으로 불렀다고 함.

외도(外島)의 봄

넘실대는 검푸른 파도
아름다운 기암절벽
우거진 나무와 꽃향

이로 하여
세 번 취한다는
거제도 막내 동백섬 외도엔

어느 새
봄이 살그미 기어 와
천릿길 뭍의 나그네
보타니아 향기 콧끝을 적시고

능수매화 꽃망울 알알이 터져
수즙은 선홍색 속살
눈을 놀라게 하는데

영춘화 크로커스는
노오란 꽃물 토하며
4월의 꽃
튤립, 히야신스, 후리틸리아
새순을 부르고 있었다.

들꽃 미소

방죽 너머 허허로운 들판에서
한가로이 풀 뜯는 황소도
더위 먹어 권태로운
한여름 한낮에

안개구름 꾸물거리다
너르푸른 창공으로
날아가 버린

덕유산 향적봉 중봉에 이르는 산릉은
찬란한 들꽃 낙원

주황색 꽃길 따라 걷노라면
말나리, 큰물레나물, 털쥐송이, 물봉선……

여기 저기
함초롬 피어

신비한 미소로
산행하는 나그네
발길 휘어잡누나.

해바라기꽃

한여름 지난
동구 밖 순이네 집
울타리 너머엔

태양신 아폴론을
사모하다 서러워 죽은
님프의 영혼
해바라기꽃 한 그루

기다림에 지쳐 목이 길어졌나
태양을 우러르다 키가 커졌나

열두 자 해바라기 줄기 끝엔
선황색 설상화(舌狀花)
황갈색 통상화(筒狀花)

태양을 그리다 태양을 닮아버린
해바라기꽃 한 송이
낮잠을 자고 있다.

달맞이꽃

바늘꽃과 두 해살이
달맞이꽃은
바람난 여인처럼
해거름 무렵부터
얼굴에 노오란 분 바르며
부산떨다가

살며시 장지문 열고
문 밖을 나와
동산 저 너머
깊은 잠에 취해 있는
달을 향해
야래향(夜來香) 풍기며
야릇한 미소를 보낸다.

피울음 소리

두견이(杜鵑－)*는
무슨 사연 있기에
진달래꽃 피는 봄
적막한 골짜기에서
한낮 피를 토하며
저리도 구슬피 우는가

무심코 별령(鱉靈=令)*에게
선위(禪位)했던 왕좌가
그렇게도 아쉽고 애석했던가

귀촉귀촉 불여귀
애절히 우짖는 피울음소리
곡간(谷澗)을 메아리치며
울퍼져 날아가네.

* 뻐꾸기처럼 생긴 주행성 두견이과 새. 흔히 우리나라 시가(詩歌)에서 올빼미과에 속하는 야행성 새인 '소쩍새(=접동새)'와 동일시하고 있는 경향이 있는데 이는 큰 오류임.
* 치수(治水)의 공으로 촉왕(蜀王) 두우(杜宇)로부터 왕위를 선위(禪位)받은 사람. 개명제(開明帝)라고도 함.

가을을 밟으며

'바람이 몸에 스며든다
시몬, 너는 좋으냐
낙엽 밟는 소리가……'
구르몽의 <낙엽> 읊조리며

누우런 잎
빠알간 잎
노오란 잎
잎, 잎, 잎……………

눈물처럼 우수수
떨어져 쌓인
호숫가 낙엽길 걷는데

어디선가 불어오는
싸늘한 칼바람에
가을이 굴러
호수를 적시네.

가을은

가을은 빛깔이다
한여름 산야의 갈매빛 나무들
무슨 사연 있기에
색바람 부는 날부터
시나브로 생기를 잃고
붉노란 색으로 얼굴을 바꾸는가

가을은 향기다
길섶에 다소곳 앉아
창백한 미소로 눈짓하는 들국화,
그리운 임 기다리다 지친 듯
한들거리는 순정의 꽃 코스모스,
이룰 수 없는 사랑의 아픔으로
숨어 피는 상사화(相思花)……
이들이 뿜어대는 꽃향과
썩어가는 낙엽향은
신(神)이 내린 축복이 아니런가

가을은 소리다
바람에 우르르 낙엽 구르는 소리,

바람에 흐느껴 울어대는 갈대 소리, 억새 소리,
다정한 연인들 사랑 속삭이는 소리,
고샅길 섬돌에서 울어대는 귀뚜라미 소리,
소리, 소리, 소리……
가을은 소리의 풍년이다

가을은 종합예술이다
색향(色香)에 소리가 어우러진.

낙엽무(落葉舞)

가을 끝자락
가년스레 서 있는 나무들은

한 줄기 바람에도
무엇이 그리 서러운지
장대비 눈물을

도시에 포도(鋪道) 위에
어느 이름 모를
산사(山寺) 조붓한 오솔길 위에

가림없이
후루룩 후루룩
쏟아 붓는다

진주홍 단풍잎, 진황색 은행잎
황갈색 떡갈나뭇잎, 사시나뭇잎

거역할 수 없는
조락(凋落)의 슬픔들이
고독한 춤을 추며……

피아골 단풍

지리산[←-智異山] 반야봉에서
연곡사에 이르는 계곡
돌피밭 고을
피아골 가을은

빨치산이 흘린 핏물인가
토벌 병사의 핏물인가

가파른 산비탈도
계곡을 휘틀어 흐르는 물도
온통 선홍색이라

산행하는 나그네
얼굴도 태우고
마음마저 태우네.

만추(晩秋)

단풍이 질러 논 찬란한 불길
어느덧 오갈든 패잔병되어
파르르 흑흑 파르르 흑흑
오열(嗚咽)하고 있다

왜일까
영고성쇠(榮枯盛衰)가 다 자연의 섭리요
하늘의 뜻이 아니던가

올 한 해 끝자락
흘러 간 나의 시간들
되씹어 보니

세월이 피워 논
하이얀 낙엽들
무정한 낙화되어
어디론가 사라져 버렸고
주인 잃은 공산(空山)만
번쩍이고 있었다.

얼음꽃

유명산(有明山) 춘삼월 칼바람은
봄을 시샘하는 듯
산을 오르는 나그네
빰을 때리고
귓불을 할퀸다

봄비 살갑스레 젖은
검누런 낙엽 밟으며
산을 오르는데

막 눈뜨려던 진달래 꽃망울
봄비 머금다 얼어 버린 얼음꽃
날카로운 칼날되어
투명하게 번득인다

세 갈래 당파창(鐺鈀槍)
네 잎 클로바
이름 모를 들국화

천태 만염(千態萬艶)이요
조물주의 찬란한 성찬(盛饌)이다.

눈꽃

휘휘 늘어진 솔가지
가지 가지마다
저리도 많은 천년학
어디서 날아 와
좌선(坐禪)하고 있는 걸까

학의 날갯빛는 희파랗게 빛나
어찌 보면 백합꽃이요
어찌 보면 목화꽃이다

숨소리만 내어도 어디론가
날아가 버릴 것만 같은 눈꽃은
아무런 방향(芳香)도 없이
거기 그렇게 앉아 있었고

속진(俗塵)에 찌든 나그네
만져 보고 싶은 욕망일랑
아예 허공에 날려 버리고

숨소리 땅에 묻고
기도하는 심정으로
그냥 바라보고만 있었다.

해돋이

동녘 수평선 저 너머
항 같은 불덩이 하나

널푸른 바다
칠흑의 허공
화알활
불태우며

달마대사(達磨大師) 웃는 얼굴
확—
앞으로 다가온다.

반포조(反哺鳥)

소나무 삭정이 위
먹물새 까마귀 한 마리

무엇이 그리 슬퍼
아침에도 까악까악
저녁에도 까악까악
온종일 울음 우는가

겉 검어 속까지 검게 보려는
사람들의 오판이
못내 서러워 우는가

반포효(反哺孝)하려 해도
받을 이 없어
서글퍼 우는가

뒷산 검드레산 까마귀는
오늘도
그렇게
마냥 울기만 한다.

군무(群舞)

금강 하구둑 서산(瑞山) 천수만
수십만 마리 가창오리떼

어지러이 흩날리는 눈발 반기며
폭풍 전야의 잠든 바다처럼
조신하게 앉아 있다

아, 그 누구런가
해거름의 적막을 깨고
첫 번째 날개짓하며
서녘 하늘로
비상(飛翔)한 새는

청둥오리인가
흰뺨검둥오리인가

하늘을 덮은 새떼
거대한 태산되었다간 용되고
다시 긴긴 강물되어

어디론가
훠얼훨 훠얼훨
날아가고 있었다.

// 2. 영각의 소리 //

고향 그리워

샛바람 동풍 건듯 불어오는 봄이 오면
살구꽃 개나리꽃 진달래꽃
여기도 한 다발
저기도 한 다발
산과 들 화들짝 웃음꽃 피고

마파람 훈풍(薰風) 불어오는 여름이 오면
북한산 동남쪽 계곡에서
꿀럭꿀럭 솟구쳐 흐르는 벽계수
세검정 너럭바위 감돌아
무자맥질하며 신명떨던 곳
홍제천되어 흐르고

색바람 상풍(商風) 불어오는 가을이 오면
앞산 인왕산
바위틈 비집고 휘우듬 벋어나온 낙락장송
점점이 선혈을 뿌리며 서 있는 단풍나무
샛노란 물감 뒤집어쓴 은행나무

붉노란 크레파스로 뭉갠 떡갈나무, 사시나무, 가문비나무
빛깔의 성찬 한 폭 그림되고

뒤울이 삭풍(朔風) 불어오는 겨울이 오면
희파란 백설 어지러이 흩날리며
온 산하 휘덮어
귀천도 미추(美醜)도 사라진
삽살개 뛰노는 은세계되지

사시사철 그토록
아름다운 풍광을 토해 내고
전설을 지어냈던
전원마을 내 고향 홍제원은
황소가 암소 그리는 영각의 소리처럼
잉걸불되어 피어 오르는데

지금은
홍제천 덮씌운 그 위
배를 가른 고가도로 위에선
생존의 시간을 싣고 어디론가 질주하는
무수한 문명의 잔해(殘骸)들이
고통의 소리를 지르고 있어
하늘을 울리고
내 가슴을 찌르고 있다.

가을이 남기고 간 언어

마지막 8교시 수업이 막 끝난
오후의 텅 빈 교정
오늘의 막차인 듯싶은 스쿨버스는
검은 연기를 토하며
어디론가 미끄러져 가는데

하루 종일 청신경을 괴롭혔던
확성기 목소리의 주인공도
휴화산 속으로 잠시 은둔해 버린
적막의 공간에는
한낮에 남긴 구호의 파편과
쓸쓸한 낙엽들만이
저녁 노을에 불타고 있었다

잠시후 찾아올 칠흑의 어둠이
찬란한 주홍빛을 삼켜 버리기 전
이 고독한 시간에
오라 반기는 곳도
꼭 가야만 할 곳도 없는데

나는
왜
이렇게 창가에 기대어
사색의 늪에 빠져 있는 걸까

가슴을 활짝 열어젖히고
도란도란
자유, 정의, 진리를 이야기할
따스한 언어가
진정으로 애타게 그립다.

노루목 낭만

달래강 옆에 끼고
수안보(水安堡) 길 굽돌다

노루목에 이르니
아름다운 강기슭

열두 폭 병풍 산수화되어
길손 발길 멎게 하네

메기 매운탕에
한 잔 술 기울이니

얼굴은 붉어지고
기분은 풍선되어

벙어리 곰보 아줌마
미인으로 다가오네.

우스터 공원* 벤치에 앉아

미시간 주 앤 아버
모슬레이 산책로를 굽돌면

푸르른 초록 잔디 우스터 공원이
어제와 똑같은 모습으로
이국(異國)의 나그넬 반겨 맞는다

벤치에 앉아 붉게 물든
서녘 하늘을 우러르면

조국의 아름다운 산하가
눈에 아른거리고
보고픈 얼굴, 얼굴들이
모락모락 피어 오른다.

* 미국 미시간 주 앤 아버(Ann Arbor) 근교에 있는 공원.

영각*의 노래

그건
머나먼 그 옛날
내 어린 시절

북한산 동남쪽 계곡에서
토해낸 벽계수
세검정(洗劍亭) 감돌아
홍제천되어 흐르고

방죽 너머 논밭
철 따라 각기 다른
한 폭 산수화 그려냈던
동화 속 고향 그리는
구슬픈 노래요

그건
내 젊음의 시절

혼탁한 속세의 강을 피해
백류(白流)의 강가에서
한 마리 학이 되어
청자연적(青瓷硯滴)의 삶 살고자 했던

순백의 꿈 그리는
처절한 열망의 노래다.

* 암소를 찾는 황소의 울음소리.

죽록원(竹綠院) 길 걸으며

늘 푸르곧은
사군자(四君子)의 막내
갈매빛 대나무들
하늘을 찌를 듯
울울창창 솟아 있는
대나무 숲, 죽록원

이슬 맞고 자란 댓잎
죽로차(竹露茶) 대신
너와집 온돌방 같은
문정(文情)을 마시며

대나무 틈새로
빗살처럼 쏟아지는 햇빛
얼굴을 살랑살랑 간질이는
샛바람 죽풍(竹風)
꿈을 기원하는
어린 소녀 죽순(竹筍)
모두가 다정한 벗이요 축복이다

천릿길 달려온 사람들
손에 손 잡고

'운수 대통길' 지나
'사랑이 변치 않는 길' 걷는다
'철학자의 길' 걷는다
콧노래 부르며
신명나게 걷는다.

나목(裸木)의 소리

그토록
눈부시게 찬란했던
초록 바다

어느덧
노랗게 오갈든 패잔병되어

한 잎 두 잎
흐느끼며 어디론가
사라져 가는 오후

적막한 산사(山寺) 한 구석
벌거벗은 나무 위에선
지나간 그때 그 시절
애타게 절규하는
불여귀 귀촉귀촉
불여귀 귀촉귀촉

두견이(杜鵑-) 피울음소리
어디론가
가년스레 울퍼져
날아가고 있었다.

사라진 별 하나

어젯밤
그토록 찬란했던 별 하나
오늘 밤엔
눈 크게 뜨고 보아도
보이질 않네

이 세상
살아 있는 모든 것
언젠가는 한 가닥 추억 속으로
흐리마리 사라지고 마는 것임을
내 어찌 모르랴마는

아직도
세월을 넘어

살며시 나타난
그리운 얼굴 하나

차라리
오늘 밤 나는 한 잔 술에 흠뻑 취하고 싶다.

구두닦이 소년

까마득한 옛날
원시인들이 살았던
움막 같은 볏짚 막사 안엔

돗자리 밑 논바닥에서
온몸을 휘감도는 눅눅한 습기
발끝으로 스며드는 음산한 공기
그리고
머리를 맞대고 있는
폐병 3기쯤인 듯싶은 소녀의 기침소리

이로 인해
잠을 설친 열다섯 살 서울소년은
생존을 위한 하루의 삶을 위해
한 홉 알랑미* 깡통 죽으로 끼니를 때우고
생명통 하나
어깨에 둘러멘 채
오늘도
어제와 똑같은 모습으로

괴괴한 아침 공기 가르며
고현리(古縣里)* 고개를 힘겹게 넘는다

'오늘은

워커 구두 몇 켤레나 닦을 수 있을까?'

* '안남미(安南米=월남미(越南米))'의 속어.
* 6 · 25 한국전쟁 당시 북한군 및 중공군 포로수용소가 있었던 경상남도 거제군에 속해 있는 리.

흔적(痕迹)

아름다운 사람 앉았던 자리
백세가 흘러가도
꽃향으로 그윽하고

추한 사람 앉았던 자리
만년이 흘러가도
악취 가시지 않는다는데

어느덧
산수(傘壽)를 살아온 나의 자리는
어떤 냄새가 날까.

세월은 강물처럼 흘러

세월이 바람이었다면
불다가 쉬기라도 했으련만

어찌하여
세월은 강물되어
막대를 무지르고 가시를 뭉개어
무정스레 흐르기만 했던가

아, 어느덧
살아온 날
자랑탑 하나 세우지 못한 채
허망하게 흘러갔고

살아갈 날
몽당연필되었는데

오늘도
수평선 저 너머 술취한 태양
붉은 피 토하며
서서히 서서히
묻히고 있었다.

상사화(相思花) 연정

연초록 잎 돋아나는 봄엔
꽃을 볼 수 없고
홍자색 꽃 웃음짓는 한여름엔
잎을 볼 수 없는,

그리하여
늘 서로를 그리워하는
한 떨기 상사화는

오늘도
시들어 사라진 잎을 그리며
깊은 사색에 잠겨 있다

머잖아 사라질
자신의 운명도 외면한 채
잎만을 그린다
사랑만을 그린다

이 한여름 지나고
가을, 겨울 지나
내년에 봄이 오면
잎들도 꽃을 그릴까.

당신은

당신은
먼먼 그 옛날
내 마음속 깊은 곳에
그려져 있었던
그런 여인이었습니다

당신은
말할 때마다
얼굴이 자주 능금빛되는
수줍은 열여섯 소녀였습니다

당신은
조용히 자연을 관조하고
날카롭게 인생을 사색하면서
시 쓰기를 좋아했던
그런 여인이었습니다

당신은 정녕
내가 살아 있다는
존재의 이유를 깨닫게 해 준
포근한 어머니 젖가슴이었습니다.

낙조(落照)의 태양을 그리며

왜 나는
그대만 보면
이성(理性)도 타고
육신까지도 화알활 타오를까

어느 시인의 사랑 노래처럼
'사랑은 거대한 모순을 융화시키고
천지를 통합시키는 길을 안다'고 한,
갈등과 장애를 뛰어넘은
지순(至純)한 사랑이었기 때문일까

아니면, 단순히
그렇게도 애타게 그리던
참사랑을 만난 환희 때문일까

왜 갑자기
오늘 난
작년 봄 남도 달아공원 관해정에서

널푸른 바다에
피를 토하며 사라져 간
그대가 보고 싶어질까.

억새꽃 사랑

옷깃으로 스며드는 싸늘한 갈바람에
밀물처럼 밀려 왔다
썰물처럼 쓸려 가는
하늘공원 억새꽃 파도는

속세의 한 묻고 사는
하이얀 고깔의 여인
출렁출렁 너울너울
신음하듯 뿌리고 젖히는
장삼(長衫)의 춤사위런가

별리의 깃발 흔들고 떠난
약속한 사랑 그리다 지쳐
흑-흑-흑-
흐느끼는 몸짓이런가

오늘도 어제처럼
하늘공원 억새꽃은
그렇게 그렇게
가을을 신음하고 있었다
옛 사랑을 부르고 있었다.

가을 연가(戀歌)

우리가 처음 만났던 그날은
황갈색 낙엽이
흐느끼듯 떨어지는
늦가을 해거름 무렵이었지

산마루에 걸려 있던 태양
검붉은 피 토하며
어둠 속으로 막 사라졌고

호수 한가운데
살랑거리며 춤추던 노을도
어느새 잠들어버린
너와지붕 호숫가 카페에서

그대와 난
다정한 연인처럼
얼굴을 붉히며 마주앉아
시계바늘을 정지시킨 채
시와 인생을 토론했었지

좋은 시란
손끝으로 쓴 것이 아니요
올곧은 삶이 용해(溶解)된
몸으로 쓴 것이라야 한다고

그런 시라야
사람의 마음을 울리고
지축(地軸)을 뒤흔들
시다운 시라고
우린 서로
힘주어 말했었지

그러나, 지금
우리들의 언어가 녹아 있을
그 카페는

도시 개발의 망치소리에
가뭇없이 사라져 버렸고
싸늘한 늦가을 바람에
오갈든 낙엽만이
흐느끼고 있었다.

파도

1.
달도 별도 없는
먹물 같은 밤

하늘과 바다
입맞춤하며 서 있는
저 수평선 너머
뱃등불만 반짝이는데

철썩쿵 철썩쿵
날이 새도록
물끼리 싸우는 소리
모래언덕 할퀴는 소리

인생 고해(苦海)
헐떡이며 항해하다
멍든 가슴
쓰다듬는 소리
요란하다.

2.
동녘 하늘
새밝이 항불덩이

어둠을 태우고
두둥실 떠오르면

어느새 바다는
기쁨에 겨워
황금옷 갈아입고
덩실덩실 춤추고

바다에서 밤을 지샌
빈 배 갑판 위엔
갈매기 떼지어
동심원 그리는데

잠에서 깨어난 파도는
널펀한 모래사장을 향해
줄달음쳐 뛰어온다.

3.
바다 끝 하늘
뽀얗게 피어오른 뭉게구름
아름다운 구림꽃 그리고
여객선 한 척

검은 연기 토하며
뚜우우 뚜우우
어디론가 떠가는데

쪽빛 바다
거대한 불덩이
출렁거릴 때마다
등푸른 청룡들
이리 꿈틀 저리 꿈틀
허연 이 번득이며
학의 날갯짓으로
몰려왔다간

어느새
백발노인되어
풍비박산 사라진다.

4.
피곤한 하루
걸죽한 막걸리 한 잔 술로
달래다 지쳐버린
서녘 하늘

온통 선홍색으로
불타오르면

파도도 따라
가슴 태운 듯
선혈이 낭자하고

지친 파도는
수평선 너머로
시나브로 시나브로
사라져 간다.

호숫가에서

귓전을 간질이는
색바람 안고
그때 그날의 호숫가를 거닐면
옛 사랑이 곡두로 다가오는데

하늘에서
별이 쏟아졌나
은하수 물비늘
파르르 떨고

가을을 저으며
어디론가
떠 가는 배
헤실바실
옛 추억을 지우며
사라져 가고 있었다.

산 너머 한가윗달은

그토록 뜨거웠던
용광로 불덩이
지난 여름
흐리마리 사라지고

싸늘한 갈바람
살포시
문풍지를 흔들며
별리의 슬픔 안고
어디론가 달려 가는데

저 광교산 형제봉 머리 위
은토끼 한 마리 한가윗달은
달무리만 남겨 놓은 채
산허리를 휘돌아
어디로 갔을까.

행복이란

행복이란
어린 시절
별 하나의 추억과
그리움 녹아 있는
옛 고향 그리며
목을 축이는 커피 한 잔의 맛이다

행복이란
사랑하는 사람 둘이
어느 이름 모를 카페에서
도란도란
이야기꽃을 피우며
들이키는 맥주 한 잔의 맛이다

행복이란
그렇게
잠시 머물렀다
소리 없이 사라져 버리는
안타까움이다.

// 3. 삶의 노래 //

구름꽃

널푸른 창공에
두둥실 떠 있는
한 점 구름이
모락모락 기지개를 켜며

때론 아름다운 꽃을 피우기도 하고
때론 거대한 태산을 이루기도 하고
때론 긴긴 강물도 되어
어디론가 도도(滔滔)히 흘러가다가
홀연 실개천되어 사라지듯

우리네 인생이란
이름도 없는 벌거숭이로 태어나
한세상 살다가

언젠가는
한 마리 고독한 외기러기되어
북망산(北邙山)을 향해
꺼이 꺼이
가년스런 모습으로
사라져 간다.

고소(苦笑)

눌린 자는 웃는다
누르는 자의
등치고 간 내 먹는*
사심불구(蛇心佛口)의 위선과
오물 묻은 개
제 몸 더러운 줄 모르고
겨 묻은 개
짓눌러 모략하는 몰염치를
기가 막혀
그냥 웃는다

눌린 자는 웃는다
누르는 자의 교활한 언어
영색(令色)된 얼굴
군자연(君子然)하는 태도
역겹고 매스꺼워
그냥 웃는다.

* 겉으론 위하는 척하면서 속으론 해를 끼치는.

창 밖의 소리

창 밖의 소리
빗소린가
사람 떠드는 소린가
걸레 씹는 소린가
아니면
개 짖는 소린가

오늘도
창 밖엔
구슬픈 비가 내리고
왁자지껄
왜자기는 소리, 소리……
귀가 아프다.

새해엔

새해엔
올곧은 것 아니면
보여도 보지 못하는
청맹과니(靑盲–)되리

새해엔
말도 안 되는 이야기면
들려도 듣지 못하는
귀머거리되리

새해엔
좋은 말 아니면
말하고 싶어도
벙어리 차첩(差帖) 맡으리

새해엔
눈도
귀도
입도

모두 닫고 살으리
그렇게 살으리.

숨비소리

바닷속 그윽한 곳
골골샅샅 누비다 튀어오른
검은 인어 한 마리

망사리에 매단
태왁박새기 끌안고
휘이–
허공을 향해
내뿜는 소리는

죽음을 넘어 선
내 살아 있음의 소리요
잠시 쉬었다 가야 하는
인생길 위한
숨 고르기 소리다.

푸른 길 남기고

살점 도려낼 듯
두 뺨을 때리고
귓불을 할퀴는
겨울 바다 한가운데

깊은 오수(午睡)의 적막을 깨고
차돌 유빙(遊氷)을 가르며
지구의 정점(頂點)을 향해
푸른 길 그으며 떠가는 쇄빙선(碎氷船)은
절대로 고독하지 않다

비록
그가 가는 길이
멀고도 험할지라도

그가 남기고 가는 길은
아름다운 꿈의 길이요
푸르른 생명의 길이기 때문에.

나의 바람은

나는
누구의 초청으로
이승에 왔을까

지금까지
과연 난
무엇을 남겨 놓고
오늘을 살까

우리네 인생
누구나 이승 방문객으로 와서
잠시 머물다
언젠가는 저승 초청객으로
가뭇없이 사라지겠지만

내가 걸어온 발자국만은
영원히 사라지지 않을
향기이고 싶다
아름다운 한 폭 그림이고 싶다.

어름산이* 독백

중심봉 막대 하나에
고달픈 인생을 맡긴 채
흐느끼며 흘러가는
아라리 아리수(阿利水)* 위
가로다지 아슬한 외줄을 타고
잠자리 한 마리 춤추며 비상(飛翔)하듯
사뿐사뿐
어름산이 날아간다

불혹의 나이 갓 넘긴
죽음보다 더 고독했던
외길 30년 세월 !

그의 입에서
흘러나온 말 한 마디
—눈 깜빡할 순간
잡것에 홀려 중심 잃으면
내 인생 끝이죠

어느새
서산마루 항 같은 불덩이

검은 피 토하며
헤실바실 꼬리를 감추고 있었다.

* 남사당패의 최고의 줄꾼을 일컫는 말. 어름산이 권원태(權元泰, 41)씨의 고백을 듣고 나서 지은 시.
* 삼국시대 때 한강(漢江)의 이름. 광개토대왕 비석문 속에 나옴.

간나위* 얼굴

간에 붙기도 하고
쓸개에 붙기도 하는
간나위의 얼굴은 뻔뻔하다

어제 한 말 오늘 뒤집고
오늘 한 말 내일 뒤집을
그대는 역겨운 카멜레온

아, 그날은 언제쯤일까
도척(盜跖)의 개 범 물어 갈 날은.

* 간사한 사람이나 간사한 짓을 낮잡아 이르는 말.

강남으로 날아간 제비

작년 가을 고개 너머
강남으로 날아간 제비
산들바람 부는 봄이 와도
돌아올 줄 모르네

왜일까
매케한 가스 때문일까
뿌연 황사 때문일까
아니면 한 치 둥지틀 곳 없어서일까

가고 싶어도 갈 수 없다는 건
얼마나 서글픈 일이겠느냐
보고 싶어도 볼 수 없다는 건
얼마나 안타까운 일이겠느냐
둥지 틀고 싶어도
그럴 곳이 없다는 건
또 얼마나 비참한 일이겠느냐

강남으로 날아간 제비
타락한 세월을 원망하며
남쪽 하늘에서 맴돌다
그만 날개를 접었나 보다.

민살풀이춤

이 시대 마지막
말 알아듣는 꽃 해어화(解語花)*

김칫국물 묻을세라
명주수건 던져 버리고

빈손 뻗어 여울물 흐르듯
허공 가르는 춤사위는

술냄새, 분냄새, 눈물방울 범벅 베개 하나
훠어이 훠어이

저 망각의 언덕으로 날려 보내는,
슬픔으로 얼룩진 한(恨) 날려 보내는,
거머리 흉살(凶煞) 떨어버리는,

그런 한풀이 몸짓이다.

* 1) '말을 알아들을 줄 아는 꽃'이라는 뜻으로 미인을 두고 이르는 말. 당(唐)나라 때 현종(玄宗)이 양귀비(楊貴妃)를 두고 이른 데서 유래했음. 2) 기생(妓生)을 두고 이름. 이 시에서는 민살풀이춤 전수자인 군산에 사는 장금도(張今桃) 예인을 이름.

곡(哭), 버마재비

모르면 차라리
벙어리 호적(胡狄)만나듯
입이나 다물고 있을 것을
어찌하여 그대는
가납사니 수다떨듯
방방곡곡 쏘다니며
왁자그르 왜자기는가

진실을 알려 주는 게
그래 그렇게도
자존(自尊)을 찌르는 일이런가
아는 것을 안다 하고
모르는 것을 모른다 하는 것이
참앎*임을 그대는 어찌 모른단 말인가

오늘도
무지렁이 버마재비는
자신의 무지를 칭칭 동여맨 채
거대한 수레 앞에서
무모한 칼을 뽑는다.

* 『논어(論語)』 위정(爲政)에 '아는 것을 안다 하고 모르는 것을 모른다고 하는 것이 참다운 앎이다(知之爲知之 不知爲不知 是知也)'라고 기록되어 있음.

난파선(難破船)

어찌하여 그대는
두 번 다시 건너서는 안 될 강을
또다시 건너려 했단 말인가

돛도 찢어지고
닻도 빠져버린
그대의 몰골은
만신창이(滿身瘡痍)의 곰이다

그래도
그냥 포기하기엔 너무 아까워
찢어진 돛을 꿰매고
망가진 닻을 다시 끼워
강물 위에 띄우려 하는데

먹구름 포구(浦口)엔
마냥 기약 없는
장대비만 내린다.

사랑이란

사랑이란
애틋한 그리움이다
가까이 가면 두렵고
헤어지면 애타게 보고파지는,

사랑이란
거대한 용광로(鎔鑛爐)이다
태산의 모순(矛盾)을
모두 녹여 하나되게 하는,

사랑이란
뜨거운 태양이다
설한(雪寒)의 추위에 떨고 있는 자에겐
따뜻한 솜털이 되고
신의(信義)를 저버린 자에겐
참회의 눈물되게 하는,

사랑이란
그런 것이다.

그대는 찬란한 빛이어라

— 캐나다 4대륙 피겨스케팅 대회에서 김연아양이 우승하던 날

그대는 정녕
한 줄기 찬란한 빛이어라

오늘 하루도
어두운 삶의 고갯길을
아슬히 넘어 온
이 땅의 민초(民草)들에게
존재의 기쁨과 긍지를 심어 준
한 줄기 찬란한 빛이어라

그대는 정녕
아름다운 꽃이어라

끊일 날 없이 이 땅을 할퀴고 간
폭풍우 속에서도
죽음을 인내하며
끈지게 살아 온
이 땅의 백성들에게
또다시 일어난다는 것의 즐거움을
환한 미소로 알려 준
민족의 태양이어라.

봄 바다에 가면

아직
겨울이 조금은 남아
두 뺨을 간질이고 가는 바람
샛바람 살랑이는
봄 바다에 가면

하루 사는 것이
천근 돌덩이보다 무거운
바닷가 사람들
내일의 삶을 위해
오늘
바다에 씨를 뿌린다

무럭무럭 자라서
어서어서
어른 되어 돌아오너라
큰 놈되어 돌아오너라

봄 바다에 가면
씨 뿌리는 사람들
일손이 바쁘다.

반만년 사랑

사람은 누구나
이 세상에 태어나
한 번쯤은
누군가를 사랑하다
저승으로 간다지만

저토록 죽어서도
반만년 긴긴 세월을
두 몸이 한 몸된 사랑을 나눌 수 있을까*

저들은
이승에서 서로를
얼마나 사랑했기에

백골이 되어서도
헤어진다는 게
죽기보다 싫어

나는 당신되고
당신은 내가 되어

그렇게 그렇게
하나되어 있는 걸까

삶과 죽음을 뛰어넘은
초월적 사랑이여!
천지를 통합한
지고한 사랑이여!

* 5,000년 전 신석기 시대 때, 이탈리아 북부 만토바 인근 발다로에서 남녀가 서로 꼭 껴안고 죽은 유골로 추정됨. 당시 신문 보도에 의하면, 이들의 사망 원인이 '갑작스런 죽음', '제의적(祭儀的) 희생물', '자살을 택할 수밖에 없었던 불운한 사랑' 등 다양한 추측이 있었음.

한 발짝 뒤로 물러서면

한 발짝 뒤로 물러서면
징그러운 부라퀴도
역겨운 간나위도
보이지 않아 좋다

한 발짝 뒤로 물러서면
가납사니 지껄이는 소리
들리지 않아 좋다

한 발짝 뒤로 물러서면
여러 잡동사니
모두 보이지 않아 좋다.

마지막 불꽃

나는
강산 네 번 변한
그토록 오랜 세월
오로지 가르치는 일이 전부였던
그런 외길 인생이었다

이젠 모든 것
다 내려놓을 나이련만
나는 왜
아직도 이 일 하나만은
이렇게 노박혀 있는 걸까

누가 시켜서 하는 일도 아니요
그 무엇을 바라고 하는 일은
더더욱 아니건만.

// 4. 봄 그리는 마음 //

봄 언덕에 서서

귓불을 할퀴고
두 뺨을 때리면서
종점을 망각한 채 달려가던
지리한 겨울 뒤울이
잦아질 날 언제일까

그토록 기다렸던
춘삼월 샛바람 불어와도
봄이 봄답지 않은[*] 건 왜일까

늙은 지구의 노망 때문일까
동토(凍土)에서 들려오는
아사(餓死)의 신음소리 때문일까

그래도 오늘 난
이렇게 뒤웅스레[*]
봄 언덕에 서서
올까 말까 망설이고 있는
창백한 봄을 기다리고 있다.

* 당(唐) 나라 시인 동방규(東方虬)가 지은 <소군원(昭君怨)>이라는 시에 '봄은 왔건만 봄 같지 않구나(春來不似春)'라는 싯구가 있음.
* 보기에 뒤웅박처럼 미련스레.

예감(豫感)

봄문으로 들어서는 입춘부터
황량한 불모의 땅
고비사막 모래를 한아름 안고
파도처럼 밀려와선 모래비되어

하늘을 가리고
온 산하를 휘덮어
제대로 눈도 뜰 수 없고
숨도 쉬기 어렵구나

아—
올해도
벽계수 흐르는 개울목에
자목련, 복수초 꽃망울 익어 가고
진달래, 개나리 흐뭇이 미소짓는
그런 봄 오기는
영 틀린 것 같구나.

물안개

올해로
빛을 찾은 지
반세기가 넘었건만

저 비극의 강
임진강 강기슭 물안개
앞을 가려

연두빛 나뭇잎
사이사이
붉노란 진달래, 개나리
하이얀 백목련

화들짝
웃는 얼굴
볼 수 없어
애가 달치는지
가슴이 아리고 아프다.

그날은 언제쯤일까

그날 그 시각*
서해 백령도 남서쪽 2.5 km
경비구역 해상에서
북서쪽으로 항해하던
초계정 천안함 심장에
쿵— 쾅—
신음하듯 폭탄이 터졌다
5천만 겨레의 가슴에 폭탄이 터졌다

그 소리는
암초에 부딪쳐 찢어지는 소리도
피로 파괴*로 부서지는 소리도 아니었다

수중 폭발의 물대포*로
허리 잘린 천안함은
수많은 병사들*의
탈출에의 욕망도
생존에의 절규도
매몰차게 손사래치면서
그 옛날 심청이 눈물 출렁이는

인당수 바닷속으로
허우적 대성통곡하며
순식간에 가뭇없이 사라졌고

5천만 겨레는
이 엄청난 비극에
하 기가 막혀 말문을 닫고
허공을 향해
마른 눈물 뿌리며
침묵으로 피를 토하고 있었다

아, 먹구름 백령도 앞바다
도대체 청명한 태양이 뜰
그날은
언제쯤일까, 언제쯤일까.

* 2010년 3월 26일 오후 9시 21분 58초, 22분 두 차례.
* 선체 노후로 찢어지거나 부서지는 현상.
* 물 속에서 폭발할 때 그 압력으로 발생하는 버블 제트(bubble jet) 현상.
* 구조되지 못한 나머지 46명의 병사들.

오두산(烏頭山) 전망대에서

까마귀 머리 닮은 산
오두산 통일전망대에 오르니

끄무레한 안개 속으로
팔 뻗으면 닿을 것만 같은,
'야호!' 하고 소리치면 들릴 것만 같은,
강 건너 관산반도
죽음의 땅, 동토(凍土) 마을들이
눈물을 글썽이며 다가온다

살을 에는 된바람 불던 겨울은 가고
삼라만상(森羅萬象) 화들짝 웃음꽃피는
삼월이라 봄은 찾아 왔건만
웃음 잃은 저 강 건너 마을엔
창백한 적막만이 감도는데

어디서 날아왔을까
검독수리 한 마리
휴전선 창공을 가르며
북에서 남으로
남에서 북으로
자유로이 날고 있었다.

내 마음의 봄은

광교산(光敎山) 맷돌바위 지나
시루봉 오르는
산마루 조붓한 오솔길

두견이(杜鵑－) 토한 핏물인가
선혈의 진달래
찬란한 미소로
등산하는 나그넬
반겨 맞지만

작년 봄
금강산 삼일포(三日浦)
피다 만 진달래꽃
창백한 모습
크다 만 인민군 병사
컴컴한 모습
우뚝 우뚝 서 있는
바위 바위마다
깊붉게 음각(陰刻)된
선동 군가와 적기가(赤旗歌) 글씨
불현듯 머리에 떠올라

발길을 멈추고
망연(茫然)히
북향으로 누워 있는
형제봉 바라본다

봄은 봄이로되
나는
왜
이렇게
저 산 너머
가년스런 모습
북녘의 봄을
슬퍼하고 있는 걸까.

가슴으로 흐르는 눈물

왜 나는
산그늘 관동 팔십리
천하 명산 금강산 관광 후

북에서 남으로 내려오면서
이렇게 가슴으로 눈물을 흘리고 있는 걸까

그건
네모리노가 아디나를 향해 불렀던
애절한 연가 <남 몰래 흐르는 눈물>[*] 에서의
눈물도 아니요

그건
무지렁이 군사 독재 시절
무지막지로 쏘아대는
최루탄 개스 때문에 흘렸던
반사적 눈물도 아니요

진정 그건
어찌하여 이토록 아름다운 산하를
반세기가 지난 오늘에사 보게 되었는가라는
의문과 통한(痛恨)의 눈물이요

진정 그건
어찌하여 이토록 아름다운 산하를
깊굵은 주홍 글씨로 깊은 상처를 내었는가에 대한
가슴 에는 울분과 탄식의 눈물이다.

* 이탈리아 작곡가 G. 도니젯티(1797~1848)가 작곡한 가극 <사랑의 묘약(妙藥)>에 나오는 애절한 연가.

우린 아직도

너와 나
우린
아직도

한 핏줄 하나이면서
함께 살 집이 없다

반세기 훨씬 넘게 흘러간
별리의 시간이
어디 짧은 세월이랴

그토록
오랜 세월을
나는
반도 남쪽에서
너는
반도 북쪽에서

동족상잔의 아린 상처
눈물로 달래면서
오늘까지 살아왔어라

오늘도
짝잃은 거위 한 마리

잃어버린 얼굴 한 쪽 찾으려
꽥꽥꽥
하루 종일
남의 집 마당에서
맴을 돌고 있다.

개울목 강변엔

벌레도 봄 내음 그리워
부스스 눈을 뜬
남한강 개울목 강변엔
이름 모를 나무들

어느새
살을 에는 눈바람
다 이겨내고
몸 속엔 봄물이 흐르는지
검푸르게 휘어범은 가지
봄빛이 완연하다

아, 그날은 언제쯤일까
상큼한 연두 잎 사이로
환한 미소 머금은 내 님
수줍게 다가올 그날은.

소망(所望) 하나*

난 날개를 퍼득여
푸르른 창공을 비상(飛翔)할 자유도 없이

반백년 넘게
어둑한 철장에 갇혀
텅 빈 창자를 움켜잡은 채
살아 있다는 것이 참으로 기적인
그런 삶을 살아 왔어라

지금 내가 하 많은 세월
눈물로 얼룩진 족쇄(足鎖)를 풀고
아슬한 죽음의 강을 건너고자 함은

단순히 날고픈 자유가 그리워서가 아니라
서러움 가운데
가장 절박한 서러움 하나를
해결키 위함이어라.

* 이 시에서의 시적 자아는 두만강을 건넌 어느 탈북자임.

도라산역(都羅山驛)은

경기도 파주
←-평양 205Km→서울 56Km
도라산역 표지판은

여기가
경의선 남측 종착역이 아니요
잠시 쉬었다가
북으로 가는 중간역임을,

여기가
경의선 북측 종착역이 아니요
잠시 쉬었다가
남으로 가는 중간역임을,

여기가
남과 북을 가르는
분기(分岐)의 역이 아니요
융합(融合)의 역임을
묵시(默示)하고 있었다.

휴전선에서

여기는
'철의 삼각지대' 백마고지

조국이 빛을 찾은 기쁨
채 가시기 전에
한 핏줄 한 형제들이
서로의 가슴을 향해
총을 겨누었다는 전설이
눈발에 흩날리며 땅에 스며 있는가

아직도
피비린 내음 가시지 않은
이 비극의 고지에서

내가 이렇듯
이 밤을 지새우며
칼눈으로 너를 응시할 때

너 또한
나와 똑 같은 자세로
나를 응시하고 있을 게 아닌가

아, 우리들의 조국은 하난데
우리들의 조국은 둘이 아니고
정녕 하난데
땅을 가르고 피를 가른 너 휴전선!

어서
조국이 벌하는 단두대에 서라
민족이 벌하는 단두대에 서라.

신세계에로의 초대

2008년 2월
드보르작 <신세계> 교향곡 선율이
남과 북에서
하루 간격으로 울려 퍼졌다

남녘에서의 선율*은
새 정부 태운 배 출범을 알리고
지난 십년 동안 불그무레 절어버린
어둠의 더께를 지워버리고
새로운 세상을 여는
힘찬 도약(跳躍)의 찬가였고

북녘에의 선율*은
반세기 넘게 굳게 닫힌 동토(凍土)에서
혹독한 추위를 견디며
기적의 삶을 살아온 사람들에게
단 하루만이라도
자유민의 행복을 맛보게 한
무형의 아름다운 선물이었다

이 날

남과 북의 산하(山河)엔
유난히도 하이얀 눈이 내려
휴전선을 덮어버리고
하나된 은세계가 되어 있었다.

* 서울 팝오케스트라가 연주했음.
* 뉴욕 필하모닉 오케스트라가 연주했음.

두만강(豆滿江)의 밤

그 옛날
나라 잃은 조선의 백성들이
비록 배는 고팠지만
따뜻한 사랑 하나로
오순도순 손에 손잡고
서로의 체온을 섞으며 살고 있었던
북간도 땅에서

소금 밀수꾼 남편을
두만강 건너편으로 보내 놓고
'아하, 무사히 건넜을까
이 한밤에 남편은
두만강을 탈 없이 건넜을까'*

이렇게 조선의 아내가 애태우던
투먼(圖們) 근처
비극의 강, 두만강변에

오늘은
스물다섯 살 북조선 처녀가
살아 있어도 산 목숨이 아닌
가족의 생계를 위해

공양미 삼백 석에 팔려 갔던 심청이되어
북방 오랑캐 성노예로
단돈 5천 위안*에 팔려 가면서

총에 맞아 죽은 것 같은
젊은 여인의 시신을 넘어
허우적허우적
두만강 물살을 헤치며
조-중 국경을 넘고 있었다

아, 오늘 살아 있음이 치욕이라는 사실을
의식하는 것조차 오히려 사치인
표정 잃은 조선의 처녀들이
무수히 팔려가는 곳

투먼 근처 비극의 두만 강변은
오늘도 살을 에는 칼바람만이
나 어린 북한군 병사의 뺨을 때리고
귓불을 할퀴고 있다.

* 1925년 파인(巴人) 김동환(金東煥)의 장시『국경(國境)의 밤』제1연 첫 구절.
* 한화 약 68만원.

새해의 태양은

한바탕 파도가 춤추고 지나간
백령도 용치(龍齒)* 머리 위
다시는 기억하고 싶지 않은
저 처참했던 바다의 비극들을
모두모두 태워버리고
이글거리는 새밝이 불덩이 하나
미지(未知)의 미소를 머금고
두둥실 눈을 떴다

새해의 태양은
지난 해와 똑같이
비극을 마구 토해냈던
잔인한 태양이 될까

아니면
덧없이 반세기 넘게 앓아온
분단의 고통을
한 눈금이라도 떨어버릴
기쁨의 태양이 될까

새해 새아침
갯벌을 철벅이며 걸어가는
병사들의 걸음걸이가
오늘 따라 새삼
천근으로 보이는 건
나만의 착시(錯視)일까.

* 적 군함의 상륙을 막기 위해 군데군데 박아 놓은 쇠기둥을 이르는 군대 용어.

마라도(馬羅島) 기원

한반도 최남단
속세를 멀리 한
가족 같은 사람들끼리
오손도손 오늘을 살아가는
제주도의 막내 마라도

바람에 쓸려 왔는가
파도에 밀려 왔는가
하늘이 바다요
바다가 하늘인 것을
너는 알련만
그래도 깜냥에 뭍이라
비취빛 널푸른 초원
너울너울 춤추는데

애절한 영혼
달래려 세운 할망당(=아기업게당)*
지신(地神) 만나려는 길목엔
천신(天神) 장군바위
용오름하듯 장중히
솟아 있고

한반도의 끝이요 시작인

섬 한가운덴

백의민족 염원 담은

'統一祈願碑'

마파람 안고

북향으로

우뚝 서서

분단 반 세기를

슬퍼하고 있었다.

* 전설에 의하면 200여년 전 상모리에 거주하고 있었던 이(李)씨 부부가 아기업게(=보모)를 데리고 다른 잠수 몇 명과 조업한 후 돌아가려 했으나, 바람이 불지 않아 배를 띄울 수가 없었다. 그날 밤 나이 많은 잠수의 꿈에 신령으로부터 아기업게를 섬에 두고 가라는 계시를 받고 현 할망당에 아기업게를 그냥 내버려 두고 떠났다. 혼자 남은 아기업게는 얼마 후 굶어 죽었다고 한다. 훗날 이씨 부부는 이들의 영혼을 달래 주려고 이곳에 당을 짓고 제사를 지냈다고 함.

수종사(水鐘寺)에서

운길산(雲吉山) 중허리
굴속에서 떨어지는 물소리
종소리 같은 수종사(水鐘寺)에서
오백 살 은행나무 감아 재다
저 아래 사백 살 느티나무
두물머리 나룻터 굽보니

태백시 창죽동 금대봉골
작은 용의 못 검룡소(儉龍沼)에서
휘틀며 흘러내리다
임계천 송천을 아우르고
정선 아우라지 지나
영월 동강 거쳐 온
남 아리수(阿利水)와

내금강 옥팔봉에서
구불구불 흘러내리다
비로봉 금강천 껴안고
인제군 서화면 인제천
설악산 북천

홍천군 내린천
이들 모두를 아우르고
가평천 홍천강 거쳐 온
북 아리수는

오늘도
어제와 똑같은 모습으로
손에 손잡고
두 줄기 한 몸되어
살랑살랑 웃고 있었다
한[一, 大]강되어 춤추고 있었다.

선암(仙巖) 마을 한반도

오간재 전망대에서
남산재를 바라보면
닮아도 너무 닮은,
그러나
허리 잘린 흔적은 없는
한반도 땅이 보인다

태기산에서 흘러내리는 주천강
평창에서 달려온 평천강
손에 손잡고 하나되어

꿈틀꿈틀 굽이쳐 곡류(曲流)하는
뱀강[巳江] 서강(西江)을 여는
두메마을 선암마을엔

울울창창 짙푸른
소나무 허리에 차고
백두대간 동고서저(東高西低)
삼천리 금수강산
철조망을 걷어차고
감동으로 다가온다.

가납사니 야생마(野生馬)

잘 순치(馴致)되지 않은
가납사니 야생마 한 마리

이제 그만
천방지축(天方地軸) 날뛰기 중단하고 잠시 쉬어
오늘의 자신을 있게 해 준 사람들과
앞을 가늠할 수 없는 야릇한 빛깔로
서서히 퇴색해 가는 금수(錦繡)의 이 산하(山河)를
갈기 끝만큼이라도 생각했으면 하는
수많은 사람들의 대망(待望)을
매몰차게 손사래치면서

마파람에 돼지 음랑 놀 듯*
이리 건들 저리 건들 가드락거리며
가량없는 긴긴 어둠의 터널 속으로
깊이깊이 빠져 들어가고 있었고
말리다 지쳐 버린 사람들은
허허탄식(歔歔歎息)
죽음의 늪으로 빠져 드는 아들 보듯
파랗게 파랗게 질려 있었다.

* 자중자애(自重自愛)하지 않고 제멋대로 흔들거리며 행동함을 비유한 속담.

각다귀의 눈

각다귀 눈에는
엄연히 남의 것인 것도
모두 내것으로 보이는 모양

도대체
몇 년을 두고
게접스레 억지를 부리는가

술패랭이꽃 한창인
울릉도 동남쪽
세 바위섬 삼봉도(三峰島)
이사부(異斯夫)가 정벌한 우산국(于山國)의 새끼섬*
강치[海龍, 海驢] 많아 가지도(可支島)*
외로운 돌섬이라 독도(獨島)*
바다 건너 간살맞은 왜구들
남의 것 제 것인 양
끈지게 억지부리네.

* 「삼국사기(三國史記)」 신라본기 지증왕(智證王) 13년(512)조 및 「세종실록」 지리지 참조.
* '가지(可支)'는 '강치'의 경상방언임.
* 1906년 울릉도 군수였던 심흥택(沈興澤)이 조정에 올린 보고서 참조.

너마저 무너지면

너마저 무너지면
그 다음은
또 무엇이 무너질까

모든 게 무너져도
너 하나만은 홀로 푸르리라
그렇게 그렇게
믿어 왔는데

세상 앞으로 어떻게 되려나
더러운 돈 준 사람 옥문 밖 자유인이요
받은 사람 옥문 안 죄인이게 한

귀걸이 코걸이 판결
이것도 재판이냐
어느 하늘 아래 개판이냐

법이 무너지는 소리
하늘이 무너진다
억장이 무너진다.

감벼락* 세상

진리를 외면하고
역사를 두려워할 줄 모르는
그대들은
노루잠에 개꿈꾸는*
얼굴 없는 막가파

무엇이 정의이고
무엇이 불의인지도 모르는
그대들은
세상사 제대로 못 보는 청맹과니(靑盲一)

아, 내일 아침
이들이 난탕치고 지나간 자리는
정녕 어떤 모습일까

끄무레한* 감벼락 세상이
서서히 다가올 것만 같다.

* 뜻 밖에 만난 재난.
* 같잖은 꿈 이야기나 격에 맞지 않는 말을 함부로 내뱉음을 이르는 속담.
* 날이 흐리고 어두침침하다.

이안류(離岸流)*

여자가 남자요
남자가 여자인
반나(半裸)의 육신들 축전
아슬하게 들끓는 모습
차마 볼 수 없었음인가

학익진(鶴翼陣)으로
서서히 밀려 왔다간
몸을 돌려
다시 저 푸른 해원(海原)을 향해
무서운 속도로 질주하는 너는

저승길 가까이 갔다
손사래치며 되돌아 물러서는
망녕든 치매 노인이런가

아, 이젠
지구가 늙어도
너무 늙은 것 같다.

* 해안으로 밀려 왔다가는 빠른 속도로 역류하는 해류. 2009년 8월 13일 부산 해운대 해수욕장에서 발생한 현상.

남강(南江)의 혼

진주성 촉석루(矗石樓)에 올라
흐느끼듯 흘러가는 눈물의 강에
시선을 던지니

양귀비꽃보다 더 붉은*
의기 논개(論介)의 충절
도도히 흐르고

의암(義巖) 강물 속 어디쯤에선가
아스라이 들려오는 왜장 케다니의 비명
장송곡되어 귓전에 맴도는데

현해탄 건너 아즈카(飛鳥) 문명 싣고 갔던
은인 나라에 무도한 칼을 꽂았던
얼굴 없는 폭도들에게
매서운 절개를 보여 준 사람아
세월이 억겁을 흘러
산천초목 모두 변한들
그대 나라 위한 일편단심
어찌 우리 잊을손가.

* 변영로(卞榮魯)님의 시 <논개(論介)>에 출현하는 싯구. 「한국 민족문화 대백과사전 (한국 정신 문화 연구원)」, 1991」 권1, 392쪽에 의하면 양귀비꽃의 빛깔은 '백색, 자색, 홍색'의 3가지 색깔로 설명되어 있다.

우랄을 넘고 바이칼을 건너

― 2014년 8월 13일 '원 코리아 뉴라시아 자전거 대장정'에 붙여

가자
대한의 아들 딸들이여!

그 옛날 손기정 선수의 우승의 함성
베를린 분단의 장벽을 허물었던 해머 소리
가슴에 새기며

우랄을 넘고 바이칼을 건너
시베리아와 고비사막을 가로질러

아직도 반세기 넘게
녹슨 철조망으로 가로막혀
가고 싶어도 가지 못하고
보고 싶어도 보지 못하는,

한으로 얼룩진 단군의 후손들이 살고 있는
비극의 땅을 향하여
힘차게 패달을 밟자

가자
앞으로
분단의 철조망이 걷히는 그날까지.

// 5. 길 따라 골골샅샅 //

청령포(淸冷浦) 관음송(觀音松)

서쪽으로 길뻗은* 육육봉
옥사장이[獄鎖匠－] 갈퀴눈 부라리듯
우뚝 서 있고
남한강 한 갈래
서강으로 휘감긴 청령포엔
그 옛날
하루가 삼년 같은
한많은 노산군(魯山君) 피울음 소리

가슴속 묻고 자란
두 갈래 휘어벋은 말벗
육백년 관음송 한 그루 바라보니
어디선가
경조(京調) 가락 시조* 한 수
삼백릿길 나그네 귓전에
흐느끼듯 들려 오네.

* '길다'와 '뻗다'의 합성어. '길게 뻗은'의 뜻.
* 세조 3년(1457) 의금부도사 왕방연(王邦衍)이 폐위된 단종(端宗)(후에 노산군(魯山君))을 영월로 호송하고 나서 지었다고 하는 다음과 같은 시조. '千萬里 머나먼 길에 고운 임 여의옵고/내 마음 둘 데 없어 냇가에 앉았으니/저 물도 내 마음 같아서 울면서 밤길 가누나(현대어로 풀어 쓴 것임)'

보길도(甫吉島) 세연정(洗然亭)

반도 남쪽 섬 완도에서
바닷바람 안고
사람과 자연 하나된 노래
고산(孤山)의 연시조
＜어부사시사(漁父四時詞)＞ 중
여름 노래 한 수
완조(完調)로 흥얼흥얼
바다에 뿌리며
남도 제일의 산수(山水) 정원
보길도 부용동에 이르니

그 옛날
흐르는 눈물
가슴으로 마시며
속세의 티끌 피해
숨어 살았던
조선조 제일의 시조 시인

격자봉 북동으로 흐르는 옥류(玉流)
돌둑으로 막아
회수담 연못 만들고

갈닦은 주옥의 언어로
자연을 읊조리며 선유(仙遊)했던,
물에 얼굴 씻은 듯
조신하게 단좌하고 있는 세연정

낙락장송 휘우듬 벋은 솔가지는
밤하늘에 떠 있는
구름 속 달님을 희롱하고
개연꽃 만발한 연못
안개처럼 떠 있는
옥소암(玉簫巖) 너럭바위엔
은비단 기녀들
퉁소 가락에 맞춰 뿌리고 젖히며
덩실덩실 춤추던 모습
곡두로 다가오는데

천리 밖 뭍에서 건너온 나그네
수많은 세월 흘러간다 해도
영원히 사라지지 않을
고산의 풍류에 취하고
시향(詩香)에 취해
발길 떠날 줄 모르네.

탄금대(彈琴臺)에서

낙락(落落)한 솔숲에 에워 묻혀
오랜 슬픔을 인내하다 지쳐버린
탄금대에 오르면

어디선가
우륵(于勒)의 울음 뜯는 가얏고 소리
죽음을 통곡하는 신립(申砬)의 불호령 소리
교향악되어
즈믄 길 벼랑 감돌아
달래 가람물 위로
흩날려 울퍼지는데*

지금 난
가고 없는 사람을 그리며
여기 이렇게 홀로 앉아
슬픈 역사를 차곡차곡 접어선
도도(滔滔)히 흐르는
가람물 위로
떠날려 버린다.

* '울다[鳴]+퍼지다[波]'의 합성어로 '울면서 퍼져 나가는데'의 뜻.

마이산(馬耳山)에 올라

쪽빛 가을 하늘
찌를 듯 붕긋 솟아오른
동쪽 수퐁우리
서쪽 암퐁우리
몸은 어딜 가고
두 귀만 남아
마이산이 되었는가

봄엔 쌍돛대 같아 돛대봉
여름엔 용뿔 같아 용각봉
겨울엔 붓끝 같아 문필봉

암퐁우리 남쪽 벼랑 아래엔
명산석(名山石)으로 쌓아 올린
원추형 석탑*들이
우뚝우뚝 솟아 있고
탑사(塔寺)에서 뚝딱이는 목탁소리
속진(俗塵)으로 찌든 마음
자애롭게 쓰다듬네.

* 100여년 전 이갑용(李甲用)이라는 수도사가 10여년 동안 전국 명산을 순회하면서 수집한 돌로 쌓은 80여개의 원추형 모양의 석탑.

보리암(菩提庵)에 앉아

갈매빛 비단 휘감은
남해 명산 금산(錦山) 정상
다소곳 앉아 있는 보리암

새 역사 그렸던
이씨기단(李氏祈壇)*은 고요 속에 잠들고
인생사 염불하던
삼사기단*에선 아직도
독경하는 소리
귓가에 쟁쟁하다

문장암, 사자암 치마바위는
한려수도 껴안고 파안대소(破顔大笑) 웃고 있고

향로봉, 촛대봉은
남해도를 감돌아가는 여객선 향해
손을 흔들고 있다.

* 이성계(李成桂)가 왕이 되기 전 기도를 올렸던 곳.
* 원효대사(元曉大師), 의상조사(義湘祖師), 윤필거사(尹弼居士)가 수도했던 곳.

홍련암(紅蓮庵) 전설

오봉산 낙산사(洛山寺)
검푸른 동해 바다 벼랑
홍련암 발 아래
어둑한 관음굴(觀音窟) 굽보니

처얼썩쿵 처얼썩쿵
바닷물 바위 때리는 소리
후사(後嗣) 비는 간절한 여인 목소리*
관음보살 진신(眞身) 보려는 목탁소리*
교향악되어 들려 오고

관음굴 속 파랑새와 마주앉아
도란도란 이야기 주고받는 대사*의 모습

붉으레 피어나는 연꽃 한 송이
머리에 그려지네.

* 익조(翼祖)가 정숙왕후(貞淑王后)와 함께 관음굴에서 후사를 빌고 도조(度祖)를 낳았다 함.
* 의상대사(義湘大師)가 27일간 기도를 올렸다 함.
* 신라 문무왕 11년(671) 의상대사가 석굴 안으로 들어가는 파랑새를 뒤따라 들어가 일주일 동안 기도했다고 함.

폐광촌 모운동(募雲洞)*의 아침

검낡은* 껍질을 벗고
샛푸른 옷으로
다시 태어난다는 건
얼마나 아름다운 일인가

하늘을 머리에 이고 있는
망경대산 기슭
몽실몽실 뽀얗게
구름안개 피어나는
산골 그림 동화 마을 모운동

그 누가 알았으랴
이곳이 그 옛날
한 목숨 생존을 위해
사람이기를 포기하고 살았던
치열한 삶의 현장이었음을,

검은 진주를 쏟아내
우리네 삶의 체온을 덥혀 주었던
공덕(功德) 때문일까

오늘도

폐광촌 모운동 산골마을 아침은

지붕 위 나팔꽃

널푸른 창공을 향해

하이얀 미소 방실방실 뿌리고 있었다.

* 강원도 영월군 하동면 주문2리에 있는 마을. 탄광이 있었던 마을로 1989년 폐광되었음. 이곳 토박이 김흥식 이장 부부의 노력으로 길마다 꽃씨를 뿌리고 집집마다 담장에 동화의 그림을 그려 놓았음.

* '검다'와 '낡다'의 합성어임.

선운사(禪雲寺) 마애불

선혈 동백꽃
붉게 물든
호남의 내금강, 선운산

미륵보살 숨쉬는 곳
욕계육천(欲界六天) 넷째 하늘
도솔천(兜率天) 머리에 받쳐 든

내원궁 상도솔암
남쪽 바위 동으로
만월대 장중히 서 있고

천인단애 절벽엔
미륵장륙마애불

티끌로 얼룩진
속세의 나그넬
천년 자비 미소로 맞누나.

칠장사(七長寺) 전설

그 옛날 혜소국사(惠炤國師)
일곱 무뢰한
설법으로 아라한(阿羅漢)되게 한
낮작은 칠현산(七賢山)*
천년 고찰 칠장사 풍경소리
댕그렁 댕그렁

백릿길 멀다 않고
봄바람 타고
허위단심 달려온 나그네
소리로 반기고
용틀임틀며 휘어벋은 나옹송(懶翁松)*
솔향으로 마음 달래주는데

고색이 창연(蒼然)한 대웅전
세월이 단청(丹靑)을 날려 보냈지만
허공으로 힘차게 뻗은 추녀
고난의 역사를 이긴
늠름한 기상이런가
눈 하나 잃고
이곳에 숨어 살았던

궁예(弓裔)의 숨결이
활터로 남아 꿈틀거리고

양반은 영원한 양반이요
천민은 영원한 천민이어야 하는
모순된 현실에
비수를 던지려 했던
갖바치[周皮匠] 스님 병해대사(昞海大師)
새기고 다듬다 완성 못한
아미타여래(阿彌陀如來) 나무부처

그의 제자
양주골 큰 백정*이
완성한 꺽정불(←巨正佛)
홍제관(弘濟館)에서 화알활
살아 움직이고 있었다.

* 고려 때 혜소국사(惠炤國師, 972~1054)가 이 산 아래 아란야를 짓고 수도하고 있을 때, 7명의 악당들이 혜소국사의 설법을 듣고 개과천선하여 현인(賢人)이 되었다고 함.
* 고려말 때 나옹화상(懶翁和尙, 1320~1376)이 심었다고 하는 약 620년 수령의 소나무.
* 고려 명종 때 협도(俠盜) 임꺽정(林巨正).

용주사(龍珠寺) 의 가을

용이 여의주를 물고
하늘로 오르는 현몽으로
명명된 용주사*

8만 7천 냥의 시주로 지은
보경화상(寶鏡和尙)도

국보 제 20호인 범종(梵鐘)을
주조(鑄造)한 장인도

대웅전 불상 뒤
삼불회도(三佛繪圖) 그린 화가도

대웅전 앞마당
'얇은 사(紗) 하이얀 고깔은
고이 접어 나빌레라'*라고
노래한 시인도

모두 다 어딜 가고
떡갈나뭇잎, 은행나뭇잎, 단풍나뭇잎……

오갈든 붉노란 낙엽들만
후르륵 혹 후르륵 훅
흐느끼듯 흩날리고 있네.

* 신라 문성왕 16년(854)에 창건되었다가 고려 광종 3년(952)에 소실된 갈양사(葛陽寺) 터에 조선조 정조 14년(1790) 정조의 현몽으로 명명된 사찰이며, 사도세자(思悼世子)의 능인 현륭원(顯隆園)의 능사(陵寺)임.
* 조지훈(趙芝薰)의 <승무(僧舞)>의 일부.

명옥헌(鳴玉軒) 원림(苑林)*

갈매빛 잎새 비집고
가을의 전령
진분홍 배롱이꽃
함박웃음으로 맞는 아침

어느 새
끈지게 쏟아 붓던 장맛비
꼬리를 감추고

어정 칠월
여름을 삼키고
동동 팔월
가을을 토하고 있는데

나무 냄새 은은한
우리의 얼굴
기와집 한 채
눈으로 들어 와
가슴으로 반기네.

* 조선 중기 때 문신 오희도(吳希道 ;1583~1623)의 정원. 전남 담양군 고서면 산덕리에 있음. 2009년 9월 국가 지정 명승(名勝)으로 지정됨.

관해정(觀海亭)에 올라

경남 통영시 남쪽섬
널푸른 쪽빛 바다

두둥실 떠 있는
크고 작은 초록 섬

피를 토하며
바다 속으로 침몰하는 태양

검은 연기 뿌리며
흘러가는 여객선

이들 모두를
불러 모은다는
동백옷 휘감아 두른
미륵도 달아공원
관해정에 오르니

저 아래
한산도 대첩, 당포 대첩

이끌었던 장군의 칼목소리
가슴속을 울리는데

오른쪽으로
두미도, 추도, 남해도, 가마섬, 쑥섬……
왼쪽으로
매물도, 비진도, 학림도, 연화도, 욕지도……

한려수도 여러 형제들
무슨 말 하고픈가

구름안개 비집고
밀물처럼 나타났다
썰물처럼 사라지네.

검룡소(儉龍沼)의 물은

여기는
강원도 대덕산 금대봉골
천 삼백리 아리수 발원지

석회 암반 뚫고
꿀럭꿀럭 용출하는 석간(石澗) 벽계수

살아 있는 용되어
골짜기 바윗돌을
이리 깎고 저리 깎으며
쉼없이 휘틀며 흐르다가

임계천 송천을 아우르는
정선 아우라지 지나
영월 단종(端宗)의 피눈물 담아

두물머리 양수리에서
천하 명산 금강산 싣고
금강천, 가평천, 홍천강을 지나 온
북아리수와 한데 어울려
낮엔 해 구름 흐르고
밤엔 달빛 흐르는

한[大, 一]가람 아리수되어
도도히 황해로 흘러 간다

반만년 애환(哀歡)의 오랜 역사
그대로 간직한 채
흐느끼듯 어깨를 들먹이며
출렁출렁 흘러간다.

바람굴[風穴]에 들면

가리왕산 석회암 동굴
바람굴에 들면

어디선가
휙–
색바람인가
된바람인가
내 곁을 스치는 바람

등줄기 땀을 씻고
가슴 속 불을 끄곤
옷깃을 여미게 한다

바람굴에 들면
여름을 날려버린
철 모르는
바람이 분다.

무우(舞雩) 폭포에서

구름도 쉬어 가는
경기의 금강(金剛) 운악산(雲嶽山)
현등사(懸燈寺) 오르는 고갯길

치마바위 덮어 흐르는 청량수
곡간(谷澗)을 메아리치며
여름을 지워 버리고
낙락장송 사이로 굴러 온 바람
솔향을 콧끝에 묻히는데

그 옛날
머나먼 이역만리
허위단심 달려 온
마라아미(麻羅阿彌)* 흘린 땀물이런가

기울어 가는 조국의 병든 모습
손 못 쓴 안타까움에
차라리 울어버린
궁부대신(宮府大臣)* 눈물이런가.

속진(俗塵)으로 찌든
대처에서 온 나그네
탁족(濯足)은 나중이요
가슴 먼저 씻으라 하네.

* 신라 법흥왕 때 인도에서 온 승려.
* 민영환(閔泳煥) 선생임. 1905년 을사보호조약이 체결되자 그 해 11월 4일 자결하였음. 그는 자결하기 전 이곳에서 망국의 한을 달래면서 지냈다고 함.

달마산 미황사(美黃寺)

남도 땅끝마을
자연병풍 어머니 젖가슴
만불(萬佛)의 달마산(達磨山) 머리에 이고
천년 비밀 전설로 감춘 채
숨어 있는 너는

아직도
강산 일곱 번 변한 그 오랜 세월
진세(塵世)에서 달려온 나그네 가슴을
아름다운 경관으로 놀라게 하고
응진당(應眞堂)* 기둥 글씨
깊은 사색의 계곡으로 밀치는데

반도 끝자락
산사(山寺)의 막내
소의 아름다운 울음소리 울려 퍼지고
돌배 위 금인(金人)의 휘황한 황금빛
달마산 미황사엔

꽃샘 바람 샛바람이
두 뺨을 간질이고
백발의 머리카락 흔들며

황급히 어디론가
날아가고 있었다.

* 보물 제1183호. 석가모니 제자 가운데 아난존자, 가섭존자, 16나한 등 뛰어난 제자들을 모신 전각. '응진(應眞)'은 '불교 수행자 가운데 가장 높은 지위'인 범어(梵語) 'arahat'의 한자음역어 '아라한(阿羅漢)과 같은 뜻임, 이 전각 기둥에 '眼聽鼻觀耳能語(눈으로 듣고 코로 보고 귀로 능히 말하며) 夏見氷雪冬見虹(여름에 얼음과 눈을 보고 겨울에 무지개를 본다) 晝現星月夜開日(낮에 별과 달이 나타나고 밤에 해가 뜨며) 無盡藏中色是空(다함이 없는 유형의 모든 물상들은 실유(實有)의 존재가 아니고 없는 것이다)'라고 기록되어 있음.

왕버들 비밀

청송 주왕산 남서쪽
절골 오르는 길가
빛 바랜 단풍잎 사이로
높푸른 하늘
붉노란 산
자욱한 물안개
한 입에 삼키고
아기 잠자듯 숨어 있는
주산지(注山池)엔

갈바람 살랑거릴 때마다
물비늘 파르르 떨고
물총새 물살 그을 때마다
작은 동심원 그리는데

물속에 뿌리내린
백 오십 살 능수버들
이 백 살 왕버들
백발 허리 휘어 용틀임틀며
흘러간 세월의 비밀을
조용히 명상하고 있다.

꺽정불[←-巨正佛] 앞에서

칠장사(七長寺) 꺽정불은
갖바치 스님*
제자 얼굴 그리며
칼끝마다
중생(衆生) 제도(濟度)의 소망

－어두운 곳 비추는 빛 되어라
굽은 것 펴 주는 따뜻한 손 되어라

이 같은 혼이 담긴
중품하생인(中品下生印)*
아미타여래불(阿彌陀如來)
미완성 목불(木佛)이었었지

염화미소(拈華微笑)라 했던가
제자 꺽정은
그의 뜻 받들어
여섯 부하들과
팔뚝피 섞어 의형제 맺고

땀과 눈물 범벅인 채
중생 고통의 따뜻한 손

무량수불(無量壽佛) 나무부처
꺽정불 완성시킨 후

ㅡ스승님의 뜻
잘 알아 펴겠습니다

꺽정의 목소리
홍제관(弘濟館) 유리관 속에서
튀어 나올 듯하다.

* 병해대사(昞海大師)임. 생몰 연대 모름.
* '중품의 근기(根氣; 사람들의 성품과 처지, 근본이 되는 힘)를 타고 난 사람을 하생으로 이끈다.'는 뜻. 아미타여래불이 맺고 있는 수인(手印).

춤추는 영지(影池)

동국 제일 선원(東國第一禪院)*
칠불사(七佛寺) 오르는 길
오른 옆 영지엔

그 옛날
인도양 바다 건너 이역만리
아유타국(阿踰陀國) 공주
불그레 수줍은
열여섯 소녀 허황옥(許黃玉)

상제(上帝) 명 따라
대가야 시조
김수로왕(金首露王) 비(妃)되어*
태자 거등공(居登公)을 비롯
열 아들 낳고
일곱 아들 수도(修道)하여 부처될 때

영지에 비친 아들들 얼굴 위에
하 많은 눈물 뿌렸기에
두 즈믄 해 지난

기나긴 오랜 세월에도
마를 날 없이
이렇게
출렁출렁 춤을 추는가.

* 경남 하동군 화개면 범왕리 소재.
* 『삼국유사』 권 2, 가락국기(駕洛國記) 참조.

사랑이 숨쉬는 절

봉황산(鳳凰山) 중허리
화엄경 근본 도량[←道場]
뜬돌절 부석사(浮石寺)엔

신라 진골 청년
화엄종 시조
의상(義湘) 사랑하다
도심(道心) 일어난 당녀(唐女) 선묘(善妙)

'세세생생(世世生生) 스승께 귀명(歸命)하여
대승(大乘) 배워 익히고
복전(福田)되어
큰 일 이루도록 하겠나이다.'

굳게 맹세하고
한 마리 용되어
대사 봉황산에 절 지을 때
큰 너럭바위 세 번 들어
소승 잡배 물리고
석룡(石龍)되어

아미타불 밑에 묻혔어라

선묘의 고귀한 사랑
살아 숨쉬는 전설의 절이여
뜬돌절 부석사여.

실레마을*엔

당신이 이미 오래 전 떠나고 없는
야속하게 식어 간 인정처럼
세월의 뒤안길로 사라져 가고 있는
간이역 마을 실레마을엔
참으로 아름다운
초가삼간 온돌방 인심이 넘치고 있었습니다

두 번째 보는 무명 노시인에게
맛으로 소문 난
허름한 '봄봄 막국수집'에서
막국수 한 그릇 대접하지 않고 못 배기는,

당신이 늘 손님 맞이하던 응접실에서
식후 커피 한 잔 대접하지 않고 못 배기는,

그런
암하노불(巖下老佛) 인정이
그 곳엔 넘쳐 흐르고 있었습니다.

* 강원도 춘천시 신동면 '김유정 문학관'이 있는 마을.

태종대(太宗臺)에 올라

갈매빛 바다솔[海松]
울울창창 온몸 휘감돈
남도 명승 태종대에 오르면

그 옛날 삼국을 하나되게 한
신라 무열왕의 숨결이
가슴 속으로 파고드는데

저 아래 신선대 촛대바위
다가왔다간 사라지고
사라졌다간 다가오는
오륙도 님을 향해
허허한 손짓만 날리고

밀려오는 건
탐탐(耽耽)한 검푸른 파도
학익진(鶴翼陣)으로
처얼썩 처얼썩
검은 몽돌을 때리며
슬픔으로 다가온다.

보리밭 사잇길로

연방죽 오리방죽* 너머
수십만 평 널펀한 초록바다
어릴 적 꿈으로 익어가는 청보리

두 뼘 간질이는 봄바람에
출렁출렁 너울너울
밀물처럼 밀려 왔다 썰물처럼 쓸려 가는데

어디쯤에선가
옥구슬 순이 목소리 홀연 튀어 나올 듯하고

어디쯤에선가
'보리피리 불며/ 방랑의 기산하(幾山河)/
눈물의 언덕을 지나/피－ㄹ 닐니리……'*
비극의 시인
인간사 그리움에 한많은 노래
애절한 가락으로 흘러나올 듯하네.

* 전북 고창군 공음면 선동리에 있음.
* 한하운의 시 <보리피리>의 일부.

산막이 옛길*을 따라

지리했던 설한(雪寒)의 겨울은 가고
새틋한 연두빛 5월을 마시기 위해
인생길 함께 달려온 벗들과
서로의 가슴을 섞으며
여행한다는 건
얼마나 즐거운 일이냐

고인돌쉼터에서
신발끈 질끈 동여매고 한 걸음 두 걸음
가다가는 쉬고 쉬었다간 또 걷는다

홰나무 숲속 산들바람
두 뺨을 간질이는데
절벽 아래 괴산호(槐山湖) 감돌아
연화담(蓮花潭) 맑은 물에 눈을 씻고
잠시 망세루(忘世樓)에 앉아
속세의 티끌 모두 털어버리다

얼음바람굴 지나
앉은뱅이약숫터 청량수(淸凉水) 한 모금 마시고
날아갈 듯 괴음정(槐陰亭)에 오르니

진달래동산에서 토해낸 꽃향
콧끝으로 스며오고
좋다리 우짖는 다래숲동굴 지나
산딸깃길 홍얼홍얼 걷노라니
어느새 발길은 선착장에 와 있네.

* 충북 괴산군 칠성면 괴산호를 끼고 노루샘에서 산막이 마을까지 조성된 3.1km의 산책로.

뱀사골 진달래

지리산[←智異山] 토끼봉 삼도봉 사이
재잘거리며 흘러내리는 곡간수(谷澗水)는

뱀사골 얼음계곡을
이리 휘틀고
저리 감돌아
졸졸졸 흐르는데

두견이(杜鵑—) 토한 핏물인가
승천하려다 뜻 못 이룬
반선(半仙>伴仙) 이무기 토한 핏물인가
아니면
어느 빨치산 심장에서
뿜어 나온 핏물인가

춘삼월 뱀사골 진달래는
유난히도 붉어
산행하는 나그네
눈을 태우고
마음마저 태우네.

갈대밭 사잇길로

하늘 위를 날고 있는 걸까
바다 위에 두둥실 떠 있는 걸까
아니 내가 허공을 걷고 있는 걸까

끝을 가늠할 수 없는
세계 5대 연안습지
갯벌 위 갈대밭
동녘으로 여수반도
서녘으로 고흥반도
이를 양팔에 껴안은,
호수를 닮아도 너무 닮은
남도 순천만 생태공원엔

바야흐로 황금빛 갈대들이
색바람에 가을을 흐느끼듯 삼키며
출렁출렁 너울너울
춤사위가 한창이다
아무르강변 흑두루미
아직 이곳에 날아 오기 전
순천만은
갈대의 천국이요 낙원이다.

청량산(清涼山)에 오르며

영남의 젖줄
천삼백리 낙동강 휘감도는
그 옛날 신라 불교의 요람
서른 셋 봉우리 골짜기마다
독경 소리 울렸던 산
청량산에 오르고자

산행 들머리 선바위[立石]에서
응진전, 풍혈대 지나
한 참(站)을 천인단애 절벽길 걸으니
어풍대 구름안개 걷히며
청량산 산문 열리네

'산꾼의 집 달마원'에서
산 정기 우러난 약초차 한 잔 마시며
육육봉 바라보니
최고봉 의상봉 장군처럼 우뚝 서서
열 한 명 아우들 다독이고 있고

구름 뚫고 연꽃으로 피어난 연화봉
천년학 푸른 솔숲에서 헤엄치는 선학봉
선비 묵향 피어나는 연적봉, 탁필봉

모두가 신선이요 선비로다
청량산인(淸凉山人)* 감추려 했던
선계(仙界)요 불계(佛界)로다.

* 이황(李滉) 선생이 14~5세 때 청량산에서 수학할 때 지은 '퇴계(退溪), 퇴도(退陶), 도수(陶叟)' 이외의 아호임.

봄비를 맞으며

두 가람 한[一, 大]강되어
서해로 흐르는 두물머리[兩水里] 지나

수능리 소나기 마을엔
문정(文情)으로 하나된 시인들이 모여

이 땅에 짙은 글향 남기고 가신 임*
묘지에 고개 숙여 경배하고

소설 속 소년 소녀 사랑 타오르던
수숫단오솔길 지나
솔향 진동하는 해와 달의 숲

이름 모를 들꽃 미소 가슴에 안고
목넘이고개에서 봄비를 맞으며

문향(文香) 자욱한 공간
시 한 수 뿌려 본다.

* 시인, 소설가 황순원(黃順元).

// 6. 바다 건너 만릿길 //

그랜드캐니언

미국 아리조나 주 북서부
융기된 지각 콜로라도 고원*을
가로지르는 물줄기 하나, 콜로라도 강

억겁의 세월*을 흐르며
이리 휘틀어 깎아내리고
저리 휘틀어 깎아내려
세계 최대의 대협곡*을 이루고

기기묘묘한 형상들을 만들어
사람들을 신비로 잠들게 하고
경이로 눈 감게 하였다

이건
조물주가 빚은
불가사의의 기묘한 솜씨요
자연의 신묘한 성찬이다

이건
땅의 바다요
안개의 바다다

더욱이
동녘에서 새밝이 불덩이 하나
웃으며 떠오를 때나

태양이 검붉은 피를 토하며 흐느끼듯
서녘으로 꼬리를 감출 땐
협곡은 차라리 용암이 흘러 넘치는
불의 바다다

태양이 뜨고 질 때마다
오색 찬란한 빛을 쏟아내는 건

태고의 신비를 벗기려는
인간의 오만을 비웃는 것인가

자연을 오손(汚損)하려는
인간의 탈선을 경고함인가.

* 해발 고도 2.5km.
* 약 20억 년간의 지각 변동과 약 600만 년간의 침식 작용한 동안.
* 너비 200m~30Km, 깊이 1.5Km, 길이 447Km.

요세미티 폭포*

하늘을 찌르는
메타세퀴이아 나뭇가지 사이로
아슬한
천 길 낭떠러지
화강암 절벽 위에서
수직으로 하얗게 떨어지는 것은
천사의 옷자락인가
하늘로 오르려는
천년 백사의 용틀임인가

캘리포니아 주 중동부
씨에라 네바다 산맥 서사면(西斜面)
요세미티 폭포수는
키가 너무 커
세 번 내려오다가는 쉬고
쉬었다가는 또 내려 와
만릿길 나그네 눈을
황홀케 하네.

* 길이가 739m로 미국에서 제일 긴 폭포이며, 세계 제2위임.

스모키 산정(山頂)* 에서

여기는
미국 동부
남북으로 길게 누운
아팔라치 산맥 중허리
해발 육천 피이트의 스모키 산정

만릿길 나그네
고사목(枯死木) 즐비한
꼬부랑길 구절양장(九折羊腸)
이리 돌고 저리 감돌아
허위단심 정상에 올라
널펀한 산바다를 조망하니

컴컴한 계곡 저 아래에서
모락모락 파아란 연기 피어오른다

산에 오른 사람들이 털어낸 속진(俗塵)인가
오갈든 시신(屍身)들 태우는 연긴가.

* 미국 테네시 주와 노스캐롤라이나 주 사이에 걸쳐 있는 해발 6천 피이트의 산.

버킹엄 궁전 앞에서

유럽 주에 둥지를 틀고 살면서
스스로 유럽인이라고 말하기를 꺼리는,
그 옛날 대영제국 시절
영광과 전통만을 내세우는,
자존과 오만으로 가득 찬,
그런 사람들이 살고 있는 나라, 영국

오늘도 어제처럼
런던 웨스트민스터 구
트라팔가 광장 서남쪽
버킹엄 궁전 앞
검은 항아리 머리에 인 근위병들이
기계 동작으로 교대식을 하고 있었고

저 먼 이국에서 날아 온 동방의 나그네
이 낯선 의식을 경이의 눈으로 바라보고 있었다

그리곤
근대 민주주의를 실현했던
입헌군주국 영국의 빛들을 떠올리고 있었다.

몽마르트르 언덕에 가을이 떨어지는데

파리 북동쪽 제18구
샤크레쾨르 대성당에서
흘러나오는 종소리 듣노라니

깊은 잠에 취해 있는
하이네, 스탕달, 베를리오스
그들의 언어와 음악이
고요히 메아리치고

고호와 피카소의 담론(談論)이
귓가에 쟁쟁하게 들리는
몽마르트르 언덕
낡은 술집 '오 라팽 아지르' 앞 길가엔

마로니에 잎
가을이 떨어지는데

동방에서 온 한 여인이
늙은 무명화가에게
자신의 얼굴을 맡기고는
다소곳 앉아 있는 모습
슬픔으로 다가온다.

센 강 유람선을 타고

프랑스 북부 코르도르 주(州)
랑그르 고원에서 입을 열고
일드프랑스를 감돌아
파리를 관류(貫流)하는

연인들의 강, 센 강* 바토 무슈에서
유람선에 몸을 싣고
프랑스를 본다

철골로 구조된 송신탑 에펠 탑
휘황찬란한 불빛 눈으로 들어 와
가슴 속에 감동을 그리며 사라졌고

센 강의 명물
알렉산드르 3세 다리를 지나

세계 3대 박물관의 하나
약탈의 보고(寶庫)
루브르 박물관

프랑스 고딕 건축
노트르담 대성당 등이

프랑스의 역사를 설명해 주고 있었고

시멘트로 휘덮인 강변에선
남녀 파리지앵들이
삼삼오오 둘러앉아 와인을 마시며
사랑을 속삭이고 있었다.

* 루아르 강 다음의 프랑스 제2의 강. 길이 776km,

사크레쾨르 대성당* 앞에서

순교자들의 언덕 몽마르트르 언덕은
바야흐로 마로니에 잎 춤추는 계절

전쟁에 패한 참회와 속죄의 눈물 담아
성스러운 예수 가슴에 바치는
성심(聖心) 성당 사크레쾨르 대성당은

쪽빛 하늘 머리에 이고
널편한 바둑판 파리 눈 아래 굽보며
신부처럼 다소곳 서 있고

오른쪽엔
구국 영웅 잔 다르크가 말을 탄 채
백년 전쟁의 슬픈 역사를 웅변하고 있는데

서쪽 낮은 언덕
인상파, 입체파 발상지 테르트르 광장엔
허름한 무명화가들이 옹기종기 모여
천태(千態)의 초상을 그리고 있었다

한편
남쪽 음울한 카페 오 라팽 아질*에선
고흐, 르느와르, 피카소, 마티스의

소곤대는 담론(談論)이 새어 나오고

어디에선가 깊은 잠에 빠져 있는
하이네, 스탕달의 언어와
베를리오스의 <환상 교향곡> 선율이
잔잔히 내 귀를 적시고 있었다.

* 프로이센-프랑스 전쟁(1870~1)에서 패한 프랑스 국민들이 실의 빠졌을 때, 부호 A. 르장티와 H. R. de. 플레리가 참회와 속죄의 뜻에서 '예수의 성스러운 가슴'에 바치는 성당을 짓기로 서원(誓願)하였고, 1872년 파리 대주교 기베르 추기경이 이 서원을 받아들여 p. 아비디 등에 의해 1875년~1914년에 완공되었고, 1919년 10월 16일 봉헌된 대성당.
* '냄비에서 도망 간 날쌘 토기(Au Lapin Agile)'라는 뜻의 사크레쾨르 대성당 뒤에 있는 허름한 카페 이름. 1880년 랭보, 베를렌의 친구였던 앙드레 질이 그린 토끼 간판에서 유래되었음.

융프라우요흐에 올라

맑다 못해 차라리 푸른 비취빛 호수
튜너 호, 브리엔저 호를
좌우로 껴안은
인터라켄에서

중부 알프스 영봉(靈峰)
남성의 산, 아이거
수도승의 산, 묀히
처녀의 산, 융프라우
이들 가운데

세계 자연 유산의 산
오른쪽 융프라우 산
붉노랗게 물든
가을 나뭇잎 사이로
하이얀 가을이 보이네

치상(齒狀) 궤도식 열차를 타고
차창 너머로

한 폭의 그림 샬렛*을 눈에 박고
경사진 널푸른 초원에서
한가로이 풀 뜯는
젖소떼, 양떼를 머릿속에 그리며

알레취 빙하를 지나
해발 3천여 미터의
하늘에 떠 있는 역 융프라우요흐*에 이르니

얼음동굴 밖
희파란 만년설
인자한 미소로 반겨 맞는다.

* 스위스의 전통 가옥.
* 뮌히 산과 융프라우 산 중간 해발 3,454m에 위치한 유럽 최고도의 역 이름.

하이델베르그 성(城)

도이칠란트 남서부
라인 강 한 갈래
네카 강 왼 쪽 언덕 위

해발 566미터 쾨니히슈툴 산
그 산기슭에
장중히 앉아 있는
하이델베르그 성

성 안엔
세계 최대 포도주통
그 옛날의 영화를
웅변하고 있었고

네카 강 건너편
철학가 산책로엔
칸트, 쇼펜하워, 니체, 야스페르스, 하이데거……
얼굴 얼굴들이

깊은 사색에 잠긴 채
시계추되어 거닐고 있었다.

석회석 여인

그날
서기 79년 8월 24일

인구 3만의 폼페이 시민들은
베수비오 산봉우리에서
꿀럭꿀럭
하늘을 덮을 듯
시커멓게 치솟는
죽음의 재를 뒤집어 쓴 채

"하느님이시여!
저는 아이온도, 아베시즈도, 글로커스도* 아닌
아무 죄도 범하지 않고 평범하게 살아온
필부필부(匹夫匹婦)입니다
어찌 저에게
이토록 가혹한 형벌을 내리시니이까?"

아비규환(阿鼻叫喚) 아수라장(阿修羅場)
바로 그것이었을 것이다

화려했던 건물들
모두 허물어지고 땅에 묻혀

옛 모습 전혀 알 길 없으나
어린 자식 사랑으로 감싸안은 석회석 여인
뜨거운 감동으로 다가와
동방의 나그네
눈시울 적시네.

* 영국의 E. G. 리튼이 1834년에 발표한 소설 『폼페이 최후의 날』에 등장하는 인물들.

처녀의 샘

로마 시대 바로크 건축
마지막 걸작
전장(戰場)에서 돌아온
목마른 병사들에게 알려 갈증 풀었던
'처녀의 샘'—트레비 분수

그때 그 처년 보이질 않고
용출(湧出)하는 분수
그 위 한가운데
바다의 신 넵투누스는
그의 아들 트리톤이 이끄는 해마(海馬)를 타고
어디론가 달려가고 있었고

내 젊은 날
젊은이들의 우상
영화 <로마의 휴일> 속의
오드리 햅번, 그레고리 팩
사랑의 결실을 위해
동전 두 잎* 던지는 모습
아련히 떠오르고 있었다.

* 동전을 한 번 던지면 로마에 다시 올 수 있고, 두 번 던지면 사랑이 결실되고, 세 번 던지면 사랑이 결렬된다는 로마의 전설이 있음.

신비의 호수, 장해(長海)

중국 사천성 북부
물의 계곡 구채구(九寨溝)

물빛이 쪽빛이어서
바다라 했던가
신선이 쓰다 깨진 거울이라
바다라 했던가*

낙일랑(諾日朗) 폭포에서
한 참(站)쯤 걸으니
크고 작은 114개 호수의 맏형

설산(雪山)의 만년설 녹은 물일까
호수 밑 땅속에서 용출(湧出)한 물일까

백두산 천지 닮은 호수
나그네 발길 휘어잡고
나좀 보라 발길 잡는데

음침한 산기슭 호숫가엔
승천하지 못한 이무기

한풀이 용틀임트는지
출렁이는 물결 위로
으스스 찬바람 분다.

* 장족(臧族)의 전설임.

황룡(黃龍) 오채지(五彩池)

중국 사천성(四川省) 북단
민산(岷山)산맥 아래
구채구(九寨溝) 북동쪽
설보산(雪普山)* 기슭을

휴대용 산소통 코에 대고
헐떡헐떡
해발 3천 5백여미터 고원에 이르니

하늘에서 보면
황금빛 용들이 뒤엉켜 누워 있는
황룡 계곡 머리
황룡고사(黃龍古寺)* 뒤에

기기묘묘(奇奇妙妙) 형형색색
3천 4백여개
석회암 함지박 다랑이
오색 물감 물에 푼 듯

에메랄드빛인가 하면
갈매빛이요

갈매빛인가 하면
쪽빛이고
쪽빛인가 하면
하늘빛이요 구름빛이
서로 시샘하듯
뒤엉켜 있는 오채지가

황해 바다 건너
망팔(望八)의 나그네
눈을 놀라게 하누나

아,
예가
정녕
선계(仙界)인가
불계(佛界)인가
인간(人間)이 아니로다.

* 해발 5,588미터의 산.
* 설동정봉(雪銅頂峰) 아래 사면이 산으로 둘러싸여 있어 '설산사(雪山寺)'라고도 함.

화청지(華淸池)에서

3천년 역사가 숨쉬고 있는
중국의 고도 서안(西安) 북동쪽
산세 수려한 여산(驪山) 한 자락

딸 같은 며느리 양옥환(梁玉環)
천륜을 어기고 귀비(貴妃)로 삼아
밤낮없이 색에 절어 살았던
희대의 탕왕(湯王), 현종(玄宗)은

역대 제왕들의 온천 휴양지에
화청궁(華淸宮)을 짓고
해당탕(海棠湯), 연화탕(蓮花湯)에서
알몸으로 혼욕을 즐기며
농탕(弄蕩)을 치며 놀았었고

양귀비는 현종의 이성(理性)을
교태와 색으로 마비시켜
무법의 칼 휘두르며
부귀와 영화를 누렸었지

열흘 넘어 피는 꽃 없고
십년 넘는 권세 없다는 말은

그 누가 한 말이던가

웅덩이에 고여 썩은 물
언젠가는 비극의 눈물되어
지상에서 사라져버린다는 것은
그 누가 밝힌 진리이던가

천보(天寶) 14년(755년)
총신(寵臣) 안록산(安祿山)과 사사명(史思明)은
이런저런 이유로
반란을 일으켰고

현종과 함께
촉(蜀)나라로 몽진(蒙塵) 가던 양귀비
마외역(馬嵬驛)에서
육군(六軍)이 발을 떼지 않으니
어쩔 도리 없이
현종의 눈물 묻은 명으로
아침이슬처럼 사라졌어라*
천여년 전
비극을 잉태했던

저 사랑탕*에는

아직도

양귀비의 교성(嬌聲)이

들리는 것만 같아

머리카락 쭈뼛 솟는다.

* 당나라 시인 백거이의 <장한가(長恨歌)> 참조.
* 현종이 양귀비와 더불어 혼탕을 즐겼던 '해당탕'과 '연화탕'을 이름.

헤이안 진구(平安神宮)

한 집 건너 진사(神社)와 진구(神宮)의 나라
일본 문화 예술의 고도(古都)
교토(京都) 천도
천년을 기리기 위해 세워진
헤이안 진구*에 이르니

신의 영역 안으로 들어가는 문
눈도 질려버린 지천의 색 주홍색
하늘 '天'자형 오도라이(大鳥居)
손님 포옹하듯
거대한 손을 벌리고 있고
새파란 하늘을 연모해 휘달리듯
장엄하게 우뚝 솟은 오텐몬(應天門)
위엄의 눈짓으로 미소짓누나

정문 입구엔
家內安全, 心身健勝, 厄除開運……
인생사 안녕 비는
봉납(奉納) 청주(淸酒)통 즐비하고
경내 초입엔
소원 담긴 글귀 오미쿠지 나무
백발이 성성하네

더러운 때 씻고 들라는
정수대(淨水臺)를 지나
백제 왕족의 피가 흐르는[*]
일황日皇들 정사 돌보던 곳
다이고쿠엔(太極殿) 황금빛 처마를 보니
벅차오르는 감회
가눌 길 없어라

보물은 그윽한 곳에 묻어 둔다 했던가
일본 전통 정원 신엔(神苑)에 이르니
가와바타 야스나리(川端康成)[*] 감탄할 만한데
연못 휘감돌아 둘러친
솔숲 스쳐가는 바람소리
나뭇가지 울리는 새소리
귓전을 간질이며 스쳐 가네.

* 헤이안진교(平安京)로 천도한 지 1,100주년을 기념하기 위해 1895년에 건립되었음.
* 김성호(金聖昊)님이 저술한 『沸流百濟와 일본의 국가 기원, 지문사, 1990』에 의하면, '비류(沸流) 백제가 멸망하자 마지막 왕인 應神이 A.D. 396년 일본으로 건너가 야마도(邪馬臺) 왕조를 세워 오진(應神=神武) 천황이 되었으니, 이것이 곧 일본 천황(天皇) 국가의 기원이 되었다.'라고 주장하고 있다.
* 1899~1972. 일본 소설가. 노벨 문학상 받음. 대표작 <설국(雪國)>이 있음. 그는 소설 <고도(古都)>에서 신엔의 아름다움을 다음과 같이 묘사했다. '이곳의 벚꽃은 교토의 봄을 대표한다고 해도 과언이 아니다. 신사 정원 입구에 들어서자마자 만발한 벚꽃의 분홍빛깔이 치에코의 가슴 밑바닥까지 가득 피어나는 듯했다.'

제2부 산문(散文)

(가) 수필

// 1. 그때 그 시절 //

을미년(乙未年) 새해를 맞아

지난 갑오년(甲午年)은 세월호 대참사로 일년 내내 온 국민을 슬픔의 도가니 속으로 휘몰아넣더니, 그래도 한 해가 저물기 바로 직전 오랫동안 앓아오던 불그죽죽한 덧니 하나 발치(拔齒)한 큰 선물(통진당 해체)을 던져주고 드디어 그 꼬리를 감추었다.

그리고 다시 떠오른 내 나이 산수(傘壽)의 팔순(八旬)이 되는 을미년(乙未年) 새해의 태양은 양떼를 몰고 여명(黎明)의 밝은 햇살을 밝히며 동녘으로부터 성큼 떠올랐다.

『장자(莊子)』 지북유(知北遊)에 '사람이 이 세상에 살고 있는 동안이란 마치 백마가 벽의 틈새를 언뜻 지나가듯 순식간이다(人生天地之間 若白駒之過郤(=隙) 忽然而已).'라고 기록되어 있는 것처럼 빠른 건 세월이요, 허무한 건 우리네 인생인 것 같다.

법정년(法定年)의 65세를 채우고 쓸쓸히 상아탑(象牙塔) 문을 나온 지 엊그제 같은데 어느덧 또 15년이란 세월이 흘러 갔으니 말이다.

그 동안 내가 개인적으로 존경하였거나 좋아하였던 수많은 사람들도 상당수 이미 유명(幽明)을 달리하였고, 최근 몇 년 사이에 친히 지냈던 몇몇 벗들도 이미 저 세상으로 간 사실로 미루어 보아, 나는 꽤 오랜 삶을 살아온 것 같다.

일찍이 일본의 세계적 사회 심리학자 미나미 히로시(1914~?) 박사는 『늙음을 모르고 사는 지혜』라는 책에서 '이상을 잃으면 비로소 늙기 시작한다. 정년 퇴임 이후 제2의 인생을 살아오다 보니, 어느 새 내 나이 81세가 되었다.'라고 술회하면서 '내 인생은 이제부터다.'라고 힘주어 말한 바 있다.

나도 대학교수 정년퇴임 이후 제2의 삶을 살고자 내 마음 한구석에 잉걸불로 남아 있었던 '시인(詩人)에의 꿈'을 실현하고자 2005년 봄 『문학 예술』지를 통해 유소년 시절을 보낸 영원한 마음의 고향인 아름다웠던 전원 마을 서대문구 홍은동(弘恩洞)에 대한 향수(鄕愁)를 주제로 한 전 5부 120행의 장시 <사향(思鄕)>을 발표함으로써 문단(文壇)에 정식으로 등단해서 꾸준히 시(詩)와 수필을 발표하면서 열심히 창작 활동을 해 오고 있는 터다.

『예기(禮記)』 곡례(曲禮) 상 제1에 '팔십구십왈모(八十九十曰耄)'라 기록되어 있다. 즉 '나이 팔구십세를 모(耄)라 이른다.'라는 뜻이다. '모(耄)'의 훈은 '늙다, 정신이 흐리다, 쇠약하고 피로하다, 의리를 지키고 세상에 나가지 않는다'(『한한대사전(漢韓大辭典), 2007, 단국대 동양학 연구소)』 권 11, 230쪽 참조) 등으로 기록되어 있다.

'耄'자의 글자 구조는 '늙을 老(로)'자와 '터럭 毛(모)'자의 회의(會意)와 형성(形聲)으로 이루진 글자로 '머리카락을 비롯한 몸의 모든 터럭이 하얗게 세다.'라는 뜻을 함축한 글자이다.

삶의 질이 좋아지고 의학이 발달해서 흔히 현대를 '백세(百歲) 시대'라고들 말하지만, 나이 팔십이 되고 나니 아무리 건강한 척해 봐도 모든 게 예전 같지 않음을 절감하게 된다.

80년 된 기계가 2,30년 된 기계의 성능을 따라갈 수 없듯 행동은 굼떠졌고, 말투는 어눌(語訥)해졌으며, 생각하는 것은 진부(陳腐)하고 둔총(鈍聰)해졌음을 실토하지 않을 수 없다.

미나미 히로시 박사가 제2의 인생을 열심히 살아오다가 81세가 되고 나서, 또 다시 '내 인생은 이제부터다.'라고 힘주어 말한 것은 일종의 학자적 오기(傲氣)에서 우러나온 말이 아닐까 한다.

아무리 역발산 기개세(力拔山 氣蓋世)의 항우(項羽)와 같은 철골(鐵骨)의 사람이라 할지라고 세월 앞에선 어쩔 도리 없이 항복하기 마련인 게 우리들 인간이 아니던가.

80년 동안 사용해 온 노후(老朽)된 기계가 아무리 관리를 잘 했어도 제 성능을 발휘하지 못하고 이따금 불협화음의 삐걱거리는 소리를 내듯, 인생 팔순을 살아온 나도 이젠 모쇠(耄衰)해져서 종종 나도 모르게 '아이고!' 소리를 내면서 힘 들어 할 때가 많음을 솔직이 고백하지 않을 수 없다.

그러나, 오늘도 나는 미완(未完)의 작업을 마무리짓기 위해 서재를 향해 발걸음을 옮긴다.

막걸리 추억

내가 술을 처음으로 입에 댄 것은 열 살도 채 안 된 여덟 살인가 아홉 살 때부터가 아닌가 한다.

그러나, 그 당시 마셨던(아니 먹었다는 표현이 더 적절할 것 같다.) 술은 온전한 술이 아니고, 일제 때 식량 대용으로 시커먼 깻묵덩어리와 함께 배급받았던 막걸리를 거르고 난 찌꺼기인 술지게미였다. 나는 어머니께서 달착지근하게 다시 끓인 술지게미를 술에 취한다는 것이 어떤 것인지도 잘 모르면서, 단순히 배고픔을 달래기 위해 밥 대신 즐겨 먹었다. 무엇보다 허기를 면해 좋았다.

술지게미가 우리 나라 가난한 서민층들에게 식량 대용 식품이었음은 고려 공민왕 때 윤소종(尹紹宗)의 오언 고시 ＜제동문오(祭東門女昷)＞에 '머리털 잘라 술지게미를 바꿔 오니, 쉬고 썩어서 먹을 수 없구나(剪鬢換酉曹來敗惡不可食).'라고 읊은 싯구에도 잘 나타나 있다.

나는 초등학교 1학년 때 이 술지게미를 먹고 술에 취한 채, 학교에 등교했다가 담임 선생님으로부터 호되게 야단맞고는 앞에 나가 손들기 벌을 선 적이 있다. 아이들이 벌겋게 술에 취한 나를 보고 낄낄거리며 웃어댔다.

이후 나는 술에 취한다는 것이 무엇이고, 특히 어린아이에게는 좋지 않은 것이라는 걸 알게 되어, 밥이 없어 굶을망정 아침에는 술지게미를 절대로 안 먹었다. 그러나, 식량 사정이 여의치 않았던 우리 집 가정 형편은 하루에 한두 끼는 반드시 술지게미로 때워야 했으니, 이를테면 나는 어려서부터 술꾼(?)이 된 것이나 다름없었다.

해방이 되고 집안 형편이 좀 나아져서도 이미 술꾼이 되어 버린 나는, 이따금 부모에게 졸라 그 술지게미를 간식으로 먹곤 하였다. 이런 나의 기이한 식생활 습관은 고등학교에 편입학하면서 돌변하여 알코올 성분의 것은 어떤 것이든 일체 입에 대지 않았다. 왜냐하면, 다른 학생에 비해 2년 여 뒤진 학력을 따라잡기 위해서였다.

이런 근신(?) 덕분으로 나는 K대학교에 무난히 합격은 했지만, K대학교가 속칭 막걸리 대학교라는 사실은 미처 몰랐다.

일제 때 술지게미로 술을 배운 나는 안암동 개운사(開雲寺)에서 벌어졌었던 신입생 환영 막걸리 잔치에서 술 실력을 처음으로 유감 없이 발휘하여 교수님과 선배들을 깜짝 놀라게 했다. 선배들이 군용 드럼통에 가득 들어 있는 막걸리를 두 되 들이쯤 되는 바가지에 가득 담아 주는 것을 쉬지 않고 단숨에 벌컥벌컥 들이마셨으니 놀랄 수밖에.

그러나, 그건 일종의 호기(豪氣)요, 만용(蠻勇)이었다. 사실 나는 술을 본의 아니게 일찍 배우기는 했어도, 두 되 정도를 단숨에 들이킬 정도의 실력은 못 되었다. 45년만에 고백하지만, 그 날 나는 집에 돌아와 술병이 나서 요강에 다 토하였고, 설사 때문에 밤새도록 화장실을 드나들면서 여간 애를 먹지 않았다.

항간(巷間)에 떠도는 이야기처럼 과연 K대학교는 민족 사학이어서 그런지는 몰라도 서민풍의 막걸리 대학교였다. 대학 축제 기간은 물론 대학간이나 학과간 운동 시합 후에도 으레 막걸리 잔치를 벌였다.

누룩을 발효시켜 담그는 양조주(釀造酒)인 막걸리는 우리 나라 특유의 서민술이다. 이 술이 고려 고종 때 이규보(李奎報)의 오언배율 <발상주(發尙州)>에 '나그네 창자를 막걸리로 푸니(旅腸消薄酒)'로, 이달충(李達衷)의 요언배율 <산촌잡영(山村雜詠)>에 '질그릇 뚝배기에 들고 오는 허연 막걸리

(陶罌提白醆)'라고 노래 된 것으로 보아, 고려 때부터 서민술로 인기를 누려 온 것 같다.

술의 기원은 신화나 전설로 다음과 같이 전해지고 있으나 확실치 않다. 이집트에서는 오시리스(Osiris) 신이 약 5천년 전에 맥주 만드는 법을 가르쳤다고 하며, 그리스에서는 주신(酒神) 박카스(Bacchus)가 포도주 만드는 법을 가르쳤으며, 중국에서는 우(禹)왕 때 의적(儀狄)이라는 사람이 기장으로 술을 만들어 왕에게 바친 것이 최초라 하기도 하고, 두강(杜康)이라는 사람이 최초로 술을 만들었다고도 하는 설이 있다.

또한, '술'이라는 낱말의 어원(語源)도 범어(梵語) 'Sura'에서 왔다고 하는 설이 있으나 역시 확실치 않다. 다만 이 낱말은 우리 나라 고려 때는 '酥孛[suə－puət]'로, 15세기 때는 '(*수블[酒]) > 수울<두시언해 초, 八, 28 > > 수을 < 두시언해 초, 八, 27> > 술 < 능엄경언해, 七, 53 >' 등으로 출현하고 있는 사실만 확인될 뿐이다.

'막걸리'라는 낱말은 '마구'의 뜻인 부사 '막'과 '체 같은 것에 받쳐 국물을 짜내다.'의 뜻인 '거르다'의 명사화 접미사 '－이'가 첨가되어 파생 명사가 된 '걸리'와의 복합어로, 우리 나라 문헌에 '탁주(濁酒) · 박주(薄酒) · 농주(農酒) · 백주(白酒) · 백차(白醝)' 등으로 출현한다.

송(宋)나라 주희(朱熹)의 시 <취하축융봉작(醉下祝融峯作)>에 '탁주 석 잔에 호기가 나니, 시 한 수를 읊으며 축융봉을 뛰어 넘을 만하다(濁酒三杯豪氣發 郎吟飛下祝融峯)'라고 노래한 대목에서도 '탁주'가 출현하는데, 이 같은 사실은 고려 때 양조법이 송나라에 전수된 것이 아닌가 하는 추측을 낳게 해 주고 있다. 왜냐하면, 술을 소재로 노래한 수많은 당시(唐詩)에서는 '탁주'라는 낱말이 전혀 보이지 않기 때문이다.

막걸리에는 성인병의 원흉인 콜레스테롤의 수치를 낮추는 요소가 있다고 한다. 옛날 막걸리를 즐겨 마셨던 우리 선조들의 식생활 지혜에 김치와 더불어 또한번 고개 숙여짐을 금할 길 없다.

그러나, 요즈음 어느 술집을 가 보아도 우리의 전통 서민주인 막걸리는 보이지 않고, 값비싼 양주와 맥주가 판을 치고 있으니 실로 안타까운 일이 아닐 수 없다.

우리 민족의 숱한 애환(哀歡)이 깃들여져 있는 막걸리, 나는 그 '막걸리'라는 소리만 들어도 가난했던 어린 시절과, 막걸리로 절어 살았던 대학 시절이 주마등처럼 눈앞에 아른거린다.

향수(鄕愁)

향수(鄕愁)라는 낱말의 제1차적인 의미는 '사람이 태어나서 자란 자신의 고향을 그리는 애틋한 마음'을 말한다. 그것은 플라톤(Platon)이 말한 것처럼 원류(源流)에 대한 동경(憧憬)이기도 하며, 여우가 죽을 때 머리를 자신이 출생한 곳을 향해 죽는다는 수구초심(首丘初心)의 마음이기도 하다.

> 넓은 벌 동쪽 끝으로 / 옛 이야기 지줄대는 실개천이 휘돌아 나가고 / 얼룩배기 황소가 / 해설피 금빛 게으른 울음을 우는 곳 // -그곳이 차마 꿈엔들 잊힐리야 // 질화로에 재가 식어지면 / 빈 밭에 밤바람 소리 말을 달리고 / 엷은 졸음에 겨운 늙으신 아버지가 / 짚베개를 돋아 고이시는 곳 // -그곳이 차마 꿈엔들 잊힐리야

이 시는 1930년대 우리 나라 모더니즘(Modernism) 시 운동의 비조(鼻祖)인 정지용(鄭芝溶)의 <향수(鄕愁)>라는 제목의 초기 시의 일부이다.

이 시는 요즈음 시 전체에 곡이 붙여져 많은 사람들이 애창(愛唱)하고 있는 터다. 이처럼 부르기 어려운 긴 가사의 노래가 사람들이 즐겨 부르는 인기 가요가 된 이유도 인간의 마음 한 구석에는 누구나 고향을 그리는 마음이 있기 때문이라고 생각된다.

그런데, 나에겐 불생하게도 실제의 참 고향이 없다. 고향의 사전적 의

미는 '① 자기가 태어나 자란 곳, ② 제 조상이 오래 누려 살던 곳'이다.

이렇듯 단순한 사전적 의미로 본다면, 서울에서 출생하여 현재 서울에서 살고 있으니 서울을 고향이라고 할 수도 있겠고, 또한 여러 대의 조상이 묻힌 선영지(先塋地)가 경기도 여주(驪州)이니 여주를 고향이라고 할 수도 있겠으나, 어쩐지 내게는 이 두 곳 다 고향이라는 느낌이 전혀 들지 않는다.

고향이란 사람의 마음 속에 괴로울 때나 기쁠 때, 속진(俗塵)을 훌훌 털어버리고 잠시 내려가 옛 벗이나 일가 친척들과 더불어 웃음지을 수 있는 곳이거나, 사람의 마음 속에 영원히 지워지지 않는 아름다운 추억이 깃들여져 있는 곳이라야 한다.

그러나, 나에겐 실제의 참 고향은 없어도 그에 못지 않는 아름다운 추억과 훈훈한 정이 깃들여져 있는, 머릿속에서 영원히 잊혀지지 않는 마음의 고향이 있다.

오늘날 도시 확장으로 서울특별시 서대문구에 편입된 무악(毋岳)재 고개 너머에 자리하고 있는 홍은동(弘恩洞)은, 지금은 상전벽해(桑田碧海)가 되어 옛 모습을 전혀 찾을 길이 없지만, 40여 년 전엔 경기도 고양군(高陽郡)에 소속된 한적한 전원(田園) 마을이었다.

북한산(北漢山) 서남 쪽 계곡으로부터 발원(發源)하여 세검정(洗劍亭)을 통과하는 벽계수(碧溪水)는, 백옥처럼 희고 깨끗한 홍제천(弘濟川) 모래사장 위를 맑다 못해 푸른 색을 띠면서 감돌아 흘러가고, 길게 뻗은 방죽 위를 우뚝우뚝 일렬로 사열병(査閱兵)처럼 도열(堵列)하고 있는 높푸른 버드나무들이 하늘 높은 줄 모르고 치솟아 있고, 그 너머 논도랑 밭도랑을 지나면 장엄하게 우뚝 솟아 있는 나무와 바위가 절묘한 조화를 이루고 있는 한 폭의 동양화인 인왕산(仁旺山)이 마주 보이는 곳 ─ 그곳은 내 나이 5살 때부터 6 · 25 전쟁이 발발하던 15살 때까지 유년과 소년 시절을 함께 보냈던 내 인생 일대 가장 소중한 아름다운 정서(情緖)를 심어 준 영원한 내 마음의 고향인 것이다.

서울 한복판인 종로 청진동(淸進洞)에서 출생한 내가 어떻게 해서 그곳에서 살게 되었는지 자세히는 모르지만, 아마도 선고(先考)의 사업 실패로 인한 것이 아니었을까 하는 추측은 거의 확실한 것 같다.

봄이면 인왕산 길 양 옆에 지천(至賤)으로 피어 있는 진달래꽃을 따먹으며 빈 배를 채우던 일, 여름이면 북한산성(北漢山城)을 타고 넘어가 지금은 찾아볼 수 없는 능금 서리를 하다가 과수원 주인에게 들켜 줄행랑을 치던 일, 가을이면 논에 나가 노랗게 물든 볏숲을 헤치며 벼메뚜기를 잡아 볶아 먹던 일, 겨울이면 꽁꽁 얼어붙은 홍제천 위에서 팽이를 치거나 썰매를 타고 놀던 일, 그 밖에 제기차기, 잣차기 등등 열심히 놀던 이런저런 추억들은 나에게 있어 도시 아이들에게서는 도저히 맛볼 수 없는 귀중한 체험이었으며, 정신적 자양분(滋養分)이었다.

이처럼 도시에서 태어나 시골 같은 전원 마을에서 성장한 나는 그곳을 진정한 고향으로 생각하면서, 마음이 괴로울 때마다 그 옛날의 아름다운 추억들을 머릿속에 떠올리곤 한다. 그럴 때마다 신기하게도 내 마음 속에 자리하고 있는 세속적 욕망이나 번뇌(煩惱) 등 온갖 잡념들은 신기하게도 깨끗이 정화(淨化)되어 사라져 버린다.

고향! 정녕 그것은 우리들 사람의 마음 속에 깊게 자리하고 있는 영원한 어머니요, 요람(搖籃)이며, 정신적 휴식처임이 분명한 것 같다.

6 · 25전쟁과 적치하 100일

그러니까 내가 중학생이 된 지 석 달만에 동족 상잔의 민족적 비극인 6 · 25 전쟁이 발발했다. 1950년 6월 25일 일요일 아침에 김포, 문산, 의정부 쪽에서 '쿵— 쿵—'하는 소리에 우리 가족들은 모두 놀라 잠에서 깨었다. 형님께서 라디오를 틀었다.

북한군의 남침이 감행된 지 3시간 후에야 서울중앙방송국의 아침 7시 뉴스가 흘러나왔다.

"국민 여러분 ! 놀라지 마십시오. 북한 공산 괴뢰군은 오늘 이른 새벽에 38선을 넘어 침략을 자행하였습니다. 그러나 용맹한 우리 10만 국군들은 모든 전선에서 적을 격멸하고 있으니, 국민 여러분께서는 절대로 동요하지 마시기 바랍니다."

하고 아나운서의 비장하면서도 무엇에 쫓기는 듯한 목소리가 흘러나왔다.

북한 공산군은 1950년 6월 25일 새벽 4시를 기해 전쟁 준비가 전혀 되어 있지 않은 남한을 연천, 운천, 의정부를 주공격선으로 김포, 문산, 춘천, 강릉, 동해안 정동진 등 전 지역에서 동시다발로 기습 공격을 감행하여, 한국군 사망 137,899명, 부상 450,742명, 실종 32,838명, 계 621,479명, 유엔군 사망 40,670명, 부상 104,280명, 실종 9,931명, 계 154,881명, 북한군 사망 508,797명, 실종 및 포로 98,599명, 계 607,396명, 남한 민간인 사망(피학살자 포함) 373,599명, 부상 229,625명, 납치 및 행방불명 387,744명, 북한 민간인 약 150,000명 계 2,490,968명, 중공군 사망 148,600명, 부상 798,400명, 실종 3,900명, 포로 21,700명, 계 972,6000 등 엄청난 인명 피해를 가져 온 미증유(未曾有)의 동족상잔의 비극적 전쟁을 일으켰던 것이었다(이상 『알아 봅시다 6 · 25전쟁사(국방부 군사편찬연구소, 2005. 7. 8.)』권 3, 144쪽 참조). 북한 공산 정권이나 과거 김대중, 노무현 정권 시절 일부 좌익분자들은 6 · 25 전쟁이 북한 김일성 정권에 의한 남침이 아니고 남한 이승만 정권에 의한 북침이었다고 주장한 바 있지만, 아래와 같은 사실로 보아 이는 터무니없는 날조된 거짓 선전의 말이었으며, 김일성에 의한 계획된 남침이었음이 확실한 것이다.

첫째, 김일성은 전쟁 준비를 위해 1949년 3월 초에 모스크바를 방문하여 군비 확충을 위한 소련의 지원을 요청하면서 동시에 남침 승낙을 요청하였다. 이때 스탈린은 군비 지원 요청은 대부분 들어 주었으나 남침 계획은 들어 주지 않았다. 그러나 1950년 3월 하순 김일성이 극비리에 모스크바를 재차 방문했을 때는 마침내 김일성의 남침 계획을 승인했다는 점.

둘째, 이 같은 사실은 1994년 김영삼 대통령이 러시아를 방문했을 때, 당시 러시아 대통령이었던 B. N. 엘친이 제공한 6 · 25 관련 비밀문서에 '김일성의 요청을 J.V. 스탈린이 승인함으로써 전쟁이 시작되었다.'라고 명시적으로 기록되어 있는 점.

셋째, 전쟁이 발발한 시점이 당시 일선에서 근무하고 있었던 전체 한국군의 3분의 1이 주말 외출 중이었던 일요일에 발발했다는 점.

넷째, 당시 북한군의 병력수는 201,050명으로 한국군 103,827명의 배가 넘었으며, 병장기도 북한군은 122mm 신형 곡사포를 포함해서 총 728문, 120mm 박격포를 포함해서 총 1,728문이었으나, 한국군은 105mmM3 곡사포 91문, 81mm 및 60mm 박격포 등 960문뿐이었다. 또한 북한군은 T-34 전차 242대를 보유하고 있었으나, 한국군은 단 1대의 전차도 없었고, 겨우 정찰용 장갑차 몇 대가 있었으며, 북한군은 전투기와 폭격기를 합쳐 211대를 보유하고 있었으나, 한국군은 연락용 및 훈련용 연습기 22대밖에 없었다는 점(『알아봅시다 6 · 25 전쟁사(국방부 군사편찬연구소, 2005. 2. 3.』권 1 ,130~132 쪽 및 『6 · 25 전쟁사(국방부 군사편찬연구소. 2005. 12. 12)』권 2, 46~47쪽, 781쪽 참조).

전쟁에 대한 준비가 철저한 나라와 전혀 전쟁 준비가 되어 있지 않은 나라와의 싸움은 불문가지인 법, 6월 25일 새벽 4시에 기습 남침한 북한군은 사흘만에 서울을 완전 점령하고 이어 파죽지세(破竹之勢)로 남하하여 한 달여만에 '마산–남지–왜관–영천–포항'으로 이어지는 이른바 '낙동강 방어선(일명 '워커 라인')'까지 내려갔던 것이다.

나중에 안 사실이지만, 모든 전선에서 승리하고 있다는 라디오 방송은 모두 국민을 안심시키기 위한 거짓 방송이었다. 6월 27일 새벽 전세가 아군에게 불리하게 돌아가자 이승만 대통령은 몰래 야음(夜陰)을 타서 특별열차편으로 대전으로 피신하였고, 당시 육군참모총장 채병덕은 서울 사수를 위한 창동 방어선이 무너지자 28일 새벽 1시 45분 한강 다리 폭파를 지시, 같은 날 새벽 2시 30분 당시 한강 다리를 건너던 500명~800명 정도 되는 민간인과 수많은 차량들을 외면한 채, 역사의 오명(汚名)을 찍은 '한강 다리 폭파'를 결행했던 것이다.

우리 가족들은 한강 다리가 폭파되었다는 소식을 듣고 아예 피란을 포기하고 집에 그냥 있었다. 사실 한강 다리 폭파 소식을 못 들었다 해도 우리 가족들은 돈도 없고 남쪽에 일가친척이 있는 것도 아니어서 피란 갈 처지가 못 되었다. 속수무책으로 그냥 집에 칩거(蟄居)하고 있었던 우리 가족들은 붉은 세상으로 바뀐 서울에서 북한 공산 정권의 눈치만 보고 살 수밖에 없었다.

당시 젊은 남자들은 보이는 대로 잡혀 의용병으로 끌어갔던 터라, 결혼

한 지 3년밖에 안 되었던 30대의 형은 담요를 뒤집어쓴 채 다락에 숨어 있어야 했다. 6 · 25 전쟁이 발발했던 그 해 우리 가족은 형수와 두 어린 조카를 포함해서 9명의 대식구였다. 전쟁 중이라 끼니를 거르지 않고 제때에 식사를 한다고 하는 것은 여간 어려운 일이 아니었다. 세상이 바뀐 지 3일째 되는 날 새로 임명된 반장으로부터 '식량 배급을 하고 있으니 동회 앞으로 나가 보라'는 통지를 받고 나가 보니, 쌀 1말 정도를 무상으로 배급해 주는 것이었다. 돈을 받지 않고 무상으로 배급을 주다니 고맙기 그지없었다.

그러나 그러한 무상 배급은 그것이 처음이자 마지막이었다. 서울 을지로 7가에서 자동차 부품상을 운영하셨던 형은 가게도 못 나간 채 다락에 숨어 살아야 했고, 동네 방직 공장 직공으로 나갔던 큰누이는 공장이 가동 안 되니 백수로 있을 수밖에 없었다. 먹고 사는 문제가 큰 문제가 아닐 수 없었다.

그리하여 우리 가족은 가족회의 끝에 가족 분산책을 썼다. 나는 형수와 두 어린 두 조카와 함께 형수의 고향인 강원도 원주군 문막면 근등리에 가 있기로 하고, 나머지 가족들은 그냥 집에 머물러 있으면서 백부(伯父)께서 농사 지으며 살고 계신 파주로 가서 식량 구걸을 해 오기로 결의하였다.

형수는 6 · 25가 일어났던 해에 출생한 핏덩이를 등에 업고, 나는 3살 된 큰조카를 자전거에 태워 자하문을 지나 망우리 고개를 넘어 원주 방향으로 갈 때였다. 갑자기 '쌔애앵－'하고 비행기 날아가는 금속성이 나더니 앞에 걸어가고 있던 북한군을 향해 '뚜루룩 뚜루룩' 기총소사를 하면서 휙 지나갔다. 대여섯 명의 북한군 병사들이 그 자리에서 피를 흘리며 죽어 갔다. 나와 형수는 무서워서 더 이상 걸어갈 수가 없어 자전거를 세운 채 두 조카를 껴안고 밭도랑에 몸을 숨겼다. 30분쯤 지났을까. 비행기 소리가 더 이상 나지 않았다. 큰조카를 다시 자전거에 태우고 목적지를 향해 또 걸었다. 형수 등에 업힌 핏덩이 작은조카는 배가 고팠는지 기총 소리에 놀랐는지 악을 쓰며 울어댔다.

북한강과 남한강이 합수하고 있는 두물머리 양수리(兩水里)쯤 갔을까? 길가 양 옆에 가마때기로 덮어 놓은 쓰레기더미 같은 곳에서 송장 썩는 냄새가 코를 찔렀다. 밖으로 노출된 발을 보니 군인 송장보다 민간인 송장수가 더 많은 것 같았다. 나는 '왜 민간인들을 죽였을까?'하고 속으로 의아해하면서 한참 동안 전쟁의 비인도적 잔인성을 슬퍼하고 있었다. 양동(楊東)을 지나 강원도 땅에 이르렀을 때, 논에서 김을 매다가 점심을 먹고 있던 농부들이 우리 일행을 보고,

"이리 오셔서 점심좀 들고 가세요."

하는 것이었다. 나는 아침 식사를 호박죽으로 대신했기 때문에 몹시 배가 고파 있었다. 나는 농부의 이 같은 호의에 반색을 하면서 반사적으로 농부들이 식사하고 있는 쪽으로 가려고 했다. 그러나 이내 형수님께서는 나를 못 가게 만류하면서

"도련님, 조금만 참으세요. 한 시간 정도만 더 가면 우리 집에 당도합니다."

라고 말하는 것이었다. 나는 형수의 이 같은 행동을 못 마땅하게 생각하면서 아무런 말대꾸도 하지 않은 채 묵묵히 따라 갔다. 나는 형수 때문에 비록 농부들이 권하는 점심을 얻어먹지는 못했지만, 전시(戰時)라는 시대적 상황을 초월한 강원도 사람들의 순박한 인정을 고마워하고 있었다.

형수의 말은 거짓이 아니었다. 우리 일행은 1시간 조금 더 걸려 형수네 친정집에 도착하였다. 순박하게 생기신 사돈 어른 두 내외분은 우리를 반겨 맞으셨다.

"아이고, 그 먼 데서 어떻게 걸어서 왔노? 고생들 많이 했구먼!"

나는 그날부터 형수네 친정집에서 식객 노릇을 하며 지냈다. 형수네 집안 형편은 소작농으로 겨우 밥을 먹고 지내는 형편이었다. 밥상에는 늘 감자가 섞인 꽁보리밥에 된장찌개와 산채나물 반찬이 전부였지만, 배불리 양껏 먹을 수 있어 좋았다.

나는 나보다 한 살 많은 형수의 남동생과 친형제처럼 스스럼없이 친하게 지냈다. 나무 하러 산에 같이 가기도 했고, 논밭에서 김매기할 때도 같이 따라 나가 잡풀을 뽑기도 했으며, 남의 밭에 몰래 들어가 참외나 수박서리를 해서는 낄낄거리며 같이 나눠 먹기도 했고, 개울에 나가 천렵(川獵)을 하거나 물놀이할 때도 단짝 친구처럼 같이 행동하며 세월 가는 줄 모르고 지냈다.

유년시절 홍은동에서의 생활과 유사한 농촌 생활을 한 지 어언 한 달이라는 세월이 흘렀다. 나는 눈치가 보이는 것 같아 형수에게

"난 이제 그만 집으로 돌아갈 터이니, 형수께선 더 계시다가 오세요."

라고 말했다. 형수는 말리는 척하더니 이내

"그럼 그렇게 하세요, 도련님!"

하고 말씀하시는 것이었다. 나는 사돈 어른께서 주신 쌀 1말, 보리 1말을 자전거에 싣고 왔던 길을 따라 1달만에 집으로 되돌아 왔다. 제대로 먹지 못해 부황(浮黃)이 나 있었던 우리 가족들은 내가 나타나자 구세주 만난 듯 모두 기뻐했다. 자세히 모르긴 해도 나보다는 자전거에 싣고 온 곡식 때문이었을 것이다. 우리 가족들은 내가 형수네서 가지고 온 곡식으로 1주일 정도는 굶주렸던 배를 마음껏 채웠다.

오랜만에 집에 돌아와 보니 1달 전에 집을 떠날 때 하고 크게 달라진 게 있었다. 공산 정권은 못 먹어 영양실조에 걸려 있는 학생들과 주민들을 잠시도 그냥 두지 않고 달달 볶아댔다. 학생들은 학교 강당에 모아 놓고 사상 교육과 북한 애국가, 김일성 찬양가, 군가를 가르치고 있었고, 주민들은 아침부터 공사장에 끌고 가 하루 종일 강제 노역을 시키고 있었으며, 공설 운동장엔 소위 인민재판이 열려 무고한 시민들이 매일 한두 명씩 죽어 갔다. 동네 사람들은 배고픔보다도 이 같은 공포 정치에 치를 떨고 있었으며, 하루 빨리 자유 대한의 세상이 오기를 학수고대하고 있었다.

동족상잔의 비극 6 · 25전쟁은 틀림없이 남한을 적화 통일시키려 했던

북측에서 일으킨 전쟁이 확실하며, 또한 16세기 독일의 종교사상가이며 신학교수인 M. 루터가 그의 <탁담(卓談)>에서 '전쟁은 인류를 괴롭히는 질병이다.'라고 갈파한 것처럼 6 · 25 전쟁은 우리 가족은 물론, 한국민 전체를 비극의 나락(奈落) 속으로 몰아 넣어 신음케 했던 악질(惡疾)이었다.

우국(憂國)의 청년 시절

‘조국이 처한 처절한 남북의 분단을 한시도 잊지 않고 있다. 61년 2월에 발표된 조세용(趙世用)의 <휴전선(休戰線)>은 바로 그 분단의 장(場)인 휴전선의 상황을 그의 병영 수첩에서 베껴 모교의 신문에 싣고 있다.

여기
철(鐵)의 삼각 지대로 이름하는
백마고지(白馬高地) —
태산(泰山)의 젊음을, 그 귀한 젊음을
애오라지
서로의 꼭둑각시에
팽개쳤다는 신화(神話)가
송이송이 흩날리는 눈발에
묻히어 땅에 스미는가

하고 조국의 분단에 가슴을 치면서, 마지막으로

조국(祖國)이 벌하는
단두대(斷頭臺)에 서라
어서 조국이 벌하는
단두대에 서라

고 원수의 휴전선에서 사형 선고를 내리고 있다.'

위의 글은 1983년 10월 31일자 <고대 신문(高大新聞)> 22면에 '문화면에 실린 시(詩) 속의 사상 변천'이라는 제목의 고려대학교 문과대 영문학과 조운제(趙雲濟) 교수께서 쓴 나의 졸작시 <휴전선(休戰線)>에 관한 비평의 글이다.

이 졸작시를 쓸 무렵 나는 학적 보유병으로 입대하여 철의 삼각 지대의 하나인 금화(金化) 일대에 주둔하고 있었던 22사단 최전방 소총 소대에 근무하고 있었다.

그 당시 대학 재학 중 입대한 젊은이들은 1년 6개월의 단기 복무를 하는 대신 의무적으로 최전방 소총 소대에 근무해야만 했었다.

아침이면 300그램도 안 되는 꽁보리밥과 콩나물 대 여섯 개가 두둥실 떠 있는 멀건 왜된장국 한 그릇을 후루룩 마시고는 땔나무를 하러 설산(雪山)을 이리저리 헤매이어야 했고, 밤이면 살을 에는 듯한 삭풍(朔風)을 무릅쓰고 총부리는 북녘을 향한 채 영하 30도가 넘는 추위와 싸우면서 보초(步哨)를 서야 했다.

이따금 자다가 비상(非常)이 걸리면 5분 이내로 완전 무장한 채 연병장(練兵場)으로 뛰쳐나가야 했고, 아침 세면(洗面)은 꽁꽁 얼어붙은 개울물을 깨고 손이 시리다못해 아릴 정도로 차가운 물로 얼굴을 대충 씻어야 했다. 참으로 견디기 힘든 고된 생활의 연속이었다.

이 졸작시는 그러한 때, 보초를 서고 있다가 임무 교대를 하고 내무반에 들어와서 수첩에다 끼적거려 본 습작(習作) 중 하나다.

남쪽의 병사는 북녘을 향해, 북쪽의 병사는 남녘을 향해 총부리를 맞대고 서로 대치(對峙)하고 있어야 하는, 민족의 비극적 상황을 눈물을 흘리면서 쓴 육성(肉聲)의 언어였다.

이 조천(粗淺)하고 투박한 언어는 온갖 고난(苦難)과 불행으로 얼룩진 조국과 민족의 암울(暗鬱)한 현실을 피를 토하듯 괴로워하는 한 젊은이의 절규(絶叫)요 통곡이었다.

조국과 민족 분단의 비극적 상황을 통곡하면서 노래했던 나는, 어느덧 희수(喜壽)를 넘어 산수(傘壽)의 나이에 이르렀다.

참으로 기나긴 세월이 아닐 수 없다. 우린 언제까지 이렇게 남이 그어놓은 분단선을 허물어버리지 못하고, 반 세기가 넘도록 서로를 그리워하면서 피눈물을 흘려야 하는지 그저 답답하기만 하다.

최근 남북 이산 가족의 눈물로 얼룩진 상봉 장면을 보면서 졸작시 <휴전선>을 다시 한번 낭송해 본다.

영화 <국제시장> 유감(有感)

요즈음 '장 보러 갔다가 1천만이 울었다.'는 영화 <국제시장>을 어제 아내와 함께 관람했다.

영화를 그다지 즐겨 보지 않던 내가 모처럼 시간을 내서 영화관을 찾은 것은 주위 사람들의 이 영화에 대한 찬사가 여간이 아니었기 때문이다.

오늘 아침 C신문(2015년 1월 13일자) 보도에 의하면, 이 영화의 관람객 수가 상연된 지 한 달도 채 안 되어(2014년 12월 17일 개봉) 어느새 1천만 명을 넘어섰다고 한다.

첫 번째로 관람객이 1천만 명을 돌파했었던 <실미도(2003년)> 이후 11번째라고 하니, 이 영화는 한국 영화 치고는 가히 성공작이라고 할 수 있겠다.

최근 신문 보도에 의하면, 이 영화는 <아버지를 위한 송가(Ode to My Father)>라는 제목으로 번역되어 미국에까지 수출되어 현재 미국에서도 절찬리에 상영되고 있다고 한다.

2013년을 기준으로 연간 한국인의 영화 관람 편수가 4.12편으로, 미국의 3.88편, 호주 3.75편을 제치고 세계 1위라고 하니, 우리나라 사람들의 유별난 '영화 사랑'에 대해 새삼 놀라지 않을 수 없다.

어려운 환경에서 인고(忍苦)의 삶을 살아 왔기 때문인지 몰라도 나는 남보다 눈물이 그리 많은 편은 아니다. 그럼에도 불구하고 나는 이 영화를 보고 어린아이처럼 손수건이 흥건히 젖을 정도로 눈물을 펑펑 쏟았다. 도대체 이 영화가 어떤 감동의 휴먼 드라마이기에 수많은 관람객들을 울리고 심지어 목석 같은 나까지 울렸을까?

우선 이 영화의 대강의 줄거리를 먼저 살펴보고 난 다음, 그 이유를 알아 보기로 하자.

이 영화의 모두(冒頭)는 동족상잔의 6 · 25 전쟁이 한창이던 1950년 12월 24일 한만(韓滿) 국경 가까이 함경북도 혜산진(惠山鎭)까지 진격했던 국군과 유엔군이 중공군의 개입으로 1만명 규모의 미해병 1사단 병력이 12만명의 중공군에게 포위되어 전멸 위기를 넘긴 장전호 전투를 치르면서 후퇴할 무렵, 함경남도 흥남(興南)에서 당시 통역장교였던 현봉학(玄鳳學) 박사(2007년 별세)가 당시 10군단장이었던 에드워드 아몬드 소장에게 "이대로 철군하면 저 피란민들은 적에게 모두 죽습니다."라고 간절하게 호소, 에드워드 포니 대령에 지휘 아래 메러디스 빅토리 호(7,600t급) 군함과 민간인 선박 193척을 동원해 최대한으로 인명을 구출하기 위해 배에 싣고 있던 일부 군수 물자까지 바다에 버려 가며 10만 5천명의 병력과 1만 7천 대의 차량을 비롯한 9만 1천명의 피란민을 배에 태우고 세계 전사상 최대 규모의 해상 철수 작전에 성공했었던 역사적 사건을 시작으로 전개된다.

이 때 이 영화의 주인공인 '덕수'는 아버지와 어머니, 그리고 세 동생과 함께 아비규환(阿鼻叫喚)의 부둣가에서 밧줄을 타고 배에 오르다가 등에 업은 막내동생 '막순이'를 바다로 떨어뜨린다. 이를 목격한 아버지는 자신이 입고 있던 외투를 '덕수'에게 입혀 주면서 "아버지가 없으면 네가 우리 집안의 가장 노릇을 해야 한다."라는 비장한 말을 남기고 '막순이'를 찾으러 힘들게 오른 배에서 다시 아래로 내려간다. 아버지가 '막순이'를 찾는 동안 배는 이륙하게 되고, 이 순간부터 '덕수'네 가족은 이산가족이 되고 만다.

이산가족이 된 '덕수'네 가족은 8 · 15 광복 이후 본격적인 서민들의 전통시장으로 발전한 부산 국제시장에서 '꽃분이네'라는 상호를 가지고 장사하고 있는 고모네 직물 가게에서 더부살이를 하면서 어려운 피란 생활을 하게 된다.

아버지가 말한 대로 가장이 된 '덕수'는 식솔들을 먹여 살리랴 서울대학교에 입학한 남동생의 학비를 마련하랴 갖은 고생을 하다가 1960년초 친구인 '달구'와 함께 파독(派獨) 광부를 지원해서 독일로 떠나게 된다.

'덕수'는 탄광 막장에서 고달픈 광부 생활을 하면서 우연히 병원에서 사망 환자들의 시신을 닦으면서 힘든 생활을 하고 있는 파독 간호원 '영자'씨를 만나 서로를 위로하면서 사랑을 속삭이게 된다.

그러던 어느 날 '덕수'와 '달구'는 탄광 폭발로 갱도가 무너져 큰 부상을 입은 채 갱 안에 갇혀 사경을 헤매고 있을 때, '영자'씨가 출입을 통제하고 있는 광산 책임자에게 '갱 안에 갇혀 있는 사람을 구출해야 하니 출입 통제를 해제해 달라.'고 울면서 강력하게 요구한다. 그러나 광산 관리자는 냉담한 반응을 보일 뿐, '영자'씨의 요구를 묵살한다.

이 같은 광경을 보고 있던 우리 나라 파독 광부들은 누구랄 것 없이 일제히 통제 저지선을 뚫고 갱 안에 들어가 부상을 입고 석탄에 묻혀 있는 '덕수'와 '달구'를 극적으로 구출하게 된다. 이때 독일 광산 책임자에게 항변하는 '영자'씨의 절규는 가난한 나라의 국민이 감당해야 했던 슬픔과 한을 담고 있어 관객으로 하여금 가슴 뭉클하게 한다.

'영자'씨의 극진한 간호를 받고 완쾌되어 병원에서 퇴원한 '덕수'에게 어느 날 비자 만료 통지서가 날아 와 두 사람은 부득불 이별의 밤을 함께 보내게 된다. 이때 '덕수'는 '영자'씨에게 함께 귀국하자고 권하나, 가정 형편상 거절해야만 하는 안타까운 처지의 '영자'씨는 눈물을 흘리면서 '덕수'에게 다가가 뜨거운 키스를 한다.

'덕수'가 귀국하여 국제시장에서 고모를 도우며 열심히 일하고 있을 때, '영자'씨가 뜻하지 않게 임신한 몸으로 나타난다. 그리하여 드디어 두 사람은 결혼식을 올리고 단란한 가정을 이룬다. 결혼 후 '덕수'는 어릴 때 꿈이었던 마도로스가 되기 위해 해양대학교 시험을 보고 영광의 합격 통지서를 받았으나, 이내 포기하고 한 가정의 가장으로서 한 푼이라도 더 벌기 위해 1960년 중반 월남 파견 기술자를 지망하여 다시 월남으로 떠난다.

'이제는 당신 자신을 위해 살아 보라'는 아내의 간곡한 권유를 뿌리치고 월남으로 떠난 '덕수'는 죽을 고비를 여러 번 넘기면서 열심히 일하다가 어느 날 베트공의 기습으로 다리에 부상을 입고 불구자가 되어 귀국한다.

고진감래(苦盡甘來)라 했던가. 이렇게 갖은 고생을 해 가며 억척스레 돈을 번 '덕수'는 꿈에 그리던 기와집을 마련할 수 있었으며, 고모가 운영하고 있던 '꽃분이네' 가게도 인수할 수 있었고, 사고뭉치의 여동생도 결혼시킬 수 있었다.

생활은 어느 정도 안정되었으나, 홍남 부두에서 헤어진 아버지와 '막순이'에 대한 그리움은 많은 세월이 흘러갔어도 떨쳐 버릴 수가 없었다. 그리하여 1983년에 K.B.S.에서 마련한 '이산 가족 찾기' 운동에 적극 참여하여 아버지와 '막순이' 인적 사항을 써서 여기저기 붙여도 보고 방송도 해 보았으나 모두 헛수고였다.

실의에 빠져 있던 어느날 '덕수'는 미국 로스엔젤레스에서 텔레비전을 통해 한 여성이 나타나 영어로 가족을 찾고 있어 통역을 통해 이런저런 화상 대화를 나누어 보니, 그토록 애타게 찾고 있었던 '막순이'가 틀림없음을 확인하게 된다.

대화를 나누다가는 울고 울다가는 또 대화를 나누는 안타까운 모습을 부산에서 텔레비전을 생방송으로 시청하고 있던 '덕수'네 온 가족들은 물론, 이 장면을 보고 있던 온 국민들까지도 주체할 수 없이 쏟아지는 눈물을 손수건으로 연실 닦게 만들었다.

세월이 물 흐르듯 흘러 어머니는 유명(幽明)을 달리하게 되고, '덕수'와 그의 영원한 동반자인 아내 '영자'씨는 백발이 성성한 할아버지 할머니가 되었다. '덕수'는 어느 설날 세 동생 내외와 그들이 낳은 손자 손녀들이 야단법석을 떨며 시끄럽게 놀고 있는 거실에 앉아 있다가 슬그머니 안방으로 들어가서는 홍남 철수 때, 아버지께서 입혀 주셨던 외투를 꺼내 방바닥에 놓고 아버지 영정을 보면서 "아부지, 이만하면 잘 살았지예. 근데 진짜 힘들었거든예."하면서 눈물을 흘린다.

이 영화는 우리나라 현대사에서 우리 민족이 겪었던 가장 비참하고 슬펐던 동족상잔의 6 · 25 전쟁을 기점으로 전개되는 격동의 현대를 겪어온 우리 아버지들의 이야기인 동시에 더 나아가 우리 민족 전체가 겪었던 수난사(受難史)의 압축판을 리얼하게 보여 준 영화라고 볼 수 있다.

나는 영화 평론가가 아니어서 이 영화의 촬영 기법이나 예술성 등에 관해서 이런저런 언급을 할 수는 없으나, 이 영화는 나를 크게 감동시켜 눈물까지 흘리게 한 것만큼은 숨길 수 없는 명백한 사실이다.

내가 이 영화를 보고 크게 감동하여 눈물을 흘리게 된 것은 이 영화의 주인공인 '덕수'가 겪었던 삶의 궤적(軌跡)이 내가 겪었던 삶의 궤적과 너무 흡사했기 때문이 아니었을까 한다.

이 영화에서 볼 수 있는 여러 가지 정황으로 보아, 주인공 '덕수'의 나이는 나와 거의 같거나 두어 살 아래인 것 같고, 그가 흥남 철수 때 이산가족이 되어 피란지 부산 '국제시장'에서 구두닦이를 할 때, 나는 1 · 4후퇴 때 서울에서 남쪽으로 피란을 가다가 안양(安養)에서 부모와 생이별하고 고아 아닌 고아가 되어 흥남 철수민들과 함께 거제도 하청면(河清面) 실전리(實田里)에 있었던 움막 피란민 수용소에서 함께 생활하면서 고개 너머 고현리(古縣里) 공산군 포로 수용소에 근무하고 있었던 미군 헌병들의 구두를 닦고 있었다.

그 후의 '덕수'의 삶의 길은 파독 광부 생활, 월남 파견 기술자 생활, 시장 상인 생활 등 주로 육체적 노동을 해 왔고, 나의 삶의 길은 어렵사리 고등학교를 졸업하고 대학에 진학해서는 가정교사를 해 가며 고학으로 대학, 대학원을 나온 뒤 고등학교 교사, 대학교수 생활 등을 하면서 이 땅의 동량(棟樑)들을 키우는 데 온갖 정열을 쏟은 정신적 노동의 길을 밟아 왔기에 각기 그 삶의 궤적은 달랐으나, 한 집안의 가장으로서 치열하게 살아오면서 자수성가한 점은 동일했다.

오늘날 우리나라의 경제규모가 과거보다 다소 떨어지긴 했어도 1960년대 에는 세계 최하위에서 맴돌았던 것이 오늘날 세계 15위권(2012년 기준,

세계은행)에 이르게 된 밑바탕에는 이같이 갖은 고생을 해 가며 치열하게 살아온 고마운 '덕수'의 세대가 있었음을 우리는 명심해야 할 것이다.

끝으로, 이 영화를 '보수파들이 만든 선전 영화'라고 매도(罵倒)해 버리는 삐뚤어진 사상을 가지고 있는 종북 좌파 젊은이들이 꽤 많다고 하니, 한 편으로 답답하기도 하고, 한 편으론 통탄(痛歎)스럽기도 하다.

영국의 명수상이었던 W.처칠은 '역사를 잊은 민족에게 미래는 없다(A nation that forgets its past has no future).'라고 했고, 구한말 때 언론인이자 역사학자였던 신채호(申采浩) 선생은 '역사를 잊은 민족은 재생할 수 없다.'라고 언급한 바 있지만, 나는 이에 살을 덧붙여 '역사를 제대로 볼 줄 모르고 진실을 외면하는 일본의 아베 수상을 비롯한 극우파나, 우리나라의 막가파 청맹과니(靑盲-) 같은 종북 좌파들에겐 희망도 미래도 없다.'라고 강력하게 말해 주고 싶다.

도천(盜泉)의 샘물

한(漢) 나라 유향(劉向)이 지은 「세원(說苑)」 설총편(說叢篇)에 다음과 같은 일화가 있다.

> 어느 날 공자(孔子)가 길을 가다가 '도천(盜泉)'이라는 이름의 샘물 곁을 지나가게 되었다. 목이 몹시 마른 공자는 허겁지겁 물을 떠서 목을 축이려다 그 샘물의 이름이 '도천'임을 알자 입까지 가져갔던 표주박을 휙 내동댕이치고는 얼른 자리를 떴다. '도둑의 샘'이라는 이름 두 자가 불쾌하고 역겨워서였다.

이러한 일화는 그 후 불의와 타협하지 않고 고고(孤高)한 지조와 절개를 생명으로 해야 할 선비로서의 한 귀감(龜鑑)이 되어, 서진(西晋)의 육기(陸機) 같은 이는 그의 시 <맹호행(猛虎行)>에서 '목이 마르나 도천의 물은 마시지 않을 것이며, 더워 못 견딜지라도 악목의 그늘에서는 쉬지 않으리(渴不飮盜泉水 熱不息惡木陰)'라고 읊으면서 스스로의 고결(高潔)과 강의(剛毅)를 다짐한 바 있다.

내가 K여고 교사 시절의 일이니, 40년 전쯤의 일인가 보다.

K여고 W교장은 소위 K.S.마크의 악명 높은 교장이었으며, 천상 천하 유아독존(唯我獨尊)의 지독한 카리스마적 독재자였다.

그는 학생들 앞에서도 선생을 부를 때, '○○○선생'이라 부르지 않고, 선생이라는 호칭을 아예 뺀 채 마치 선생이 학생 이름 부르듯 했으며, 툭하면 차마 입에 담을 수 없는 욕지거리로 모욕을 주기 일쑤였다.

그런데 나는 행인지 불행인지, 그에게 무엇을 어떻게 인정받았는지는 몰라도 부임한 지 6개월만에 고3 학년 주임이라는 감투(?)를 쓰게 되었다.

이상하게도 그 악명 높은 독재자요, 욕장이인 W교장은 이따금 나를 직원회 석상에서 입에 침이 마르도록 공개적으로 칭찬해 주었고, 심지어는 남몰래 예산에도 없는 특별 수당를 방학 때마다 은밀히 건네주곤 했었다.

직장장으로부터 칭찬과 후대(厚待)를 받고도 기분 나빠할 사람은 아마 이 세상에 한 사람도 없을 것이다. 그러나, 나는 차츰 나에 대한 W교장의 지나친 후의와 신임에 대해 오히려 불안감이 일기 시작했다.

그토록 지독한 독재자인 그가 왜 유독 나에게만 이토록 후의를 베푸는지 그 저의(底意)를 도무지 알 수가 없었다.

고3의 학과를 처음 맡았으니, 학생들에게 만족할 만한 수업을 못했을 것이요, 또한 학년 주임이라는 감투도 난생 처음 맡은 직책이고 보니, 시행 착오적인 일들을 너무나 많이 저질렀을 것은 뻔한 불문가지(不問可知)의 일이다(억지로 특대(特待)의 이유를 대라면 교지 창간호의 편집 · 출간과 학년별 계단식 「한자 교본(漢字敎本)」의 집필 · 출간일 것이다).

나에 대한 W교장의 칭찬의 가중화는 나로 하여금 동료 교사들과의 괴리(乖離)를 불러일으키기도 했다. 드디어 내게 지나친 후의를 베푼 W교장의 저의를 알게 되는 날이 왔다. 고3 졸업을 며칠 앞두고서였다. W교장은 나를 교장실로 불러들여서는 다음과 같이 말하는 것이었다.

"조선생, 학교 발전을 위해서 나를 좀 도와 줘야 겠소. 이 학교는 E대학교 병설 학교이지만, 나는 이때까지 E대학교 재단의 보조를 한 푼도 받지 않고 이 학교를 세웠소. 그야말로 적수 공권으로 자수 성가한 셈이지. 해서 이 학교는 부채가 아직도 상당액이 남아 있소."

W교장은 말을 잠시 끊고 내 눈치를 살피더니 계속해서 다음과 같이 말하는 것이었다.

> "조 선생이 해야 할 일이란 다름 아니라, 이번에 졸업할 학생들이 3년간 적금한 개인 저금을 학교 발전을 위해서 희사(喜捨)토록 해야 겠소. 이미 학생들 저금은 학교 부채를 갚는 데 다 쓰고 없으니, 아무쪼록 학생들을 잘 설득시켜 이 수령증에다 서명 · 날인토록 하여 졸업 전까지 한 사람도 빠짐없이 제출토록 해 주길 바라오. 조 선생만 믿겠소."

나는 순간 갑자기 하늘이 무너져 내릴 듯한 실망과 바위덩이를 가를 듯한 분노를 억누르면서 마각(馬脚)을 드러낸 후안무치(厚顔無恥)의 도척(盜跖) 같은 W교장의 얼굴을 한동안 물끄러미 응시하고 있었다.

할 말이 없었다. 아무 말도 하고 싶지 않았다.

나는 이때 교활하기 이를데없는 한 인간으로부터 비참하게 이용당한 어리석은 나 자신을 마음 속으로 무섭게 질타(叱打)하면서 슬퍼하고 있었다.

전전반측(輾轉反側)하면서 번민의 며칠을 보낸 나는 마침내 졸업식 다음 날 수령증 대신 사직원을 팽개치듯 내던지고는 아무런 미련도 없이 K여고 교문을 박차고 나왔다(나중에 안 사실이지만, 결국 W교장은 이 같은 일의 상습적인 반복으로 영어(囹圄)의 신세가 되고 말았다).

나는 지금도 이따금 40년 전에 있었던 이 일을 잊지 못하고 머릿속에 떠올리곤 한다. 도천(盜泉)의 샘물을 끝내 마시지 않고, 악목(惡木)의 그늘에서 결코 쉬지 않았던 나의 이 용감한(?) 행동을 요즘 세상 사람들은 어떻게 생각할까 궁금하다.

조강지처(糟糠之妻)

'조강지처'라는 숙어는 「후한서(後漢書)」 송홍전(宋弘傳)에 다음과 같은 고사 속에 나오는 말이다.

후한의 광무제(光武帝)는 미망인이 된 누이인 호양(湖陽) 공주가 대사공(大司公) 직에 있는 송홍(宋弘)을 좋아하는 것을 눈치채고 송홍을 불러 다음과 같은 말을 하면서 의사를 타진했다.

"'신분이 높아지면 친구를 갈고, 재산이 많아지면 아내를 간다.(貴者易交 富者易妻)'는 속담이 있는데, 그대는 어떻게 생각하는가?"

이 같은 광무제의 말에 송홍이 대답하기를

"소신은 '빈천했을 때 친구는 잊어서는 안 되며, 가난했을 때 고생을 함께 한 아내는 당(堂=正寢)에서 내치지 않는다.(貧賤之交不可忘 糟糠之妻不下堂)'라고 하는 말이 옳다고 생각합니다."

라고 하였다.

이러한 송홍의 말을 다 듣고 나서, 광무제는 누이에게 이르기를

"송홍의 생각이 저러하니, 단념하는 게 좋겠습니다."

라고 하였다.

'생활이 가난했을 때, 술지게미와 쌀겨 같은 변변치 않은 음식을 먹어가며 고생을 함께 한 아내'라는 뜻의 조강지처는 예로부터 '불순구고(不順舅姑) · 무자(無子) · 음행(淫行) · 질투(嫉妬) · 악질(惡疾) · 다언(多言) · 절도(竊

盜)' 등의 아내를 내칠 수 있는 일곱 가지 이유인 전한(前漢) 때 대덕(戴德)이 지은 「대대례(大戴禮)」 본명편(本命篇)에 나오는 칠거지악(七去之惡)에 해당되더라도 '부모의 삼년상을 같이 치렀거나, 조강지처이거나, 내쳐도 오갈 데 없는 아내는 내칠 수 없다.'는 삼불거(三不去)에 해당한다.

사람은 누구나 이 세상에 태어나서 결혼 적령기가 되면, 이 세상 모든 삼라만상(森羅萬象)이 음양의 조화로 이루어지듯 싫든 좋든 결혼을 하여, 하나의 가정을 이루면서 살게 마련이다.

그 중에는 소크라테스처럼 악처를 만나 벙어리 냉가슴 앓듯 정신적 고통과 번민 속에서 한평생을 보내는 사람도 있을 것이고, '만일 내세가 있다면, 단 한 사람 내가 예전부터 지금까지 함께 지낸 나의 아내 이외에는 이 지상에서 만나 알게 된 그 누구도 만나 보고 싶지 않다.'라고 한 K. 힐티 같은 아내를 극진히 사랑한 애처가도 있을 것이고, 얼굴은 못 생겼으나 거안제미(擧案齊眉)하면서 남편 양홍(梁鴻)을 극진히 섬겼던 중국 후한 때 맹광(孟光) 같은 마음씨 고운 아내를 맞은 사람도 있을 것이고, 우부(愚夫)인 온달(溫達)을 대장군의 영웅으로 만든 고구려의 평강공주(平岡公主) 같은 현모 양처를 맞은 사람도 있을 것이고, 자식을 삼천지교(三遷之敎)와 단기지계(斷機之戒)를 통하여 대석학으로 키운 맹자(孟子)의 어머니 같은 슬기로운 아내를 맞은 사람도 있을 것이고, 오(吳)나라 왕 부차(夫差)의 총기를 흐리게 한 절세 미인 서시(西施)나, 당(唐)나라 현종(玄宗)의 총기를 흐리게 한 경국지색(傾國之色)의 양귀비(楊貴妃) 같은 미인을 아내로 맞은 사람도 있을 것이다.

나는 스물 일곱 살 때, 형수의 소개로 처음이자 마지막인 선을 보고 지금의 아내와 결혼을 했다. 아내한테는 미안한 말이지만, 솔직이 말해서 내 아내는 서시나 양귀비 같은 미인은 못 되며, 그렇다고 소크라테스의 아내처럼 악처도 아니다. 또한, 맹모(孟母) 같은 슬기로운 아내도 못 되며, 다만 양홍의 처 맹광과 비슷한, 시아버지 · 남편 · 아들 뒷바라지 잘 하고,

음식 솜씨 괜찮은 근검 절약형의 살림꾼의 평범한 여인이다.

결혼 당시 무일푼의 대학 재학생이었던 내가 오늘이 있게 되기까지는 이 같은 아내의 피나는 노력과 사치와 낭비를 모르는 알뜰한 생활 태도 때문에 가능했음을 나는 잘 안다.

20년 가까이 홀아비 시아버지를 모시고 살면서, 딸처럼 가사에 보탬을 주지 못하는 거칠기 이를 데 없는 아들 셋과, 나이 40에 뒤늦게 대학원에 진학한 남편 뒷바라지하는 데 여념이 없었던, 가족을 위해 불평 한 마디 없이 철저한 자기 희생과 봉사로 일관해 온 조강지처인 나의 아내를 나는 사랑하지 않을 수 없다.

F. 베이컨은 <결혼과 독신 생활>이라는 글에서 '아내는 젊은 남편에게는 연인(戀人)이고, 중년 남편에게는 반려자(伴侶者)이며, 노인 남편에게는 보호자이다.'라고 말한 것처럼, 모쇠기(耄衰期)에 접어 든 산수(傘壽)에 이른 나에게 있어 아내는 포근한 보호자임이 확실한 것 같다.

누렁이 생각

조선 말기 갑오경장 이후 김홍집(金弘集) 내각의 외부대신을 지낸 바 있는 운양(雲養) 김윤식(金允植)이 사망했을 때, 박영효(朴泳孝)가 중심이 되어 김윤식의 장례를 사회장으로 할 것을 주장한 바 있었다. 그러나 나라를 망하게 한 친일파를 어떻게 사회장으로 치르느냐고 반대 여론이 비등(沸騰)했다. 심지어 어떤 사람은 김윤식을 가리켜 '개 같은 놈'이라고 극언을 퍼붓는 사람도 있었다.

이때 이러한 말을 옆에서 조용히 귀담아 듣고 있던 월남(月南) 이상재(李商在) 선생은

"그래도 대접한 말이지."

하면서 맞장구를 쳤다.

"아니, 김윤식 선생을 개라고 말한 것이 대접해서 한 말이란 말입니까?"

하고 장의위원 중 한 사람이 따져 물었다.

"그래도 개는 주인을 알아보거든!"

하고 월남 선생은 단호하게 말하고는 더 이상 말을 하지 않았다.

월남 선생의 이 말 속에는 '김윤식은 이 나라의 주인인 국민과 조국을 외면한 개만도 못한 사람'이라는 함축적 의미가 담겨 있는 말이었다.

특히 우리나라 사람들은 흔히 개를 미천한 하등 동물로 격하시켜서 말하는 것이 보편화되어 있으니, 속담에 '개와 친하면 옷을 버린다(좋지 못한

사람을 친히 지내면 해를 입는다)', '개같이 벌어서 정승같이 산다(미천하게 벌어서 귀한 사람처럼 생활한다)', '개눈에는 똥만 보인다(어떤 물건을 좋아하게 되면, 모든 것이 다 그 물건으로 보인다)' 등이 그것이요, 몹시 화가 나게 되면 이성을 잃고 '개대가리, 개잡놈, 개새끼 , 개 같은 놈' 등 차마 입에 담지 못할 비속어를 자주 쓰는 것이 그것이다.

그러나 이러한 우리나라 사람들의 인식은 대단히 잘못되었다고 본다. 왜냐 하면 사실 개라는 동물은 어떤 면에선 사람보다 나은 영물(靈物)이기 때문이다.

화재를 만났을 때 잠자는 자기 주인을 깨워 위기를 모면케 한다든가, 뛰어난 후각으로 마약 같은 물건을 찾아낸다든가, 송나라 때 태종이 기르던 도화견(桃花犬)이 태종이 죽자 식음을 전폐하고 울부짖으며 눈물을 흘렸다든가 하는 일화는 우리로 하여금 개가 결코 지능이 낮은 하등동물이 아니라는 사실을 실증적으로 보여 주고 있다고 하겠다.

이러한 사실은 50여년 전 내가 체험한 다음과 같은 사실로 보아서도 확실한 것 같다.

6 · 25 전쟁 당시 미군의 비행기 폭격으로 우리 식구들의 보금자리인 홍은동(弘恩洞) 집은 불타 없어졌다. 그리하여 1 · 4 후퇴 후 뿔뿔이 흩어져 살았던 아버님, 형님, 형수님, 그리고 육남매의 조카들과 나는 2차 서울 수복 후 제 집도 없이 셋방살이를 해야만 했다. 이렇게 우리 열 식구의 가족들은 비참한 생활을 해오다가 서울 수복된 지 2년이 조금 지나서야 자동차 부품상으로 재산을 약간 모은 형님 덕분으로 서울시 중구 광희동(光熙洞) 2가에 조그마한 집에서 새로운 둥지를 틀 수 있었다.

셋방살이를 하다가 처음으로 이사하던 그 다음 날 아침, 우리 식구들은 아침밥을 짓고자 부엌에 들렀다가 "애그머니나 !"하고 소스라치게 놀라 외쳐대는 형수의 외마디 비명 소리에 모두 잠에서 깨어 일찍 일어났다.

누런 색깔의 개 한 마리가 큰 눈망울을 두리번거리며 부뚜막에 너부죽이 엎드려 꼼짝을 않고 있었던 것이다. 잠자리에서 일어나신 아버지께서

"업으로 들어온 개다. 박대하지 말고 잘 키워라."

라고 말씀하시는 것이었다. 이리하여 개라고는 한 번도 길러 본 적이 없는 우리 집에서 개를 귀한 손님으로 대접하면서 기르게 되었다. 색깔이 누르스름하고 털이 짧으며 꼬리가 밑으로 축 처진 것으로 보아, 잡종 진돗개가 아닌가 하는 생각이 들었다.

나는 개라고는 처음 길러 보는 터라 처음에는 무척 귀여워했다. "손 !"하고 소리치면 앞발을 내 손 위에 얹어놓고 꼬리를 흔드는 모습이라든가, 운동장에서 공을 휙 던지면 물어 오라는 말을 하지 않아도 잽싸게 물고 뛰어오는 모습이 여간 귀엽지 않았다. 그러나 이러한 개에 대한 나의 사랑은 일주일도 안 되어 차차 미움으로 변해 갔다. 이유는 간단했다. 이 개는 훈련이 전혀 안 된 떠돌이개인지라 대소변을 가리지 못하고 때와 장소를 가리지 않고 배설을 했다. 집안이 온통 똥내와 지린내로 절기 시작했다. 나는 보다 못해 형수님에게

"이 개 안 되겠네요. 그냥 내쫓으면 다시 돌아올지도 모르니 천상 팔아 없애야겠어요."

하고 말했다. 이 같은 나의 말에 대해 형수님께서는

"업으로 들어온 개인데 함부로 팔 수 없지요."

하시는 것이었다. 나는 형수님의 이 같은 말에도 일리가 있다고 생각하고, 대소변을 가릴 수 있도록 잘 순치(馴致)시켜 보아야겠다고 다짐을 하고, 그날부터 열심히 훈련을 시켜 보았다.

그러나 이 개는 쇠귀에 경(經) 읽기였다. 그렇다고 우리집 가정 형편은 돈을 주고 개 조련사한테 맡길 형편도 못 되었다. 이 개가 업으로 들어온 지 약 3개월쯤되던 날 나는 생각다 못해 마음속으로 '식구들 몰래 팔아야

겠다.'라고 생각하고 수구문 밖 장터로 끌고 나가 수색(水色)에 산다고 하는 사람한테 싼값으로 팔아 버렸다.

그런데 이게 어찌된 일인가. 개를 판 지 한 달만에 팔아 버린 개가 다시 집으로 돌아온 것이었다. 당시 수색은 경기도 땅으로 중구 광희동에서 북쪽으로 약 40킬로미터쯤 멀리 떨어져 있는 곳이었다. 어떻게 그 먼 곳에서 다시 찾아온 것인지 대견하기도 하고, 경이롭기도 했다. 나는 그런 생각을 하면서 한 편으로 갑자기 이 개를 팔아버린 죄책감(?) 때문에 한동안 안절부절 어찌할 바를 몰랐다. 그러면서도 반가움에 눈물까지 핑 돌았다. 나는 개의 머리를 다정스레 쓰다듬으면서

"누렁아, 미안하다. 다시는 안 보낼께."

하고 개에게 귓속말로 말하면서 혹 개를 산 사람이 찾아오면 개 판돈을 다시 돌려 주리라 하고 결심하고 있었다. 그러나 이 누렁이는 나를 또한 번 놀라게 했다. 누렁이는 하룻밤을 자고 깨끗이 종적을 감추고 사라져 버린 것이었다. 마음이 아리고 아팠다.

나는 요즈음 비록 팔려 간 신세였지만, 그래도 옛 주인이 그리워 백릿길을 마다 않고 찾아 왔다가 하룻밤만 자고 새로운 주인을 찾아 다시 되돌아간 누렁이의 주인에 대한 충성심을 회상하면서, 월남 선생께서 "그래도 개는 주인을 알아보거든!"하고 말씀하신 것이 과연 맞는 말이요 명언이었음을 새삼 머릿속에 떠올려 본다.

양상군자(梁上君子)의 침입

'양상군자'란 『후한서(後漢書)』 진식전(陳寔傳)에 출현하는 고사에서 진식이 자기 집 대들보 위에 숨어 있는 도둑을 비꼬아 이른 데서 연유한 말이다.

나는 정년 퇴임할 무렵 용인시 기흥구 마북동 현대아파트에 살 때, 3번째 양산군자의 침입을 당했다. '하나로 마트'에서 장을 보고 현관에 들어선 마누라와 나는 아파트 현관문 잠금장치가 찌그러져 있는 걸 보고 깜짝 놀랐다. 직감적으로 양산군자의 침입이라는 걸 알아차리고 집 안으로 들어가 보니, 아니나 다를까 옷장을 비롯한 서랍이라는 서랍은 모두 열려 있었고, 방 안에는 난리를 만난 듯 옷가지며 책들이 여기저기 어지러이 흩어져 있었다.

도난당한 물건을 확인해 보니, 정년퇴임 선물로 들어온 금붙이만 하나도 남김없이 싹 털렸다. 자세히 모르긴 해도 대학교 재단에서 준 한 양짜리 황금 열쇠를 비롯해서 이것 저것 다 합쳐 한 양 반쯤은 되지 않나 싶다.

나는 이 번 말고 두 번 더 양산군자의 침입을 당한 적이 있다.

첫번째는 서울 도봉구 수유동 단독주택에 살 때였으니, 지금으로부터 20여년 전쯤인 것 같다. 내가 살았던 곳은 북한산 동남쪽 4 · 19 기념탑 인근 지역인 수유 2동이었다. 나는 산을 좋아해 수유동에서만 20년 가까이 살았다. 그 날도 마누라하고 도선사(道詵寺)까지 산행을 하고 막 집으로 들어서려는데 잠겨 있어야 할 현관문이 활짝 열려 있었다.

나는 깜짝 놀라 황급히 집 안으로 들어가 보니, 양산군자께서 신을 신고 들어 왔는지 거실과 방 안이 온통 신발자국으로 뒤범벅이 되어 있었고, 장롱과 경대 서랍이 모두 열려 있었다. 서랍 속에 넣어 두었던 현찰 20만원과 아이들 백일과 돌 때 들어온 금반지와 미국에서 해외 파견교수 생활을 하다가 귀국할 때, 사 가지고 들어온 이미테이션 목걸이가 없어졌다. 많은 돈과 물건을 도난당한 것은 아니지만, 왠지 기분이 좋지 않았다. 동네 파출소에다 신고했지만 1년이 넘도록 아무 소식이 없었다.

두 번째는 집에 아무도 없을 때 당한 것이 아니고 마누라와 내가 집에서 눈 멀쩡게 뜨고 있는 상태에서 당했다. '눈 감으면 코 베 먹는 세상'이라는 말은 옛말이요, 이제는 '눈 멀쩡게 떴는데도 코 베 먹는 세상'이 되어 버렸다.

단독주택에서만 살다가 1995년도 처음으로 서울 영등포구 양평동에 있는 거성 아파트를 분양받아 입주하던 날이었다. 나는 고등학교 동창생들 모임인 '한새회'의 회장으로 있을 때, 회갑(回甲) 기념으로 만들어 나눠 가진 한 양짜리 금메달을 신주단지 모시듯 책가방에 넣고 신경을 써 가며 장차 서재로 쓸 방안으로 가지고 들어갔었다.

이사를 다 끝낸 다음에 버티칼을 쳐도 되는 것을 이사하는 날 인테리어 기술자를 부른 게 내 실수였다. 인테리어 기술자가 창문의 칫수를 잴 때, 나는 금메달이 들어 있는 가방을 방안 책상 위에 그대로 놓아 둔 채 잠깐 화장실에 가서 소변을 보고 얼른 되돌아왔다. 1분쯤 지났을까? 도난 사건은 바로 그 1분이 될까 말까 한 순간에 발생했다. 볼일을 다 본 다음 다시 서재 방으로 들어와서 혹시나 하는 마음으로 가방을 열어 봤다.

나는 순간 깜짝 놀랐다. 가방 안에 들어 있어야 할 금메달이 없어진 것이다. 귀신이 곡할 노릇이었다. 내가 소변 보러 간 사이에 금메달이 없어지다니 어처구니가 없었다. 서재에서 막 나가려고 하는 인테리어 기술자가 의심스러웠다. 그렇다고 내 눈으로 보지 않은 이상, 그에게 따져 물어 볼 수도, 그의 몸을 뒤져볼 수도 없는 일이었다.

우리나라 속담에 '도둑을 뒤로 잡지 앞으로 잡나?'라는 말이 있다. 이 말의 뜻은 '도둑은 확실한 증거를 가지고 잡아야지 의심만으론 안 된다.'는 뜻의 말이다.

나는 이렇게 해서 눈 멀겋게 뜨고 있는 상태에서 벙어리 냉가슴 앓듯 말 한 마디 못하고 깨끗이 한 양짜리 금메달을 도난당했다.

세 번째로 당한 사건도 마찬가지였다. 당시 정년 퇴임 기념물이 택배로 배달되는 것을 보고 경비원 중 어느 한 사람이 양상군자에게 정보를 주어서 계획적으로 행한 범행인 것 같았다. 왜냐 하면 내가 살고 있는 현대아파트에서 성남시 분당구 오리동에 있는 '하나로 마트'까지 오가는 시간과 장 보는 시간을 감안해서 행한 철두철미한 계획적(?) 범행임이 확실했다. '도둑 한 놈에 지키는 사람 열이 못 당한다.'는 속담이 바로 이 같은 상황을 두고 하는 말일게다.

어쨌든 나는 정년 퇴임 이전에 당한 양산군자 침입 사건보다 정년 퇴임 후에 당한 양산군자 침입 사건을 더 마음 아프게 생각하고 있다. 왜냐 하면 얼마 안 되는 금붙이이지만, 그 선물 속에는 나에 대한 여러 사람들의 깊은 존경과 감사의 정이 새겨져 있는 선물들이기 때문이다.

정년퇴임 후 문단에 진출하여 시(詩)와 수필을 쓰면서 제2의 인생을 살고 있는 나에게 그 누군가가 '불필요한 것은 다 내려놓고 살라.'는 '무소유(無所有)'의 깨우침을 암묵적(暗默的)으로 일깨워 준 것일까? 진정 그런 것이라면 불쾌한 마음까지도 허공을 향해 힘껏 날려 버려야겠다.

해외 파견교수 생활

나는 1991년 12월초부터 1992년 12월초까지 만 1년간 건국대학교 재단 지원 해외파견 교수 연구비를 받고 <미국에 있어서의 알타이어 연구 실태에 관한 고찰>이라는 논문을 쓰기 위해 자료 수집차 미시간대학교 해외파견 교수 생활을 한 적이 있다.

1년 동안 교수들에게 봉급은 봉급대로 지급하고 해외 생활 비용은 소속 대학교 재단이나 문교부(=교육과학기술부)에서 지급하는 이 제도는 대학교수에게 해외 견문을 넓히고 학문 연구에 필요한 자료를 수집하여 좋은 논문을 써서 학문 발전에 이바지하게 하기 위해 생긴 제도이다. 비용 절감 때문에 요즈음은 학교에 따라 안식년(安息年) 제도를 두어 1년간 유급 휴식 기간을 주고 그 휴식 기간에 논문을 1편 써서 내게 하고 있다.

내가 해외 파견 교수로 미국으로 출발하기 며칠 전, 이미 해외 파견 교수로 미국에 갔다 온 대학 1년 선배인 L 교수가

"해외 파견 교수로 선발되신 것 축하합니다. 가시거든 남는 시간을 이용해서 여행이나 실컷 하세요. 남는 것은 여행에 관한 추억뿐입니다."
하고 말하는 것이었다.

"감사합니다. 명심하겠습니다."
라고 답변하면서도 L교수가 왜 그 같은 말을 했는지 그 진의를 알 수 없었다.

김포 비행장을 출발한 노스웨스트 비행기는 약 1시간 30분 정도 동해를 건너 니가다 공항에 도착하여 일본 여행객을 태우고 다시 약 6시간 정도 태평양 바다를 건너 하와이 호놀루루 공항에 도착했다. 그 곳에서 약 30분간 환승과 주유를 끝내고 비행기는 다시 약 5시간 정도 미국 대륙을 서부에서 동북 쪽으로 날아간 다음, 드디어 목적지인 자동차 공업 도시인 미시간 주 디트로이트 공항에 도착했다.

그토록 오랜 동안 와 보고 싶었던 곳이었다. 도대체 미국이라는 나라가 어떤 나라이기에 세계를 좌지우지하고 있는 것일까? 내가 가도가도 끝없이 이어진 평야를 지나 디트로이트 공항에 도착하면서 내뱉은 제1성은 '무지무지하게 넓은 땅이로구나 !' 하는 경이감에서 나온 탄성이었다. 미국은 우선 남북을 합쳐 22만 평방km밖에 안 되는 조그마한 땅에서 날아온 나를 초라하게 만들어 버렸다. 50개 주의 하나인 미시간 주의 땅 넓이가 15만 779 평방 km로 한반도 넓이보다 약간 작으니 말이다.

약 30분 정도 입국 수속을 끝내고 공항 대합실로 나오려는데

"야, 이 도씨야('도씨'란 '조(趙)씨'의 옛날 한자음 '됴'를 익살맞게 표현한 말)! 여기다, 여기야 !"

하고 외치는 소리가 들렸다. 고등학교 동창생 C군이었다. 서울서 출발하기 전 국제전화를 했더니 마중을 나와 주었다. 반갑고 고마웠다. 그날 나는 친구의 집에서 저녁 식사를 한 후 그 동안 밀렸던 이런저런 이야기를 나누었다. 대학 입시 공부를 하기 위해 내가 K군과 H군하고 흑석동에다 사글셋방을 얻어 가지고 자취하며 공부할 무렵, 배가 고파 저녁밥을 한 술 얻어 먹으려고 자주 드나들었던 그의 슬픈 이야기, 내가 군에서 갓 제대한 후 그의 김포 특주 중간 도매상 가게에서 술 배달을 해 주며 식객 노릇을 했던 나의 슬픈 이야기를 눈물을 글썽이며 주고받기도 했고, 사병 생활을 하면서 사람 대접을 제대로 받지 못했던 나의 충고를

듣고 장교로 군 생활을 마친 후 이민 온 그의 사연과 대학교수가 되기까지의 나의 기막힌 인생사 이야기를 밤을 세워 가며 주고받기도 했다.

그 다음날 아침이었다. 텔레비전 앞에 앉아서 뉴스를 듣고 있다가 나는 깜짝 놀랐다. 한국인 살인 사건 뉴스였다. 내용인즉 이러했다. 디트로이트에서 신발 가게를 운영하고 있는 이민 온 지 17년 된 60대 한국인 남자가 운동화를 잠바 속에 몰래 감춰 가지고 나가는 흑인 소년을 향해 놓고 가라고 소리쳐도 말을 듣지 않자 뒤에서 골프채로 위협하는 순간 흑인 소년이 뒤로 돌아서면서 쏜 권총알이 오른쪽 눈을 관통해서 즉사한 끔찍한 살인사건이었다. 어찌 이런 일이 대낮에 도시 한가운데서 발생할 수 있단 말인가?

나는 만리타향 미국에 온 지 하루만에 발생한 이 끔찍한 살인 사건을 보고 해외파견 교수로 미국에 온 것을 무척이나 후회하고 있었다. 다시 귀국하고 싶은 생각이 굴뚝 같았다. 나는 며칠을 두고 고민을 하다가 맹자(孟子) 어머니가 공부를 하다가 귀가한 맹자를 보고 짜고 있던 베를 잘라서 경각심을 일깨워 주었다는 단기지계(斷機之戒)의 고사가 생각나서 포기하고 말았다.

나는 다시 마음을 가라앉히고 그 다음날 미시간 대학교 교무처에 가서 파견교수로 왔음을 신고했고, 한국어 담당 교수인 러시아 출신인 A. 보빈 교수를 만나 미국에 있어서의 한국어에 관한 계통적 연구의 현황과 그에 대한 자료를 부탁하고 임시 숙소인 C군 집으로 돌아왔다.

3일 후에 집으로 전화가 왔다. 부탁한 자료를 다 수집해 놓았으니 찾아가라는 것이었다. 나는 부탁 받은 것을 지체 없이 수집해 준 보빈 교수의 성의에 보답하는 뜻으로 그날 저녁 미국식 뷔페 식당에서 저녁을 대접했다. 10불짜리 뷔페인데 싸고 푸짐했다. 그 당시 미국은 불경기라고 하지만, 먹거리는 싸고 풍성한 나라였다.

고등학교 동창인 C군은 당시 그가 살고 있는 캔톤시 근처에서 세탁소를 운영하고 있었고, 그의 처는 포드 자동차회사에 조립공으로 나가고 있었다. 미국 이민 생활은 이렇듯 바쁘고 고달픈 것 같았다. 두 부부가 부지런히 활동하지 않으면 안 되는 사회가 미국 사회다.

그는 슬하에 아들 하나 딸 하나를 두고 있었다. 둘 다 나의 방문 학교인 앤아버에 있는 미시간 대학교(University of Michigan)에 다니고 있었다. 미시간 대학교가 있는 앤아버는 유럽풍의 소도시로 범죄가 거의 없는 평화스런 대학도시였다. 미시간 대학교의 학부는 그 당시 미국 내 수준이 20위권이고 대학원은 10위권에 드는 좋은 대학으로, 특히 공대, 법대, 의대 등이 평판이 좋은 유명 대학교였다. 미국 시민권자인데도 한 학생당 연 4만불 정도 든다고 하니, 친구 C군은 아이들 교육비 대느라 정신이 없는 것 같았다.

미국에 머물고 있는 동안 그로부터 소개 받은 그의 친지들의 생활도 거의 비슷했다. '빛 좋은 개살구'라는 말이 있듯 그들의 생활은 겉으로 보기엔 화려할 것 같으나, 내면으로 들어가 보면 초라하기 그지없었다. 그들은 한결같이 나의 처지를 부러워하고 있었다.

특히 그의 동국대학교 동창 가운데 한 친구는 아내가 과거 연세대학교 간호대학 교수였었는데 자녀 교육 때문에 사표를 내고 당시 이민 온 지 10년이 되었다고 한다. 그는 이민 오자마자 흑인 지역에서 세탁소를 운영했다고 한다. 왜냐 하면 흑인들은 워낙 천성이 게을러서 자기가 직접 빨 수 있는 세탁물도 모두 세탁소에 맡기기 때문에 흑인 밀집 지역은 위험 부담은 있으나, 세탁업으로는 최적격지이기 때문이었다고 한다. 그러나 흑인들은 툭 하면 권총을 꺼내 들고 강도질을 하는 바람에 흑인 지역 세탁소는 다른 지역 세탁소와 달리 방탄 유리문 시설을 하지 않으면 안 된다고 한다.

나는 C군의 안내로 그의 세탁소를 방문하였다가 보아서는 안 될 것 두 가지를 보고 기분이 좋질 않았다. 하나는 감옥 같은 세탁소 내부의 방탄 유리문이요, 또 다른 하나는 나를 소개받고 갑자기 시무룩해지면서 눈시울이 촉촉이 젖어 있는 C군 친구 부인의 모습이었다.

나는 논문 쓸 자료를 충분히 수집한 다음에는 L 선배가 귀띔해 준 것처럼 미국내 여러 곳을 관광했다. 미시간에 있을 때는 자가용으로 혼자서 관광 여행을 떠날 때도 있었고, C군하고 함께 다닐 때도 있었다. 북미시간 주에 있는 맥키낙을 여행할 때는 혼자서 자가용을 몰고 갔다 왔고, 캐나다 온타리오 주와 미국 뉴욕주에 걸쳐 있는 나이아가라 폭포와 미시간 주 남쪽에 있는 스모키 마운틴을 관광했을 때는 C군하고 함께 갔다 왔다.

귀국하기 1달 전에는 D고등학교 교사 시절 함께 고3 담임을 맡고 있었던 LA에 살고 있는 C 선생 집에 기거하면서 관광회사 버스를 이용해 캘리포니아 일대의 관광지인 요세미티 국립공원, 금문교, 그랜드캐니언, 라스베가스 등을 관광했다.

여기서 소개하고 싶은 관광지는 북 미시간 주에 있는 맥키낙 요새지(要塞地)에 관해서다. 왜냐 하면 위에서 언급한 다른 관광지는 하도 유명한 곳이라 많은 사람들이 다녀 간 곳이겠지만, 맥키낙 요새지를 다녀 간 사람은 별로 많지 않을 것이라고 생각했기 때문이었다.

나는 1992년 7월 초순경 미시간 대학교 A. 보빈 교수로부터 내가 부탁했던 학술 자료를 건네받은 다음, 홀가분한 마음으로 자가용을 몰고 북 미시간 여행길에 올랐다. 미국에 도착하자마자 C군한테 2천불을 주고 산 7년 된 빅토리아 크라운 차가 도중에 고장 나지나 않을까 염려하면서 말이다.

지도를 펼쳐 보니, 이곳 앤아버에서 맥키낙 요새지가 있는 맥키낙 섬으로 가는 맥키나우 시까지 278마일이다. 시속 80마일로 달린다 해도 3시간 30분 정도는 좋이 걸릴 것 같다. 시계를 보니 오전 10시 정각이었다. 쉬지 않고 달리면 오후 1시 30분쯤이면 도착할 것 같다.

앞 차창에 밀려 왔다 사라지는 미시간의 광활한 전원 풍경은 안온하게 푸른 산으로 둘러싸인 우리나라의 전원 풍경과는 사뭇 달랐다. 아무리 눈을 크게 뜨고 보아도 산이라곤 통 보이질 않았다. 개울도 없고 방죽도 없고 논도 없다. 다만 일망무애(一望無涯)의 넓고 푸른 밭에 스프링클러만이 열심히 돌아갈 뿐이다.

차는 플린트 시→ 싸지나우 시→ 미드랜드배이 시를 지나 오대호의 하나인 바다 같은 휴론 호를 오른쪽으로 바라보면서 계속 북진했다. 나는 2시간 30분쯤 달린 후 커피를 마시기 위해 남 미시간의 거의 최북단에 있는 휴게소에서 내렸다. 7월 초순인데도 우리나라 늦가을 날씨처럼 쌀쌀했다. 앞을 내다보니 다리 길이가 5마일 정도되는 세계 제4위의 맥키낙 현수교(懸垂橋)가 오른쪽 휴런 호와 왼쪽 미시간 호가 만나는 맥키낙 해협을 가로지르면서 길게 쭉 뻗어 북 미시간 반도의 성 이그나스 시와 연결되어 있다. 1954년초에 착공되어 1957년 완공된 이 다리는 빙하의 압력, 풍속, 중력 등을 견딜 수 있게 만들어진 인간의 공학과 건설 공사 업적 가운데 가장 위대한 기념비적 다리라고 한다.

맥키낙 지역은 1600년경 백인들이 발을 들여 놓기 전에는 인디언의 여러 종족들이 '거대한 거북의 땅'이라는 의미의 '미칠리 맥키낙(Michili mackinac)'으로 부르면서 신성시하던 땅이었다. 이렇듯 인디언들이 신성시하던 땅에 백인으로서 최초로 발을 들여 놓은 사람은 1634년 프랑스인인 장 니콜레이다. 그는 중국으로 가는 항로를 찾고자 큰 카누를 타고 서쪽에서 미시간 호를 횡단하여 이 지역으로 온 것이다.

그후 1614년 프랑스의 쟈크 신부와 래임바울 신부가 와서 성 이그나스 교회를 세웠고, 1694년 프랑스 탐험가 앙트완 카딜락이 성 이그나스에 건설한 드보드 요새지의 사령관이 되었다가 1701년 그에 의해 맥키낙 모피(毛皮) 거래소가 설립되면서 드보드 요새지는 해체해 버렸다.

맥키낙 요새지는 1714년 프랑스인들이 인디언의 공격을 방어하기 위해 맥키나우 시에 최초로 구축하였고, 1761년 프랑스와 인디언 전쟁 이후 영국인이 인수하였다. 1763년 인디언 추장 폰티악은 영국의 지배로부터 벗어나기 위해 요새 밖에서 바가타와이라는 위장 게임을 벌여 영국군을 밖으로 유인해 놓고 그 틈을 이용하여 맥키낙 요새를 기습 공격해서 영국군 21명을 죽이고 4명을 도주케 한 대승을 거두었다. 이후 1781년 영국인들은 인디언들의 공격을 효과적으로 방어하기 위해 요새지를 맥키나우 시에서 맥키낙 섬으로 옮겼다.

1783년 미국의 독립전쟁 이후 영국과 미국의 파리 강화 조약에 의해 맥키낙 지역의 관할권은 미국으로 넘어 갔으나, 영국인들은 맥키낙 요새지 반환은 끝까지 하지 않았다. 그 이유는 독립선언한 미국인들로부터 맥키낙 북서 지방에 흩어져 살고 있는 영국인들의 생존을 보호하기 위해서였다. 그러다가 1795년 제이(Jay) 조약 체결 이후 영국군은 맥키낙 요새지에서 완전 철수했었다. 그후 1812년 다시 미국과의 전쟁에서 승리한 후 다시 이 요새지를 차지했다가 1815년 미국에게 완전 양도하였다.

이렇듯 맥키낙 지역은 프랑스와 인디언, 영국과 인디언, 영국과 미국의 피비린 내 나는 군사적 대결의 각축장(角逐場)이었었다. 이러한 이유는 이 지역이 지리적으로 미시간 호와 휴런 호의 교차 지점의 해협으로 모피 무역을 중심으로 한 경제적 특수 지역이었기 때문이라고 생각된다.

1881년 맥키낙 섬으로 운항하는 여객선이 개통되자 맥키낙 섬은 미국 부유층의 여름 휴양지로 각광을 받고 있다. 어디를 가나 자동차나 공장에서 뿜어대는 매연을 전혀 볼 수도 맡아 볼 수도 없는, 넓고 푸른 잔디와 울울창창한 나무와 울긋불긋한 꽃들이 만발한 곳-아마도 이곳이 천국이 아닐까 싶다.

L 교수가 '남는 건 여행에 관한 추억밖에 없으니 여행이나 실컷 하고 돌아오라'고 말했던 참뜻을 이제야 조금은 알 것 같았다.

결론적으로 말해서 해외 파견 교수 생활은 파견된 대학교에서 강의를 하지 않더라도 연구하고자 하는 분야에 관한 자료를 충분히 수집했다면, 그 나머지 시간은 여행에 투자하여 많은 견문을 쌓는 것이 오히려 연구실 안에서 천착(穿鑿)하는 진리보다 값질 수도 있다는 사실을 알게 되었다는 것이다.

후백(后白) 황금찬(黃錦燦) 시문학상 수상

시단(詩壇)엔 시인들에게 주는 상이 많다. 받아서 오히려 후회되는 상에서부터 나도 한 번쯤은 받아 봤으면 하고 은근히 기대의 마음이 쏠리는 상에 이르기까지 여러 종류의 상이 있다. 상금도 아예 없는 상이 있는가 하면 창작 지원금으로 5천만원의 거액을 주는 상도 있다.

원고료도 못 받는 비참한 시인들에게 이 같은 시상제도는 시 창작 의욕을 고취(鼓吹)시키는 데 일익을 담당할 바람직한 일이 아닐 수 없다. 그러나, 이러한 시문학상 시상 제도가 원만하게 이상적으로 잘 운영된다면야 금상첨화(錦上添花)로 그 얼마나 좋을까마는 그렇지 않은 게 문제요 병폐다. 모름지기 수상자는 응모한 작품을 엄격, 공정하게 심사해서 선정해야 함에도 불구하고, 대부분의 시문학상은 작품의 심사보다는 얼굴 심사에 무게를 두는 것이 대부분이다.

이를 테면, 막말로 말해서 '짜고 치는 고스톱 판'과 같다는 것이다.

혼탁한 세상에서 고고(孤高)한 삶을 살고자 하는 사람들이 모인 시단이 이래서야 되겠는가? 그런 제도를 운영하는 자도 문제지만, 그런 상을 받고자 도열해 서 있는 서글픈 군상(群像)도 문제인 것이다.

'찬물도 상이라면 좋다.'라는 속담이 있다. '상 받는 일은 다 좋다.'는 뜻의 풍유의 말이다. 물불을 가리지 않고 상 타기를 좋아하는 시인은 시인이 아니다. 왜냐 하면 시인의 상은 전공을 많이 세운 군인의 훈장 같은 것이 아니기 때문이다.

나는 지난 2009년 5월 14일 후백 황금찬 시문학상을 수상했다. 평소에 우리나라 시문학상 제도에 대해 부정적인 시각을 가지고 있었던 내가 이 시문학상에 응모하게 된 이유는 2009년 <월간문학> 3월호에 '제2회 후백 황금찬 시문학상 모집 공고'의 내용 중 다음과 같은 핵심 내용을 보고 나서다.

다음
1) 작품 모집 ; 2008년 1월부터 2009년 3월까지 발행된 시집
2) 제출 방법 ; 시집 1권과 공보 시집에 수록된 시 중 10편을 3부씩 복사하여 제출(단, 복사본에는 시인 이름이 기록되니 않아야 함)
3) 심사위원 ; 시상식 당일 발표
4) 등단 3년 이상의 문인
5) 공모 기간 ; 2009년 3월 1일-4월 10일(당일 소인 유효)

나는 응모작에 이름을 삭제한 상태로 제출하라는 대목과 심사위원을 시상식 당일 발표한다는 대목에 관심이 쏠렸다. 객관성과 공정성을 기할 것 같은 생각이 들었다. 나는 며칠 동안 고민하다가 '그렇다면 어디 내 작품에 대한 공정한 평가를 한번 받아 보자.'라고 결심하기에 이르러 2008년 10월에 상재한 시집에서 내 마음에 드는 시 10편을 골라 주관 협회인 '한국시예협회'에 제출했다. 4월 20일경 노인정에서 바둑을 두고 있는데 휴대폰 전화가 왔다.

"조세용 선생님이십니까? 한국시예협회 신국현입니다. 축하드립니다. 선생님께서 제2회 황금찬 시문학상 수상 후보자로 당선되었습니다. 거듭 축하드립니다."

나는 순간 이 뜻하지 않은 기쁜 소식을 듣고 얼굴이 벌겋게 달아 오르

면서 어린아이처럼 홍분하고 있었다.

"감사합니다. 저의 졸시가 당선이 되다니……. 감사합니다. 그럼 수상식날 뵙겠습니다."

나는 내 시가 공정한 심사에서 당선되었다는 데 만족하고 있었다. 문단에 정식으로 진출해서 3백여편의 시를 써 오면서 '과연 시단에서 내 시를 어떻게 볼 것인가 늘 궁금해하고 있었는데 이번 기회에 그 궁금증이 풀리는 것 같아 기분이 좋았다.

이 같은 사실을 제일 처음 대학동창인 P학형에게 알렸다. 왜냐 하면 황금찬 시인은 그가 D고등학교 3학년 때 담임 선생님이셨기에 제일 기뻐할 것 같아서였고, 또 한 가지는 황금찬 시인의 정확한 출생지와 학력을 자세히 알고 싶어서였다. 그러나 그도 정확하게 알지 못하고 있었다

나는 망백(望百)의 나이에도 꾸준히 붓을 놓지 않으시는 '작품으로 인생을 말하는 시인'이요, '한국 서정시를 영원히 밝히는 거대한 촛불'이신 황금찬 시문학상을 수상한 것을 무한한 영광이요, 자랑으로 생각한다. 내 비록 정년 퇴임 이후 정식으로 시단에 얼굴을 내밀고 시를 쓰지만, 앞으로 얼마나 많은 사람들에게 감동을 줄 수 있는 좋은 시를 쓸지 그저 두렵기만 하다.

나는 누구인가

— 족보(族譜)의 기록을 중심으로 —

사람은 누구나 한 번쯤은 '나의 조상은 어떤 분이었으며, 이승에서 어떤 삶을 사시다가 저승으로 가셨을까?' 하고 자신의 뿌리에 대해 생각해 볼 때가 있다고 본다.

나도 예외는 아니어서 어느 날 무료(無聊)를 달래기 위해 가계(家系)를 기록해 놓은 소위 족보(族譜)라는 이름의 책자를 꺼내 놓고 이리 뒤척 저리 뒤척거리며 시조 할아버님은 누구이시며 나는 어느 조상의 직계 후손인가를 투시적(透視的)으로, 혹은 역시적(逆視的)으로 조상 한 분 한 분을 검색해 보았다.

사실 나는 우리 나라의 족보들 가운데 상당수가 자신의 가문(家門)을 과시(誇示)하기 위해 의도적으로 첨삭(添削)을 가한 족보들이 많아 족보의 기록을 전적으로 신뢰하는 편은 아니지만, 그러한 선입견과 고정관념은 일단 접어 두고 『배천조씨대동세보(白川趙氏大同世譜), 1978』에 기록된 사실을 차근차근 면밀히 살펴보았다.

나는 우리나라 전체 인구의 64%에 해당하는 10대 성인 '김(金), 이(李), 박(朴), 최(崔), 정(鄭), 강(姜), 조(趙), 윤(尹), 장(張)' 가운데 7위(984,913명, 2000년 통계청 조사)인 조(趙)씨 가문의 한 사람이다.

조(趙)씨의 본관(本貫)은 대략 200여 본이 있었으나, 현존하는 것은 30여

본이며, 이 가운데 한양(漢陽), 풍양(豊穰), 배천(白川), 함안(咸安), 임천(林川), 순창(淳昌), 횡성(橫城), 김제(金堤), 평양(平壤), 양주(楊州), 직산(稷山) 등이 그 주류를 이루는 대본이다. 2,000년 국세청 조사에 의하면 1위는 30만 7,746만명의 한양 조씨이며, 2위는 25만 9,196명의 함안 조씨, 3위는 11만 3,798명의 풍양 조씨, 4위는 6만 7,770명의 순창 조씨, 배천 조씨는 6만 6,155명으로 5위이다.

조(趙)씨 성의 시원(始原)은 고대 중국 주(周)나라 목왕(穆王) 때 조보(趙父)('父'는 '보'로 독음해야 함. 순(舜) 임금 때 신하 백익(白益)의 후손)라는 분이 나라에 공을 세워 조성(趙姓)(조(趙)씨 일족의 집단 거주지인 지금의 산동성 일대)에 봉해짐으로써 시작되었디고 하며, 우리나라 조(趙)씨의 시원은 각 본마다 시조가 다르긴 해도 고려 초엽 중국에서 귀화(歸化)한 성씨임은 확실하다.

『조선씨족계보(朝鮮氏族系譜)』와 『배천조씨대동세보』에 의하면, 배천 조씨의 시조는 송나라 태조 조광윤(趙匡胤)의 맏아들 덕소(德昭)의 셋째 아드님이신 지린(之遴) 할아버님으로 기록되어 있다.

덕소 할아버님은 태조의 대를 이을 황태자이셨으나, 태조의 생모 두태후(杜太后)의 유언에 따라 태조의 동생이신 광의(光義=2대왕 태종(太宗)에게 왕위를 넘겨 주시고, 송나라를 침략해 온 거란(契丹)의 야율휴가(耶律休哥)를 맞아 유주(幽州=지금의 북경(北京))에서 싸우시다가 패한 후 자살하셨고, 공화공(恭和公) 지린(之遴) 할아버님께서는 전란을 피해 고려 경종 4년(979) 황해를 건너 은천현(銀川縣) 도태리(都台里=지금의 황해도 동남부에 위치한 배주(白州=배천(白川))에 정착하시면서 고려의 귀화인 우대 정책으로 정2품의 좌복야참지정사(左僕射參知政事)의 벼슬을 제수 받으시고 배천 조씨의 시조가 되시었다.

2세 양유(良裕) 할아버님은 고려 덕종 때 정 3품인 판위위사승(判衛尉寺丞)으로 계시면서 '배천군(白川君)'으로 봉해지셔서 이때부터 본관이 '배천'으로 정해졌다.

3세 선정(先正) 할아버님은 고려 문종 때 종1품의 문하시중을, 4세 중장(仲璋) 할아버님은 고려 문종 때 정2품의 문하평장사를, 5세 옥(玉) 할아버님은 고려 고종 때 종2품의 보문각 대제학을, 6세 문주(文胄) 할아버님은 정2품의 병부상서 상장군을, 7세 진(珍) 할아버님은 고려 원종 때 종1품의 문하시중을, 8세 자룡(子龍) 할아버님은 고려 충렬왕 때 정1품의 삼중대광을, 9세 선(瑄) 할아버님은 고려 충숙왕 때 정2품의 좌복야국자좨주를, 10세 성주(成柱) 할아버님은 고려 충숙왕 때 정2품의 문좌찬성사를 지내셨다.

경렬공(敬烈公) 할아버님의 형 정헌공(正憲公)의 6세손 반(胖)* 할아버님은 종2품의 동지밀직사사로 명나라에 가시어 이성계(李成桂)의 역성혁명 사실을 알리고 '朝鮮'이라는 국호를 받아 오셔서 조선조 2등 개국공신이 되시었다.

11세 강소공(康昭公) 임(琳) 할아버님은 나의 직계 중시조(中始祖)로서 고려 우왕 때에는 정2품의 한양도원수 겸 한양부사(漢陽府使)를 두루 거치신 관료의 전범(典範)이셨다. 이처럼 배천 조씨의 선조들께서는 고려 조 때에는 한 대도 빠짐이 없이 벼슬을 하셨으며, 조선조에 들어 와서도 한 두 대를 빼고 연면(連綿)히 벼슬을 하셨으니, 거례(擧例)하면 다음과 같다.

12세 말통(末通) 할아버님은 조선조 태종 때 정3품의 경기도 수군절도사를, 13세 첨수(添壽) 할아버님은 예종 때 종5품의 임피 현령을, 14세 연종(延宗) 할아버님은 성종 때 정3품의 철산 부사를, 15세 흥손(興孫) 할아버님은 성종 때 정5품의 통덕랑을 지내셨고, 17세 경충(敬忠) 할아버님은 명종 때 종2품의 호조참판을, 18세 경인(景仁) 할아버님은 명종 때 정3품의 좌승지를, 19세 정(晶) 할아버님은 선조 때 종 4품의 부호군을 지내셨다.

한 편 사주파(四柱派)*의 한 분이신 충현공(忠顯公) 천주(天柱)의 9세손 문열공(文烈公) 중봉(重峯) 헌(憲) 할아버님은 율곡(栗谷) 이이(李珥) 선생의 문하생으로 나라의 운명과 올바른 시정을 위해 여러 차례 대궐 문 앞에서 집부상소(執斧上疏)하신 강의(剛毅)의 올곧은 선비로 임진왜란 때 붓 대신 칼을 들고 몸소 의병장이 되시어 승 영규(靈圭)와 함께 금산(錦山)에서 왜군과 일당백으로 싸우시다가 칠백의 부하와 함께 장렬히 순절(殉節)하시었다.

이어 20세 중행(仲行) 할아버님은 광해주 때 정3품의 선산 부사를, 21세 해주(海周) 할아버님은 효종 때 종2품의 호조참판을, 22세 수(隋) 할아버님은 숙종 때 정3품의 통정대부를, 23세 연우(連遇) 할아버님은 영조 때 정2품의 예조참판을 지내셨으며, 한 대 건너 25세 태국(台國) 할아버님은 종2품의 동지중추부사를, 26세 호(鎬) 할아버님은 철종 때 종9품의 참봉을 지내신 것을 끝으로 내 직계 할아버님들의 공직 생활은 종지부를 찍었고, 27대 성원(聖源) 할아버님은 농사에 종사하시다가 졸수(卒壽)를 넘기시고 6 · 25 전쟁 때 폭격으로 비명으로 돌아가셨고, 28세 근우(根雨) 아버님은 사업을 하시다가 산수(傘壽)를 넘기시고 두어 해 더 사시다가 유명(幽明)을 달리하셨다.

이처럼 족보에 기록대로라면, 나의 가문은 중국계 귀화인 가문임이 확실하며, 시조 조지린(趙之遴) 할아버님께서는 고려 초기 때 귀화하시자마자 고려조의 귀화인 우대 정책으로 정2품의 상서좌복야참지정사라는 고위 관직에 오르시게 되었고, 그후 후손들은 연면(連綿)히 고려조는 물론이고 조선조 말엽까지 관직 생활을 한 사실로 보아, 나의 가문은 삼한갑족(三韓甲族)의 명문가는 못 될지언정 삼한을족(三韓乙族)의 가문쯤은 되지 않나 싶다.

나는 일제 전성기인 1936년 6월 15일 서울 한복판인 종로구 청진동 49번지에서 양반의 피가 흐르지만 범부(凡夫)이셨던 근우 아버님의 10남매 가운데 막내로 태어나 삼순구식(三旬九食)의 어려운 역경(逆境)을 이겨 내고 고학으로 대학을 졸업, 4년간의 출판사 편집사원을 거쳐 15년간 고등학교 교사 생활을 하면서 남보다 늦게 불혹(不惑)의 나이에 대학원엘 입학하여 이른바 만학(晩學)을 하였다.

그러다가 1982년 서울의 인구 분산 정책으로 서울 소재 여러 대학들이 경쟁적으로 지방 캠퍼스를 설립할 무렵, 운 좋게도 박사학위 이수 과정 중에 K대학교 충주 캠퍼스 교수로 취직되어 만 19년 6개월 동안 국어학(중세국어 및 어원학)을 가르치다가 2001년 8월 법정년(法定年)을 채우고 『중세국어 문법론』과 박사학위 논문을 깁고 더한 『한자어계 귀화어 연구』라는 이름의 두 저서와 30여 편의 학술 논문을 남기고 정들었던 상아탑을 나오게 되었다.

대학교 교수직에서 물러난 나는 그대로 허송세월을 보낼 수 없어 청소년 시절의 꿈이었던 시인(詩人)에의 길을 걸으며 제2의 인생을 살고자 2005년 계간지 『문학예술』지를 통해 정식으로 문단에 등단하여 그 동안 4권의 시집과 2권의 수필집을 상재하고 현재까지 부지런히 시와 수필을 써 오고 있는 터다.

또한, 슬하에 윤증(潤增; 52세, 미국 메릴란드 주 거주), 명증(明增; 47세, 고등학교 교사), 기증(琦增; 43세, 삼성 SDS 근무)를 두었고, 최근 노스캐롤리아 주 소재 모대학에서 주최한 피아노 경연대회에서 1등을 한 장손녀 은아(銀娥; 20세, 미국 거주)와 장손자 종민(鍾玟; 13세, 미국 거주), 차남의 아들 종현(鍾賢; 3세), 종원(鍾遠; 1세), 3남의 아들 훈종(勳鍾; 5세) 등 4명의 손자와 1명의 손녀를 두었으니, 이 정도면 나의 팔십 평생의 삶은 비록 이재(理財)를 못해 모아 둔 재산은 없으나, 위에서 열거한 선조님들을 뵙기에 한 점 부끄럽지 않은 삶을 살아오지 않았나 자위해 본다.

* 이때부터 배천 조씨는 아침밥의 한자어 '조반(朝飯)'을 조상의 존함인 '조반(趙胖)'과 음이 같아서 금기로 하고 있다.
* 10세 선(瑄) 할아버님의 4형제 '성주(成柱=은천군파(銀川君派), 천주(天柱=忠顯公派), 인주(仁柱=贊成公派), 종주(宗柱=侍中公派)를 이름. 이는 다시 성주(成柱) 할아버님의 아들 림(琳=강소공(康昭公派), 당(=판서공파(判書公派), 기(琦=충위공파(忠魏公派), 서(瑞=參議公派)로 갈림.

// 2. 가을이 오는 길목에서 //

춘상(春想)

이곳 미시간의 봄은/살을 에는 영하 30도/혹독한 추위를 견디고/눈 덮인 검누런 잔디 속/5월의 크라코스꽃/방긋한 미소로부터 와서/초저녁 북녘 하늘 높이/길게 누운 천관(天關) 별자리/국자 사각형을 밑으로 향하고/자루는 동녘으로 길게 뻗는다

지금쯤/내 조국 한반도에도/봄은 실개천 버들눈으로부터 와서/남녘 산하엔 /목련꽃, 개나리꽃, 진달래꽃 지고/ 복사꽃, 철쭉꽃 한창일 테고/북녘 산하엔/이제사 목련꽃, 개나리꽃, 진달래꽃 한창이겠지

그러나/아직도 조국의 봄은/남녘 산하에서 핀 꽃을/북녘에서 볼 수 없고/북녘 산하에서 핀 꽃을 /남녘 산하에서 볼 수 없으니/봄은 봄이로되/진정한 봄은 아니지 않는가(4연 생략)

위의 시는 1992년 5월 미국 미시간 대학교 교환교수로 1년간 머무르고 있을 때, 분단된 조국의 봄을 생각하면서 읊은 <봄 그리는 마음>이라는 제목의 서경적(敍景的) 서정시다. 제1연은 우리나라보다 추운 미시간주의 봄을 사실적(寫實的)으로 노래했고, 제2연은 시차성을 두고 피고 지는 남북한의 봄의 모습을 상상하면서 노래했으며, 제3연은 조국의 분단으로 자유로이 남북한 땅을 오가며 상춘(賞春)할 수 없는 안타까움을 노래했다.

나는 문단에 등단할 때부터 오늘날까지 '봄'을 제재화(題材化)한 시를 많이 써 왔다. 내 시에서의 '봄'은 단순히 '계절적인 봄'을 노래한 시도 있지만, 대부분 '통일된 조국의 모습을 형상화한 상징적 의미의 봄'을 노래한 시들임을 고백하지 않을 수 없다.

1939년 9월 1일 독일이 폴란드를 침공함으로써 시작되어 1945년 8월 15일 일본의 항복으로 완전 종식된 제2차 세계대전 이후 분단되었던 독일, 베트남, 예멘, 우리나라 등 4개국 가운데 독일은 1990년 10월 3일에, 베트남은 1976년 7월 2일에, 예멘은 1990년 5월 22일에 각각 통일이 되었으나, 우리나라는 아직도 통일을 이루지 못하고 지구상 유일한 분단국가로 남아 있는 형편이다.

1943년 11월 27일 카이로 선언, 1945년 7월 26일 포츠담 선언 등에서 독립을 약속받고도 남북한 통일정부를 수립하지 못한 것은, 외면적으론 1945년 12월 28일 모스크바 삼상회의에서 결의한 미, 소, 영, 중의 신탁통치안으로 남과 북이 반탁과 찬탁으로 분열, 대립하게 되었고(북한은 처음엔 남한과 마찬가지로 반탁을 지지했다가 소련의 압력을 받고 찬탁으로 노선을 바꿨다.), 1946년 1월 16일 서울 군정청 회의실에서 있었던 미소공동위원회에서의 38선 고착화 결정에 있다고 볼 수 있겠지만, 내면적으론 해방 이후의 정국을 대승적 차원에서 슬기롭게 해결하지 못한 우리 민족 내부의 분열과 무능에 있었다고 보아야 한다.

이제 지구상에서 분단 국가로는 우리나라밖엔 없다. 참으로 부끄러운 일이 아닐 수 없다. 8 · 15해방이 된 지 반세기가 훨씬 넘었건만, 조국 통일의 봄이 올 기미는 전혀 보이질 않는다. 이제라도 남과 북이 하나되기 위해 따뜻한 화해의 손을 잡고 하나하나 엉켜 있던 매듭을 풀어 나아가야 함에도 불구하고, 어찌된 일인지 삼대를 이어온 김씨왕조인 북한은 굶주리고 있는 백성들을 철저히 외면한 채 수년 전부터 막대한 달러를 낭비해 가며 전세계인들이 그토록 반대하는 핵실험과 미사일 발사 실험을 계속 하면서 이를 방해하거나 제재를 가한다면, 핵 공격을 감행하여 서울과 워싱턴을 불바다로 만들겠다고 막말을 쏟아 부으며 공갈 협박을 하고 있다. 왜 이럴까?

A. W. 슐레겔은 '언어는 인간 정신을 그대로 본떠 놓은 것이다.'라고 갈파한 것처럼 거친 막말의 사용자의 인격은 황폐하기 이를데없는 법이다. 막가파의 언어가 너무 거칠고 험악해서 공포스럽기보다는 한심하고 서글플 뿐이다. 지구상에서 가장 불합리한 정권을 유지하기 위한 벼랑끝 외교의 전술치고는 너무 유치하고 어처구니없다.

엊그제 춘분이 지났는데도 봄 기운을 전혀 느낄 수 없다. 당나라 시인 동방규(東方叫)가 지은 <소군원(昭君怨)>에 출현하는 싯구 '봄은 봄이로되 봄 같지 않구나(春來不似春)'라고 탄식했다고 하는 전한(前漢)의 왕녀 왕소군(王昭君)의 심경을 조금은 이해할 것 같다.

연일 일촉즉발(一觸卽發)의 전쟁 위험의 끄무레한 먹구름 신문 기사 때문에 잠을 편히 잘 수 없다. 아, 정녕 이 생명 다하기 전 이 땅에 봄은 오긴 올 것인가?

학문하는 자세

「예기(禮記)」에 '학연후 지부족(學然後知不足)'이라는 구절이 있다.

이 구절을 직역해 보면, '배우고 난 뒤에 부족함을 알았다.'이지만, 이를 곰곰히 다시 음미해 보면, '학문의 세계는 너무나 심원 · 광활하여 이때까지 자신이 쌓아 온 학문이란 창해일속(滄海一粟)에도 못 미치는 보잘것없는 것임을 알았다.'는 학문에 대한 경건(敬虔)과 겸허(謙虛)의 고백이 담겨 있는 말이 아닌가 한다.

흔히 학문의 길은 형극(荊棘)의 길이요, 끝없는 인고(忍苦)의 길이라고들 한다. 그러기에 공자(孔子)는 「역경(易經)」을 읽을 때 가죽으로 꿰맨 책 끈이 세 번이나 끊어질 정도로 위편삼절(韋編三絶)을 했고, 당송팔대가(唐宋八大家)의 한 분인 소식(蘇軾)은 '학문하는 일은 급류(急流)를 거슬러 올라가는 것과 같다.(學書如泝急流)'라 하였으며, 당나라의 사학자인 이연수(李延壽)는 「북사(北史)」에서 '학문에 뜻을 둔 사람은 쇠털처럼 많지만, 학문을 이룬 사람은 기린의 뿔처럼 드물다.(學者如牛毛 成者如麟角)'라고 탄식하지 않았던가.

오늘날 학계에는 공자처럼 위편삼절은커녕 면편일절(綿編一絶)도 못했으면서 석학자연(碩學者然)하는 나르시시스트(Narcissist)들이 꽤나 많다.

남이 애써 조사 · 정리한 편저에 자기 이름을 슬쩍 끼워 넣고 공편저자 행세를 하는 철면피족, 남의 논문의 일부를 각주(脚註)도 하지 않고 자기 논문 속에 자기 글인 양 도적질하는 도척(盜跖) 같은 표절족(剽竊族), 돈을 주고 유령(幽靈) 대학의 박사학위를 샀거나, 학위논문을 대필(代筆)시켜 학위를 취득한 대도족(大盜族) — 이런 족속들일수록 홉의 지식을 말로 팔아먹는 얌체족들이다.

이들은 우리들 인간이 이때까지 이룩한 학문의 탑이 아무리 높고 위대하다 할지라도 끝간데 없이 창망(滄茫) · 심오(深奧)한 학문의 바다에다 넣으면 한 알의 좁쌀 크기만도 못한 것이라는 사실도 모른 채, 마치 빈 수레가 털렁거리듯 갖은 교오(驕傲)와 수다 떨기를 좋아한다.

「좌전(左傳)」에 '자기를 낮추고 겸양(謙讓)하는 일이 덕(德)의 기본이다.(卑讓德之基也)'라 하였고, 「예기(禮記)」에서는 '무릇 예(禮)란 스스로를 낮추고 남을 존중하는 것이다.(夫禮者自卑尊人)'라고 하였다.

참다운 학자는 자기 학문에 결코 스스로 자만하거나 남에게 자랑하지도 않으며, 남의 학문을 깎아내리는 교만도 부리지 않고, 다만 노자(老子)가 '참된 지자(知者)는 말하지 아니한다.(知者不言)'고 말한 것처럼 겸허의 예만을 생명으로 할 따름이다.

중국의 대석학인 공자는 '나는 나면서부터 안 사람이 아니다.(我非生而知者)'라고 자비(自卑) · 겸양하였고, 프랑스의 대석학자이자 위대한 사상가인 M.E. 몽테뉴(Montaigne)도 그의 「수상록(隨想錄)」에서 인간의 한계성을 느낀 나머지 '나는 과연 무엇을 알고 있는가?'라고 회의(懷疑)하면서 스스로의 학문과 지식에 대해 자비 · 겸양의 예를 보였다.

위의 두 분과는 조금은 다른 뜻의 말이긴 하지만, 퇴계(退溪) 선생도 '능히 자기 것을 버리고 남의 것을 좇지 않는 것이 학자들의 큰 병이다.(不能捨己從人 學者之大病)'라고 하여 학문하는 사람들의 겸양의 자세를 역설한 적이 있다.

모름지기 학자는 자신의 학문의 경지가 아무리 높은 경지에 이르렀다 해도 '잡초가 무성한 거친 평야가 끝난 곳에 청산(青山)이 우뚝 솟아 있고,

길 가는 행인(行人)은 청산 밖에 서 있구나(平蕪盡處是青山 行人更在青山外)'라고 읊은 당송팔대가의 한 분인 송(宋) 나라의 구양수(歐陽修)의 싯구처럼, 청산을 겸허한 자세로 경외(敬畏)하면서 말없이 우직(愚直)하게 정진(精進)하는 그런 행인의 자세이어야 한다.

중원(中原)벌 논두을 걸어가면서 어느새 황금 옷으로 갈아입은 벼물결을 응시한다. 잘 영글어 고개 숙인 벼이삭은 탕탕(蕩蕩)한 군자(君子)의 자태를 하고 있어 경외스러우나, 속이 텅빈 쭉정이는 하늘 높은 줄 모르고 교오(驕傲)하게 고개를 치켜든 채 불쌍한 모습을 하고 있어 어째 마음 한 구석이 서글퍼진다.

육성(肉聲)으로 그린 그림

일찍이 18세기 프랑스의 문학가요, 사상가인 F. M. A. 볼테르는 '문학은 육성의 그림이다.'라고 언급한 바 있다. 여기서 언급하고 있는 '육성'이란 작품을 창작한 한 작가의 진지하고도 치열한 인생 체험을 통해 표출된 문자언어를 뜻하는 말이요, '그림'이란 그러한 문자언어로 창작된 문학 작품을 뜻하는 말이다. 이 말이 함축하고 있는 뜻을 다시 곱씹어 보면, 문학은 운문이든 산문이든 '한 개인의 진지하고도 치열한 인생 체험'이 용해(溶解)된 올바른 인생관과 세계관을 가진 시인이나 작가의 창작물이어야만 독자에게 감동을 줄 수 있는 좋은 작품이 될 수 있다는 말이 되겠다.

지난 2013년 1월 20일 만 101세로 타계한 일본의 노시인인 시바타(柴田) 도요 할머니는 98세 때 자신의 장례비로 마련해 두었던 100만 엔으로 '인간의 굳센 삶'을 주제로 한 처녀 시집 『약해지지 마』를 출간하여 선풍적 인기리에 160만 부 가까이 팔렸고, 두 번째 시집 『백세』도 40만 부나 팔렸다고 한다. 또한 미국에서는 젊었을 때 월 40달러짜리 여인숙에서 쫓겨날 만큼 지독한 가난 속에서도 절망하지 않고 굳건한 삶을 살아 온 코맥 맥카시가 73세 때 쓴 '절망으로부터의 초극(超克)'을 주제로 한 소설 『길(Road)』(2000년도 퓰리처상 수상작)이 180만부나 팔렸다고 한다.

시바타 도요 할머니의 시를 읽어 보면, 시의 형태론적 요소인 시적 언어와 운율, 방법론적 요소인 이미지나 은유(隱喩) 등이 전혀 없거나 무시된 채 단지 일상적인 언어로 보통 사람들의 생활감정을 진솔하게 서술적으로 써 내려갔을 뿐이다. 또한 코맥 맥카시의 소설도 거창한 주제를 내용으로 한 소설이 아니고, 다만 자신의 비극적 삶을 형상화한 소설로 소설 속에 등장하는 주인공인 아버지가 죽어가면서 아들에게 "우리는 늘 운이 좋았어. 너도 운이 좋을 거야. 가 보면 알아. 그냥 가. 괜찮을 거야."라고 말하는, 즉 '절망으로부터의 초극'을 주제로 한 소설일 뿐이다.

이렇듯 위의 두 작품은 문학 형식상 각기 다른 장르의 작품이긴 하지만, 많은 독자들에게 감동을 불러일으키면서 베스트 셀러의 작품이 된 이유가 무엇일까? 그 이유는 간단하다. 이들 두 작품은 다 같이 저자의 '진지하고도 치열한 인생 체험'을 바탕으로 한 '육성의 그림'이었기 때문이라 생각된다.

문학 작품에서 가장 중요한 것은 독자들에게 진한 감동을 주어야 한다는 것이다. 따라서 그러한 작품은 오랫동안 독자의 가슴에 남는 명작으로 존재하게 되며, 그렇지 못한 작품은 아무리 현란한 수사(修辭)로 치장했다 할지라도 사람들 뇌리(腦裏)에서 이내 사라지고마는 생명력이 없는 졸작으로 추락하게 되는 것이다.

나는 1956년 시인이 되겠다는 꿈을 안고 K대학교 문과대학 국어국문학과에 입학해서 고등학교시절 나와 마찬가지로 문예반장을 지냈던 동급생들과 더불어 속세의 탁류(濁流)에 휩쓸리지 않고 고고(孤高)한 삶을 살겠다는 의미를 지닌『白流』라는 이름의 동인지를 5호까지 발행하면서 활발하게 동인활동을 한 적이 있다.

그러나 대학 졸업후 이런저런 이유로 창작 활동을 하지 못하다가 대학

교수로 정년 퇴임한 지 두어 해 뒤인 2005년 학생시절에 실현하지 못했던 미완(未完)의 꿈을 이루고자 주위의 따가운 눈총을 피해 가면서 계간지『문학예술』지를 통해 정식으로 문단에 얼굴을 내밀었다.

등단 하자마자 나는 마치 출발 호루라기 신호를 기다리고 있던 육상선수처럼 그 동안 남몰래 끼적여 놓았던 시편들을 이리 모으고 저리 모아 2005년 5월 처녀시집『봄 그리는 마음』을 상재한 바 있다.

이 시집 <자서(自序)>에서 나는 평소 마음 속으로 존경해 왔던 독일 시인인 R. M. 릴케의 소설『말테의 수기(手記)』에 나오는 다음과 같은 구절을 인용하면서 늦둥이로서의 자위(自慰)와 자변(自辯)을 한 바 있다.

> 젊어서 시를 쓴다는 것처럼 무의미한 것은 없다. 시는 어디까지나 끈기 있게 기다려야만 한다. 사람은 될 수만 있다면 평생을 두고 꿀벌처럼 꾸준히 꿀과 의미를 수집해야 한다. 그렇게 하면 아마 최후에 몇 줄의 좋은 시를 쓸 수 있을는지 모른다. 시란 사람들이 생각하고 있는 것처럼 감정은 아니다…(중략)…시는 체험이다.

이 구절의 내용은 결국 모두(冒頭)에서의 F. M. A. 볼테르의 '육성'의 문학관과 일치하는 '체험'의 문학관인 것이다.

그렇다. 모든 문학 작품은 그 작품을 창작한 한 시인이나 작가가 작품의 형태론적 요소나 방법론적 요소를 갖추기에 앞서 '진지하고도 치열한 인생 체험'을 통해서 생성된 올바른 인생관과 세계관을 가지고 뜨거운 '육성'의 문자언어로 창작했느냐 그렇지 못했느냐가 작품의 우열을 결정짓는 중요한 요체(要諦)라고 생각된다.

참다운 선비

나는 동서 고금을 통해 선비다운 선비, 참다운 선비로 조선조 중기 때 유학자(儒學者)이신 남명(南冥) 조식(曺植) 선생을 들기를 주저하지 않는다.

선생은 연산군(燕山君) 7년(1501)에 경상도 삼가현 토골[兎洞]에서 승문원(承文院) 판교(判校)였던 조언형(曺彦亨)의 아들로 출생하여 선조(宣祖) 5년(1572)에 서거한, 경상 좌도(左道)의 거유(巨儒) 퇴계(退溪) 이황(李滉)과 쌍벽을 이루었던 경상 우도(右道) 유일(遺逸)의 거유이었다.

또한, 선생은 어렸을 적부터 중국 남송(南宋)의 대유학자인 주자(朱子)와 북송(北宋)의 정자(程子)의 초상화를 손수 그려서 병풍으로 만들어 놓고 성리학(性理學) 공부에 전념하였다고 한다. 오로지 학문 연찬(硏鑽) 이외에는 관심을 갖지 않겠다는 신독(愼獨)의 굳은 정신의 발로였으리라 생각된다.

1539년 선생의 나이 38세 때, 헌릉(獻陵) 참봉(參封)에 임명되었으나 응하지 않았고, 1549년에는 전생서(典牲署) 주부(主簿)에 임명되었으나 역시 응하지 않고, 집 근처에 계복당(鷄伏堂)과 뇌룡사(雷龍舍)를 짓고 강학(講學)에 전념하였다.

1555년 선생의 나이 44세 때 명종(明宗)으로부터 단성(丹城) 현감(縣鑑)직을 제수(除授)받았을 때, '대비 문정왕후(文定王后)는 신실(信實)하고 뜻이 깊다 하나, 깊은 구중 궁궐의 한 과부에 불과하고, 전하(殿下)는 아직 어리니

다만 고아일 뿐입니다.'라는 내용의 사직 상소문(上疏文)을 올려 명종의 분노를 사 중벌을 받을 뻔하였다.

이처럼 왕실도 무서워하지 않고, 옳지 않을 일에는 날카로운 비판을 서슴지 않았던 선생을 두고 퇴계(退溪)는 '풍진(風塵)에도 머리를 숙이지 않는 고항지사(高亢之士)'라고 말하면서, 그의 강직(剛直)하면서도 올곧은 선비 정신을 칭찬한 적이 있다.

이후에도 선생은 조지서(造紙署) 사지(司紙), 상서원(尙瑞院) 판관(判官) 등에 임명되기도 하였으나, 치란(治亂)에 대한 자신의 의견과 학문에 관한 도리(道理)를 표(表)로 올리고 낙향하여, 두류산(頭流山) 덕소동(德小洞)에 산천재(山天齋)라는 이름의 정사(精舍)를 짓고, 후진 양성에만 전념하다가 고희(古稀)의 나이를 조금 넘자마자 유명(幽明)을 달리했다.

선생은 학문이란 알기만 하면 그것으로 족한 것이 아니라, 반궁 체험(反躬體驗)과 지경 실행(持敬實行)이 중요함을 역설했으며, 내적으로 마음의 밝음과 곧음을 뜻하는 경(敬)과, 외적으로 성을 뜻하는 의(義)를 강조한 의리(義利) 철학과 생활 철학을 강조했다.

또한, 선생은 초심자의 기초 학문으로 「심경(心經)」·「서명(西銘)」·「태극도설(太極圖說)」 등 심성(心性)에 관한 문장을 가르쳤던 퇴계의 교육 방법을 반대하고, 「소학(小學)」·「대학(大學)」·「논어(論語)」와 같은 실천적 경전을 먼저 가르쳐야 한다고 주장하였다.

이러한 선생의 교육관은 은둔(隱遁) 학자이면서도 국가가 누란(累卵)의 위기에 처했던 임진왜란 때, 붓 대신 창과 칼을 들고 과감히 떨쳐나섰던 곽재우(郭再祐)·정인홍(鄭仁弘)·이제신(李濟臣)·김효원(金孝元)·강익(姜翼)·문익성(文益成)·박제인(朴齊仁)·조종도(趙宗道) 등에서 확연하게 엿볼 수 있다.

학문을 연찬하는 사람에겐 전란(戰亂)으로 국가가 위기에 처해 있기 전에는 상아탑(象牙塔)에서 학문 연구에만 몰두해야 한다.

그러나, 오늘날 우리 나라 소위 최고의 지성인이라고 자처하는 대학 교수들 가운데는 가멜레온처럼 탐욕스러운 눈동자를 이리 굴리고 저리 굴리거나 하는 부라퀴 같은 곡학아세(曲學阿世)의 속물 학자들이 너무나 많다.

관작(官爵)을 주겠다는 왕명도 거절하고, 부귀와 영화, 명예와 권력에 초연하였던 남명 선생의 참다운 선비 정신 — 이는 우리 모든 학자들의 영원한 귀감(龜鑑)이 아닐 수 없다.

무자기(毋自欺)

공자(孔子)는 '인간의 본래의 삶은 직(直)으로 살아가는 것이요, 직이 없이 산다는 것은 요행이 형벌을 면한 것뿐이니라.(人之生也直 罔之生也 幸而免)<(논어(論語) 옹야(雍也) 17>'라고 하였다.

이 같은 공자의 말씀 가운데 핵심어는 '직'이다. 그렇다면 '직'의 심층적 의미는 무엇일까.

동양 철학자 이상은(李相殷)은 <동양적 인간형>이라는 글에서

> … (전략) … '직'은 대인 관계에서는 정직 · 솔직의 의미이지만, 자기에 대해서는 무자기(毋自欺)의 뜻이다. 직의 참된 의미는 무자기에 있다. 누구나 남에게 대해서 정직하기는 쉬우나 자기를 속이지 않는다는 것은 어려운 일이다. … (중략) … 사실 동양 도덕의 근간은 무자기와 신독(愼獨)에 있지 않은가 한다. … (후략) …

라고 하여 '직'의 참된 의미는 '무자기'에 있음을 강조한 바 있다.

무자기—자기 자신을 속이지 말라는 말은 바꾸어 말하면 어리석고 속된 우리 인간들은 스스로를 속이는 경우가 많다는, 인간의 보편적 속성을 지적한 함축적 의미가 내포된 말이라고 할 수 있다.

러시아의 문호 F. M. 도스토예프스키(Dostoevski)도 그의 <악령(惡靈)>

에서 '인간이란 항시 다른 사람에게 기만당하기보다 자기 자신을 속이는 경우가 많다.'라고 말하고 있다.

'홀로 있을 때 도리에 어그러짐이 없도록 삼가야 한다.'는 뜻의 '신독'이라는 말도 사람은 홀로 있을 때, 스스로를 기만하기 쉽다는 인간의 보편적 속성을 지적한 말로 '무자기'와 내용상의 의미가 서로 상통하는 말이다.

아닌게 아니라, 우리들 인생세간(人生世間)에는 남의 이목을 피해 스스로를 기만하는 속물들이 너무나 많다.

이들은 안으로 스스로를 기만하고도 겉으로는 이 세상에서 자기만이 잘 났고, 자기만이 옳다고 주장하는 지독한 독선자요, 철저한 위선자요, 낯 두꺼운 철면피요, 옹고집의 무뢰한이요, 기막힌 사기꾼이다.

십목소시(十目所視)란 말이 있다. '열 사람이 보는 바'라 함이니, 다시 말하면 '여러 사람의 눈을 속일 수는 없다.'는 뜻이다.

아무리 제깐에 잔 머리를 굴려 교묘히 스스로를 위장하고 기만했다 하더라도 열 사람의 눈을 속일 수는 없는 것이다.

스스로를 기만하는 독선과 위선으로 팽만(膨滿)한 자들은 한때 요행히 외면적인 부귀 영화와 입신 출세의 가도를 휘황 찬란한 빛을 내면서 질주할지 모르나, 내면적으로는 자신의 영혼이 서서히 좀 먹고 있다는 사실을 모르는 불쌍한 족속들이다.

스스로를 기만하지 말고 솔직 담백하게 살자. 그렇게 사는 것만이 인간 본래의 삶을 참답게 사는 길이요, 자기 자신에게 충실하는 길인 것이다.

자기 자신에게 충실한 자만이 인륜이 있고, 도덕이 있고, 양심이 있고, 선(善)이 있고, 직(直)이 있는 것이다.

후생가외(後生可畏)

공자(孔子)는 '후생(後生)들을 가히 두려워해야 할지니, 그들의 장래 학문이 오늘의 우리만 같지 못할 줄 어찌 알겠는가.(後生可畏 焉知來者之 不如今也)<논어(論語) 자한(子罕) 22>'라고 말한 바 있다.

이 말의 뜻을 다시 풀어 말하면, '학문하는 사람들은 앞으로 자기보다도 더 뛰어난 후진이 있을지도 모르는 일이니, 모름지기 학문에 정진(精進)해야 한다.'는 심층적 의미를 지닌, 학문하는 사람에게 경종(警鐘)을 울려주는 말이다.

내 나이 열 살을 갓 넘었을 무렵, 어느 날 조부(祖父)께서 내게

"넌 이 세상에서 무엇이 제일 무서우냐?"

하고 물으셨다. 이 때 나는 서슴없이 답하기를

"호랑이와 사자예요."

하고 답변한 것 같다. 이 같은 나의 답변에 조부께서는 빙그레 웃으시면서,

"아니다. 사람이 제일 무서우니라."

하시는 것이었다.

당시 나는 조부의 그 같은 말의 참뜻을 파악하지 못하고,

"왜 사람이 제일 무서워요?"

하고 되물었지만, 조부께서는

"장차 커서 알게 될 것이다."

라고 말씀하시고는 말문을 닫아 버리셨다.

고등학교를 졸업하고 대학을 졸업할 때까지도 나는 어렸을 때, 내게 들려 주시던 조부의 그 같은 말의 참뜻을 전혀 이해할 수가 없었다.

그러던 나에게 조부의 말뜻이 진실로 다가오기 시작한 것은 대학을 졸업하고 직장 생활을 하면서부터였다.

대학 졸업 후의 첫 직장인 K출판사 편집 사원 시절에는 능숙한 교정(校正)과 편집을 하는 선배 사원이 어렵고 무서웠으며, 고등학교 교사 시절에는 해박(該博)한 지식과 현하(懸河) 달변의 동료 교사가 부럽고 무서웠으며, 대학 교수가 되면서부터는 훌륭한 연구 업적을 쌓은 학자가 존경스럽고 두려웠다.

그 옛날 조선조 중엽 58세의 노학자 퇴계(退溪) 이황(李滉) 선생도 23세의 젊은 청년 학자인 율곡(栗谷) 이이(李珥)와 도산 서원에서 이틀 동안 대학(大學)의 정(定) · 정(靜) · 안(安) · 여(慮) 및 오타(敖惰)의 의(義)와 정주(程朱)의 격물설(格物說)과 존양 성찰(存養省察)의 훈(訓) 등을 문답한 후, 조사(趙士) 경목(敬穆)에게 보낸 편지에서 '후생가외(後生可畏)라고 하더니 선성(先聖)이 참으로 나를 속이지 않는다.'라고 하면서 율곡의 학문적 깊이와 천재성을 칭찬하면서도 한편 두려워하였다.

요즈음 나는 훌륭한 논문을 써서 학계에 빛나는 업적을 남긴 제자 박사들과, 또한 훌륭한 논문을 쓰기 위해 불철 주야로 학구에 매진하고 있는 제자 박사 후보생들이 무럭무럭 성장하고 있는 모습을 보면서, '후생가외'라고 한 공자와 퇴계 선생의 말씀을 다시 조용히 음미(吟味)해 본다.

용감한 양심

최근 일본 도쿄대학교의 명예 교수인 와다 하루키(和田春樹)와 사학자 아미노 요시히코(網野善彦)를 비롯한 일본 전역의 사학자 · 교육자 등 889명이 일본 역사 교과서 바로잡기 운동에 나섰다고 한다.

참으로 반갑고 고마운 일이 아닐 수 없다. 얌체국 일본에도 이런 양심 있는 사람들이 있다니 적잖이 놀라운 일이 아닐 수 없다. 이들은 긴급 성명(聲明)을 통해 일본 전기통신대학 교수인 니시오간지(西尾幹二)와 도쿄대학교 교수인 후지오카 노부카쓰(藤岡信勝)를 주축으로 한 극우 역사 왜곡(歪曲) · 날조(捏造) 단체인 '새 역사 교과서 제작 모임'이 만든 중학교용 역사 교과서는 객관적 사실(史實) 대신 신화적(神話的) 상상력을 동원해 역사를 파괴적으로 뜯어고친 위험한 교과서이므로, 검정(檢定)에서 반드시 탈락시켜야 한다고 주장하고 있다.

또한, 이들은 일본 내 극우 단체들의 갖가지 협박과 공갈(恐喝)에도 굴하지 않고, 오로지 왜곡된 역사를 바로잡으려는 참된 용기를 보여 주었기에, 그들의 양심적 행동은 더욱 값진 것이라고 아니할 수 없다.

황국사관(皇國史觀)적 민족주의에로의 회귀(回歸)를 획책하고 있는 '새 역사 교과서 제작 모임'에서 만든 중학교용 교과서는 왜곡 · 날조된 부분이 너무나 많다. 주요 내용을 잠깐 간추려 살펴보면 다음과 같다.

첫째, 태평양 전쟁을 일본의 '아시아 해방 전쟁'으로 미화하고 있다. 둘째,

1910년 한 · 일 합방은 국제법에 따라 합법적인 절차를 밟은 '동아시아 안정 정책'이었다고 왜곡 기술하고 있다. 셋째, 태평양 전쟁 당시 강제로 징발(徵發)했던 징용과 일본군 위안부 내용은 완전 삭제했다. 넷째, 태평양 전쟁 후 미국을 비롯한 승전국이 주도한 도쿄 전범(戰犯) 재판은 승전국이 일본에 강요한 자학(自虐)적 재판이라고 비판하고 있다. 다섯째, 일본의 한국에 대한 식민지 정책은 한국의 근대화에 도움을 주었다는 황당(荒唐)한 주장 등이 그것이다.

일본 문부성에서는 작년에 일제(日帝) 침략으로 엄청난 피해를 본 우리나라와 중국 등이 격렬하게 반대하고, 일본 내에서도 비판적인 여론이 고조(高調)되자, 작년 12월 '새 역사 교과서 제작 모임'에서 만들어 문부성에 제출한 교과서 내용 중 왜곡 · 날조되었거나, 부당하게 삭제된 부분 등 400여 군데에 대해 수정(修正) 지시를 내린 바 있다.

그러나, 모두(冒頭)에서 언급한 바 있는 일본 역사 교과서 바로잡기 운동의 선봉장(先鋒將)인 와다 하루키를 비롯한 일본의 역사학자 · 교육자 등 889명은 긴급 성명에서 이들 교과서들은 단순한 수정만으로는 본질적인 문제가 해결되지 않으므로, 3월 초에 확정될 교과서 검인정에서 아예 탈락시켜 버리는 것이 옳다고 주장하고 있다 한다.

얌체국 일본에도 부끄러운 과거사를 감추려는 소인배들의 공갈과 협박에 굴하지 않고, 독일(獨逸)처럼 부끄러운 과거사를 진솔(眞率)하게 밝힘으로써 보다 광명한 미래로 나아가려고 하는 용감하고도 진실된 양심적 지식인들이 있다는 것은 그나마 우리에게 다소 위안이 된다.

그러나, 근래 일본은 태평양 전쟁 패배 이후 중단했던 국기 게양(揭揚)과 국가 제창(齊唱)을 법적으로 되살리고, 전범자들의 위패(位牌)가 있는 야스쿠니 신사(神社) 참배 풍조가 팽배해 가고 있으며, 나아가 평화 헌법을 개정하여 태평양 전쟁 이전 체제인 국가주의 · 군국주의 부활을 위한 움직임이 활발한 실정이다.

'새 역사 교과서 제작 모임'도 이러한 다수의 극우 세력과 접맥(接脈)된 단체의 하나이다. 최근 이들 극우 세력들은 왜곡·날조된 교과서는 불합격시켜야 한다고 주장한 노다에이지로 전 인도 대사를 교과서 심사 위원직에서 축출(逐出)시켜 버렸다.

최근 보도에 의하면, 이들 극우 세력들의 목적을 위해선 수단과 방법을 가리지 않는 계책 때문에, 이 왜곡·날조된 중학교용 역사 교과서는 문부성 검정에서 통과될 가능성이 매우 높다고 한다.

일본이 새 천년 시대를 맞이하여 역사를 돌이켜 국가주의·군국주의 회귀의 길로 갈 것인가, 아니면 이웃 나라들과 선린 관계를 유지하면서 평화의 길로 갈 것인가 하는 선택의 문제는 전적으로 일본인에게 달려 있다.

이에 우리 정부는 이러한 중차대한 문제를 단순한 일본의 내정 문제로만 치부(置簿)해서는 절대로 안 되며, 바람직한 한·일 관계 수립을 위해서라도 일본 정부를 상대로 그 시정책을 강력하게 요구해야 한다. 만일 그러한 왜곡·날조된 위험한 교과서가 그대로 일본 문부성 검정에서 통과된다면, 그건 우리 나라 현 정부의 무능과 상처뿐인 우리 역사에 또 하나의 오점(汚點)을 찍는 과오를 범하는 일이 된다고 아니할 수 없다.

일본의 '새 역사 교과서 제작 모임' 회원들은 '역사는 뒤돌아보는 예언자이다.'라고 한 A. W. 슐레겔의 말과 '역사를 기록하는 것은 과거에서 벗어나는 하나의 방법이다.'라고 한 J. W. 괴테의 말을 경청할 필요가 있는 소인배들임이 확실하다.

집부상소(執斧上疏)의 의기

임진왜란 당시 선비요, 의병장이셨던 나의 선조 중봉(重峯) 조헌(趙憲) 선생께서는 성격이 강직(剛直)한 집부 상소의 인물로 유명하다.

집부 상소란 선조(宣祖) 21년(1588) 조헌 선생께서 일본에서 새로 정권을 잡은 도요토미(豊臣秀吉)의 통상 수교 요구를 반대하고, 동인(東人)을 비방하는 내용의 과격한 상소가 선조로부터 노여움을 사서 불태워 없어지게 되자, 이듬해 선조 22년(1589)년 여름 선생이 다시 도끼를 들도 대궐문 앞에서 시정(施政)의 잘못을 공박하는 내용의 상소를 올린 바 있는데, 이때 죽음을 각오하고 올렸던 이 의기(義氣)의 상소를 두고 이름이다.

이로 인해 선생께서는 마침내 함경도 길주(吉州) 영동역(嶺東驛)으로 유배되고 말았다. 오랜 여정(旅程)으로 발이 부르트고 피가 흘렀으나, 선생은 조금도 마음의 동요를 일으키지 않고 태연 자약하니, 당시 춘천 부사는 감탄하여 선생을 철한(鐵漢)이라 불렀다 한다.

선생은 귀양살이를 하면서도 자신의 주장을 굽히지 않고, 황윤길(黃允吉) · 김성일(金誠一)을 통신사로 일본에 보내려는 것을 반대하는 내용의 상소를 두어 번 써서 함경도 관찰사 권징(權徵)에게 보내기도 하였다. 그러나, 상소문 내용이 너무 과격하다 하여 번번히 묵살되고 말았다.

얼마 후 지난날 선생이 상소에서 예언한 것처럼 정여립(鄭汝立)의 모반

(謀反) 사건이 발각되자, 선생의 선견 지명에 감탄한 선조는 특명을 내려 선생을 귀양살이에서 풀어 주었다.

선생은 귀양살이에서 풀려 나오자마자 또다시 통신사의 파견을 반대하는 내용의 상소를 써서 권징에게 임금께 올려 주기를 청하였다. 권징은 선생에게 말하기를

"그대는 이미 상소한 일로 해서 지금까지 귀양살이를 했는데, 조정의 의논이 이미 왜국에 1사신을 보내 통호(通好)하기로 한 이 마당에 그대의 소(疏)는 아무런 국가적 이익이 없을 뿐더러 반드시 앙화(殃禍)가 미칠 것이요."
라고 상소의 철회를 은근히 종용(慫慂)했다. 그러나 선생은 뜻을 굽히지 않고 다음과 같이 말하는 것이었다.

"그렇지 않소. 나라가 백척 간두(百尺竿頭)의 위태로운 상황에 처해 있는 것을 그냥 보고만 있을 수 없어 신하된 자로서 마땅히 논간(論諫)하려는 것이요. 만약 일신의 화복(禍福)을 따져 행동한다면, 어찌 참된 신하의 도리라 할 수 있겠소? 또 공께서 죽은 정여립을 두려워하면서 살아 있는 도요토미가 침략해 온다면 어찌 하겠소?"
하고 반문하는 것이었다.

선생의 이 같은 의기에 찬 충성심에 마음의 동요를 일으킨 권징은 선생의 먼젓 번 상소와 함께 선조에게 올렸다. 선생의 소를 다 읽고 난 다음 선조는 노기(怒氣) 띤 어조로

"이 사람이 또다시 마천령(摩天嶺)을 넘고 싶은가 보구나."
하고 말하는 것이었다.

선생이 귀양갔다가 풀려나 복직되기에 앞서 당시 이조판서였던 홍성민(洪聖民)이 선생을 성균관 전적(典籍)에 천거하니, 선조가 말하기를

"이 사람은 가벼이 등용할 사람이 아니다."
라고 하였다. 홍성민은 선조의 뜻을 잘못 짐작하고 다시 품계를 높여 예조

정랑(禮曹正郎)으로 천거하였다가 선조의 노여움을 사서 경상도 관찰사로 강등되었다.

선생은 이 말을 전해 듣고 한양으로 상경하여 대궐 앞에 꿇어앉아 3일 동안 석고 대죄(席藁待罪)하니, 모든 사람들이 그의 충의(忠義)에 감복하여 말하기를

"하늘이 조(趙) 대인을 낸 것은 사직(社稷)을 위해서이다."

라고 하였다 한다.

선조 23년(1590) 선생은 남유(南遊)하면서 제월당(霽月堂)에 올라가 포은(圃隱)의 초상에 절하고 제문(祭文)을 지어 올렸고, 박팽년(朴彭年)의 사당에 절하고 조문(弔文)을 지어 올렸으며, 야은(冶隱)이 살던 곳과 김일손(金馹孫)의 묘(廟)를 찾아 우러러 사모(思慕)하는 뜻을 표하고는 고향인 옥천(沃川)으로 낙향했다.

공자(孔子)께서 '군자는 의에 밝다(君子喩於義)'고 했던가. 선생은 이처럼 한평생을 고고(孤高)한 절개와 충의(忠義)를 견지하면서 일생을 보냈던 인물들을 흠모(欽慕)하고 있었다.

이 해에 조정에서는 마침내 왜국에 통신사를 보냈고, 왜국의 도요토미는 조선에 현소(玄蘇) 등의 사신을 보내 회사(回謝)하였다. 또한, 왜국 통신사 현소는 '명(明)나라를 치려고 하니, 길을 내달라.'고 하면서 조선 진출의 뜻을 노골적으로 밝혔다.

이 소식을 들은 선생은 흰옷을 입고 급히 옥천서 상경하여 대궐 문 앞에 꿇어앉아, 왜국의 사신을 목베어 명(明)나라에 상주(上奏)할 것을 청하는 소를 올렸다.

이 같은 선생의 행동을 전해 들은 선조는

"조헌은 여러 차례 미치고 망령된 소를 올려 귀양살이까지 하였는데도 상소하는 일을 그치지 아니하니, 참으로 부끄러움이 없는 자로구나."

하면서 대로(大怒)했다.

선생은 승정원(承政院) 문 밖에서 3일 동안 비답(批答)이 내려지기를 기다렸으나, 아무런 소식이 없자, 주춧돌에다 머리를 부딪쳐 얼굴이 피범벅이 되었다.

선생은 소가 가납(嘉納)되지 않고 오히려 조소(嘲笑) 거리가 되자 실의에 빠진 채 고향으로 돌아와 전사(田舍)에서 천정만 바라보면서 우국(憂國)의 나날을 보내고 있었다.

선생은 선조 25년(1592)년 3월 김포(金浦)의 선영(先塋)을 찾아 뵙고, 장차 변란(變亂)이 있어 영원히 이승을 떠날 것 같다는 내용의 제문을 지어 올리면서 고별 제사를 지냈다.

마침내 조상께 고별 제사를 지낸 지 한 달만에 도요토미는 가토오(加藤清正)와 고니시(小西行長)를 수장으로 한 15만의 군사를 우리 나라에 상륙시켰다.

왜군이 바다를 건너 부산 · 동래를 차례로 함락하고, 수일만에 조령(鳥嶺)을 넘었다는 예측했던 비보(悲報)를 접한 선생은 대성 통곡을 하고 나서, 이내 청주로 가서 이우(李瑀) · 이봉(李逢) · 김경백(金敬伯) 등과 더불어 의병(義兵)을 일으킬 것을 모의하였으나 여의치 않았다.

선생은 할 수 없이 다시 옥천으로 돌아 와서 문하생 김절(金節) · 김약(金籥) · 박충검(朴忠儉) 등과 더불어 향병(鄕兵) 수백명을 모집하여 보은(報恩)의 차령(車嶺)에서 우선 적의 진로를 막았다.

그러나, 조정에서 보낸 이일(李鎰)이 상주에서 패하였고, 신립(申砬)이 충주 탄금대(彈琴臺)에서 배수진(背水陣)을 치고 싸우다가 패하여, 관군은 거의 지리 멸렬(支離滅裂)되었고, 선조는 의주로 파천(播遷)하였다.

이에 선생은 호서 지방과 영남 지방에 의병을 모집하는 격문(檄文)을 써 붙여 1천여 명의 의명을 모집하였다.

선생의 의병 모집에는 관군이 불리할 것을 염려해 의병 모집을 방해했던 순찰사 윤선각(尹先覺)과 같은 비겁자와 전공(戰功)에 눈이 멀어 백성을 죽여 왜군의 수급(首級)이라고 속인 안세헌(安世獻) 같은 포악 무도한 소인 때문에 다소의 어려움을 겪기는 하였으나, 이광륜(李光輪)·장덕익(張德益)·신난수(申蘭秀)·고경우(高敬宇)·노응탁(盧應晫) 등이 그들의 부하를 이끌고 합세함으로써 1천 6백명이라는 큰 병력을 확보하게 되었다.

선생이 이끄는 의병이 최초로 왜군과 싸운 전투는 임진년 8월 1일에 있었던 청주 전투였다. 방어사(防禦使) 이옥(李沃)·윤경기(尹慶祺) 등의 군사가 왜군을 계속 공격하였으나 모두 실패하고, 승병장 영규(靈圭)의 군사만이 왜병과 대치하고 있었다.

이 같은 소식을 들은 선생은 군사를 이끌고 급히 나아가 영규의 군사와 합세하여 적을 공격하였다. 선생은 빗발치듯 날아 오는 화살과 탄환을 무릅쓰고 직접 진두 지휘하면서 공격해 들어가니, 마침내 왜병은 퇴각하기 시작하였고, 의병들의 사기는 하늘을 찌를 듯하였다.

이 날 밤 왜적들은 그들의 시체를 불태우고는 몰래 성 북문으로 빠져 달아났다. 이로부터 충청 좌도에 주둔하고 있던 여러 왜병들도 이 청주 전투 소식을 듣고는 모두 달아나 버렸다.

한편 의주로 파천한 조정에서는 이러한 선생의 활약상을 장계(狀啓)를 통해 듣고, 선생에게 봉상사(奉尙寺) 첨정(僉正)의 벼슬을 내림과 동시, 공적을 표창하는 교서(敎書)를 보냈다.

선생은 드디어 근왕(覲王)할 결심을 하고 군사를 정비하여 온양에 이르렀다. 이때 순찰사 윤선각은 선생이 의주에 도착하면 자신의 비행을 낱낱이 선조께 고할 것을 두려워하여 선생에게 다음과 같은 글을 보내 금산(錦山) 토벌 작전을 강력히 권유하였다.

"나는 처음에는 공과 더불어 사이가 좋았었는데 소인배의 말 때문에 서로의 사이가 조금은 벌어지게 된 것을 후회하고 있소. 또 청주 전투로 이미 공의 충성과 의기를 알았으니, 이 제는 맹세코 공과 더불어 생사를 함께 하고 싶으니, 원컨데 작은 혐의를 풀고 큰 공을 이 룩할 것을 기약합시다.

이제 들으니 금산을 점거한 왜병이 장차 호서와 호남 지방을 침범하려 하고 있으니, 금산에서 후방을 소란케 할 왜적을 같이 토벌한 다음, 근왕 길을 떠나 도 늦지 않을 것이오."

그 뿐만 아니라, 휘하에 있는 여러 부장(副將)들도 선생께

"호서와 호남의 땅만이 적에게 유린되지 않고 있는데 이것마저 잃게 된다면, 나라 전체를 잃게 되는 것입니다. 그러니 마땅히 먼저 금산과 무주 등지의 모든 왜적들을 무찌르는 것이 상책입니다."

하고, 간곡하게 말하는 것이었다.

선생은 부장들의 말을 옳게 생각하고, 발길을 되돌려 공주(公州)로 돌아갔다. 선생은 순찰사 윤선각과 금산 전투를 협의했으나, 동상 이몽(同床異夢)이었다. 윤선각의 의도는 선생으로 하여금 근왕을 위한 북행을 막으려는 데 주목적이 있었지 전투에는 관심이 없었다. 아니 한 술 더 떠서 금산 전투를 방해하기 위해 많은 장졸들을 잡아 가두거나 집으로 돌려보냈다.

참으로 어처구니 없는 부라퀴 같은 놈이었다. 어쩌면 그는 자신의 비리가 폭로될 것을 두려워하여 선생의 죽음을 보이지 않게 획책했는지도 모른다. 이리하여 선생 휘하에 다시 모인 의사(義士)들은 겨우 7백명밖에 안 되었다.

8월 16일 선생은 7백명의 의병들을 인솔하고 금산으로 진군했다. 이때 별장(別將) 이산겸(李山謙)이 수백명의 군사를 거느리고 패퇴하며 달아나면서 선생께 말하기를

"왜적이 을묘년 호남 지방에서의 패전을 복수하겠다고 벼르고 있으며, 지금 금산에 주둔하 고 있는 적병은 모두가 정예(精銳)일 뿐만 아니라, 그 수효 또한 수만이나 됩니다. 어찌 정규군도 아닌 오합지졸(烏合之卒)로써 대적을 맞아 싸우려고 합니까?"

하고, 말하면서 다음을 기약하는 편이 낫다고 하였다. 이 말을 들은 선생은 울면서 맹세하기를

"지금 임금은 어디에 계시는가? 임금이 욕을 당하면, 신하는 마땅히 죽어야 하는 것이니, 나는 한 번의 죽음이 있음을 알 뿐이다."

라고 말하면서 금산을 향해 계속 진군했다.

금산 근처에서 승장 영규의 군사와 연합하고, 한편 호남 순찰사 권율(權慄)과도 연락하여 18일 일제히 공격하기로 작전 계획을 수립하고 있었다. 권율은 다시 글을 보내어 공격 날짜를 연기할 것을 제의해 왔다. 그러나 권율의 서신이 당도하기 전에 이미 선생과 영규의 군대는 금산에서 10리쯤 떨어진 곳까지 다가가 있었다.

왜병은 우리 군대를 후원(後援)하는 병력이 없음을 알고, 군대를 3대로 나눠 번갈아 가며 공격해 왔다. 이에 선생은 다음과 같은 군령을 내리면서 맨 앞에서 독전(督戰)하였다.

"오늘은 다만 한 번의 죽음이 있을 뿐이다. 죽고 살고 진격하고 후퇴함에 있어 '의(義)' 자에 부끄러움이 없게 하라."

세 차례 치열한 싸움에서 모두 승리하였으나, 우리 군사들은 화살이 다하여 더 이상 싸울 수가 없었다.

이 같은 낌새를 눈치챈 왜군들은 전열을 가다듬고 나서 일제히 총공격을 감행하여, 드디어 의병 진영 장막(帳幕) 안까지 돌입하였다. 이때 부장들이 선생에게 피신할 것을 간청하였으나, 선생께서는 말 안장을 풀면서 의연(毅然)한 자태로 말하기를

"여기가 내가 순절(殉節)할 곳이다. 장부는 한 번의 죽음이 있을 뿐, 난(亂)에 임해서 구차하게 이를 모면하려고 비겁한 행동을 해서는 안 된다."

하고, 북을 울리며 최후의 항전을 독려하다가 49세를 일기로 장렬한 최후를 맞으니, 막하의 남아 있던 군사들도 한 치의 물러섬이 없이 끝까지 싸우다가 모두 선생의 뒤를 따랐다.

비록 중과부적(衆寡不敵)으로 7백명의 의사(義士)들이 전멸한 전투이기는

했지만, 우리 나라 남아들의 의기(義氣)를 만천하에 떨쳐 왜적으로 하여금 수십 배의 병력 손실(자세한 사망자 숫자는 알 수 없으나, 왜적들은 전사한 그들의 시신을 3일 동안 운반해서 불태웠다고 한다.)을 입히고, 적의 간담을 서늘케 했던 피비린내 나는 명전투였다.

이 같은 명전투가 있었음은 옳은 것을 위해서는 자신의 한 몸을 기꺼이 버릴 수도 있다는 조헌 선생의 애국적 집부 상소의 숭고(崇高)한 의기가 있었기 때문이라 생각된다.

불상과 우상

연전에 우리 나라의 일부 기독교 광신도들에 의해서 배달 민족의 상징적 시조인 단군상(檀君像)이 도처에서 파괴되어 사회적 물의를 일으킨 것처럼, 최근 아프가니스탄의 이슬람교 원리주의 집권 세력인 탈레반은 인도 · 중국 · 네팔 등 세계 불교계와 국제 사회의 거센 반발에도 불구하고, 3~5세기경 건조된 세계 7대 불가 사의 가운데 하나인 높이 53미터의 세계 최대 마애 입석불(磨崖立石佛)인 바미안 대불을 비롯하여, 모든 불상(佛像)들을 박격포와 전차로 파괴시켜 버려 온 세계인을 격분시키고 있다.

참으로 종교의 이기적 · 배타적 독선과 아집이 야기(惹起)한 세기적 비극이 아닐 수 없다.

7세기경 「대당서역기(大唐西域記)」 12권을 써서 당태종(唐太宗)에게 바친 바 있는, 당나라 때 대승 현장(玄奘)이 그의 저서에서 사암(沙岩) 협곡에 바미안 마애 입석불 2기를 보고, '누렇게 황금칠을 하고, 보식(寶飾)이 찬란했다.'고 찬탄(讚歎)한 바 있고, 8세기경 인도 성지 순례 기행문인 「왕오천축국전(往五天竺國傳)」을 지은 신라 경덕왕(景德王) 때 고승 혜초(慧超)는 그의 저서에서 바미안 지역을 '초목 한 그루도 없고, 마치 불탄 산과 같다.'고 묘사한 바 있다.

또한, 바미안 마매입석불 근처 사암벽(砂岩壁)에는 수많은 동굴이 있는데, 7세기경 당시에 천여 명 정도의 스님들이 이곳에서 수도(修道)하고 있었다 한다. 이 같은 사실로 미루어 보아, 이 곳은 과거 불교의 대성지이었음이 확실하다.

문화 유적의 약탈과 파괴는 정치적 · 군사적 요인이나 종교적 · 이념적 요인으로 세계 역사에서 끊이지 않고 발생해 왔다.

근세에 들어와서 세계의 제국주의 강대국들은 약소국을 정치적 · 군사적으로 식민지화하면서 수많은 미술품을 비롯한 문화재를 약탈 · 파괴했다.

영국은 그들의 식민지 인도(印度)에서 약탈한 각종 미술품들과 그리스 파르테논 신전에서 떼어낸 조각품들이나, 이집트 피라밋에서 도굴한 미술품들을 런던 박물관에다 전시해 놓고 있으며, 일본은 7년간의 임진왜란과 36년간의 한반도 강점시 수많은 미술품과 문화재를 약탈해 갔다.

이 같은 정치적 · 군사적 요인에 의한 문화재의 약탈 · 파괴와는 달리 종교적 · 이념적 요인에 의한 문화재 파괴는 대부분 자국 내에서 발생함이 그 특징이다.

우리 나라 조선조 때 숭유 배불(崇儒排佛) 정책으로 인한 불교 문화재 파괴의 사례가 그렇고, 1960년대 중국의 문화 혁명 때 홍위병들이 자국의 찬란했던 문화재를 무참히 스스로 파괴했던 사례가 그렇고, 최근 아프가니스탄의 종교 분쟁으로 인한 자국내 문화재인 불상 파괴의 사례가 바로 그것이다.

예술품 가운데 중요한 비중을 차지하고 있는 불교 미술품이 종교적 · 이념적인 이유로 원상 복구 불가능의 상태로 철저하게 파괴되는 것은 분명 역사적 비극이 아닐 수 없다.

아프가니스탄 탈레반 이슬람 원리주의자들이 불상을 파괴하는 주목적은 이슬람 교리에서는 우상을 둘 수 없다는 것이 그 근본 이유다.

그러나, 불상은 우상이 아니고, 동양 조각사(彫刻史)의 흐름을 알아볼 수 있는 훌륭한 하나의 예술품이다. 왜냐하면, 불교에서는 원래 예배 대상이 없고, 인간 모두가 스스로 노력하여 '깨달은 사람[覺者]'이 되는 것이 최대 목표였기 때문이다.

그럼에도 불구하고, 탈레반 이슬람 원리주의자들이 '깨달은 사람'을 숭고하고 아름다운 이상적 인간상으로 만든 인간 최고의 걸작인 바미안 대불을 철저하게 파괴했다는 것은, 인류 역사상 최대의 범죄 행위요, 편협된 이기적 · 배타적 독선과 아집에서 우러나온 야만적 행위가 아닐 수 없다.

탈레반 이슬람 원리주의자들은 '종교를 사랑하고 그것을 지켜 가는 데는, 그것을 지키지 않는 자를 미워하거나 박해하거나 할 필요는 없다.'고 한 C. S. 몽테스키외의 말에 귀기울일 필요가 있는 종교 폭력배이다.

가을이 오는 길목에서

연일 섭씨 35도를 오르내리면서 기승(氣勝)을 부렸던 더위가 '모기도 입이 비뚤어진다'는 처서(處暑)를 지나 '풀잎에 이슬이 맺힌다'는 백로(白露)로 접어들면서 열렬한 사랑에 빠졌던 여인이 갑자기 이렇다 할 이유도 없이 고무신 거꾸로 신고 변심하듯 아침 저녁으로 선선한 바람이 옷깃으로 스며든다.

드디어 가을이 소리없이 찾아왔나 보다. 어제까지만 해도 뿌옇던 하늘이 오늘 따라 유난히 눈부시도록 높푸르고 청명(淸明)하다.

나는 이렇게 좋은 날 서재에만 쭈그리고 앉아 있을 수 없어 자리에서 벌떡 일어나 주섬주섬 등산복으로 갈아입고는 아파트 뒷산(광교산 신봉동 줄기) 쪽으로 발걸음을 옮겼다. 오늘 따라 솔숲도 갈매빛으로 짙푸르고, 등산로 입구의 코스모스도 외출하려는 여인처럼 산뜻하고 아름답다.

한 발 두 발 발걸음을 옮길 때마다 속살을 누렇게 드러낸 밤송이들과 도토리들이 지천으로 눈에 띈다. 정비석(鄭飛石)은 <들국화>라는 제목의 수필에서 가을은 '서글픈 계절'이라고 언급한 바 있고, 이효석(李孝石)은 <낙엽을 태우면서>라는 제목의 수필에서 가을은 '생활의 계절'이라고 단정한 바 있으며, 당(唐) 나라의 시성(詩聖) 두보(杜甫)는 <추흥(秋興)>이라는 제목의 칠언율시 첫 머리에서 '구슬 같은 이슬이 내려 단풍잎 시들어 떨어지고, 무산과 그 아래 계곡 무협의 가을빛이 쓸쓸하구나(玉露凋傷楓

樹林 巫山巫峽氣蕭森)'라고 가을은 '조락(凋落)의 계절이요, 쓸쓸한 계절'이라고 읊은 바 있다.

그러나, 내가 보기에는 가을은 '서글픈 계절'이 아닌, 조물주가 우리에게 산수(山水)를 이리 칠하고 저리 칠해서 아름다운 한 폭의 산수화를 보여주는 '미의 계절'이요, 가을은 '다 타버린 낙엽의 재를 – 죽어버린 꿈의 시체를– 땅속 깊이 파묻고 생활의 자세로 돌아서지 않으면 안 되는 생활의 계절'이기도 하지만, 그러한 자연의 생성(生成)과 소멸(消滅)에 대해서 깊이 성찰(省察)도 해 보는 '사색(思索)의 계절'이기도 하며, 자연의 모든 수목(樹木)들이 기후 조건의 변화와 영양 공급 상태의 변화로 시들어 버리는 '조락의 계절'이기에 앞서 먼저 한여름 동안 성장된 결과를 매듭짓는 '결실(結實)의 계절'이기도 한 것이다.

'갈바람에 곡식이 혀를 빼 물고 자란다.'라는 우리나라 속담이 있다. 가을 바람이 불기 시작하면 모든 곡식들은 놀랄 만큼 빨리 자라서 익어간다는 뜻이다.

나는 밤나무 밑을 지나다가 솔잎 속에 파묻혀 있는 밤송이 하나를 등산지팡이로 끄집어내어 등산화 발 사이에 넣고 으깨어 보았다. 이 놈은 결실이 아직 덜 되었는지 잘 벗겨지지 않았다.

한참 씨름을 하다가 드디어 밤 한 알을 꺼냈다. 밖으로 살그머니 얼굴을 내밀고 있었던 부위만 누르스름하고 껍질 속에 깊숙이 숨어 있었던 부위는 아직 덜 영글어 이제 막 어머니로부터 젖을 뗀 한두 살짜리 어린아이같이 푸르스름했다. 나는 갑자기 무슨 죄를 지은 것같이 마음이 언짢아왔다. 가엽고 불쌍하다는 생각이 불현듯 머리를 스치고 지나갔다.

"밤나무에서 직접 딴 게 아닌데 뭐……"

하고 자위도 해 보았으나, 가엽고 불쌍하다는 생각은 좀처럼 내 뇌리(腦裏)에서 사라지지 않고 있었다.

"공연한 짓을 했어. 늙은이가 주책이야. 설익은 걸 왜 까발렸지?"

나는 이렇게 스스로를 질책(叱責)하면서 목적지인 맷돌바위까지 가서 바윗돌에 털석 주저앉았다. 초가을 바람인 색바람이 불어 땀에 촉촉이 젖은 등줄기와 번민(煩悶)하고 있는 내 머리를 서늘하게 식혀 주고 있었다.

미숙(未熟)한 것은 어느 정도 성숙할 때까지 기다려야 하는 마음의 여유를 가져야 한다. A. 지이드가 <지상(至上)의 양식(良識)>이라는 글에서 '기다림이란 욕망이기보다는 다만 무엇이든지 받아들이기 위한 마음의 준비이어야 한다.'라고 언급한 말을 명심하면서 말이다.

나는 오늘 가을이 오는 길목에서의 등산을 통해서 이 같은 진리 하나를 새삼 터득하고 즐거운 마음으로 하산하고 있었다.

빈 수레

우리나라 속담에 '빈 수레가 털럭거린다.'는 말이 있다. 한 홉밖에 안 되는 지식을 가지고 말[斗]로 팔면서 요란스레 왁자지껄 왜자기는 가납사니 같은 자의 언어 행위나, 자신의 무지와 무식을 호도(糊塗)하기 위해 논리성, 합리성도 없는 억지 궤변(詭辯)을 부리는 무지렁이의 언어 행위를 풍유(諷諭)한 말이다.

가납사니는 말주변이 좋고 글재주가 조금은 있어 불선(不善)을 선(善)인 것처럼, 진리 아닌 것을 진리인 것처럼, 불의인 것을 정의인 것처럼, 불합리한 것을 합리한 것처럼 분칠하거나 도색(塗色)을 해서 많은 사람들을 현혹(眩惑)시킨다. 또한 무지렁이는 비록 무식하나 남에게 지기 싫은 알량한 자존심은 있어 의미도 통하지 않는 문자나 철학 용어를 써 가면서 막가파적 억지 현학(衒學) 논리를 전개한다.

18세기 프랑스의 문인이며 박물학자인 뷔퐁은 '글은 곧 그 사람이다.'라고 말한 바 있고, 18세기말 19세기초 독일의 비평가 슐레겔은 '언어는 인간 정신을 그대로 본떠 놓은 것이다.'라고 말한 바 있다.

사람의 머릿속에 저장되어 있는 언어 재료인 랑그가 행용언어, 즉 빠롤인 말[음성언어]이나 글[문자언어]로 표출될 때, 우리는 그의 언어를 통해 그가 지니고 있는 사상이나 지식은 물론, 더 나아가서 그의 사람됨됨이까지도 어느 정도는 알게 된다. 올바른 사상을 가지고 있는 사람의 말이나 글에는 보편 타당한 진리가 있고, 박학다식의 사람의 말이나 글에는 우리들 인간이 살아나가는 데 필요한 정신적 자양분이 있으며, 훌륭한 인격자의 말이나 글에는 인생을 올바르게 사는 데 필요한 향기어린 철학이 있다.

그러나, 그릇된 사상을 가지고 있는 사람의 말이나 글에는 청맹과니(靑盲-)처럼 세상을 제대로 보지 못하기에 견강부회(牽强附會)의 지독한 아집과 고집만이 있을 뿐, 세상사 옳게 보는 합리적 사고나 혜안(慧眼)이 없고, 무식하거나 천학(淺學)의 사람의 말이나 글은 스스로의 무지와 무식이 그대로 노정(露呈)되어 듣는 이나 읽는 이의 미간(眉間)을 찌푸리게 하며, 열등감으로 세상을 사시(斜視, 邪視)로 보는 황폐한 인격을 가진 사람의 말이나 글에는 독설, 욕설, 비아냥거림만으로 일관되어 있다.

'불치하문(不恥下問)'이라는 말이 있다. '아랫사람에게 묻는 것을 부끄러워하지 말라.'는 뜻의 말이다. 이 말은 『논어(論語)』 공야장(公冶長)에 다음과 같이 나온다.

> 어느 날 자공(子貢)이 공자(孔子)에게 묻기를
> "공문자(孔文子)는 어째서 문(文)이라는 시호(諡號)를 붙였습니까?"
> 하고 묻자, 공자께서 답하시기를
> "재질이 민활하고 배우기를 좋아하고 아랫사람에게 묻기를 부끄러워하지 않았으므로 문이라고 시호한 것이다."
> 라고 대답하였다.(子貢問曰 孔文子何以謂之問也 子曰 敏以好學 不恥下問 是以謂之文也)

빈 수레의 가납사니나 무지렁이는 알량한 자존심(진정한 의미의 자존심이 아님)은 있어 하문은커녕 자기보다 학식이 많은 사람의 오류(誤謬) 지적에 신경질적으로 저항하면서 자신의 무지와 무식을 인정하려 들지 않는다. 마치 버마재비가 앞발을 번쩍 들고 거대한 수레바퀴와 맞서 싸우려는 당랑거철(螳螂拒轍)의 어리석은 막가파의 자세를 취한다. 참으로 한심하고 측은한 모습이 아닐 수 없다.

사람은 신이 아닌 이상 무불통지(無不通知)할 순 없다. 아무리 많은 공부를 한 대학자라 할지라도 자기가 직접 접하지 않은 분야의 것이면 얼마든지 모를 수 있다. 모르는 것은 수치스러운 일도 아니요, 자존심 상하는 일은 더더욱 아닌 것이다. 또한 사람은 무한한 가소성(可塑性)의 동물이긴 하지만, 생명이 유한하듯 능력에도 한계가 있는 존재이다.

그러기에 일찍이 16세기 프랑스 사상가 몽테뉴도 그의 『수상록(隨想錄)』에서 '나는 과연 무엇을 얼마나 알고 있는가?'라고 자문하면서 자신의 학문과 지식에 대해 회의(懷疑)하였고, 공자는 '나는 나면서부터 안 사람이 아니고,(다만) 옛것을 좋아하여 부지런히 찾아 배워서 안 사람이다.(我非生而知之者 好故敏以求之者)(『논어』 술이(述而))'라고 자비(自卑) · 겸양(謙讓)하였다.

'아는 것을 안다 하고, 모르는 것을 모른다고 하는 것이 참다운 앎이다.(知之爲知之 不知爲不知 是知也)(『논어』위정(爲政))'라고 말씀하신 공자의 말을 귀담아 들어야 한다. 내용도 자세히 모르면서 입 밖으로 함부로 토설하는 것은 자신의 무식을 드러내는 지혜롭지 못한 행동이다. 억지 현학(衒學)의 엉터리 글을 씀으로 해서 자신의 무지와 무식을 드러낼 필요가 어디 있는가? 조용히 입을 다물고 있으면 자신의 무식과 무지가 그대로 묻혀 자신의 정체가 드러나지는 않지 않는가?

글 쓰는 일을 가볍게 생각해서는 안 된다. 왜냐 하면, 한번 세상 밖으로 표출된 빠롤은 자신의 모든 것을 남에게 까발려 보이는 것이요, 또 다시 주어 담을래야 주어 담을 수 없는 엎질러진 잉크물과도 같은 것이기 때문이다.

오늘도 빈 수레는 여기 저기 요란한 소리를 내면서 왜자기고 있어 어째 마음이 아리고 서글프다.

양심(良心)과 철면(鐵面)

오늘 아침 C신문 사회면에 '세계적 석학, 스스로 논문 철회－가천의대 조장희 박사 8년전 침술연구 오류'라는 기사가 눈에 띄어 읽어 보니, 이런 내용이었다.

뇌과학 연구의 세계적 석학인 가천의대 조장희 박사가 1998년 3월 미국 국립과학원 회보(PANS)에 '특정 침자리(＝경혈(經穴))에 침을 놓으면 뇌의 특정 부분이 활성화된다.'라는 내용의 논문을 발표해서 침술의 효과를 과학적으로 입증한 첫 연구물로 평가되어 학계의 주목을 받은 바 있다.

그러나, 조박사는 이 논문을 발표한 지 8년이 경과한 지난 7월, 이 논문을 발표한 바 있었던 미국 국립과학원 회보에 '이에 관한 후속 연구에서 경혈로부터 2.3센티미터 벗어난 곳에 침을 놓아도 비슷한 효과가 나타남이 확인되었고, 또 침술의 효과는 침 놓는 자리보다는 침 놓는 횟수와 강도에 의해 결정되는 것 같다.'고 논급하면서 '8년 전에 발표한 논문을 정식으로 철회한다.'고 선언하였다고 한다.

나는 이 기사를 다 읽고 나서 '참으로 존경할 만한 양심적인 학자로구나.'라고 혼자 중얼거리면서 요즈음 자기가 한 말이나 글에서 과오를 범하고도 시정은커녕 그것을 지적한 사람에게 교묘한 말로 얼버무리거나 신경질적인 반응을 보이는 한심한 몇몇 철면피(鐵面皮)의 얼굴이 눈앞을 스치고 지나갔다.

인간은 신이 아닌 이상 과오를 범하지 않고 완벽할 수도 없고, 또한 무불통지(無不通知)할 수도 없다. 인간이기 때문에 과오를 범할 수도 있고 모를 수도 있는 것이다.

일찍이 16세기 프랑스의 사상가 몽테뉴는 그의 『수상록(隨想錄)』에서 '나는 과연 무엇을 얼마나 알고 있는가?'라고 자문하면서 자신의 지식이 한계가 있음을 실토한 바 있으며, 안자(晏子)는 '성인에게도 많은 생각 가운데 반드시 하나의 과실이 있다.(聖人千慮必有一失)'라고 말하면서 성인도 인간이기 때문에 과실을 범할 수 있음을 역설한 바 있다.

모름지기 사람은 과오를 범한 말을 했거나 글을 썼을 땐 지체없이 시정(是正)할 줄 아는 양심과 태도를 가져야 한다. 과오를 범하고도 임기응변의 구차스런 변명을 하거나, 우물우물 자기 합리화를 위한 억지 궤변(詭辯)을 늘어 놓거나 하는 행위는 자기 양심을 팔아 먹으려는 철면(鐵面)의 심보가 아닐 수 없다.

8년 전에 썼던 자신의 논문의 과오를 시정하고, 그 논문을 철회한 조장희 박사의 학자적 용기와 양심을 배우자.

죽음의 미학(美學)

중국 근대문학의 대문호 노신(魯迅)이 '사가(史家)의 절창(絶唱)이요, 가락 없는 <이소(離騷)>'라고 격찬한 바 있는 불후의 기전체 사서 『사기(史記)』의 저자 전한(前漢)의 사마천(司馬遷)이 궁문(宮門) 출입을 함께 했던 이릉(李陵) 장군이 흉노(匈奴)와 싸우다가 패장이 되어 돌아 왔을 때, 그를 변호하는 발언을 한 것으로 해서 한무제(漢武帝)로부터 노여움을 사 투옥된 적이 있다.

그 후 한무제는 그의 재주를 아깝게 여겨 치욕의 궁형(宮刑=腐刑 ; 고환을 거세하는 형)을 가한 후 출옥시켜 태사령(太史令 ; 조정의 기록과 천문을 관장하는 벼슬)에서 환관직인 중서령(中書令 ; 내정(內廷)에서 왕의 시중을 드는 벼슬)으로 강등, 복직시켰다.

이때 사마천은 익주자사(益州刺史)로 있다가 옥살이를 하고 있는 그의 친구 임안(任安)에게 <보임소경서(報任少卿書)>라는 제목의 서신을 보낸 바 있는데, 이 서신의 내용을 대충 간추려 보면, 첫째 과거 임안이 추현진사(推賢進士 ; 어진 이를 추천하고 선비를 관에 진출시킴)해 줄 것을 당부한 것을 제대로 이행하지 못한 것에 대한 뒤늦은 해명, 둘째 돌궐과 싸우다가 패장이 된 이릉을 변호하다가 옥살이를 하게 되고 마침내는 치욕의 궁형을 당하게 된 사연, 셋째는 그러한 치욕을 당하고도 자결을 하지 못한 이유는 『사서』 집필의 완성 때문이었다는 등 자신의 인생 고백의 내용이었다.

이 서신 속에는 다음과 같은 사람의 죽음에 관한 명문장이 기록되어 있어 오늘날 인구(人口)에 회자(膾炙)되어 오고 있으니 소개하면 다음과 같다.

> '사람은 진실로 한 번의 죽음이 있는데 어떤 이는 죽음을 태산보다 무겁게 여기고, 어떤 이는 죽음을 기러기의 깃털보다 가볍게 여기니, (그 이유는 사람마다) 죽음으로 말미암아 지향하는 바가 각기 다르기 때문입니다.(人固有一死 死有重於泰山 或輕於鴻毛 用之所趣異也).'

그렇다면 어떤 죽음이 '태산보다 무겁게 여기는 죽음'이요, 어떤 죽음이 '깃털보다 가볍게 여기는 죽음'일까?

지난 2009년 5월 23일 N 전 대통령이 권력형 금전 비리로 검찰로부터 조사를 받던 중 고향 봉하마을 부엉이바위 위에서 투신자살했다. 경천동지(驚天動地)할 끔찍한 일이 아닐 수 없다. 일국의 대통령을 지낸 사람이 이렇게 경망(輕妄)스럽게 온 천하를 들끓게 하면서 목숨을 끊어도 되는 것인지 잘 모르겠다. 더구나 비리를 수사하고 있는 도중에 도마뱀 꼬리 자르고 도망치듯 '더 이상 할 말이 없으니 묻지도 따지지도 말라.'고 외치듯 절벽 아래로 몸을 던져 비리를 더 이상 캘 수 없게 '공소권 없음'의 상황으로 몰고 간 것은 아무리 생각해 봐도 납득할 수 없다.

N 전 대통령의 죽음은 감내하기 힘든 궁형을 당하면서도 굴하지 않고 꿋꿋하게 130권으로 된 『사기』를 완성하고 나서 생을 마감한 사마천의 죽음과 비교해 볼 때, '태산보다 무거운 죽음'이었을까? 아니면 '기러기 깃털보다 가벼운 죽음'이었을까?

물론 사마천이나 N 전 대통령의 생애는 질적으론 다르지만, '감내하기 힘든 수치'를 당했다는 점에선 공통점을 발견할 수 있다. 그러나 이들의 인생 철학이 크게 다른 점은 사마천은 『사기』를 완성시키기 위해 '감내하기 힘든 수치'의 형벌인 궁형과 환관으로서의 멸시를 이겨냈고, N 전 대통령은 '감내하기 힘든 수치'를 이겨내지 못하고 비겁하게 막가파적 행동으로 절벽에서 투신해서 생을 마감했다. 이런 관점에서 볼 때 N 전 대통령의 죽음은 '태산보다 무거운 죽음'이라기보다는 '기러기 깃털보다 가벼운 죽음'이라고 보아야 하지 않을까?

대인(大人)과 소인(小人)

2014년 12월 5일자 조간 C신문 보도에 의하면, 12월 1일 5시 15분경 러시아 서베링 해에서 조업하던 원양어선 오룡호가 기상 악화로 피항(避航)하다가 북위 61도 54분, 서경 177도 10분 위치에서 침몰했다고 한다.

승선원 60명 중 구조자 7명, 시신 인양자 27명, 나머지 26명은 여전히 오리무중(五里霧中)의 실종 상태라고 한다.

지난 2014년 4월 16일 오전 8시경 인천에서 제주도로 항행하던 '세상을 초월한다'는 뜻의 이름도 괴이한 '세월호(世越號)'라는 배가 전남 진도(珍島) 앞바다에서 침몰하여 전체 승객 476명 가운데 304명(실종자 9명 포함)이 사망한 미증유(未曾有)의 대형 해상 사고가 발생한 지 얼마 안 되어 끔찍한 해상 사고가 또 발생한 것이다.

참으로 안타깝고 슬픈 일이 아닐 수 없다. 어찌하여 지난 갑오년(甲午年)엔 이 같은 대형 해상사고가 연거푸 두 번씩이나 발생했을까. 그 원인을 천착(穿鑿)해 보면 여러 가지 원인이 있겠지만, 크게 한 마디로 단도직입적으로 말한다면 '총체적 안전 불감증'에서 그 원인을 찾을 수 있을 것 같다.

이 번에 발생한 '오룡호 침몰 사건'은 '세월호 침몰 사건'과 똑같은 해상 사고이지만, 우리들에게 전혀 다른 교훈을 주고 있다.

12월 3일 오룡호 소속 회사인 사조산업이 공개한 극한 상황 속에서의 교신 내용을 요약해서 살펴보면 다음과 같다.

1) 오후 4시경 오룡호 김계환 선장이 카롤리나호 김만섭 선장과 오양호 이양우 선장에게 다급한 목소리로 "퇴선해야겠으니 구조 준비를 해 달라."라고 말했다.

2) 오룡호 김계환 선장이 오양호 이양우 선장에게 " 마지막 하직인사를 해야 되지 않겠느냐?"고 떨리는 목소리로 말했다.

3) 오양호 이양우 선장이 오룡호 김계환 선장에게 "차분하게 선원들을 퇴선시키고 너도 꼭 나와야 한다."라고 설득했다.

4) 오룡호 김계환 선장이 오양호 선장에게 "선원들을 저렇게 만들어 놓고 제가 무슨 면목으로 살겠습니까?"라고 비장한 결심을 한 듯 흐느끼면서 말했다.

5) 오양호 이양우 선장은 다시 오룡호 김계환 선장에게 "전부 살아서 부산에서 소주 한잔 하자."라고 외쳤으나 오룡호에선 아무런 말이 없었다.

6) "....................."

이상이 오룡호 선장 김계환 선장과 같은 회사 소속 오양호 선장 이양우 선장, 카롤리나 선장 김만섭 선장 3사람이 긴박한 상황 속에서 주고받은 교신 내용이었다.

세 사람의 절절한 인간적 대화와 끝까지 배와 선원들과 최후를 함께한 김계환 선장의 사나이다운 참 용기를 볼 수 있어 감동하지 않을 수 없다.

오룡호 선장 김계환씨의 행동은 수백 명의 젊은이들의 목숨을 아랑곳하지 않고 비겁하게 몰래 팬티 바람으로 빠져 나온 세월호 선장 이준석 선장과 비교해 볼 때, 얼마나 만인의 귀감(龜鑑)이 되는 용기 있는 행동인가?

설혹 김 선장이 2급 해기사 자격증을 가지고 있지 않고 자격 미달의 3급 해기사 자격증을 소지했다 하더라도 그의 용기 있는 행동은 1912년 4월 14일 오후 11시 40분 경 거대한 빙산과 충돌하여 대서양에서 침몰한 타이타닉 호 선장 에드워드 존 스미스 선장이 2,223명의 승객 가운데 노약자, 아녀자 순으로 퇴선시키면서 710명의 인명을 구출하고 자신은 배와 함께 최후를 마쳤던 행동에 비견할 만한 영웅적인 용감한 행동이 아닐 수 없다.

『논어』 자한(子罕)에 '용기 있는 사람은 두려워하지 않는다(勇者不懼)'라 했고, 『장자(莊子)』 외편(外篇) 추수(秋水)에 '대인은 자기가 없다(大人无己)'라 기록되어 있다.

이 말을 다시 꼽씹어 보면, 전자는 '용기 있는 사람은 지기(志氣)가 강하고 결단력이 있으므로 진퇴를 결정함에 망설임이 없다.'는 뜻이요, 후자는 '큰 인물은 소아를 버리고 대아를 위해 행동한다.'는 말이 되겠다.

또 『논어』 헌문(憲問)에 '인자(仁者)는 반드시 용기를 가지고 있다(仁者必有勇)'라고 했다. 인자는 곧 군자(君子)요, 대장부(大丈夫)요 대인(大人)이다. 따라서 군자와 대칭되는 인물은 소인(小人)이며, 소인은 밴댕이 속알머리의 졸장부(拙丈夫)요, 철면피의 무뢰한(無賴漢)이다.

따라서 오룡호 선장 김계환씨는 인간의 극한상황 속에도 죽음을 두려워하지 않고 모든 책임을 남에게 떠넘기기보다는 자신을 질책, 추궁하면서 장렬하게 배와 함께 최후를 마친 참 용기의 군자요, 대장부요, 대인이었으며, 세월호 선장 이준석씨는 일말의 책임의식도 없이 수많은 꽃도 채 피지 못한 어린 목숨들을 아랑곳하지 않고 오직 자기 혼자 살고자 뺑소니를 친 천인공노의 비열한 소인배요, 졸장부요, 무뢰한이 아닐 수 없다.

오늘 나는 이 상극의 두 인물을 생각하면서 '참다운 용기'와 '올바른 삶'의 문제를 다시 한번 생각해 본다.

카멜레온과 사기꾼

카멜레온(Chameleon)은 몸 빛깔이 환경에 따라 수시로 변하는 파충류(爬蟲類)에 속하는 사기꾼 동물이다.

이 놈은 나뭇가지에서 천진스럽게 울어대는 매미나 여치 따위의 곤충을 발견할 때, 갑자기 몸 빛깔을 나무 색깔과 똑같이 바꾸고는 살금살금 기어올라가서 17센티미터 가량의 긴 혀를 날름 뻗어 곤충을 날쌔게 낚아채서 잡아먹는다.

동물치고는 치사하고 얄미운 사기꾼 동물이 아닐 수 없다. 또한, 이 놈은 자신보다 크고 힘센 동물에게 발각되었을 때도 주변 물체의 색과 똑같게 몸 빛깔을 갑자기 바꿔 감쪽같이 적의 눈을 기만하여 위기를 모면한다. 참으로 잔머리 잘 굴리고 기만술이 뛰어난 약삭빠른 동물이 아닐 수 없다.

인생을 좀 살다 보니 우리들 인생 세간(人生世間)에도 이에 못지 않은 사람들이 심심치 않게 많음을 발견하게 된다.

구한말 때, 민족을 기만하고 나라를 팔아먹는 데 앞장섰던 이완용(李完用)을 비롯한 을사오적(乙巳五賊)이 그들이요, 3 · 1 운동의 주도적 인물이었던 최인(崔麟) 등의 친일파들이 그들이요, 오늘은 이 정당 내일은 저 정당으로 줏대 없이 철새처럼 왔다 갔다 하는 오늘날의 정치인들이 그들이요, 남을 흉보면서 얼마 안 있다가 자신도 그와 똑같은 행동을 하는 표리부동(表裏不同)한 얌체족이 바로 그들이다.

양두구육(羊頭狗肉)이라는 고사 성어가 있다. '양의 머리를 달아 놓고 안에서는 개고기를 판다.'는 말이다. 이 숙어는 원래 후한(後漢) 광무제(光武帝)의 조칙(詔勅) 중 '양의 머리를 달아 놓고 안에서는 마박(馬膊=馬乾肉)을 판다(懸羊頭賣馬膊)'라는 말에서 유래된 말로 '겉으로는 좋은 물건을 달아 놓고 안에서는 나쁜 물건을 판다.'는 사기꾼의 상술(商術)을 뜻하는 말이다.

이는 또 후한 때 유향(劉向)이 지은 「세원(說苑)」 이정편(理政篇)에 다음과 같은 고사와 함께 '쇠머리를 문에 달아 놓고 말고기를 판다(懸牛頭賣馬膊)'로 출현한다.

> 제(齊) 나라의 영공(靈公)은 남장(男裝) 여인을 보고 즐기는 이상한 버릇이 있어 궁 안의 모든 여자들을 남장시켰다. 이 같은 영공의 변태적 행위는 궁궐 밖까지 새어 나가 일반 백성들 사이에서 유행되어 남장하는 여자들이 날로 늘어나게 되었다.
>
> 일이 이렇게 확산되자 조정에서는 남장하는 여자는 모두 처벌한다는 엄명을 내렸다. 그래도 여자의 남장하는 풍조가 쉽사리 사라지지 않자, 영공은 명재상인 안자(晏子)에게 그 이유를 물었다. 그러자 안자는
>
> "전하, 전하께오서는 궁중의 여자들에게는 남장할 것을 요구하시면서, 백성들에게는 금지를 강요하고 계시옵니다. 이는 마치 문에다 쇠머리를 달아 놓고 안에서는 말고기를 파는 것과 같사옵니다."
>
> 영공은 이 말을 듣고 깊이 뉘우쳐 그 날로 궁중 안에서 남장을 금하였더니, 얼마 안 있어 일반 백성들의 남장 풍조가 깨끗이 사라졌다.

이러한 고사는 송(宋)나라 때 불서(佛書)인 「무문관(無門關)」에 '우두(牛頭)'가 다시 '양두(羊頭)'로, '마박(馬膊)'이 '구육(狗肉)'으로 바뀌어, 비로소 오늘날 인구(人口)에 회자(膾炙)되는 '양두구육(羊頭狗肉)'이라는 고사 성어가 되었지마는, 뜻에는 변함 없이 '겉으로는 좋은 물건을 달아 놓고 안에서는 나쁜 물건을 판다.'는 겉과 속이 각기 다른 사기적 상행위의 뜻과, 더 나아가서는 '외견상으로는 지고(至高)·지순(至純)한 것처럼 행동하나, 내면상으

로는 추잡 · 음흉(陰凶)한 이중적 인간형'을 이르는 뜻을 지닌 숙어로 쓰인다.

카멜레온이 먹이를 취할 때와 자신을 보호할 때 변색하는 일이나, 문 앞에다 양이나 소의 머리를 달아놓고 안에서는 말고기나 개고기를 파는 행위는 똑같이 주체와 객체를 동시에 기만했다는 점에서 사기꾼이라는 누명을 벗어날 수 없다.

속는 자는 속이는 자보다는 우둔할지 모르나 선량하다. 교묘하게 잔머리를 굴려 약하고 조금은 우둔한 자를 잡아먹거나 농락(籠絡)하는 자는 악질적 사기꾼이요, 위선자요, 이중 인격자이다.

곡학아세(曲學阿世)의 의미

전한(前漢)의 제4대 왕인 효경제(孝景帝)는 즉위하자마자 당대 시인으로 이름을 떨치고 있던 원고(轅固)를 등용하여 박사(博士)를 시켰다. 원고는 당시 90세의 노인이었으나, 젊은이 못지 않은 건강을 지닌 직언(直言) 일철거사(一徹居士)의 대선비였다.

조정(朝廷)에서 녹(祿)을 먹고 있던 사이비 학자들은 어떻게 해서든 원고의 출사(出仕)를 막으려고 갖은 중상과 모략의 말로 임금에게 간(諫)하였다.

그러나, 효경제는 그들의 간언을 무시하고 원고를 불러들였다. 이때 원고와 동시에 부름을 받은 자는 동향인 산동(山東) 출신의 공손홍(公孫弘)이라는 소장 학자였다.

공손홍은 늙은 원고를 못마땅한 눈으로 쏘아보고 있었다. 원고의 출사를 부정적으로 생각했기 때문이다. 그러나, 원고는 못 본 체하면서 공손홍에게 다음과 같이 말하는 것이었다.

> "오늘날 학문의 도는 어지러워지고 속설(俗說)이 난무하고 있는데, 이대로 두면 학문의 전통은 마침내 사설(邪說)로 말미암아 그 자취를 감추게 될지도 모르네. 내 자네는 젊고 호학(好學)의 선비라고 들었네. 절대로 자기가 옳다고 믿는 학설을 굽혀[曲學] 세상의 속물들에게 아첨하는 일[阿世] 없길 바라네."

'곡학아세(曲學阿世)'라는 숙어의 생성은 바로 이 같은 원고의 말에서 온 것이다.

'곡학아세'에 대한 우리 나라 국어 사전에서의 뜻풀이를 살펴보면 다음과 같이 비슷비슷하다.

•정도를 벗어난 학문으로 세상 사람에게 아첨함(이희승, 국어 대사전(1984)).

•진리에 어그러진 학문으로 세상 사람에게 아첨함(신기철 · 신용철, 새 우리말 큰 사전(1980)).

•그른 학문으로 세상 사람에게 아첨함(한글학회, 우리말 큰사전(1992))

•바른 길에서 벗어난 왜곡된 학문으로 세상 사람에게 아부하는 것(사회과학원 언어연구소, 조선말 대사전(1992))

위의 풀이말들은 중국 고사(故事)에 충실한 으뜸 풀이말은 될지 몰라도 현실적 감각에 맞는 제2차적 뜻풀이가 결여된 절름발이 뜻풀이밖에 안 된다.

그렇다면, 제2차적 뜻풀이는 어떠해야 하며, 그 실례는 어떠한 것일까.

'곡학(曲學)'에서의 '곡(曲)'을 '정도를 벗어난, 진리에 어그러진, 그른, 바른 길에서 벗어난 왜곡된' 등의 수식어로 해석하지 않고, 서술어로 해석해서 '(학문을) 그릇되게 하고, (학문의 정도를) 벗어나서, (학문의 본령(本領)을) 저버리고' 등으로 풀이하고, '아세(阿世)'에서의 '세(世)'를 '세상 사람'이 아닌 '진세(塵世), 저속한 권력, 속물적 권위' 등으로 풀이해야 하며, '아(阿)'는 '빠지려고 아첨하다'의 뜻으로 풀이해야 한다.

그러면, 이러한 '곡학아세'의 제2차적 뜻풀이에 적합(適合)한 군상(群像)의 예와 정반대의 예를 들어 보자.

한 홉밖에 안 되는 지식을 말로 써먹으면서, 학문 연찬(硏鑽)보다는 젯밥에만 혈안이 되어 있는 자, 대학 교수로 있다가 중이 고기맛 보듯 정계와 관계로 뛰어 들어서는 학문을 포기하다시피 한 자 등등 이루 헤아릴 수 없을 정도로 많은 군상이 바로 제2차적 의미의 '곡학아세'의 전형적인 예요, 대통령이 장관이나 국무총리로 임명하려고 해도 조선조 중기 때 학자 남명(南冥) 조식(曺植) 선생처럼 학자로서의 본령을 끝까지 고수했던 나의 은사 K교수 같은 분은 제2차적 의미의 '곡학아세'와는 정반대의 전형적인 인물이라고 볼 수 있다.

아무튼 현용 우리 나라 국어 사전에서의 '곡학아세'에 대한 뜻풀이는 제2차적 의미의 뜻풀이가 반드시 첨가되어야 하며, 동시에 이런 인물들은 대학의 학문 발전을 위해서 반드시 정화(淨化)되어야 할 바람직하지 못한 군상들이다.

거짓말쟁이

그리스 신화(神話)에 나오는 제우스(Zeus) 신은 헤르메스(Hermes)에게 사람들이 너무 고지식하면 오히려 사는 데 불편할 것이니, '거짓말하는 약'을 나눠 주라고 명령했다.

제우스로부터 명령을 받은 헤르메스는 사람들에게 '거짓말하는 약'을 골고루 뿌려 주고 나서 마지막으로 정치인에겐 남은 약의 전부를 듬뿍 뿌려 주었다고 한다.

그래서 그런지 몰라도 동서 고금(古今)을 막론하고 정치인들은 비정치인들보다 거짓말을 다반사(茶飯事)로 하는 것 같다.

'거짓말은 도둑놈 될 장본'이라는 우리 나라의 속담이 있다. 거짓말하는 버릇이 도둑질의 단초(端初)가 된다는 뜻이다.

그런데, 거짓말을 밥 먹듯이 하는 사람은 도둑놈이 도둑 아닌 사람에게 몽둥이를 들고, 도리어 큰 소리로 "도둑이야."하고 소리 치는 적반하장(賊反荷杖)의 진짜 도둑놈과 똑같이 시치미를 잘 떼며, 억지를 잘 부린다.

오늘 아침, 요즈음 남북으로부터 난타당하고 있는 C신문에 '민생을 외면하고 대권 싸움뿐'이라고 쓴 정치권을 질타(叱打)하는 소제목의 기사가 있기에 읽어 보니 이런 내용이었다.

이따금 옳은 말씀을 하셔서 국민들의 마음을 후련하게 해 주시는, 우리들의 정신적 지주(持柱)이신 K 추기경께서 당신을 인사차 찾아 온 M당 대표를 맞은 자리에서, 아래와 같이 현 정치권의 문젯점을 진솔(眞率)하게 지적하시면서, 파사현정(破邪顯正)의 올바른 정치를 해 줄 것을 신신 당부하셨다고 한다.

당부의 내용을 요점만 추려 정리하면 다음과 같다.

•벌써부터 다음 대통령 선거 싸움이 시작되고 있다는 느낌이 든다. 얻기 위해서는 (욕심)을 버려라.

•정치인들의 마음이 뭔가 다른 것으로 꽉 차서, 국민의 소리를 들어도 마음으로 듣지 못하고 있는 듯하다.

•국민들이 정치를 불신하는 것은 정치인들의 정직성 결핍 때문이다.

•정치인들이 말을 너무 많이 바꿔, 앞으로 아이들 교육을 어떻게 할 수 있을까가 심히 우려된다.

•앞으로 남은 2년을 어떻게 보내느냐에 따라, 우리의 운명이 좌우될 수 있는 만큼 대통령은 노벨상을 타신 분답게 신뢰와 믿음의 정치를 만들어, 국민을 위한 대통령으로 기억되기를 바란다.

K 추기경의 이 같은 대통령을 비롯한 현 정치권을 향해 거침없이 쏟아부은 충정(衷情)의 고언(苦言)은, 이때까지 정치 · 경제 · 교육 등 총체적 불안과 위기 속에서 희망 없는 오늘을 살고 있는, 모든 국민들에게 생명수와도 같은 청양(淸凉)한 말씀이 아닐 수 없다.

여야(與野) 간의 치졸한 욕설과 야비한 흠집내기와 이념의 혼란, 기업의 몰락과 그로 인한 대량 실직자의 발생, 은행의 부정 대출과 오리무중(五里霧中)의 공적 자금의 증발(蒸發), 교육 정책의 시행 착오로 인한 교실의 붕괴와 교육의 부재 등등 이루 헤아릴 수 없는 부정 부패와 혼란의 책임은 누가 져야 하는 것일까.

노벨 평화상의 이미지에 걸맞는 순리적인 선진 정치, 거짓말하지 않고 한번 말한 것을 시치미 떼지 않는 정직한 도의 정치를 우리 국민들은 진정으로 바라고 있다.

공자는 '백성들로부터 믿음을 받지 못하는 나라는 존립할 수 없다(民無信不立)(『논어』, 안연(顔淵) 7)'고 말한 바 있다. 남에게 믿음을 준다는 것은 거짓말하지 않는 정직한 행위에서만 가능하다. 아랫사람들의 온갖 비리와 부정 부패의 모든 책임은 윗자리에 앉아 있는 사람에게 있는 것이다.

정치(政治)의 '정사 정(政)'자의 본래 의미는 '바르지 못한 것을 바르게[正] 매로 쳐서[攵] 바르게 만든다[政].'는 뜻에서 '다스리다.'는 뜻이 된 한자이다.

이처럼 정치란 바르지 못한 것을 바로잡아 나라와 국민을 안정시키고 평화롭게 잘 살게 하는 데 있는 것이지, 나라를 혼란에 빠뜨리고 국민을 불안과 공포 속으로 몰아넣고 절망하면서 살게 하는 데 있는 것은 아니다.

모름지기 위정자들은 공자가 '위정자 자신이 올바르면 명령을 내리지 않아도 만사가 잘 형통되고, 위정자 자신이 올바르지 못하면 비록 명령을 한다 해도 백성들이 따르지 아니한다(其身正不令而行 其身不正雖令不從).(『논어』, 자로(子路) 6)'라고 말한 금언(金言)을 명심해야 한다.

참으로 진정한 정치가가 목마르게 기다려지는 오늘이다.

종교와 나

최근 신문에 '종교 없는 과학은 절름발이이고, 과학 없는 종교는 장님이다.'라고 말해 왔던 천재 물리학자 A.아인슈타인이 1954년 1월 3일 철학자 에릭 굿카인드에게 보낸 편지에서 '종교적 믿음은 유치한 미신이며, 내게 신이라는 단어는 인간의 약점을 드러내는 표현, 또는 산물이다.'라고 실토한 자필 편지가 발견되어 화제가 되고 있다는 영국 일간 가디언 인터넷판 보도를 재인용 소개하였다.

이것이 사실이라면 A.아인슈타인은 종교와 과학 사이에서 심한 갈등을 겪은 것 같다. 하기사 목사가 되려고 신학을 공부했었던 진화론(進化論)의 바이블인 『종(種)의 기원』의 저자 C. 다윈만큼 종교와 과학 사이에서 심한 가슴앓이를 했던 사람도 없겠지만, 종교와 과학의 병존(竝存)을 그토록 주장했던 사람이 그 이면(裏面)에는 그 같은 다른 모순(矛盾)된 생각을 하고 있었다는 사실은 쉽게 납득할 수가 없다.

나는 작년 여름부터 동네에 있는 G교회를 나가고 있다. 30대 때 미션스쿨인 K여고에서 만 2년 6개월, D고등학교에서 만 5년 도합 7년 6개월 동안 국어과 교사로 있으면서도 종교에 무심했던 내가 느닷없이 교회를 나가게 된 데는 다음과 같은 두 가지 이유가 있다.

첫째는 나를 D고등학교 교사로 취직시켜 주었던 대학동창 P 학형의 간곡한 권유 때문이었고, 둘째는 작년 내 생일날에 내 앞에서 연출한 며느리의 선교(宣教) 무용 때문이었다.

P교수는 대학동창 모임에서 만날 때마다

"자넨 반드시 교회에 나가 회개(悔改)해야 하네. 왜냐 하면 과거에 미션스쿨인 D고등학교에 근무하면서 거짓 신자 노릇한 죄 깨끗이 씻고 가야 하기 때문일세."

라고 가슴을 찌르는 비수(匕首)의 말이 그 동안 잠자고 있었던 나의 마음을 움직이게 했다.

그렇다. 미션스쿨인 D고등학교에 취직할 때 교장 선생님한테 신자도 아니면서 신자인 양 거짓말을 했었고, 취직을 해서도 교회에 등록도 하지 않은 채 나가는 둥 마는 둥했었다, 완전 나일론 신자였다. P 학형의 그 같은 충고는 천금을 주고도 살 수 없는 고마운 충고였다.

나로 하여금 제 발로 교회에 나가겠금 인도한 두 번째 사람은 나의 첫째 며느리였다. 결혼 초 큰 아들과의 불협화음을 신앙으로 다스리게 하기 위해서 내가 교회 출석을 권유했었는데 이제 와선 거꾸로 그 아이가 내 앞에서 선교 무용을 하면서 나를 교회로 안내했다.

이렇게 해서 나와 아내는 한 주도 빼놓지 않고 교회를 열심히 나가기는 하는데 어찌 된 일인지 교회에 나간 지 1년이 넘었는데도 아직 신심(信心)이 잡히질 않는다. 목사님은 누구나 하나님을 접견하기 위해 교회에 나가는 순간부터 그 동안 저질렀던 죄가 모두 깨끗이 용서받는다고 하지만, 어쩐지 나는 믿기지 않는다.

어떻게 고희(古稀)를 넘게 살아오면서 저질렀던 그 많은 죄가 일시에 지워질 수 있단 말인가? 이미 저질렀던 죄는 그렇다 치더라도 앞으로 더 이상 죄를 짓지 말아야지 하고 결심을 해도 악귀(惡鬼)의 유혹을 벗어날 길이 없다. 하나님께서 나를 자꾸만 시험에 들게 하시는 것 같아 괴롭다.

최근 영국을 비롯한 유럽의 여러 나라에서는 무신론자들이 버스에 '신은 아마도 없을 것이다. 근심 걱정하지 말고 당신의 인생을 즐기라(THERE'S PROBABLY NO GOD now stop worrying and enjoy your life).'라고 쓴 광고 문구가 인쇄된 버스가 시내를 질주하고 있다고 한다.

2007년 8월 25일 뉴욕=로이터/뉴시스에 의하면, 66년간 동료, 신부 등과의 서간문집인 『테레사 수녀 ; 나의 빛 되어라』라는 책에서 인도의 테레사 수녀가 '콜카타에서 봉사 활동한 1948년부터 1997년 사망할 때까지 신의 존재를 느끼지 못했다.'고 고백하고 있었으며, 1979년 9월 M. V. 피트 신부에게 보낸 편지에서는 '예수님은 당신을 특별히 사랑하십니다. 그러나 나에게는 침묵과 공허함이 너무 커(예수님)을 보려 해도 보이지 않고 들으려 해도 들리지 않았습니다.'라고 실토하면서 신에 대한 고뇌의 심경을 드러내고 있다고 보도하고 있다.

이 같은 테레사 수녀의 고뇌에 찬 실토에 대해서 무신론자인 C. 히첸스는 '테레사 수녀 역시 종교가 인간이 만들어 낸 허구라는 깨달음에서 자유로울 수 없음을 보여 주고 있다.'라고 갈파하고 있다.

나는 기독교 신자가 되겠다고 교회의 문을 두드린 이상, 이 같은 신의 존재에 대한 부정과 회의(懷疑)에 대해 경청하고 싶은 생각은 없다. 그러나 내가 신앙인으로 가고 있는 이 길이 과연 올바른 길을 걷고 있는 것인가에 대해선 이따금 고민할 때가 종종 있음을 솔직히 고백하지 않을 수 없다.

사람에게 있어 종교란 무엇이며, 과연 필요하긴 한 것인가? 반드시 절대자에 대한 믿음이 있어야만 종교인가? 그렇다면 인내천(人乃天) 사상의 천도교(天道教)는 종교가 아닌가? 제도화된 집단 의식이어야만 종교인가? 민간 신앙은 무엇인가? 종교인가 종교가 아닌가? 종교는 반드시 역사와 전통을 가져야만 하는가? 이데올로기도 일종의 종교로 볼 수 있지 않은가? 등등 종교의 본질과 정의에 대한 나의 의문은 끝이 없다.

19세기 독일의 신학자인 F. 슐라이에르마허는 '종교는 절대 의존의 느낌'이라고 정의하면서 '앎'이나 '행함'보다 '느낌'이나 '감정'이 종교의 본질이라고 하였다. 또한 현대 인류학자인 A. F. C. 월리스는 '종교는 신화에 의해 합리화되는, 인간이나 자연에서 상태의 변화를 성취하거나 방지할 목적으로 초자연적인 힘을 동원하는 일단의 의례이다.'라고 규정하면서 '의례(儀禮)'에 초점을 맞추고 있으며, J. O. M. 브뢱과 J. W. 웹은 '종교는 인간에게 경외(敬畏)와 경건의 느낌을 불러일으키는, 그리고 그가 거룩하다고 생각하는 초자연에 대한 인간의 믿음이다.'라고 규정하면서 초자연에 대한 인간의 믿음에 초점을 맞추고 있으며, 인류학자 W. A. 레사와 E. Z. 보그는 '종교는 사회의 궁극적 관심을 지향하는 믿음과 수행 체계이다.'라고 규정하면서 종교의 가치의 중심을 이루는 것은 개인이 아니라 사회임을 분명히 하고 있다.

이에 반해서 A. N. 화이트헤드는 '종교는 개인이 자신의 고독성과 함께하는 것이며, 만일 혼자가 아니면 결코 종교적이지 않다.'고 규정하면서 종교를 개인의 고독성에 초점을 맞추어 정의하고 있다.

그런가 하면, L. 포이어바흐는 '종교는 인간 본성에 근거하여 신적 존재가 인간 존재에 투사(投射)된 일종의 환상(幻像)이다.'라고 보았으며, K. 마르크스는 '종교는 자신을 성취하지 못하고 자신을 상실한 인간의 자기 의식이며, 인간 본질에 대한 환상적 인식이다.'라고 규정하면서 종교는 전도(顚倒)된 의식의 양상이며 허위요 환상일 뿐이라고 보고 있는 것이다.

또한 21세기 영국의 진화론자인 R. 도킨스는 2006년에 출간된 『망상의 신(The God Delusion)』에서 '신은 착각이고 날조(捏造)되었다.'고 주장하면서 '이 세상은 신의 지적 설계에 의해서 창조되었다.'라고 주장하는 창조론자들의 '지적 설계자' 의 기원(起源)은 어떻게 설명할 것인가 하는 모순에 부딪치게 된다는 것이다(이원규, 『인간과 종교(나남출판, 2006. 4. 5.) 참조).

나는 신학자도 철학자도 아니요 인문학자요 시인이기 때문에 종교에 관해서 자세히 모른다. 따라서 누구의 학설이 맞고 누구의 학설이 틀리다고 말할 수 있는 처지는 못 되지만, 기독교와 천주교 같은 유신론적 종교이든, 불교와 천도교 같은 무신론적 종교이든, 황제(黃帝)와 노자(老子)를 교조로 하는 다신적 종교인 도교(道敎)이든, 인의예지(仁義禮智)의 사단(四端) 사상을 주조(主調)로 하는 현세 생활 철학인 유교든 간에 종교란 사람이 한세상을 살아나가는데 있어 올곧은 도덕적 삶을 살아나가게 하는데 필수 불가결의 인생의 나침판이요 잠언록(箴言錄)이라고 본다.

인간은 연약한 갈대다. 오늘 맹서한 일을 내일이면 어길지도 모르는 위험한 철부지이다. 그러나 나는 오늘도 어제 저지른 과오를 회개(悔改)하고, 올곧은 삶을 살기 위한 기도를 하기 위해서 교회에 나간다.

언어 생활의 황폐화

– 제563돌 한글날을 맞이하여 –

오늘 2009년 10월 9일은 조선조 4대왕이신 세종대왕(世宗大王)께서 집현전학사 최항, 정인지, 신숙주, 강희안, 박팽년, 성삼문, 이개, 이선(=현)로 등의 협찬으로 중국의 성운학(聲韻學)과 성리학(性理學)을 제자 원리로 삼아 세계에서 가장 우수한 문자인 훈민정음('한글'의 최초의 명칭. 준말로 '정음(正音). 낮춤말로 언문(諺文). 언서(諺書), 언어(諺語), 언자(諺字), 아침글, 암클, 중글, 뒷간글' 등으로, 불렸고, 개화기 때는 '국문(國文), 국어(國語)' 등으로, 일제시대에는 '조선어(朝鮮語)'라고 불리다가 주시경(周時經) 선생께서 1910년 6월 1일자 『보중친목회보(普中親睦會報)』에 기고한 글에 '한나라말, 한말글'이 출현하는 사실로 보아, '한글'의 작명부는 주시경 선생으로 추정된다. '힌글'이 최초로 보이는 문헌은 최남선이 발행했던 어린이를 위한 잡지 『아이들보이(1913)』에도 출현하지만, 그보다 6개월 앞선 이규영 편의 『한글모죽보기』임. '힌글'에서의 '한'은 '韓, 一, 大, 正' 등의 뜻을 함축하고 있음.)을 만들어(세종 25년(1443)) 세상에 반포(세종 28년(1446))하신 지 563돌이 되는 날이다.

한글날을 기하여 서울 세종로 한복판인 광화문 광장 3,200평방미터의 공간에 왼손엔 문자로서의 훈민정음에 관한 세종대왕께서 직접 짓고 쓰신 창제의 취지, 17자음과 11개 모음의 음가, 자모의 운용(運用) 등이 기록된 본문에 해당되는 예의(例義)와 그에 대한 해설서인 제자해, 초성해, 중성해, 종성해, 합자해, 용자례 등이 기록된 해례(解例), 훈민정음의 가치와 의의 등이 기록된 정인지서(鄭麟趾序) 순으로 된 문헌으로서의 원본 해례본(解例本) 『훈민정음(訓民正音)』(한문본으로 1940년 경북 안동(安東) 퇴계(退溪) 선생의 종파인 이한걸(李漢杰)님의 세전가보에서 발견되었음. 간송(澗松) 전형필(全鎣弼)씨가 소장하고 있어 일명 '전씨본(全氏本)'이라고도 함)을 펴 들고 계시고, 오른손엔 『훈민정음』에 담겨 있는 사상 중 위민(爲民)사상을 상징하듯 시민을 향해 손을 내밀고 계신 인자한 모습의 무게 20톤, 기단을 합친 높이 10.4m의 동상이 제막되었다.

훈민정음은 1940년 해례본 『훈민정음』이 발견되기 전에는 창틀의 모양을 본떠서 만들었다고 하는 창호모방설(窓戶模倣說), 원(元)나라의 정방문자(正方文字=四角文字)라고 불리는 파스파(八思巴, Hphagspa, pagspa) 문자 모방설, 한자 전서체(篆書體) 모방설 등 여러 구구한 억설이 있었으나, 해례본이 발견되면서 그 같은 설은 일시적인 억측의 설로 사라지게 되었고, 자음은 아(牙), 설(舌), 순(脣), 치(齒), 후(喉)의 사람의 발음기관의 모양을 본떠서 만든 상형(象形)의 원리와 오행(五行), 오시(五時), 오음(五音), 오방(五方)의 성리학적 이론을 결부시켜 제자되었고, 모음은 천(天), 지(地), 인(人)의 삼재(三才)를 본뜬 상형의 원리와 성리학적 음양의 원리를 결부시켜 만든 과학적인 문자라는 사실이 밝혀지게 되었다.

2009년 10월 6일 미국 메릴랜드대학교 언어학 교수인 R. 램지 교수는 워싱턴 D. C. 주미한국대사관 코러스하우스에서 '왜 우리는 한글날을 기념하는가?'라는 한글날 563돌 기념 특별 강연에서 다음과 같이 말했다고 한다. 강연 내용을 요약해서 소개하면 다음과 같다.

> 한글은 소리와 글이 서로 체계적으로 연계성을 지닌 과학적인 문자로서 한글은 어느 문자에서도 찾아볼 수 없는 위대한 성취이자 기념비적 사건이며, 한글보다 뛰어난 문자는 세계에 없다. 한글은 세계의 알파벳이며, 한국의 높은 문화 수준을 보여 주는 심장이기도 하지만, 어느 한 나라를 뛰어넘는 중요한 의미가 있다는 점에서 세계의 선물이기도 하다.

이 밖에 영국 리스대학의 G. 샘슨 교수는 '한글이 발음기관을 상형하여 글자를 만들었다는 것도 독특하지만, 기본 글자에 획을 더하여 음성학적으로 동일 계열의 글자를 파생해내는 방법은 대단히 체계적이고 훌륭하다.'라고 극찬하였으며, 소설 『대지』의 작자인 미국의 펄벅 여사는 '한글은 전세계에서 가장 빼어난 단순한 글자이며, 자음과 모음을 결합하면 어떤 언어의 음성이라도 표기할 수 있다.'라고 극찬한 바 있다.

이처럼 많은 언어학자와 문학가들로부터 우리나라의 한글이 '세계 최고의 과학적 독창적인 문자'라고 격찬하자, 유네스코에서는 1997년 10월 1일을 기하여 한글을 '세계 기록문화 유산'으로 등재하기에 이르렀고, 언어학 연구로 세계 최고인 영국 옥스퍼드 대학에서는 세계 모든 문자(약 100여종)를 합리성, 과학성, 독창성 등을 기준으로 그 순위를 매겨서 진열해 놓았는데 여기서 자랑스럽게도 한글이 1위로 올라 있으며, 최근 인도네시아 부톤섬에 살고 있는 인구 8만명의 찌아찌아족이 그들의 민족어(학자에 따라 차이가 있으나 약 3,000~4,500종임)를 기록하는 문자언어로 우리의 한글을 채택하였으며, 현재 한국어학과를 개설한 외국의 대학이 54개국에 이른다고 한다. 이와 같이 세계 최고의 문자를 가지고 있는 우리나라에서의 한글에 대한 인식과 그 사용 실태는 어떠한가? 특히 새 정부가 들어서면서 영어 교육 강화 정책으로 일선 학교나 학생들은 온통 영어에만 관심이 집중되어 있고, 국어 교육은 아예 뒷전으로 밀려나 심한 홀대(忽待)와 무관심에 빠져 있다고 한다. 참으로 안타깝고 한심스러운 일이 아닐 수 없다.

그나 그뿐이 아니다. 우리의 언어 생활에 커다란 영향을 주고 있는 방송 매체와 인터넷은 그야말로 막말(문법적으로 설명할 수 없는 제멋대로 만든 말이나 비속어) 제조창이다.

요즈음 저질 연예인들은 '막말하면 뜬다.'는 속설 때문인지 그 도가 너무심하다. 복장 자체도 혐오(嫌惡)스럽지만 언어 또한 막말의 범벅이다. 대부분의 드라마도 거의가 불륜, 패륜을 그 내용으로 하고 있는 '막장 드라마'로서 여기서 토해내는 막말의 홍수는 그 도를 넘어 선 지 이미 오래다. 인터넷은 악성 댓글에서 막말의 바다를 이루고 있고. 새로 신조(新造)된 말을 비롯해서 그 뜻을 전혀 알 길 없는 축약어가 판을 치고 있다.

선진국에선 이러한 막말 규제를 어떻게 하고 있나 잠깐 살펴보자.

미국의 경우는 '연방통신위원회'에서 음란, 저속, 불경스러운 프로그램, 언어에 대해서는 시청자들로부터 불만을 접수해 방송국에다 경고장을 보내고, 방송 건별로 3만 2천 500달러의 벌금을 매기고, 정도가 심할 경우 방송 허가를 취소하기도 하며, 독일의 경우는 '청소년 미디어 보호 국가협약'을 제정하고 '청소년 보호 위원회'를 두어 이 위원회로 하여금 막강한 권한을 주어 인터넷에 대한 감시는 물론, 영화 및 TV프로그램의 시나리오 단계부터 편집 과정에 이르기까지 전과정을 개입하여 감시하고 있으며, 일본에 경우도 '방송 윤리 프로그램 향상 기구(BPO)' 산하에 '청소년위원회를' 두어 연평균 1,600건의 시청자 불만을 접수해 엄격한 심의를 하고 있다고 한다. 이처럼 선진국에선 막말 방송에 대한 엄격한 규제책을 세우고 있으나, 우리나라엔 엄연히 '방송통신위원회'가 있으면서도 그 심의 규정을 보면 '방송 언어는 국민의 바른 언어생활에 이바지하여야 하며, 바른 언어생활을 해치는 억양, 어조, 은어, 유행어, 조어, 반말을 사용해서는 안 된다.'라고 기록되어 있는 것이 고작이고 처벌 규정은 전혀 없다. 한심한 일이 아닐 수 없다.

더 이상 막말의 홍수를 좌시할 수 없다. 독일의 비평가인 A. W. 슐레겔은 '언어는 인간의 정신을 그대로 본떠 놓은 것이다.라고 하여 인간의 사고(思考)가 언어를 지배한다고 말했지만, 독일의 철학자인 J. G. 헤르더가 ' 말로써 사고를 배우며 사고는 언어로 형성된다.'고 말한 것처럼 언어가 인간의 사고를 지배할 수도 있기 때문이다. 막말은 막말의 정서를 낳고 막말의 정서는 막가파적 행동을 유발한다.

세계 제일의 문자를 소유하고 있는 우리나라가 더 이상 막말의 홍수로 국어의 황폐지가 되어서는 안 되겠다. 이 땅을 막말의 홍수로부터 벗어나 명랑한 언어 사회를 만들려면 어떻게 해야 할까?

첫째, 위에서 언급한 미국, 독일, 일본 등 막말 방지를 위한 제도적 장치를 철저히 연구 우리나라 실정에 맞는 규제책을 수립해서 강력하게 실천에 옮겨야 한다.

둘째, 글을 쓰는 모든 문인들은 독일어 순화에 앞장섰던 J. W. 괴테나 J. C. F. 실러처럼 모국어를 갈고 닦아 쓰는 일에 앞장 서야 한다. 글 쓰는 사람들은 자신이 올바른 모국어의 전달자라는 사명감을 가지고 외래어, 외국어 남용을 피해야 하며, 특수한 경우(의도적으로 향토적 서정성을 살리기 위한 경우)를 제외하고는 올바른 철자법에 준거해서 표준어로 글을 써야, 사장(死藏)되어 있는 모국어의 고운 말, 아름다운 말을 찾아 이를 보급시키는 국어 순화(醇化)에 앞장서야 한다.

셋째, 초등학교에서부터 국어 교육을 보다 강화해야 한다. 특히 말하기 교육과 쓰기 교육을 강화함은 물론, 인터넷 언어의 사용 금지, 대화에서의 막말 금지책을 세워야 한다.

현재 우리가 쓰고 있는 말이 황폐화된 지 꽤 오래되었기에 위의 세 가지 노력은 지속적으로 철저하게 시행되어야 한다.

세계에서 가장 우수한 문자를 가지고 있는 우리가 막말을 함부로 쓴 데서야 광화문 네 거리에서 인자한 미소를 짓고 계신 세종대왕에 대한 올바른 예의가 아니지 않은가?

버지니어의 비극

지난 4월 18일 태평양 바다 건너 미국 동부지역 버지니어 공과대학에서 그 대학 영문학과 4학년 재학중인 한국인 1.5세대 교포 학생 조승희군이 총기를 난사하여 사망 32명, 부상 29명의 인명 피해를 일으키고 스스로 자살한 미국 역사상 최악의 교내 대살인사건이 발생하여 전세계를 발칵 뒤집어 놓았다.

그후 신문이나 텔레비젼 뉴스를 통해 전해진 소식을 종합해 보건대, 조군은 1984년 1월생으로 미국으로 이민 가기 전 초등학교 2학년 시절에는 말수가 적고 내성적인 학생이긴 했어도, 운동도 잘하고 똑똑한 모범생이었다고 하며, 그 후 미국으로 이민 가서 초등학교 다닐 때는 역시 말 없는 학생이긴 했어도 학생들로부터 왕따 당하지 않았고, 운동과 공부를 잘해 영어가 필요 없는 수학 과목은 천재 소리를 들을 정도였다고 한다. 그러나 조군이 중학교 다닐 무렵부터는 주변 미국인 학생들로부터 영어 발음이 이상하다고 놀림과 왕따를 당하기 시작하면서 우울, 고독, 좌절감으로 지내다가 사회와 체제를 파괴하려고 하는 사이코패스(psychopath=반사회적 성격장애자)의 망상적 정신 이상을 보이다가 마침내 끔찍한 다중(多衆) 살인 행위를 저지른 것 같다.

이 같은 행위는 일찍이 프랑스의 사회학자인 E. 뒤르켐(Durkheim, 1858~1917)이 그의 저서 『사회분업론(1893)』과 『자살론(1897)』에서 학술용어로 사용했던 '아노미(Anomie) 현상'에서 발생한 사건으로, 이러한 아노미 현상은 오늘날 사회학적 의미로는 '행위를 규제하는 공통된 가치나 도덕적 규범이 상실된 혼돈상태'를 뜻하며, 심리학적 의미로는 '불안, 자기 상실감, 무력감 등에서 볼 수 있는 부적응 현상'을 뜻한다.

이러한 아노미 현상의 살인 사건은 서양에서는 '이성 중심의 사회(고대 그리스 시대)→ 신앙 중심의 사회(중세 사회)→ 인본 중심의 사회(문예부흥 시대)'에서 19세기 '기술 중심의 호머 화버(homo faber)적 산업사회'로 넘어오면서 물질 만능, 황금 만능 사상으로 말미암은 인간성의 상실과 가치관의 붕괴에서 다발적으로 발생했으며, 동양에서는 20세기 서구의 물질문명을 받아들이면서부터였다고 볼 수 있다.

이와 유사한 사건은 비교적 무기 구입이 용이하고 민족적 갈등이 심한 미국에서 빈번하게 발생하였는 바, 1966년 8월 1일 미국 텍사스대학에서 찰스 화이트만이 총기를 난사하여 어머니와 부인 포함 15명 사망, 31명 부상의 인명을 살상한 사건이 그것이요, 1999년 4월 콜로라도주 리틀톤 컬럼바인 고교에서 남학생 2명이 12명의 학생과 1명의 교사를 살해 후 스스로 자살한 사건이 그것이요, 2006년 10월 펜실바니아주 웨스트 니켈 마인스학교에서 우유 트럭 배달부가 어린 여학생 14명을 사살하고 스스로 자살한 사건이 그것이다.

도대체 인간은 얼마만큼 잔인할 수 있단 말인가? 과연 인간의 본성은 선한 것인가? 아니면 악한 것인가? 혹시 인간의 깊숙한 내면에는 짐승만도 못한 악의 마성(魔性)이 내재하고 있는 것은 아닌가?

'하나님께서 사람을 하나님 형상대로 만드셔서 땅 위에 모든 생물들을 다스리게 하셨다.'(구약성서 창세기).에서의 '모든 생물을 다스려 온 만물의 영장(靈長)인 인간', '하늘과 땅 사이에 있는 만물 가운데 오직 사람이 가장 귀하니 이는 오륜이 있기 때문이다(天地之間 萬物之衆 惟人最貴 所貴乎人者

以其有五倫也)(『동몽선습(童蒙先習)』).'에서의 '만물 가운데 가장 귀한 존재'인 인간이 어떻게 이렇듯 잔인한 일을 저지를 수 있단 말인가?

일찍이 맹자(孟子, 372~289 B.C.)는 '인간의 본성은 본디 착하다.'고 하는 이른바 성선설(性善說)을 『맹자』 공손추장구(公孫丑章句) 상(上)에서 사단(四端)을 들어 다음과 같이 갈파한 바 있다.

> 물에 빠진 어린 아이를 가엽게 생각해서 그를 구해 주려고 하는 마음은 측은지심(惻隱之心)으로 이는 곧 인(仁)의 실마리요, 옳지 않은 것을 보고 부끄움을 느끼거나 그를 미워하는 마음은 수오지심(羞惡之心)으로 이는 곧 의(義)의 실마리요, 남에게 양보하는 마음과 윗사람을 공경하는 마음은 사양지심(辭讓之心)으로 이는 곧 예(禮)의 실마리요, 스스로의 양지(良知)에 의해서 옳고 그름을 분별하고 결정(決定)하는 마음은 시비지심(是非之心)으로 이는 곧 지(智)의 실마리라고 하였다.

인간은 본디부터 사지(四肢)를 가지고 태어난 것처럼 선(善)을 실현할 수 있는 실마리인 이 사단(四端)을 선천적으로 가지고 태어났다는 것이다. 이 사단을 가지고 있으면서도 선(善), 즉 인, 의, 예, 지의 형이상학적 4덕(德)을 실현하지 못하는 것은 스스로를 해치는 사람이요, 그것을 확충(擴充)시키지 못한 사람은 사해(四海=천하)를 편안케 할 수도 없으며, 부모를 제대로 섬길 수도 없다는 것이다. 따라서 맹자의 성선설은 인간의 선한 본성을 적극적으로 확충시켜 나갈 것을 강조한 설이라고 볼 수 있다.

서양에서 맹자와 유사한 성선설을 주장한 대표적인 학자는 J. J. 루소(1712~78)이다. 그는 『에밀(Emile)』에서 '인간의 자연 본성은 선한 것인데 역사 문명과 사회제도의 영향을 받아 악하게 되었다.'고 주장하였고, '자연이 만든 사물은 모두 선하지만, 일단 인위를 거치면 악으로 변한다.'고 하면서 '선은 천성에 속하고 악은 인위에 속한다.'라고 '자연으로 돌아가라.'고 외친 바 있다.

맹자의 성선설과 정반대되는 학설은 순자(荀子, 298?~238? B.C.)의 '인간의 본성은 악하다.'라는 성악설(性惡說)이다. 『순자(荀子)』, 성악편(性惡篇)을 요약 정리하면 다음과 같다.

'인간의 본성은 악한 것인데, 이것을 선(善)이라 하는 것은 위(僞)(여기서 '위(僞)'의 의미는 '거짓'이나 '속이다'의 의미가 아니고 '사람의 힘이 가해지다'의 뜻임), 곧 인위적인 노력에 의한 것이다'.

사람의 본성을 보면 사람은 태어나면서부터 이익을 좋아하는 성질이 있어 이것을 그대로 따르기 때문에 자연 다른 사람과 싸워 빼앗으려는 마음이 생기게 되고, 사양하는 마음이 없어지는 것이다. 또 사람은 태어나면서부터 남을 질투하고 미워하는 성질이 있어 이것을 그대로 따르기 때문에 자연 음란한 행실이 생기게 되고, 동시에 예의와 조리(條理)가 없어지고 마는 것이다. 이렇게 보면 사람이 타고 난 본래의 성이나 감정이 가는 데로 따라갈 때는 반드시 서로 싸우고 빼앗게 되므로, 이것이 분한(分限)을 범하고 조리를 어지럽히는 행위가 되어 마침내는 난폭한 세상으로 빠지게 되는 것이다. 그렇기 때문에 여기에는 반드시 스승과 법도에 의한 교화(敎化)와 예의에 의한 교도(敎導)가 필요한 것이니, 이것을 받음으로써 비로소 사람은 서로 사양하는 마음, 곧 예(禮)을 일으키게 되고 조리에 합하게 되어 마침내는 세상이 평화롭게 되는 것이다.

이것으로 볼 때 인간의 본성은 악이라고 하는 것이 분명하며, 이것을 선이라 하는 것은 노력에 의한 것이다.'라는 것이다(순자 이외의 동양철학에서의 성악설의 동조자로는 묵자(墨子, 480~390 B. C.), 한비자(韓非子, ?~233 B. C.) 등이 있다. 송대(송代)에 완성된 성리학(性理學)에서는 맹자의 성을 본연지성(本然之性)으로, 순자의 성을 기질지성(氣質之性)이라 하여 두 설을 통합하였다).

서양에서의 성악설을 최초로 주장한 사람은 로마 말기 종교 사상가이며 교부철학(敎父哲學)의 대성자인 A. 아우그스티누스(354~430)라고 볼 수 있다. 그 후 이탈리아의 정치 사상가이며 역사학자인 N. 마키아벨리(1469~1527)는 이탈리아의 부패상을 직접 보고 나서 '인간의 본성은 악하다'고 단정하였고, 영국의 철학자이며 법학자인 T. 홉즈(1588~1679)는 '원시사회 초기에 백성들이 혼전(混戰)하는 자연 상태를 가상하여 인간의 본성이 악함'을 추론해 내었으며, 독일의 철학자 A. 쇼펜하우어(1788~1860) 는 '죄악이 인간 본성 가운데 뿌리깊게 박혀 있기 때문에 제거할 방법이 없다.'고 주장한 바 있다.

이 밖에 '태어난 그대로를 성(性)이라고 한다(生之謂性).'고 정의를 내리고, '식욕(食欲)과 색욕(色欲=성욕性欲)을 곧 성이라 한다(食色性也).'고 주장하면서 '성에는 선(善)도 불선(不善)도 없다.'고 하는 전국시대 제(齊)나라 사상가인 고자(告子, ?~?)의 '성무선무불선설(性無善無不善說)', '모든 사람의 성에는 선과 악이 동시에 혼재해 있다.'는 전한(前漢)의 유학자 양웅(揚雄, 53 B.C.~A.D.18)의 '성선악혼효설(性善惡混殽說)', '사람 중에는 선한 성을 가진 사람, 악한 성을 가진 사람, 선으로 인도하면 선하게 되고 악으로 인도하면 악하게 되는 성을 가진 사람이 있다.'는 당(唐)나라 시인 한유(韓愈, 768~824)의 '성삼품설(性三品說)' 등이 이 있다.

인성론 중심으로 발달한 우리나라 유학에선 이같이 인간 본성에 대한 다양한 설 가운데 맹자의 성선설이 주로 수용되어 수양 철학(修養哲學)이 발달하였다. 퇴계(退溪) 철학에서의 경사상(敬思想)이나 율곡(栗谷) 철학에서의 경사상이 바로 그것인 것이다.

여기서 분명한 것은 인간 본성의 대표적인 학설인 맹자의 성선설에서도 인간은 선천적으로 선해질 수 있는 사단을 타고 났으며, 이를 확충해야 선을 실현할 수 있고, 그것을 확충하지 않으면 악해질 수 있다고 하는 인간 내면에 '선악의 혼재'를 시인했고, 순자의 성악설에서도 인간은 선천적으로 악하게 태어났으나, 인위적인 노력(스승과 법도에 의한 교화와 교도)에 의해 선해질 수 있다는 맹자와 똑같이 '선악의 혼재'를 말하고 있다는 것이다.

버지니어의 비극처럼 일종의 아노미 현상에서 발생한 사건은 아니지만, 제2차 세계대전시 독일의 A. 히틀러가 아우슈비츠(Auschwitz)에서 약 4백만의 유태인과 폴란드인들을 독가스실에 가둬 놓고 집단 살해한 사실이나, 일제 때 만주 허얼빈에 주둔하고 있던 일본군 731부대에서 생체 실험을 하기 위해 약 3천명의 마루타(=인간 통나무)에게 약물을 투여해서 죽였던 사실이나, 태평양 전쟁시 약 20만의 우리나라 여성들을 정신대라는 미명하에 강제로 끌고 가 짐승만도 못한 성노예로 인권 유린했던 사실이나, 1975년에서부터 1979년 사이 캄보디아를 통치했던 폴폿의 크메르루지(민주 캄푸치아) 공산 정권이 캄보디아 국민의 3분의 1이 넘는 약 200만명을 처형했던 사실이나, 고려 충렬왕 때 원(元)나라의 내안(乃顔)이 합단(哈丹)과 합세하여 고려 국경을 넘어오면서 고려의 여인들을 보는 대로 잡아 능욕한 다음 살해해서 인육포(人肉脯)를 만들어 뜯어 먹고 남하한 비극의 역사적 사실로 보아, 인간의 내면에는 선악(善惡)이 혼재해 있으면서 이성으로 억제할 수 없는 '짐승만도 못한 마성(魔性)'이 본성 한구석에 깊숙이 숨어 있는 것이 확실하지 않나 싶다.

러시아의 작가 V. M. 가르신(1855~88)이 그의 <신호(信號)>라는 작품에서 '이 세상에서 사람처럼 흉악한 동물은 없다. 늑대는 서로 잡아먹는 일이 없지만 인간은 인간을 산 채로 삼킨다.'라고 기술한 사실과 영국이 나은 20세기 위대한 역사학자요, 국제정치학자요, 문명비평가인 A. 토인비(1889~1975)가 '인간은 무한히 잔악할 수 있는 힘을 가지고 있다.'라고 갈파한 말이 새삼 머릿속에 떠오른다.

오늘 아침 C신문에 폭풍이 휩쓸고 지나간 버지니어 공대 광장에 설치한 33명의 사망자 추모석 네 번째 조승희 추모석에 "네가 그렇게 필요했던 도움을 받지 못했던 걸 알고 마음이 아팠어.", "얼마나 힘들었니? 홀로 끔찍한 고통을 겪었던 네게 손 한번 내밀지 않았던 나를 용서해 줘."라고 쓴 사랑과 용서의 편지와 꽃이 놓여 있었다는 기사와 함께 제주도 서귀포에서 뇌수막염으로 뇌사상태에 빠져 있던 33세의 젊은 주부가 장기 이식 받기를 기다리고 있는 14명에게 자신의 장기를 기증하기 위해 수술대 위에 누워 수술 받는 아름다운 모습의 사진을 보고, '그래도 이 세상엔 아직은 악행을 저지르는 사람보다는 선행을 행하는 사람이 더 많구나.'하고 생각하면서도, 마음 한구석에서 언제고 또 이 같은 사건이 벌어질 것만 같은 불안감이 완전히 가시지 않는 건 또 무슨 이유일까? 4월은 정말로 모골이 송연(悚然)했던 잔인한 달이었다.

국어의 순화

J.러스킨(Ruskin)은 '위대한 민족은 자기네 자서전을 세 가지로 쓴다. 한 권에서는 자기네가 무슨 일을 했는가를 쓰고, 또 한 권에서는 자기네 예술에 대해서 쓰고, 마지막 또 한 권에서는 자기네 언어에 대해서 쓴다.'고 말한 바 있다.

전 세계를 통하여 프랑스 사람들처럼 자국어를 아끼고 사랑하는 민족은 없다. 그들은 세계 공통어인 영어로 말하는 사람에게 프랑스어로 답변할 정도로 프랑스어가 세상에서 제일 아름다운 언어라고 자부(自負)하고 있다. 또한, 프랑스 사람들은 그들 언어에 외국어(Foreign Word)나 외래어(Loan Word)의 침투(浸透)를 국토를 방위하듯 막고 있으며, 보다 아름답게 순화(醇化)된 프랑스어로 다듬기 위해 거국적으로 애쓰고 있다.

1967년 당시 프랑스 수상이었던 퐁피두가 「프랑스어의 올바른 사용법」이라는 책을 저술 · 보급한 것도 그 같은 일의 하나라고 볼 수 있다.

독일도 프랑스에 못지 않게 자국어에 대한 사랑이 대단한 민족이다. 1807년 J.G.피히테는 프랑스군에게 점령당한 베를린에서 독일 부흥의 원동력이 되었던 <독일 국민에게 고함>이라는 14회에 걸친 명강연을 했다. 피히테가 독일 국민에게 토한 14회의 열변 가운데 4회는 모국어인 독일어에 관한 것으로, 피히테는 '나라는 망해도 민족은 망하지 않는 가장 확실한 역사적 근거는 모국어를 빼앗기지 않은 데 있음'을 강조하면서,

'독일의 명멸(明滅)을 좌우하는 이 보이지 않는 최후 전선을 사수하자.'고 지성(知性)에 호소했다.

이후 독일 전역에서 프랑스말 간판은 파괴되었고, 프랑스말로 된 모든 서적들은 불태워졌으며, 프랑스말로 된 상표나 포고문은 모두 뜯겨졌다.

그러나, H.G.웰즈를 비롯한 세계의 여러 학자들이 '한글은 세계에서 가장 독창적이고도 우수한 문자'라고 격찬하고 있는 바로 그 한글을 사용하고 있는 우리 나라의 국어 사랑과 국어 순화 현실은 어떠한가?

길가 상점의 상호(商號)명 · 각종 일용품명 · 의상명 · 구두명 · 자동차명 · 호텔명 심지어는 아파트명에 이르기까지 온통 뜻 모를 외국어로 홍수를 이루고 있는가 하면, 학생들의 대화 속에는 으레 욕지거리와 은어 · 비어(卑語) · 속어가 음식의 양념처럼 들어가 있는 게 오늘의 현실이다.

지난 해 연말 남북 이산 가족 상봉차 남한에 온 북한 국어학자 류열(柳烈)은 남한의 외래어와 외국어 남용(濫用) 실태를 정면으로 꼬집어 지적한 바 있다. 참으로 부끄럽고 창피스러운 일이 아닐 수 없다.

'언어는 인간의 정신을 그대로 본떠 놓은 것이다.'라고 한 A.W.쉴레겔의 말이나, '언어는 인간 정신의 가장 좋은 반영이다.'라고 한 G.W.라이프니츠의 말은, 인간의 사고(思考) 방법이 말의 성격에 심대한 영향을 준다는 것이다. 한편, J.G.헤르더는 이와 반대로 '말로써 사고를 배우며, 사고는 언어로써 형성된다.'고 하면서, 말의 성격이 오히려 인간의 사고 방법에 영향을 준다고 하였다.

이 같은 학설은 얼핏 보면 서로 상반된 설로 인식하기 쉬우나, 심층적으로 생각해 보면, 말의 성격과 인간 사고의 방법과는 불가분의 관계라는 하나의 중요한 일차적 진리를 도출(導出)할 수 있는 학설인 것이다.

말의 성격과 인간 사고 방법의 주종 관계는 나의 견해로는 서로 줄 수도 있고, 받을 수도 있는 랑그(Langue)와 빠롤(Parole)의 관계와도 같다.

어쨌든 그것이 음성언어인 입말[口語]이든 문자언어인 글말[文語]이든,

언어의 성격과 인간 사고의 방법은 너무나 밀접한 관계에 있기에, 언어의 순화 문제는 한 국가의 민족에게 있어 높은 차원에서 심도있게 다루어야만 하는 중차대(重且大)한 과제인 것이다. 모든 문학 작품이 어느 특정한 나라의 시대상(時代相)의 반영(反映)이면서도, 역으로 아름답고 뛰어난 문학 작품은 그 나라 국민의 정서(情緖)를 순화시키는 데 커다란 힘을 발휘한다.

이와 마찬가지로 언어도 어느 특정한 나라의 시대상을 그대로 반영하고 있지만, 역으로 잘 순화(醇化)된 언어는 프랑스 사람들에게서 보듯 인간의 정신을 온화(溫和)하면서도 논리적 사고의 인간형으로 만드는 것이다.

외래어나 외국어를 남용하고 일상의 대화 속에 순화되지 않은 거친 말을 서슴없이 내뱉는 우리 나라의 사회상을 보라. 얼마나 혼란스럽고 무질서한 아수라장(阿修羅場)인가?

순화되지 않은 언어를 사용하는 사람에게서 안정감과 품위 있는 행동을 기대할 수 없으며, 또한 그러한 사람들로 다수를 차지하고 있는 나라에서 혼란과 무질서가 없는 사회의 정제상(整齊相)을 기대할 수도 없는 것이다.

8 · 15 해방 이후 남한에서는 국어 순화 운동으로 1945년 9월 한글학회를 중심으로 한자 폐지 운동을 전개했고, 1948년 10월 1일 교육부에서는 한글 전용 법률을 공포했으나, 그 실효를 거두지 못했다.

그렇다면, 이 문제를 해결할 수 있는 최선의 방안은 무엇일까?

나는 이에 대한 몇 가지 의견을 제시하고 글을 마무리할까 한다.

첫째, '말다듬기 운동'을 지속적으로 전개해야 한다.

북한은 1949년 9월 8일 한글 전용을 공적으로 채택하면서 '홍수(洪水)→ 큰물, 교목(喬木)→ 키나무, 젤리(Jelly)→ 단묵, 스프레이(Spray)→ 솔솔이'처럼 한자어를 순우리말로 쉽게 풀었고, 외래어를 순우리말로 고쳤으며, '하조(荷造), 생도(生徒), 면백(面白)'과 같은 일본식 한자를 없애는 작업을 일찍부터 활발하게 전개해 왔다. 이 같은 운동은 1964년 1월 제1차 김일성(金日成) 교시와, 1966년 5월 제2차 김일성 교시를 통해 더욱 철저하게 전개했다.

남한에서는 이에 영향을 받고 뒤늦게 1972년 1월 30일 한글학회에서 「쉬운말사전」을 펴낸 바 있으나, 국가적인 뒷받침을 받지 못해 실효를 거두지 못한 채 오늘에 이르고 있는 것이다.

둘째, 순화된 언어 보급을 위한 정책적인 배려가 반드시 있어야 한다.

아무리 영양가(營養價)가 높은 좋은 음식이라 할지라도 때 맞춰 먹지 않으면 제대로 영양이 섭취되지 않는 것처럼 아무리 심혈을 기울여 갈고 닦은 언어라 할지라도 그 보급이 제대로 안된다면, 도로(徒勞)요 공염불(空念佛)로 그치고 마는 법이다.

언어학적으로 볼 때, 사람의 언어 습득은 생후 1년이 되면 말소리를 내기 시작하고, 1년 6개월쯤 되면 한 마디의 말을 하게 되고, 2년이 되면 두 마디의 말을 하게 되다가 5, 6년이 되면 모국어의 문법을 완전히 이해하면서 거의 완전한 문장의 말을 하게 되며, 15년을 정점(頂點)으로 언어 습득은 둔화된다고 한다. 교육 정책 당국자는 이 같은 사실을 숙지(熟知)하고, 언어 습득이 왕성한 시기의 초 · 중등 학생들에게 영어 교육에만 몰두할 게 아니라, 혁신적인 모국어 순화 교육 정책을 내 놓아야 한다.

프랑스에서는 매주 목요일마다 어린이를 위한 시(詩) 낭송 시간을 갖는다는 사실은, 학교 국어 시간에 정확한 발음 교육이나 곱고 아름다운 말을 가르치는 선생도 없고, 배정 시간도 없는 우리네 현실에서 볼 때, 시사(示唆)하는 바가 너무나 크다.

남북한 언어의 이질화에 대하여

조국 분단 반세기, 강산이 너댓번은 변했을 참으로 장구한 세월이 아닐 수 없다.

1945년 8월 15일 일제(日帝) 36년간의 식민지 백성으로서의 통고(痛苦)로부터 해방되자마자 우리 민족에게 불어닥친 외세(外勢)에 의한 조국 분단의 비극은, 정치 · 경제 · 문화 · 언어 등 모든 분야에서 단일 민족의 동질성(同質性)을 파괴하고 이질화(異質化)를 보이기 시작하더니, 1950년 6월 25일에 발발(勃發)했던 미증유(未曾有)의 남북 전쟁을 분기점으로 이질화 현상은 가속적으로 심화(深化)되어 오늘에 이르렀다.

그 가운데 단일 민족어인 한국어의 남북한 간 이질화 현상은 실로 심각한 상황에 처하게 되어, 앞으로 언젠가는 우리 앞에 다가올 조국 통일에 앞서 무엇보다도 최우선적으로 해결해야 할 가장 큰 민족의 지상 과제(至上課題)로 대두하게 되었다.

민족이란 C.헤이스가 말한 것처럼 '공통된 언어를 사용하고 종교 · 영토 · 정치 · 군사 · 경제 · 예술 및 지적(知的)인 면에서 공통된 역사적 전통을 가지는 문화 집단'인 것이다.

이렇듯 전통적으로 공통된 문화 집단인 한민족(韓民族)의 언어가 왜 오늘날 남북한 간에 그토록 심각한 이질화 현상을 노정(露呈)하고 있는 것일까?

필자는 이 글에서 그 이질화된 실상을 낱말을 중심으로 간단히 예시(例示)하고, 그의 원인과 해결 방안을 모색(摸索)해 보고자 한다.

① 말다듬기에 의한 낱말

<남한>	<북한>
교목(喬木)	키나무
홍수(洪水)	큰물
포복(匍匐)	배밀이
평야 지대(平野地)	벌방
월동(越冬)	겨울나이
젤리(jelly)	단묵
커튼(curtain)	창문보
스프레이(spray)	솔솔이
헤딩(heading)	머리받기
코너킥(corner kick)	구석차기

② 의미는 같으나, 형태가 다른 낱말

<남한>	<북한>
내[煙氣]	내굴
맷돌	망돌
애처롭다	아츠럽다
아가리	아구리
곧	인차
개울	개골
도시락	밥곽
속눈썹	살눈썹
손지검	손질
깻묵	깨구지
양해(諒解)	료해(料解)
보증(保證)	담보(擔保)
반찬(飯饌)	식찬(食饌)

결과(結果)	후과(後果)
명곡(名曲)	절가(絶歌)

③ 형태는 같으나, 풀이말이나 의미가 다른 낱말

<남한>	<북한>
외치다 :[재][타] 매우 큰 소리로 부르짖다	외치다 :[동][타] 고개를 위로 저어 돌리다.
다치다 :[재] 부딪쳐서 상하다	다치다 :[동][타] ① 대서 건드리다. ② 몸이 무엇에 부딪치거나 맞거나 눌리거나 하여 상하다. ③ 손해가 되게 건드리거나 손을 대다. ④ (어떤 일에) 관계하거나 작용을 가하다.
지주(地主) :[명] ① 토지의 지주, 소유자, 영주 (領主) ② [법]소유 토지를 타인에게 빌려 주고 그로부터 지대(地代)를 수득하는 사람 ③ 그 토지에서 사는 사람.	지주(地主) :[명] 많은 땅을 빼앗아 가지고 그것을 농민들에게 소작을 주어 지세의 형태로 농민들의 로동을 착취하면서 기생적으로 살아가는 자, 또는 그러한 계급. 봉건 사회에서는 물론 자본주의 시기에도 많은 나라들에 의연히 남아 있는 농촌의 기본 착취 계급이다.
선교사(宣教師) :[명] ① 종교를 널리 전도하는 사람 ② [기독교] 기독교의 외국 전도(傳道)에 종사하는 사람	선교사 :[명] 미제를 비롯한 제국주의자들이 예수교를 선전하고 보급한다는 명목으로 다른 나라에 파견하는 종교의 탈을 쓴 침략의 앞잡이.

이상 남북한 간 언어의 이질화 현상의 일면을 낱말을 중심으로 간단히 살펴보았다.

그러면 이러한 남북한 간 언어의 이질화 현상의 원인은 도대체 어디에 있는 것일까?

50여 년이라는 남과 북의 분단의 세월만큼 원인 규명(糾明)이 그리 간단하지는 않지만, 대략 다음 몇 가지로 요약될 수 있을 것 같다.

첫째, 남북한 간 언어관(言語觀)의 차이이다.

남한에서는 언어는 표현보다는 사고가 먼저라고 보는 언어 도구관(道具觀), 언어는 사고의 구체적 모습이라고 보는 언어 사상 일체관, 언어는 사고와 감정도 지배한다고 보는 언어 사상 형성관을 취하고 있으나, 북한에서는 언어는 생산 과정의 보조(補助)요, 인구어족(印歐語族)이란 서구 민족의 문화적 지배를 강화하려는 부르조아 언어학적 전설(傳說)이라고 보는 유물론적 언어 도구관인 마르크스-레닌주의 언어관, 언어는 교제의 도구인 동시에 투쟁과 사회 발전의 도구라고 보는 스탈린주의 언어관, 언어는 세계 주인으로서 자주성 · 창조성 · 의식성을 가져야 한다는 김일성(金日成) 주체 사상 언어관을 취하고 있는 것이다.

둘째, 남북한 간 언어 정책의 차이이다.

남한은 언중(言衆)이 지향하는 바가 언어 정책을 결정하나, 북한은 당의 일방적인 지휘 감독 아래 정책이 결정된다.

셋째, 남북한 간 문법 이론 수용(受容)상의 차이이다.

남한은 국내적으로는 최현배(崔鉉培) 선생의 「우리 말본(1939)」을, 국외적으로는 S. E.마르틴(Martin)의 「한국어 형태음소론(1954)」을 비롯한 구조주의(構造主義) 문법이나, N.촘스키(Chomsky)의 「통사 구조(1957)」를 비롯한 변형 생성 문법(變形生成文法) 등의 미국이나 서구 이론을 수용하고 있으나, 북한은 국내적으로 조선 어문연구회에서 간행한 「조선 문법(1949)」과 조선 민주주의 인민공화국 과학원 언어 문학 연구소 언어학 연구실에서 간행한 「조선어 문법I(1960)」 · 「조선어 문법 II(1963)」을, 국외적으로는 A. A.홀로도비치(Xolodovich)의 「조선어 문법(1937)」, 「조선어의 구조(1938)」, 「조선어 문법 개론(1954)」, J. N.마주르(Mazur)의 「조선어의 격과 후치사」 등 주로 동구(東歐)와 러시아의 이론을 수용하였다.

이 밖에도 남북한 언어의 이질화의 원인으로 조국 분단에 따른 인적 교류의 단절, 정치 체제 · 경제 구조 · 문화 등의 차이 등을 추가로 들 수 있을 것 같다.

그렇다면, 이렇듯 심각한 남북한 간 언어 이질화 현상의 해결 방안은 무엇일까?

조국의 통일이 극적(劇的)인 정치적 타결로 이루어진다면, 이러한 문제는 통일 정부에 의해 수립될 새로운 언어 정책에 의해 어느 정도 해결될 수 있겠지만, 조국의 통일 전망이 어둡기만한 상황에서 그 같은 일을 기대하기란 어려울 것 같다.

이에 필자는 남북한 위정자들에게 언젠가는 이루어질 조국 통일에 앞서 대승적(大乘的) 자세를 가지고, 남북한 언어 동질화를 위한 다음과 같은 사업을 빨리 시행해 줄 것을 강력히 촉구(促求)하는 바이다.

> 첫째, 남북한 국어학자들로 구성된 가칭 '남북한 언어 동질화 위원회'를 조속히 결성하여 그들로 하여금 새로운 통일 언어관 및 통일 언어 정책을 최우선적으로 수립할 것.
>
> 둘째, 이들 위원들로 하여금 반세기 동안 남북한 간 이질화된 언어 사실들을 찾아내어 학술적 토의를 거쳐 남북한 공통의 '통일 맞춤법'과 '통일 표준어'를 제정 · 공포할 것.
>
> 셋째, 남북한 간의 모든 출판물이나 대량 전달 매체(mass media)인 신문 · 방송 등에서 새로 제정 · 공포된 '통일 맞춤법'과 '통일 표준어'를 사용토록 할 것.
>
> 넷째, 남북한은 각급 학교를 통해 새로 제정 · 공포된 '통일 맞춤법'과 '통일 표준어' 교육을 철저하게 실시할 것.

이상 4가지 제언(提言)은 단순한 어느 한 개인의 부르짖음이 아니요, 남북한 전체 한민족 공동의 절규(絶叫)요, 시급한 요청인 것이다.

한자어의 생성과 계보

우리 나라 국어 어휘 체계에 가운데 「큰사전(1957)」통계에 의하면, 차용어(借用語)가 약 54.5%이며, 이 중 한자어계 차용어는 약 84.4%로, 영어·몽고어·불어 등 20여 종의 차용어 가운데 단연 압도적이다.

이 같은 이유는 우리 나라에 이미 오래 전부터 우월한 중국 문화와 함께 한자(漢字)가 들어와 말은 있었으되, 세종(世宗) 25년 훈민정음(訓民正音) 창제 이전까지 독자적인 문자가 없었던 우리 나라에 대용(代用) 문자 언어로 오랫 동안 준국자(準國字)처럼 사용해 왔기 때문이다.

우리 나라에 최초로 한자가 들어온 시기는 언제쯤일까라는 의문은 문헌상 명확한 기록이 없어 확실하게 알 수는 없으나, 중국의 전국(戰國) 시대(B.C. 403～256) 때 연장(燕將) 진개(秦開)가 한씨 조선(韓氏朝鮮=기자조선(箕子朝鮮))을 침략하여 패수(浿水) 이북 지역을 탈취한 다음, 그곳에 요동군(遼東郡)을 설치하고 군인·관리·상인·농민들을 대거 이주시킨 역사적 사실로 보아, 기원 전 3세기경으로 추정된다.

그러나, 이 시기의 한자 사용은 한족(漢族)의 동점(東漸)과 더불어 형성된 한족 유민 사회에서만 일방적으로 시행되었지, 피압박 민족인 우리 민족은 새로운 문자에 대한 유형적(類型的) 의식만이 존재했을 뿐, 실용화하지는 못하였을 것으로 추정된다.

후기 철기 시대로 접어들면서 유학을 숭상했던 한무제(漢武帝, B.C 141～87)

에 의해 한사군(漢四郡)이 설치되었던 기원 전 108년 이후 낙랑(樂浪)을 중심으로 한(漢)나라의 관리 · 상인 · 농민들이 대거 밀려왔고, 평안남도 일대에서 한자 명문(銘文)의 명도전(明刀錢) · 포전(布錢) · 동검(銅劍) · 다뉴세선문경(多紐細線文鏡) · 소동탁(小銅鐸) 등이 발견된 사실로 보아, 이 시기에는 한자 및 한문의 사용이 활발했을 것으로 추정되며, 이에 따라 한자어도 자연 발생적으로 생성되었으리라고 상정(想定)할 수 있을 것 같다.

한자 및 한문이 보다 활발하게 보급되어 본격적인 우리 나라의 이중 언어 생활(bilingualism) 구조를 이루게 된 시기는 고구려 · 신라 · 백제가 정립(鼎立)한 삼국 시대부터라고 볼 수 있다.

삼국 가운데 고구려(高句麗)는 지리적으로 중국과 인접한 반도 북부에 자리잡고 있었기 때문에, 한자 및 한문의 실용화가 제일 먼저 이루어져 소수림왕(小獸林王) 2년(372) 중국의 전진(前秦) 때 중 순도(順道)에 의한 불교 전래와 함께 관학(官學) 기관인 태학(太學)을 중앙에 세워 상류층 자녀들에게 경학(經學) · 문학 · 무예 등을 가르쳤고, 평양(平壤) 천도 이후에는 사학(私學) 기관인 경당(扃堂)을 전국 각지에 세워 주로 평민층의 자녀들을 대상으로 경전(經典)과 궁술(弓術)을 가르쳤다.

또한, 고구려는 국초에 기사(記事) 백 권을 만들어 「유기(留記)」라는 역사책을 발간하였으며, 영양왕 11년(600)에는 태학박사 이문진(李文眞)이 고사(古史)를 간략히 정리하여 「신집(新集)」 5권을 저술한 바 있다.

이러한 역사적 사실로 보아, 고구려의 언중(言衆) 가운데 상류 계층은 물론, 일부 평민 계층에 이르기까지 상당히 두터운 한자 및 한문의 식자층이 형성되었으리라고 생각되며, 또한 이들에 의해서 상당수의 문헌적 접촉에 의한 한자어가 자연 발생적으로 생성되었을 것으로 추정된다.

백제(百濟)는 건국 초부터 새로운 학제인 박사(博士) 제도를 두어 오경(五經) 박사 및 기타 각종 전문 박사들이 일본에 초빙되어 일본의 고대 문화를 계발(啓發) · 지도한 적이 있으며, 근초고왕(近肖古王(346~375))과 근구수왕(近仇首王

(375~384)) 때에는 아직기(阿直岐)와 박사 왕인(王仁) 등을 일본에 보내 한자와 한문을 전수(傳授)하였고, 또한 박사 고흥(高興)으로 하여금 「서기(書記)」를 편찬케 했던 사실로 미루어 보아, 백제의 한자 및 한문의 실용화는 비록 상류 계층에 의해서이기는 하되, 상당히 이른 시기에 실현되었다고 볼 수 있다.

이 같은 역사적 사실로 보아, 백제의 문헌적 접촉에 의한 한자어 생성은 고구려와는 달리 주로 상류 계층에 의해서 실현되었으리라고 생각된다.

신라(新羅)는 내물왕(奈勿王(356~401)) 때 선진국인 고구려와 교류가 잦았고, 또한 고구려를 통해 전진(前秦)과도 교류가 있었던 것으로 보아, 신라의 한자 및 한문의 수입 시기는 이때를 전후한 시기가 아닌가 한다.

또한, 신라는 한반도 동남부에 자리잡고 있었다고 하는 지리적 편벽성(偏僻性)으로 말미암아, 한자 및 한문의 수입 시기가 여(麗) · 제(濟)에 비해 1세기 이상 늦었을 뿐만 아니라, 그 보급과 실용화의 시기도 여 · 제에 비해 완만한 속도로 실현된 듯하다.

왜냐하면, 한자 및 한문의 수입과 불교의 전래 시기가 여 · 제에 있어서는 거의 동시였다는 사실을 생각해 볼 때, 신라는 눌지왕(訥祇王(417~ 457)) 때 고구려의 중 아도(阿道)에 의하여 불교가 민간에 보급되었음에도 불구하고, 불교의 공인(公認)은 훨씬 뒤인 이차돈(異次頓)의 순교(527) 이후라는 데서 그러한 추측은 상당한 설득력을 갖는다 하겠다.

이러한 신라에 있어서의 한자 및 한문의 실용화가 상당한 수준을 보인 시기는 진흥왕(眞興王(534~576)) 때이니, 동왕 6년(545) 거칠부(居柒夫)와 이사부(異斯夫)의 「국사(國史)」 편찬, 동왕 22년(561) 자신이 개척한 국경 지대에 세운 4개의 순수척경비(巡狩拓境碑)의 비문(碑文)이 그것이다.

신라에 있어서 문헌적 접촉에 의한 한자어 생성은 이때까지만 해도 상류 계층에 국한된 것이었다고 생각되며, 평민 계층에까지 한자어의 실용 의식을 심어 주게 된 것은 8세기 중엽 경덕왕(景德王) 16년(757)과 동왕 18년(759)에 신라 고유어의 지명과 관명(官名)이 모두 한(漢) · 당(唐) 식으로 전면 개칭되고 나서부터라고 생각된다.

이 같은 한자어의 팽창 여세는 신라의 주체적 · 독창적 표기체인 향가(鄕歌) 작품 속에까지 깊숙이 파고들었던 것으로 미루어 보아, 통일 신라 이후에는 상당수의 고유어가 한자어에 침식당하는 결과를 빚기 시작했다고 볼 수 있다.

언어의 중심지만 경주(慶州)에서 개성(開城)으로 바뀌었을 뿐, 국어 계통상 신라어를 그대로 승계한 고려조(高麗朝)에 있어서 한자어의 고유어 침식상(侵蝕相)은 실로 심각했다고 생각된다. 왜냐하면, 고려는 한 마디로 말해 정치적으로나 문화적으로 자주성이 약한 나라였기 때문이다.

태조(太祖)의 한(漢) · 당(唐) 및 신라 관제(官制)의 도습(蹈襲), 4대 광종(光宗) 9년(958) 후주인(後周人) 쌍기(雙冀)의 건의에 의한 과거제 실시, 6대 성종(成宗) 11년(992) 당나라 제도를 모방한 중앙 교육 기관인 국자감(國子監)의 설치, 몽고(蒙古) 침입 후 개체 변발(開剃辮髮)을 비롯한 몽고 풍습의 유행 등이 그것이다.

이렇듯 도습과 모방이 심했던 고려는 한문학과 성리학(性理學)의 발달과 불교의 융성으로 한자 및 한문의 실용화는 그 어느 때보다도 질량(質量) 면에서 심화 · 확대되어 갈 수밖에 없었으리라고 본다.

따라서, 고려 시대에는 문헌적 접촉에 의한 한자어이든, 새로운 표현 욕구에 의한 신조(新造)된 한자어이든, 그 생성량은 삼국 시대나 통일 신라 시대보다 훨씬 많았을 것으로 보며, 또한 고려 시대 국문학 작품 중 평민 문학 작품인 속요(俗謠)에는 한자어가 별로 안 보이나, 귀족 문학인 경기체가(景幾體歌)나 사대부들이 지은 여말(麗末) · 선초(鮮初)의 고시조(古時調)에는 상당수의 한자어가 발견되는 점으로 보아, 한자어 생성의 주류는 상층 계급의 식자층이었다고 생각된다.

1392년 건국한 조선조(朝鮮朝)는 숭유억불(崇儒抑佛)을 국시(國是)로 한 나라이었기 때문에, 유학은 치국과 교육의 대본으로 존중되어 한문학과 성리학(性理學)은 세종 25년 훈민정음 창제 이후에도 크게 번성하였다.

강력한 숭유 억불 정책을 썼던 태종(太宗)은 동왕 11년(1411)에 송(宋)나라

제도를 본따 서울 동 · 서 · 남 · 북 · 중에 5개의 학당을 세워 적극적인 흥유(興儒) 정책을 썼다.

또한, 세종은 사가독서(賜暇讀書) 제도를 둠으로써 학풍을 크게 진작시켰으며, 중종(中宗)은 즉위하자마자 예조판서에게 명하여 숭학(崇學)의 절목(節目)을 짜게 하였고, 동왕 38년(1543) 주세붕(周世鵬)에 의해 백운동 서원(白雲洞書院)이 세워지면서, 향약(鄕約)과 더불어 성리학에 대한 학풍이 크게 일어났다.

이 같은 시대적 특성에서 배태(胚胎)된 한자 및 한문에 대한 숭배 사상을 훈민정음 창제 이후에도 끊이지 않아 국한문 혼용의 문헌이나 각종 언해문(諺解文)을 통해 한자어가 홍수를 이루면서 대량으로 생성되었음은 물론, 심지어는 우리의 고유어를 밀어내는 결과를 가져 왔다. 이러한 사실의 실례를 「석보상절(釋譜詳節)(1447)」과 「월인 석보(月印釋譜)(1458)」의 두 15세기 공시태(共時態)를 통해 살펴보면 다음과 같다.

> 쥬의 坊이어나 뷘 겨르ᄅᆞᄫᅵᆫ 싸히나 자시어나 ᄀᆞ올히나 巷陌이어나 ᄆᆞᅀᆞᆯ히어나 제 드론 야ᅌᆞ로 어버ᅀᅵ며 아ᅀᆞ미며 이든 벋ᄃᆞ려 힘ᄭᆞ장 불어 닐어든 ……
>
> <석보상절, 권 十九, 16~2a>

> 僧房에 잇거나 空閑ᄒᆞᆫ 싸히어나 城邑과 巷陌과 聚落과 田里예 드룬 다ᄫᅵ 父母 宗親 善反 知識 為ᄒᆞ야 히믈조차 불어 닐어든 ……
>
> <월인석보, 권 十七, 60b~61a>

10여 년의 간행 시간차를 보이고 있는 두 문헌이 이렇듯 표기상 큰 차이를 보이는 것은 한자어의 급격한 증가 추세를 보이는 증거라고 볼 수 있다.

이 같은 언어 사실을 훈민정음 창제 이후에도 조야(朝野)의 사대부들 간에는 한자 및 한문 숭배와 정음(正音) 천시 사상이 점점 고조되어 갔음을 보여 주는 단적인 증거 자료라고 볼 수 있다.

경세 치용(經世治用) 및 이용 후생(利用厚生)을 표방하고 등장한 민간 주도의 혁신적 학문인 실학(實學)이 일어났던 영(英) · 정(正) 이후에도 한자 · 한문 숭배 사상은 여전하였는 바, 그 실례를 「번역노걸대(飜譯老乞大)(1517년 이전)」와 「중간노걸대(重刊老乞大)(1795)」 두 문헌을 대비하여 살펴보면 다음과 같다.

> 네 므슴 읏듬보미 잇ᄂᆞ뇨 (你有甚麽主見) <번노, 상, 5>
> 네 므슴 主見이 잇ᄂᆞᆫ다 (你有甚麽主見) <노언, 상, 4>
> 열닷량 우흐로 ᄑᆞᆯ오 (賣十五兩以上) <번노, 상, 9>
> 十五兩 以上에 ᄑᆞᆯ고 (賣十五兩以上) <노언, 상, 8>
>
> 셔울 머근 거슨 노던가 흔던가 (京裏喫食貴賤) <번노, 상, 9>
> 셔울 먹을 써시 貴賤이 엇더ᄒᆞ던고(京裏喫食貴賤如何) <노언, 상, 8>

순수 고유어 '읏듬보미, 우ㅎ, 노던가 흔던가'가 한자어 '主見, 以上, 貴賤'으로 교체되었다.

한자어의 생성은 개화기 이후부터 오늘에 이르기까지 잠시도 중단됨이 없이 줄기차게 생성되어 왔는 바, 그 이유는 언문일치에로의 문체(文體) 개혁 운동이 일어났던 개화기 이후, 언문체(諺文體)가 종래 한문이 담당했던 상층 계급까지를 포괄하는 문자 생활 전 영역을 갑자기 감당해 낼 수 없어 언한문(諺漢文)이 대표적 문체로 선택될 수밖에 없었고(이기문(李基文)의 「개화기의 국문 연구」 참조), 이로 인해 결국 한자어는 우리의 언어 생활에 있어 지적(知的) 개념의 표현 수단으로 굳어져 버렸기 때문이다.

이상으로 국어 어휘 체계 속에 절반 이상을 차지하고 있는 한자어의 생성 과정을 역사적으로 살펴보았다.

끝으로 심재기(沈在箕) 교수의 「국어어휘론(國語語彙論)(1982)」을 참고로 하여, 오늘날 우리 나라 국어 어휘 체계 속에 자리잡고 있는 한자어의 계보(系譜)를 밝혀 보면 다음과 같다.

1) 사서(四書) 삼경(三經)을 비롯하여 「효경(孝經)」·「예기(禮記)」·「춘추(春秋)」·「좌전(左傳)」·「상서(尙書)」·「모시(毛詩)」·문선(文選)…… 등 중국의 전통적 고전(古典)에서 온 문헌적 접촉에 의한 한자어

閒居 和睦 上下 身體 父母 後世 百姓 四海 富貴 社稷 滿天下 宗廟 祭祀 謹身 庶人 君子 萬國 歡心 妻子 和平 災害 德行 聖人 天地 明堂 膝下 天性 莫大 莫重 他人 不敬 不孝 中心 長幼 修身 鬼神 神明 嚴父 慈愛 恭敬 孝子 春秋 ……<이상 「효경(孝經)」>

朝夕 娛樂 反覆 風俗 學校 時節 植物 動物 豊年 地勢 鮮明 玲瓏 物産 經營 生命 瀑布 靈驗 遊覽 全盛 鹽田 衣裳 曖昧 往往 世俗 太陽 古人 貧窮 歎息 平生 世間 他日 紛紛 人迹 變化 方今 猛獸 悲哀 猶豫 弱冠 夢想 言論 歲暮 灌木 浮沈 拙速 散漫 …… <이상 「문선(文選)」>

卽位 黃泉 凶事 首領 善隣 同盟 王室 後嗣 茅屋 五色 文物 聲明 國家 義士 不敬 世子 匹夫 鎭撫 設備 婦人 恒星 不可 不德 衣服 官爵 撲滅 歌舞 教訓 負擔 山嶽 聰明 正直 ……<이상 「좌전(左傳)」>

2) 범어(梵語, Sanskrit)로 기록된 원전 불경(佛經)을 중국에서 번역한 불교계 한자 음역어(音譯語)와 한자 의역어(義譯語)

kāllaka → 迦羅迦 → 黑果, kāśyapa → 迦葉 → 飮光, Namas, Namo → 南無 → 歸依, 歸命, 歸敬, 敬禮, Nandi → 難堤 → 喜, Nirvāna → 涅槃 → 滅, 寂滅, 滅度, 圓寂, śākya → 釋迦 → 能仁, Dāna → 檀 → 布施, Bodhi → 菩提 → 道, 智, 覺 ……

3) 입성 소멸의 중원음의 중국어계 한자가 전승 조선 한자음으로 정착한 서양 물명(物名)의 한자어

火砲 千里鏡 自鳴鐘 焰硝花 柴花木 ……

4) 중국의 백화문(白話文)에서 온 중국어계 한자어

合當 等閑 十分 初頭 多少 樣子 點檢 報道 從前 打破 容易 許多 渾身 都是 自由 自在 零星 ……

5) 일본의 한반도 강점시 유입된 일제(日製) 한자어

貸家, 貸店鋪(←貰家, 貰店鋪) 殘高(←殘額) 敷地(←基址, 基地) 相互(←互相) 相談(←相議, 議論, 問議, 協議) 納得(←理解, 諒解) 約束(←言約) 役割(←所任) 黑板(←漆板) 當番(←當直, 上番) 調印(←締結) 案內(←引導) 入口(←於口) 請負(←都給) 角木 金具 株式 階段(←層階) 原寸 硏磨 玄關 校了 根性 組立 切下 生菓子 ……

6) 독자적으로 만든 한국계 한자어

菜毒 感氣 身熱 換腸 苦生 寒心 四柱 八字 福德房 片紙 書房 道令 查頓 尊堂 生員 進士 讀書室 ……

이상의 예시한 우리 나라에서 현용되고 있는 한자어 가운데 어느 계보의 한자어가 최다수를 차지하고 있는지는 정확한 통계치가 없어 자세히 알 수는 없으나, 아마 1) 의 계보의 한자어가 아닐까 추정된다.

왜냐하면 1) 의 계보의 문헌을 접한 시간대가 가장 오래 되었고, 또한 그 문헌들은 한국인에게 있어 생활 규범서요, 인생 철학서로서의 역할을 담당해 왔기 때문이다.

// 3. 말의 뿌리를 찾아서 //

새 문학 형식의 개척, 어원(語源) 수필

2005년 봄, 그러니까 건국대학교 인문대 국어국문학과 교수로 재직하고 있다가 정년(定年; 법이나 규정으로 정한 해라는 의미에서 '停年'보다는 '定年'이 맞다.)을 끝내고 계간지인 『문학예술(文學藝術)』지를 통해 정식으로 문단에 얼굴을 내민 나는, 늘 마음 속으로 '상아탑(象牙塔)에서 쌓아 놓은 국어학적 지식을 문학과 어떻게 접목시킬까?'하고 곰곰이 생각하고 있다가 드디어 수필 형식으로 우리말의 뿌리를 밝히는 '어원수필'을 쓰기로 결심하기에 이르렀다.

그리하여 월간 『문예사조(文藝思潮)』 2005년 11월호에 '김치'의 유래와 어원(→ 겨울철 반양식, '김치')'이라는 제목의 어원수필을 발표하기 시작해서 2007년 12월호에 26회분을 끝으로 대단원의 막을 내렸다.

나는 이 수필을 쓰면서 과연 이러한 학문성이 짙은 수필이 성공적으로 자리매김할 수 있을까를 염려하면서 대체적으로 전반부는 독자층의 흥미를 유도하기 위해 경수필 형식으로 썼고, 후반부는 어원에 대한 문헌적 근거를 토대로 그 뿌리를 천착(穿鑿)하면서 어학적인 분석을 가미하여 중수필 형식으로 썼다.

이러한 작업을 통해 창작되고 발표된 내 작품을 줄곧 옆에서 지켜보고 계셨던 문학평론가 김양수(金良洙)님은 내가 이때까지 발표했던 졸작들을 『문예사조』지를 통해 다음과 같이 평해 주셨다.

1) <문예사조> 2006년 5월호 ; <문예사조> 4월호에는 연재수필 가운데 조세용의 <'숭늉'의 맛>과 이종균의 <내 가슴의 파도가 외 1편>이 인상적이었다. 조세용의 <'숭늉'의 맛>은 그 어원 풀이도 재미있고, 수긍이 가게 하는 풀이였지만, 그 옛날 온돌방의 뜨뜻한 분위기와 거기 잇대은 부엌 아궁이 위에 놓인 가마솥에서 밥 지을 때 만들어진 숭늉의 구수한 맛을 즐길 수 있었던 광경을 묘사한 대목이 압권이 아닐 수 없다. 요새 사람들은 모르는 한국 사람들의 참맛을 상기시켜 준 문장이라는 데서 공감을 일으켜 주고 있다.

2) <문예사조> 2006년 6월호 ; 연재 수필 중에서는 조세용의 <'설렁탕'에 대하여>가 구미를 돋게 했다. 요즘 세대들에게 잊혀지고 있다기보다 미각을 느끼게 해 주지 못하는 전통 음식의 진미를 어원 풀이와 조리 과정을 펼치며 재현시켜 주고 있다. 특히 재료와 조리 체계를 설득력 있게 설명해 놓고 있는데 프림을 타서 엉터리 설렁탕을 파는 상인들에게 각성제가 되었으면 하는 바람은 평자만의 욕망일까? 앞으로도 계속 전통 음식의 편력이 지속되기를 권하는 마음 간절하다.

3) <문예사조> 2006년 7월호 ; 조세용의 어원 수필인 <'가게' 가둥의 立春>은 단순히 지난날의 생활 습속을 배우게 하는 일뿐만 아니라, 옛 정취를 오늘에 재현하는 구실을 하고 있어 이 수필들은 앞으로 한 권의 책으로 엮어져 후대인들의 머리맡에 두고 늘 애독하는 저서가 되게 하길 바란다.

4) <문예사조> 2006년 9월호 : 같은 잡지에 실린 조세용의 연재수필인 <말타면 '경마' 잡히고 싶다>를 볼 것 같으면 그것을 알 수 있다. 이 분의 수필은 <어원수필>이라고 하는 매우 학문성이 짙은 수필이다. 언어의 뿌리, 즉 말의 근원을 찾아서 밝히는 학문 연구식 문장인 것이다.

거기에 이번 <말타면 '경마' 잡히고 싶다>는 문장은 뜻하지 않게 로또 복권에 당첨이 되어 갑자기 18억의 거금을 손아귀에 쥔 여인이 돈 욕심에 눈이 어두워 부부간의 의리이고 가정의 구성원으로서의 도리이고를 파탄시키는 행위를 다루어 놓았다.

'말타면 '경마'잡히고 싶다'는 그 같은 허욕을 안스러워하면서 여러 옛 기록들을 들추어 '경마(競馬)'가 아닌 '견마(牽馬)'가 와전되어 '경마'라는 발음으로 잘못 전해져 오게 됐음을 입증해 놓았다.

말의 본뜻을 찾아내어 보여 주는 재미만이 아니고, 사람의 허욕이 얼마만큼 무섭고 엉뚱하고 지저분한 것인가를 실감나게 풀이해서 독자에게 커다란 감흥을 얹어 주고 있는 것이다. 이를 볼 때 교훈적인 내용이라 하더라도 또한 학문적인 방식을 취했다 해도 문장의 진행 전개가 문학성을 발휘하면 문학적 감흥을 일으키는 것임을 보여 주고 있다.

수필문학에 새로운 지평을 열어 보려는 나의 작품에 대한 이 같은 평은 나에게 있어 황금보다 귀한 가슴 뿌듯한 선물이 아닐 수 없다. 사실 어원 수필을 쓴다는 일은 여간 고단한 작업이 아닐 수 없다. 어원에 관한 영성(零星)한 자료를 수집하기 위해 여기저기 동분서주해야 하는 근면과 끈기가 있어야 하며, 어려운 내용을 쉽고 흥미롭게 써야 하는 문장의 연금사(鍊金師)가 되어야 하기 때문이다.

어쨌든 나는 수필 문학에 새로운 형식의 하나를 문단에 선보였으며, 앞으로 이러한 나의 작업은 계속될 것이다.

겨울철 반양식, '김치'

소금에 절인 무우, 배추 등의 채소에 파, 생강, 고추, 마늘 같은 향신료와 젓갈을 써서 만드는 김치는 한국 특유의 채소 발효 가공 식품이다. 한국인이라면 누구나 국내에서 살든 국외에서 살든 식탁에 으레 김치가 약방의 감초처럼 반찬으로 올라 있어야만 식사의 만족감을 느낀다. 아무리 화려한 진수성찬이라도 김치 없는 식탁은 한국인에겐 별 매력이 없다.

나는 15년 전 학교 재단 지원금을 받고 미국 학계에서의 알타이어 연구 실태를 조사 · 연구하기 위하여 미시간 대학교 교환교수로 1년간 근무한 적이 있었는데, 그때도 김치는 예외없이 귀한 1급 손님 대접을 받으며 내 식탁에 올랐었다.

외국에서 생활하면서 그렇게 김치를 자유롭게 먹을 수 있었던 것은 한국인이 운영하는 슈퍼마켓이 차로 10분 정도밖에 안 걸리는 가까운 거리에 있었고, 거기에 가면 한국인이 좋아하는 반찬들을 얼마든지 구할 수 있었기에 가능했던 것이다.

돌이켜 생각해 보면, 굶기를 밥 먹듯했던 일제(日帝) 시절 나는 겨울엔 거의 김장 김치로 연명해 왔다고 해도 과언이 아니다. 내가 남보다 유독 김치를 좋아해서가 아니라, 집안 형편이 삼순구식(三旬九食)의 어려운 처지였기에 그럴 수밖에 없었던 것이다. 그래서 그랬는지 김장 때가 되면 우리 집 안 마당은 온통 50여단 정도의 무우와 100여포기 정도의 배추로 산더미를 이루었었다. 김장은 우리 집의 겨울철 반 양식이었기 때문이었다.

뒤주 밑이 쌀바가지에 북북 긁히는 소리를 듣는 날에는 어김없이 김치밥이 나왔고, 어쩌다 뒤주에 한 톨의 낟알도 없는 날에는 형수께선 남 몰래 감춰 놓았던 비상금을 털어 "메밀묵— 찹쌀떡— " 하고 처량하게 외쳐 대는 단골 소년에게 메밀묵 두어 덩이를 사서는 통김치를 썩썩 썰어 김치 반 묵 반 무쳐서 저녁 끼니를 굶어 허기져 있는 일곱 식구들에게 저녁겸 밤참겸 먹였었다.

이처럼 한국인에게 있어 주식 못지 않은 식반찬인 김치는 도대체 언제부터 먹기 시작했으며, 또 '김치'라는 낱말의 뿌리는 어디서 왔을까?

기원 전 10~7세기경 중국인들의 생활상을 엿볼 수 있는 『시경(詩經)』, 소아(小雅), <신남산(信南山)>에 다음과 같은 싯구가 있다.

> 中田有廬(중전유려) ; 밭 한가운데 농막(農幕)이 있고
> 疆場有瓜(강장유과) ; 밭 두둑에는 오이가 열려 있거늘
> 是剝是菹(시박시저) ; 이를 깎아 김치를 담가서(이하 생략)

이 작품에 출현하고 있는 '저(菹)'가 『시전(詩傳)』, 권 13에 '菹酢菜也(저초채야 ; 저(菹)는 채소가 발효되어 시어진 것이다)'로 기록되어 있는 사실로 보아, 오늘날 '김치'의 원조임이 확실하다.

그러나, 이 때의 '저(菹)'는 오이의 껍질을 벗겨 소금에 절여 발효시킨 오늘날 한국인들이 여름 한철에 즐겨 먹는 '오이지'와 비슷한 저장 식품으로 보인다.

이렇듯 채소를 소금에 절여 발효시켜 먹는 식생활 풍습이 우리나라에 전래된 시기는 언제일까라는 사실은 오늘날 전해지고 있는 문헌이 전혀 없어 확실히 알 수는 없으나, 중국 진(晉)나라 때 학자 진수(陳壽, 233~297)가

편찬한 『삼국지』, 위지, 동이전, 고구려조에 '…善藏釀(선장양 ; 음식 저장과 술 빚기를 잘했다.)…'이라는 기록에서 저장 음식의 뜻인 '장(藏)'이 보이는 것으로 보아, 일찍이 삼국시대 때 중국과 유사한 '김치'의 원시형태가 있었지 않았나 생각된다.

고려 중엽 이규보의 『동국이상국집』에 수록된 그의 시 <가포육영(家圃六詠)>에 '무청을 장(醬) 속에 넣어 여름에 먹고, 겨울에는 소금에 절여 겨울에 대비했다.'는 싯구에서 오늘날 '장아찌'에 해당되는 '지염(漬鹽)'이 보이고, 고려 말엽 이달충의 <산촌잡영(山村雜詠)>엔 '여뀌에 마름을 섞은 야생초 김치'인 '염지(鹽漬)'가 보인다

이 같은 사실로 보아, 고려 시대에는 야생초까지도 소금에 절여 김치를 담가 먹을 정도로 김치 문화가 발달한 듯하다. 고려조 문헌 속에 배추[菘]를 소금에 절인 김치에 관한 기록은 없으나, 6세기 때 중국 북위(北魏, 386~534)의 가사협(賈思勰)이 지은 세계 최대 · 최초의 농서(農書)인 『제민요술(齊民要術)』권 8, 9에 저(菹)가 보이고, 권 9에 배추의 뜻인 '숭(菘)'이 출현하는 사실과, 또한 북위는 동이족(東夷族)인 선비계(鮮卑系) 탁발규(拓跋珪)가 세운 나라인 사실로 미루어 보아, 삼국시대는 물론 고려 시대에도 김치의 재료로 배추가 쓰였을 것으로 추정된다.

조선 중기에 들어 와서 드디어 '김치'의 어원이 보이고, 임진란 이후에는 고추가 전래되면서 지금 형태의 김치가 탄생하게 된다.

조선 중기 중종 13년(1518) 김안국이 지은 의학서 『벽온방언해』 5와 동왕 22년 최세진이 지은 한자 자전 『훈몽자회』 중, 22에 오늘날 우리가 고유어로 알고 있는 '김치'의 최고 형태인 '딤치'가 보인다. 이는 우리나라에서 조어(造語)한 '채소를 소금에 절여 담근다.'는 뜻의 한자어 '침채(沈菜)(『대동야승』권 6 참조)'에 『동국정운』(조선 초기 한자음 개신서)식 한자음 '띰(沈)[dim]'(전승 조선 한자음서의 하나인 『신증유합』 하, 62엔 구개음화되기 전인 '팀'으로 나오며, 『동국정운』권 3, 35엔 유성음인 'ㄸ[d]'의 '띰'으로 출현함)과 조선초 전승 한자음(기원

전 3세기경 중국으로부터 들어온 수(隋) · 당(唐) 시대의 한자 원음이 어느 정도 살아 있는 조선 전승 한자음)인 'ᄎᆡ(菜)(신증유합, 상, 11)'가 뒤섞여 '띰ᄎᆡ'가 되었다가 다시 '딤ᄎᆡ'로 변형된 것이다.

이 '딤ᄎᆡ'는 16세기말 임진란 이후 구개음화되어 '짐ᄎᆡ(두창경험방, 13)'로 형태 변화되었다가 다시 '질삼[紡績]>길쌈'과 같은 부정회귀 현상(말을 표준 발음으로 표현하려는 욕구에서 발생하는 현상. 대부분 역구개음화 현상)으로 '김ᄎᆡ(물명고, 3, 초(草))'로 형태 변화되었고, 이는 다시 우리 국어의 'ᆡ>ㅢ>ㅣ'의 단모음화 과정의 전 단계형인 '김츼'로 되었다가 '김치'로 귀화어 · 표준어가 되었다('김장(←沈藏)'의 '김'도 '김치'의 '김'과 동일한 음운 변화 과정을 거쳤음).

이를 다시 정리하여 그 변화의 역사적인 모습인 통시태(通時態)를 밝히면, '띰ᄎᆡ(沈菜)>딤ᄎᆡ>짐ᄎᆡ>김ᄎᆡ>김츼>김치'가 된다(인터넷 지식 정보나 일부 학자들의 논문에서 밝힌 '김치'의 통시태는 모두 잘못되었음).

최근 한국 식품 연구원에서 미생물에 대해 연구 발표한 바에 의하면, 자연 발효(醱酵)된 국내산 김치는 주요 식중독균인 살모넬라균, 포도상구균, 비브리오균, 병원성 대장균 등의 생육을 억제하는 데 탁월한 효과가 있는 것으로 나타났다고 발표했다.

우리는 이처럼 훌륭한 식반찬인 '김치' 문화를 전승시켜 준 조상님들께 다시 한번고개 숙여 깊은 감사의 뜻을 표해야겠다.

'사랑'이란 베풀고 주는 것

'사랑이란 주체가 어떤 객체를 향해 자신의 정신적 감정—애정, 정성, 사모, 애착 등—을 표출하면서 베풀고 주는 것이다.'라고 정의(定義)할 수 있을 것 같다.

그 사랑의 표출이 이성간의 사모하고 그리워하는 애틋한 감정, 부모에 대한 지극한 효성(孝誠), 부모의 자식에 대한 애정어린 관심, 형제간의 돈독한 우의, 친구간의 신실(信實)한 우정, 웃어른에 대한 공경심, 이웃간의 따뜻한 인심, 신하가 갖는 임금에 대한 연군(戀君)의 정 등의 근인애(近人愛)이든, 묵자(墨子)의 형식과 계급 타파를 주창한 사회 겸애(兼愛) 사상, 기독교의 박애(博愛) 사상, 불교의 자비(慈悲) 사상 같은 사상적 사랑인 원인애(遠人愛)이든, 사랑이란 주체가 객체에게 어떤 정신적 감정을 베풀고 주는 것이 아닐까 한다.

유교의 중심 사상서요, 생활 실천 철학서인 『논어』에서 공자의 제자 번지(樊遲)가 "인(仁)이란 무엇입니까?"라고 물었을 때, 공자는 "인이란 사람을 사랑하는 것이니라(仁愛人)."라고 말한 사랑도, 그리이스 신화에 나오는 육체적 사랑인 에로스적 사랑이나 정신적 사랑인 아가페적 사랑도, 심지어 어미소가 새끼 송아지를 핥아 주는 지독(舐犢)의 사랑도 결국은 주체가 객체에 대해서 어떤 정신적 감정을 표출하면서 베풀고 주는 행위인 것이다.

나는 이때까지 결혼 주례를 줄 잡아 한 백여 차례 본 것 같다. 그때마다 주례사에서 한 번도 빼놓지 않고 쓴 말은 '사랑'이라는 낱말이었다. 인간이 부부의 연을 맺고 한평생을 살아나가는 데 있어 가장 중요한 것이 '근인애' 중 남녀간의 '사랑'이기 때문이다.

> "……(전략) 결혼의 성공 여부는 사랑에 있습니다. 일찍이 독일의 대문호 R M. 릴케는 그의 소설 <말테의 수기(手記)>에서 '사랑 받는 것은 타 버리는 것/사랑하는 것은 어두운 밤에 켠 램프의 아름다운 빛/사랑 받는 것은 꺼지는 것/그러나 사랑하는 것은 긴긴 지속'이라고 읊은 바 있습니다. 이는 사랑이란 받는 것이 아니고 주는 것이라는 평범한 진리를 노래한 것입니다. 그렇습니다. 사랑은 주는 것이요 받는 것이 아닙니다. 사랑이라는 낱말이 어원적으로 내가 남을 '생각하여 헤아림'의 뜻인 한자어 생각할 '사(思)', 헤아릴 '양(量)'자의 합성어 '사랑(思量)'에서 온 사실만 보아도 그 같은 사실은 명백한 것입니다. 남편은 아내로부터, 아내는 남편으로부터 사랑을 먼저 받으려 하지 말고, 사랑을 먼저 주도록 노력해야 하겠습니다. 그래야만 갈등이 없는 원만한 결혼 생활, 행복한 결혼 생활을 유지할 수 있는 것입니다.(하략)……"

이처럼 결혼 주례사에서 한 번도 빼놓지 않고, 힘 주어 강조하였던 '사랑'이라는 낱말의 어원(語源)인 '사랑(思量)'이 최초로 보이는 문헌은 중국 진(晉)나라 때 학자 진수(陳壽, 233~297)가 지은 『삼국지(三國志)』 촉지(蜀志)로, 황이여마왕장전(黃李呂馬王張傳), 13에 '(진수가) 평하여 가로되 황권은 지취(志趣)와 기량(器量)이 크고 고아하며(評曰 黃權弘雅思量……)'로 출현하고 있는 것이 그 최초이며, 그 후 이 한자어는 중국에서 2) 고려함, 헤아려 봄, 여러 모로 생각함. 3) 상량(商量)함, 의논함. 4) 그리워함, 서로 생각함. 5) 심사(心思), 생각'(『한한대사전(漢韓大辭典, 단국대, 2003)』, 권5, p.469 참조) 등의 뜻으로 쓰여 왔다, 우리 나라 문헌에는 15세기 말 문헌인 『금강경삼가해(金剛經三家解, 1482)』권 4, 23에 '그지업슨 됴ᄒᆞᆫ 이ᄅᆞᆯ 思ᄉᆞᆼ量량ᄒᆞ며(思無量善事, 그지없는 좋은 일을 생각하여 헤아리며)'라고 기록된 것이 그 최초이다. 이 문헌에서의 ‘ᄉᆞ량(思量)’의 뜻은 ‘생각하여 헤아림’의 뜻이다. 우리 나라의 국문 최초 서사시집 『용비어천가(龍飛御天歌, 1445)』78장에는 ‘뉘 아니 ᄉᆞ랑ᄒᆞᅀᆞᄫᆞ리(孰不思懷, 누가 생각하여 헤아리지 않겠는가?)’처럼 ‘ᄉᆞ량(思量)’이 단모음화된 ‘ᄉᆞ랑’이 보이는데 이는 형태만 변화했을 뿐, 의미는 변하지 않고 ‘생각하여 헤아림’의 뜻 그대로였다.

그러나, 『용비어천가』보다 17년 뒤에 간행된 『능엄경언해, 1462』권 6, 33에 ‘ᄉᆞ랑ᄒᆞ며 恭敬ᄒᆞᇙ 相 잇ᄂᆞᆫ ᄯᆞᄅᆞᆯ(愛敬有相女, (남을) 사랑하고 (윗 사람을) 공경할 관상을 가지고 있는 딸을)’로 출현하는 사실로 미루어 보아, ‘ᄉᆞ량’에서 단모음화되면서 변형된 ‘ᄉᆞ랑’의 뜻은 ‘생각하여 헤아림’의 뜻 이외에 오늘날의 뜻과 거의 같은 ‘1) 아끼고 위하는 정성스러운 마음, 또는 그러한 마음을 베푸는 일, 2) 남녀가 서로 정을 들이어 애틋하게 그리는 마음, 3) 정을 들이어 애틋하게 그리는 상대자, 4) 어떤 사물을 몹시 즐기거나 좋아하는 마음, 또는 그러한 일, 5) <성> 하느님이 사람을 불쌍히 여겨 구원과 행복을 베푸는 일(『우리말 큰 사전(한글학회, 1992)』)’ 등의 뜻인 ‘사랑 애(愛)’의 뜻 두 가지 의미로 확대되어 쓰였음을 알 수 있다.

그러다가 임진란 이후 ‘ㆁ’자가 오늘날의 ‘ㅇ’으로 자형 변화되어 ‘ᄉᆞ랑’(『한청문감(漢淸文鑑)』180a)으로 형태 변화되면서 오늘날의 ‘사랑 애(愛)’의 뜻으로 의미 축소되었고, 이는 다시 18세기 중기 제1음절에서 ‘ · ’가 소멸되면서 오늘날의 ‘사랑’(『동문유해(同文類解)』, 하 15)의 형태로 변화되어 귀화어(歸化語) · 표준어로 정착하였다.

이를 다시 정리하여 그 통시태를 밝히면 ‘ᄉᆞ량(思量)>ᄉᆞ랑[思, 愛]>ᄉᆞ랑[愛]〉사랑[愛]’이 된다.

'짐승'만도 못한 사람

우리는 흔히 사람으로 이 세상에 태어나 잔인하고 파렴치(破廉恥)한 행동을 한 사람을 '짐승'에 비유하여 '짐승만도 못한 사람'이니, 또는 '짐승 같은 사람'이니 하고, 탄식조로 말하는 것이 다반사(茶飯事)다.

'짐승'이라는 낱말의 사전적 의미는 '1) 몸에 털이 나고 네 발 가진 동물, 2) 날짐승, 길짐승의 총칭, 3) 해서(海棲) 동물로서 고래나 물개와 같이 어류가 아닌 포유 동물, 4) 잔인하거나 야만적인 사람의 비유(이희승 편저, 『국어대사전(민중서림, 1981)』, p.3523)'이다.

1), 2), 3)의 사전 풀이말은 '짐승'의 외면적인 생김새의 특징을 보고 쓴 풀이말이요, 4)의 풀이말은 '짐승'의 내면적 특징인 잔인성과 포악성(暴惡性)을 들어 풀이한 말이다.

그러나, 이 같은 풀이말 가운데 4)의 풀이말은 옳은 풀이말이라고 볼 수 없다. 왜냐 하면, 사실 우리들 인생 세간(人生世間)에는 '짐승만도 못한 사람'이 너무나 많기 때문이다.

고려(高麗) 충렬왕 때, 원(元)나라 태조의 막내 동생 내안(乃顏)이 합단(哈丹)과 합세하여 우리 나라 국경을 넘어 남하하면서, 고려의 여인들을 보는 대로 잡아 일단 능욕(凌辱)한 다음, 다시 살해해서는 인체의 내장을 꺼내 버리고 인육포(人肉脯)를 만들어 식량으로 대신했었던 치욕의 역사적 사실에서의 비인간적 만행을 저지른 원군(元軍)들이 바로 그들이요(이제현(李齊賢)의 『역옹

패설(櫟翁稗說)(일명, 낙옹비설)』 전집(前集), 2 참조), 고대 로마 시대 미치광이 세기의 폭군 네로가 기독교인들을 박해하기 위해 서기 64년 7월 18일 고의로 로마를 불태우고는 방화의 주범을 기독교인들로 몰아 수많은 기독교인들에게 짐승 가죽을 입혀서는 맹수에게 물려 죽게 한 잔인 무도의 네로가 바로 그요, 작년에 수십명의 젊은 여자만 골라서 토막 살해한 성도착증 정신병 환자 유영철이라는 희대(稀代)의 살인마가 바로 그요, 늙은 부모 모시는 일이 귀찮아 한적한 곳에다 부모를 유기(遺棄)하고 줄행랑을 치는 불효자들이 바로 그들인 것이다.

집단 행동을 하는 길짐승 하이에나, 들개, 늑대 같은 짐승은 질서 의식이 강해 자기를 낳아 준 부모나 형의 명령이나 지시를 한 치도 어김없이 준행(遵行)하며, 집짐승인 개는 서로 으르렁거리며 싸우기는 하지만, 아무리 배가 고파도 동족의 고기는 절대로 먹지 않는 동족애가 있으며(이수광(李睟光)의 『지봉유설(芝峰類說)』 하, 금충부(禽蟲部) 참조), 위기에 처한 자기 주인을 구할 줄 아는 충정(忠情)과 지혜가 있을 뿐 아니라, 탁월한 후각을 가지고 있어 인간이 못하는 일을 척척 해 내고 있고, 또한 숯막에서 갓 꺼낸 숯덩이처럼 혐오스럽게 생긴 날짐승 까마귀는 자기를 낳아 준 어미를 잊지 않고 노쇠해진 어미 새에게 먹이를 물어다 주는 반포효(反哺孝)를 하지 않는가?

이런 관점에서 볼 때, 현대를 사는 우리들 사람 가운데는 이런 '짐승만도 못한 사람', 아니 오히려 '짐승에게서 배워야 할 사람'들이 너무나 많다고 아니할 수 없다.

이렇듯 고유어처럼 우리들 일상 생활에서 자주 쓰는 이 '짐승'이라는 낱말의 어원은 어디서 왔으며, 어떤 변화의 과정을 거쳐 오늘에 이르렀을까?

'짐승'이라는 낱말의 어원은 인도에서 중국으로 불교가 전래될 무렵, 불경(佛經)에 출현하는 범어(梵語, Sanskrit) '여러 생을 윤회한다, 여럿이 함께 산다, 많은 연(緣)이 화합하여 비로소 생(生)한다.'는 뜻의 'Sattva'를 중국에서 한자(漢字)로 번역한 한자 의역어(漢子義譯語)(한자가 가지고 있는 훈(訓)으로 번역한 낱말. 한자의 음만 살려 번역한 'Sattva'의 한자 음역어(音譯語)는 '살타(薩埵)'임)인 '중생(衆生)'이다.

이 '중생(衆生)'은 중국의 오경(五經) 중 하나인 『예기(禮記)』, 제의(祭儀)에 '衆生必死 死必歸土(중생필사 사필귀토 ; 살아 있는 모든 생명체는 반드시 죽고, 죽은 다음엔 반드시 땅으로 돌아간다.)'로 출현하는 것이 그 최초다.

이 '중생(衆生)' 한자어가 우리 나라 문헌에 최초로 보이는 것은 『삼국유사(三國遺事, 1285)』, 권 3, 탑상(搭像), '삼소관음 중생사(三所觀音衆生寺)'라는 사찰 이름에서다. 조선 중기 국한문 혼용체 문헌인 『월인석보(月印釋譜, 1459)』, 一, 11에 '숨튼 거슬 다 衆즁生싱이라 ᄒᆞᄂᆞ니라(숨쉬는 것을 모두 衆生이라 하느니라)'로 출현하는데 이때 '衆生'의 당시 전승 조선한자음은 '즁싱'이고, 뜻은 '숨쉬고 있는 모든 생명체'의 뜻이었다.

'중생(衆生)'의 15세기 중기 전승 조선한자음 '즁싱'이 최초의 정음(正音=한글) 문헌인 『용비어천가(龍飛御天歌, 1445)』, 30에서는 '뒤헤는 모딘 즁싱(後有猛獸)(뒤에는 사나운 짐승)'처럼 '수(獸)'의 뜻으로 출현한다. 이 같은 사실로 보아 '즁싱'의 15세기 중기 때의 의미는 '일체의 모든 생명체'의 뜻과 '수(獸)'의 뜻 둘로 쓰였다고 볼 수 있다.

그러다가 이 낱말은 초간본 『두시언해(杜詩諺解, 1481)』, 八, 59에 '새와 즘싱이 굿브렛ᄂᆞ니(鳥獸伏)(새와 짐승이 엎드렸으니)'처럼 '즁싱>즘싱'으로 'ㅇ'음 중복 기피로 인한 자음 이화 현상을 보이면서 형태 변화가 되었고, 의미는 '일체의 모든 생명체'와 '수(獸)'의 두 가지 뜻에서 '수(獸)'의 뜻 하나로 의미가 축소되어 쓰이다가 초간본 『두시언해』,二十, 51에 '즘승 向ᄒᆞ욤 샐리 호ᄆᆞᆯ(向禽急)(짐승 향하는 것을 빨리 함을)'처럼 같은 시기에 모음조화에 의한 동화로 '즘승'으로 변화되었고, 뜻도 날짐승의 뜻인 '금(禽)'의 뜻이 첨가된 낱말로 의미가 확대되어 변화하였다.

이는 다시 『송강가사(松江歌辭, 1747)』, 하, 17에 ‘ᄂᆞᆯ즘승 길즘승 다 雙雙ᄒᆞ다마는(날짐승 길짐승 모두 쌍쌍히 지내건마는)’처럼 ‘ㅇ > ㅇ’의 자형 변화를 보이다가 ‘거츨다[荒]>거칠다, 즞다[吠]>짖다, 슳다[厭]>싫다’처럼 전설모음화 현상으로 다시 ‘짐승’으로 형태 변화하여 오늘에 이르렀다.

이 낱말의 통시태를 다시 정리하여 밝히면, ‘Sattva[生命 輪廻. 群生, 因緣生]>즁ᄉᆡᆼ(衆生)[一切生命體, 獸]>즘ᄉᆡᆼ[獸]>즘승[禽獸]>즘승[禽獸]>짐승[禽獸]’이 된다.

모든 개별언어 속에는 이처럼 또 다른 계통의 개별언어가 새로운 문화와 함께 차용(借用, borrowing, incoming)되었다가 차용한 나라의 음운체계에 맞게 개주(改鑄, adaptation=변형(變形, modification))되어 ‘외국어(外國語, foreign word) → 외래어(外來語, loan word)’ 과정을 거쳐 종국에는 차용한 나라의 어휘체계 속으로 깊숙이 파고 들어가 표준어와 동등한 자격의 귀화어가 되는 것이다.

이와 같이 ‘짐승’이라는 낱말은 고구려 소수림왕 2년(372) 중국을 거쳐 한국에 불교와 함께 불경이 들어올 때, 범어로 기록된 불경이 중국에서 한자로 의역(義譯)되면서 생성된 범어계 중국 한자어 ‘衆生’의 전승 조선 한자음 ‘즁ᄉᆡᆼ’이 복잡한 음운 변화 과정을 거쳐 오늘에 이른 낱말임을 알아야겠다

‘오징어’와 유럽 여행

나는 작년 가을에 칠순 기념으로 아내와 함께 11박 12일 동안 영국, 프랑스, 스위스, 독일, 룩셈부르크, 이탈리아 등 6개국 서부 유럽 여행을 다녀 왔다.

칠순 나이의 여행이라 체력적으로 힘은 좀 들었지만, 마음 속으로 늘 별러 왔던 여행이라 여러 가지 어려움을 모두 이겨내고 무사히 여행을 끝내고 돌아왔다. 여행 중 가장 힘들었던 일은 육체적 피로보다 식사 문제였다. 관광 후 먹는 저녁 식사는 현지 한국인들이 운영하는 식당에서 한식으로 먹기 때문에 별문제가 없었으나, 호텔에서 제공하는 아침 식사와 여행 도중 서양 식당에서 먹는 점심 식사는 주로 빵, 스파게티, 비프 스테이크 등의 서양식이어서 여간한 고통이 아니었다. 송충이는 솔잎만을 먹고 살아야 하듯 역시 한국 사람은 주식인 밥에 식반찬으로 김치나 된장찌개가 끼어 있는 한국 음식을 먹어야 비로소 한 끼의 식사를 한 것 같은 기분이 든다.

그래서 그랬는지는 자세히는 몰라도 여행객 중 전라남도 목포(木浦)에서 왔다는 60대 한 여인은 여행 가이드 처녀가 “서양 사람들은 ‘오징어’ 냄새와 김치 냄새를 제일 싫어하니, 휴대하고 다니지 마시길 바랍니다.” 하고 단단히 주의를 여러 번 주었는데도 불구하고 쥐새끼 고양이 눈치 보듯 여행 가이드 처녀 얼굴을 힐긋힐긋 쳐다보면서 이따금 휴대용 가방에서 문제의 ‘오징어’를 꺼내 우물우물 게걸스럽게 씹어 먹는 것이었다.

아마 모르긴 해도 이 여인은 나처럼 서양식 음식에 질려 한국에서 몰래 가지고 온 한국인들의 기호(嗜好) 건어물로 입맛을 달래는 것 같았다. 하기사 한국 내에서도 '오징어'는 남자들보다는 여자들이 더 좋아해서 극장 같은 대중 집회장에서도 주위 사람들 의식하지 않고 오징어 특유의 고약한 냄새를 풍기면서 먹는 사람은 대부분 남자가 아니고 여자다.

냄새는 상한 생선처럼 짜리꼬리해서 그다지 좋지 않지만, 맛은 찝짤하면서도 고소해서 군것질 감이나 술안주 감으론 괜찮아 남자들에게 전혀 인기가 없는 게 아니고, 그래도 술꾼 남자들에게는 꽤 인기가 높은 편이다.

이렇듯 우리나라 사람들이 즐겨 먹는 '오징어'의 명칭 유래와 그 어원이라고 볼 수 있는 '오적어(烏賊魚)'가 최초로 출현하는 문헌은 8세기초 중국 당(唐)나라 때 서견(徐堅) 등이 지은 귀족 자제들의 작시문용(作詩文用)으로 편찬한 『초학기(初學記)』 남월지(南越志)인 바, 그 내용을 살펴보면 다음과 같다.

> 오적어(烏賊魚)…(중략)…항상 물 위에 떠 있다가 날아가던 까마귀가 죽은 줄 알고 수면으로 내려와 오징어를 쪼아 먹으려고 할 때, 죽은 척하고 있던 오징어는 갑자기 까마귀를 덮쳐 다리로 칭칭 감아 물속으로 끌고 들어가 오히려 까마귀를 잡아먹으므로, '까마귀의 도적'이라는 뜻으로 '오적어(烏賊魚)'라고 한다.(烏賊魚…(중략)…常自浮水上烏見以爲死 便往啄之 乃卷取烏 故謂之烏賊)

또한, '오징어'는 위기 때, 뱃속에서 먹물을 바깥 쪽으로 뿜어 스스로의 정체를 감춘다 해서 '흑어(黑魚), 묵어(墨魚), 오즉(烏鰂)'이라고도 하고, 풍파를 만났을 때는 양 더듬다리를 닻돌처럼 내리기 때문에 '남어(纜魚)'라고도 한다(『본초강목(本草綱目)』, 권 44 참조).

이처럼 중국에서 조어(造語)된 '오적어(烏賊魚)'가 우리 나라 문헌에 최초로 보이는 것은 조선 초기 세조(世祖) 12년(1466)에 출간된 한의학서인 『구급방(救急方)』으로, 그 상권 64에 ‘고해 피 긋디 아니커든 烏ᅙᅩ賊쯕魚ᅌᅥ 뼈를 디허(코에 피가 그치지 않거든 오징어뼈를 찧어)’와 같이 ‘오적어(烏賊魚)’가 조선 초기 세종 29년(1447)에 간행된 한자음 개신서(改新書) 『동국정운(東國正韻)』식 한자음인 ‘烏ᅙᅩ<권 6, 12>, 賊쯕<권 1, 3>, 魚ᅌᅥ<권 6, 39>’로 표기되어 있다(조선 초기 전승 한자음서인 『훈몽자회(訓蒙字會)』에는 ‘烏 가마괴 오<상, 16>, 賊 도ᄌᆨ 적<중, 4>, 魚 고기 어<하, 3>’로 출현함.).

이는 다시 중종(中宗) 12년에 출간된 운서(韻書) 『사성통해(四聲通解)』 하, 60에 ‘오즈ᇰ어’로 출현한다. ‘ᅙᅩ(烏)’자가 조선 초기 전승 한자음 ‘오’로 바뀌었고, ‘쯕(賊)’(『동국정운』에서의 ‘ㅉ’은 경음이 아니고 유성음임)의 ‘ㄱ’이 ‘ᅌᅥ(魚)’(『동국정운』에서 종성의 꼭지 없는 ‘ㅇ’은 음가 없는 형식적인 부호임)’의 성모(聲母)인 비자음(鼻子音) ‘ㆁ’의 영향으로 ‘빅ᅌᅥ(白魚) > 빙어 > 뱅어 ’처럼 역행동화, 완전동화 현상을 일으켜 ‘ㆁ’으로 변화하여 ‘즈ᇰ’이 되었다.

이는 또다시 임진란 이후 ‘ㆁ > ㅇ’의 자형(字形) 변화로 ‘오증어’(『동의보감(東醫寶鑑)』 탕액(湯液), 2)가 되었다가 ‘슳다[厭]>싫다, 즞다[吠]>짖다, 거츨다[荒]>거칠다’처럼 전설모음화 현상으로 ‘증>징’이 되어 오늘날 ‘오징어’로 한자음의 일부가 국어의 음운체계에로 동화 · 토착화되고 변형(變形, modification)되어 귀화어되었다.

이를 다시 정리하여 그 통시태를 밝히면, ‘ᅙᅩ쯕ᅌᅥ(烏賊魚)>오즈ᇰ어>오즈ᇰ어>오증어>오징어’가 된다.

'담배'를 끊다

나는 2003년 연초에 45년 넘게 피워 왔던 담배를 과감하게 끊는 데 성공했다.

내가 나를 생각해 보아도 기적 같은 일을 해낸 내 자신이 한 편으론 대견스럽기도 하고, 한 편으론 자랑스럽기까지 하다.

내가 담배를 피우기 시작한 것은 대학에 입학하면서부터가 아닌가 한다. 문필가를 꿈꾸면서 대학에 입학한 나는 입학하자마자 문학에 뜻을 둔 학생들을 모아 '청탑문우회'라는 이름의 문학 동아리를 결성하는 데 앞장을 서기도 했었다. 문학 청년이었던 나는 수업이 없는 날에는 예외없이 시집이나 소설집을 옆구리에 끼고 서울 명동 한복판에 있었던 공초(空超) 오상순(吳相淳) 시인의 단골 다방 '청동(青銅) 다방'과 당시 젊은이들의 인기 만점의 공간이었던 음악 감상실 '돌체'를 내 집 드나들듯 하였었다.

하루에 20갑 정도 피우는 공초 선생의 담배 피우는 모습이나 음악 감상실에서 담배를 꼬나 물고 눈을 지긋이 감은 채 음악 감상하는 젊은이들의 모습이 내겐 너무나 멋지게 각인(刻印)되었었다.

이렇듯 나는 나에게 깊숙이 각인된 '담배 피우는 멋진 모습' 때문에 담배를 피우게 되었으나, 담배 연기가 목구멍으로 깊이 들어 가는 것이 싫어 입안에 잠시 머무르게 했다가는 그냥 내뱉는 이른바 '뻐끔 담배'였다.

내가 피우는 담배 스타일은 이처럼 '뻐끔 담배'이었는데도 불구하고, 20

여년 전부터 간헐적(間歇的)으로 강의할 때, 잔기침을 해서 '이젠 정말 담배를 끊어야 되겠다.'고 결심한 지 20여년만의 일이다.

내가 담배를 끊었다는 말을 들은 친구들은 경이(驚異)와 의아(疑訝)의 눈으로 나를 쳐다보면서,

"자네 정말 담배를 끊었단 말야? 작심 삼일(作心三日)하지 말게나."

하고, 감탄인지 충고인지 모를 말을 툭 내뱉는 것이었다. 그렇다. 담배 끊기란 여간 어려운 일이 아니어서, 나는 작심을 하고도 삼일을 넘기지 못한 실패를 대여섯 차례 반복한 경험이 있다. 그 중에서 '담배 끊기' 실패담 두 건을 들어 보면 다음과 같다.

첫 번째 실패담은 이렇다. 나는 대학 교수가 되기 전 약 15년간 고등학교 교사 생활을 했었다. 그 중 절반 약간 넘는 세월을 미션 스쿨인 K여고와 D고등학교에서 보냈다. K여고는 감리교계 미션스쿨이어서 교사들의 주초(酒草)가 큰 문제가 되지 않았지만, D고등학교는 예수 장로교계 미션스쿨이어서 교사들의 주초를 엄격하게 규제하였다. K여고를 그만두고 D고등학교로 직장을 옮길 때 D고등학교 교장선생님과의 면담에서 나는 '술은 조금 마시지만, 담배는 전혀 피우지 않는다.'고 거짓말을 했었다. 나는 내가 한 말에 대해서 책임을 지기 위해 그날로 담배를 끊기로 결심했었다. 한 삼일간은 잘 인내한 것 같았다. 그러나, 이러한 나의 근신(謹愼)은 사흘이 되는 날 여지없이 무산(霧散)되고 말았다. 책을 보다가 재떨이 속에 반쯤 피우다 남은 꽁초를 뒤져 그만 입에 물어 버린 것이었다. 이렇게 해서 '담배 끊기' 첫 번째 시도는 보기 좋게 실패로 돌아갔다.

두 번째 실패담은 이렇다. 내가 담배 끊기를 결심하고 제일 오래 버틴 것은 15년 전 미국 미시간 대학교 교환 교수로 있을 때인 것 같다. 당시 미국에서의 담배 값이 우리 나라보다 0.5배 정도 비쌌고, 약을 먹는데도 혈당치(나는 그때 당뇨병이 발병한 지 2년쯤 되었었다.)가 내려 가지 않아 미국 생활한 지 한 달쯤 되었을 때, '담배값도 비싸고 혈당치도 내려 가지

않으니, 차제에 담배를 완전히 끊자.'고 결심하고 이내 실천으로 들어갔다. 금연한 지 3일을 무사히 지내고, 1주일을 지내고, 1달을 지내면서 이제는 성공하는 듯싶었다.

이러구러 금연한 지 3개월째, '완전 성공이로구나.'하고 생각할 즈음, 나는 고학년 학부생과 대학원생을 대상으로 한 『중세국어문법론』을 집필하려고 펜을 잡았었다. 그러나 이상하게도 펜 끝이 전혀 움직이지 않았다. 답답한 일이었다. 무엇인가 잃어버린 것만 같아 허전하고 입안이 궁금했다. 곰곰이 생각해 보았다. 이유는 간단했다. 한국에서 글을 쓸 때 연실 담배를 피우면서 썼던 생활 습관의 급격한 변화로 펜 끝이 나가지 않았던 것이다.

담배를 다시 입에 물어 보았다. 펜대를 잡고 있는 손이 막힘없이 일사천리(一瀉千里) 매끄럽게 움직이기 시작했다.

이렇게 해서 나는 15년 전에 3개월 동안 금연했다가는 또 실패를 했었다. 그랬던 내가 2003년 1월 1일부로 금연을 시작해서 지금까지 만 3년 넘게 금연에 성공한 것은 참으로 기적 같은 일이 아닐 수 없다. 내가 이렇게 금연에 성공할 수 있었던 것은 나에게 무슨 금연의 묘책이 있어서가 아니었고, 연전(年前)에 우리에게 늘 신선한 웃음과 즐거움을 선사했던 한 코메디언이 담배로 인해 폐암에 걸려 희극적 웃음이 비극적 울음으로 바뀐 것에 너무나 큰 충격을 받은 것이 결정적 역할을 했다고 볼 수 있다.

담배에 들어 있는 니코틴, 노르니코틴, 단백질 등의 질소 함유물이 연소할 때, 생성되는 질소화합물과 탄화수소물은 발암 성분이 있어 담배는 인체에 백해 무익한 독약과도 같은 것이다.

이렇듯 우리 인체에 무서운 해독을 끼치는 담배는 언제 우리 나라에 전래되었으며, 그 '담배'라는 낱말의 어원(語源)은 어떠한가?

담배의 원산지는 남아메리카 중앙부 고원 지대이며, 1558년 스페인 왕 필립 2세가 원산지에서 종자를 가져 와 관상용과 약용으로 재배하게 되면서부터 유럽에 전파되었다.

우리 나라에 담배가 전래된 것은 광해군 6년(1614) 이수광(李睟光)이 편찬한 『지봉유설(芝峯類說)』권 19, 식물부(食物部)에 '담파고는 풀 이름으로 또한 남녕초라 하기도 하고, 최근 왜국에서 난다. (淡婆姑 草名亦號南寧草 近歲始出倭國)'라고 기록되어 있는 사실로 미루어 보아 유럽에서 일본으로 전파되었다가 다시 일본을 통해 우리 나라에 들어왔음이 확실하다.

여기서 '담파고(淡婆姑)'는 폴투갈어 '터배커(tobacco)'가 일본으로 전래되어 '다바코(タバコ[tabako])'로 발음되던 것의 한자음역어(일종의 가차식 표기)이며(『광재물보(廣才物譜)』에 '담파고(淡巴姑), 담마고(淡痲姑), 담파(淡巴)'는 모두 '담파고(淡婆姑)'의 이형태이며, 경상도 지방에서 불려지고 있는 <담바귀 타령>의 '담바귀'도 이형태임), 이 낱말은 '담파(淡巴)'의 2음절의 낱말로 변형되었다가 다시 '담바(『동언고략(東言考略)』)로 평자음화되었된 후' '담ᄇᆡ(『동문유해(同文類解)』상, 61)'가 되고, 다시 오늘날 '담배'로 변형되어 고유어와 동격의 귀화어가 되었다.

어원인 '터배커(tobacco)'에 비자음(鼻子音) 'ㅁ[m]'이 없었는데 '담배'로 귀화되면서 'ㅁ[m]'이 발생한 것은 '터배커(tobacco)>다바코(タバコ[tabako])'를 한자음역어로 바꿀 때, '담파고(淡婆姑)'의 '담(淡)' 자를 취했기 때문이다.

이를 다시 정리하여 '담배'의 통시태를 밝히면, '터배커(tobacco)>다바코(タバコ[tabako]>담파고(淡婆姑)>담파(淡巴)>담ᄇᆡ>담배'가 된다.

한번 인이 박히면, 아편보다 더 끊기 어렵다는 담배도 강한 의지력 앞에는 보잘것없는 존재임을 나는 내 경험을 통해 확실히 알게 되었다.

'강낭콩'꽃보다도 더 푸른

> 거룩한 분노는/종교보다도 깊고/불붙는 정열은/사랑보다도 강하다/아, 강낭콩꽃보다 더 푸른/그 물결 위에/양귀비꽃보다도 더 붉은/그 마음 흘러라

위의 시는 1924년 8월 22일에 출간된 수주(樹州) 변영로(卞榮魯)의 시집 『조선(朝鮮)의 마음』에 수록된 전 3연의 <논개(論介)> 중 제1연이다. 임진왜란 때 촉석루에서 술취한 왜장 케다니(毛谷六助)를 껴안고 남강(南江)에 투신한 진주(晉州) 기생 논개의 불타는 애국적 정열을 푸른색의 '강낭콩꽃'과 대비 · 대조시킨 양귀비꽃의 붉은색 이미지로 반복시켜 노래하고 있다.

이 시의 푸른색 이미지로 등장된 시적 제재(題材)인 '강낭콩꽃'의 '강낭콩'의 어원은 무엇이며, 또한 '강낭콩꽃'의 빛깔은 과연 푸른색일까?

단도직입적으로 말해서 '강낭콩'이라는 낱말에서의 '강낭'은 중국 장강(長江=揚子江) 남쪽 지방이라는 의미의 한자어 '강남(江南)'이 고유어 '콩'과 혼종어(混種語)적 합성어를 이루면서'삼키다[呑]'가 '상키다→생키다'로 발음되는 현상과 똑같이 동화주 'ㅋ'의 영향으로 '남'의 'ㅁ'이 연구개음으로 동화되어 'ㅇ'이 된 것이다('삼기다[誕生, 發生]>상기다>생기다'로 음운 변화되는 현상도 이와 동일한 현상임).

그렇다면, '강낭콩'의 원말인 '강남콩'이라는 낱말이 최초로 출현하는 문헌은 어떤 문헌이며, 또한 '강남콩'이라고 부르게 된 이유는 무엇이었을까? 그리고 '강낭콩꽃'은 과연 푸른색일까?

이에 대한 그 의문점을 하나하나 풀어 보면 다음과 같다.

우리나라에서 '강남콩'이라는 낱말이 최초로 출현하는 문헌은 중종(中宗) 12년(1517) 역관(譯官) 최세진(崔世珍)이 지은 한자 자전『훈몽자회(訓蒙字會)』로, 상권 13에 '豌 출콩 완 一云 강낭콩 완'이라고 기록되어 있다(완두(豌豆)는 학명이 'pisum sativum'이며 '변두(藊豆)'인 '강낭콩'은 학명이 'phaseolus vulgaris'로 각기 다른 종류의 콩인데 이 문헌에선 같은 종류의 콩으로 잘못 취급하고 있다.).

1590년 명(明)나라 이시진(李時珍)이 지은 '흙, 옥, 돌, 초목, 금수(禽獸), 충어(蟲魚)' 등 1,892종의 사물을 해설한 본초학(本草學) 연구서인『본초강목(本草綱目)』권 24, 12쪽에 '변두(藊豆), 연리두(沿籬豆), 아미두(蛾眉豆), 작두(鵲豆)' 등으로 출현하고 있는 이 콩을 어떤 이유에서 '강남콩'이라고 부르게 되었을까?

『성경통지(盛京通志)』에 강낭콩이 중국 장강 남쪽 운남(雲南) 지방에서는 '운두(雲豆)'라고도 한다는 기록이 있는 사실로 보아(『한국민족문화 대백과사전(한국정신문화연구원, 1991)』권 1, 392쪽 참조), 이 콩은 16세기 콜럼버스가 신대륙을 발견한 이후 옥수수와 함께 남미에서 중국 운남 지방으로 들어갔다가 우리나라와 일본으로 전파된 것으로 추정된다.

따라서. 이 콩이 우리나라에서 최초로 '강남콩'으로 불려지게 된 것은 이러한 이유에서라고 생각되며, 우리나라에 수입된 시기도 이때를 전후한 시기가 아닌가 생각된다.

끝으로, 이 글 모두(冒頭)에 인용된 시에서 변영로 시인은 '강낭콩꽃'의 색깔을 푸른색으로 보았는데 이는 큰 오류라고 생각된다. 왜냐하면, 위의『본초강목』권 24, 12쪽에 '강낭콩꽃'에 대한 기록을 보면, '큰 잎에 가는 꽃이 피는데 그 꽃의 빛깔은 홍색과 백색의 두 종류이다(大葉細花 花有紅白二色)'라고 기록되어 있고, 또한『한국민족문화 대백과사전』권 1, 392쪽에는 '잎겨드랑이에서 꽃송이가 나와서 백색, 자색, 홍색 등의 꽃이 달리는데……'라고 기록되어 있는 것으로 보아, 강낭콩의 줄기나 잎은 푸른 초록색이지만, '강낭콩꽃'의 색깔은 홍색(또는 자색)과 백색의 두어 가지 색을 띠고 있음이 확실하다.

글을 쓰는 사람들은 모름지기 어떤 시적 대상을 제재화해서 작품을 쓸 때, 그 시적 대상에 대해서 철저한 연구와 고증을 해야만 한다.

인구(人口)에 회자(膾炙)되는 이 명시(名詩)가 두견이와 소쩍새를 동일시한 우리나라의 수많은 작품처럼 어처구니없는 오류를 범한 작품이라니 참으로 안타깝기 그지없다.

'숭늉'의 맛

나는 식후에 따끈한 숭늉 마시는 것을 무척이나 좋아한다. 그래야 제대로 밥 먹은 것 같고, 입안이 개운하다.

이 같은 기분은 아마 모르긴 해도 나와 나이가 같거나, 비슷한 연령층의 사람들도 마찬가지일 것이라 생각된다. 왜냐 하면, 전기 밥솥이 실용화되기 전에는 나나 이들은 부엌 부뚜막에 얹혀져 있는 무쇠솥이나 양은솥에 지어진 밥을 먹고 지냈던 세대들이기 때문이다.

솥에 담겨진 쌀에다 일정량의 물을 붓고 아궁이에 불을 지펴 섭씨 100도 이상으로 가열하여 솥바닥에 수분이 없어질 때까지 끓이고, 수분이 다 없어진 다음에는 섭씨 220~250도의 온도로 3, 4분 뜸을 들이는 과정에서 쌀에서 갈변(褐變)이 일어나고, 갈변한 누룽지 부분에서는 전분이 분해되어 포도당과 구수한 냄새의 성분이 발생하게 된다. 이때 솥뚜껑을 열고 밥을 푼 다음 솥바닥에 누러붙은 누룽지 위에 물을 붓고 약간의 열을 가하면, 비로소 구수한 숭늉이 탄생하게 되는 것이다.

같은 쌀 문화권에 드는 중국이나 일본의 경우는 우리 나라처럼 '식후의 숭늉' 풍습이 없고, '식후의 차' 풍습이 발달했는데, 이 같은 이유는 중국과는 밥 짓는 방법의 차이, 일본과는 온돌 생활 방식과 다다미 생활 방식의 차이에서 왔다고 볼 수 있다.

중국에서의 밥 짓기란 쌀이 들어 있는 밥솥에 물을 많이 부은 다음, 열을 가해 솥의 물이 끓어 오르면 물을 퍼 내고 약한 불로 뜸을 들이거나, 다시 찌기 때문에 숭늉이 발달하지 못했고, 일본은 밥 짓는 방법은 우리 나라와 같으나, 부엌 구조가 우리 나라는 부뚜막 아궁이와 온돌이 연결되어 있고, 또 밥솥이 부뚜막에 고착(固着)되어 있어 솥을 씻으려면 솥바닥에 누러 붙어 있는 누룽지를 물에 불려 자연스럽게 숭늉을 만드나, 일본은 부엌 구조가 우리 나라하고 달라 부뚜막이 없고 밥솥이 일정한 장소에 고착되어 있지 않아 자연 발생적으로 숭늉이 나올 수 없는 것이다.

그러나, 우리 나라의 주거 문화가 점차적으로 단독 주택에서 아파트로 바뀌면서 무쇠솥이나 양은솥이 사라지고 대신 전기 밥솥이 생겨나 우리의 식문화는 어느 새 '식후 숭늉'의 생활 풍습에서 '식후 커피나 차'로 바뀌어 가고 있다.

이러한 주거 문화의 변화로 우리는 겨울에 이불을 뒤집어쓰고 독서할 따끈한 아랫목도 잃어버렸으며, 구수한 할머니의 노변(爐邊) 옛날 이야기를 들을 수 있는 기회도 잃어버렸다. 참으로 서글픈 일이 아닐 수 없다.

나는 마누라 때문에 어쩔 수 없이 마지못해 성냥갑 같은 아파트에서 한 십년쯤 살고 있지만, 아파트가 싫다. 왜냐 하면, 아파트는 생활하기가 편리한 점이 조금 있기는 하지만, 내게서 너무나 많은 것을 빼앗아 갔기 때문이다. 그 중 대표적인 것이 구수한 '식후의 숭늉'이다.

이따금 나는 누른밥이 들어 있는 숭늉을 먹기 위해서 체면 무릅쓰고 마누라한테 전기 밥솥에다 밥을 짓지 말고 스텐 압력 밥솥에다 밥을 지으라고 갖은 아양(?)을 떨거나 명령(?)을 해서 '식후의 숭늉' 으로 갈증(渴症)을 풀기도 하고, 어쩌다가 외식할 양이면 예외없이 '식후의 숭늉'을 내놓는 음식점으로 가서 이 같은 기호(嗜好)의 욕구를 채우기도 한다. 이처럼 나는 '식후의 숭늉'을 좋아한다.

'숭늉'이라는 낱말은 우리 나라에서 조자(造字)한 한자어로 '숙랭(熟冷)(『성종실록』 222, 19년 11월조)', '취탕(炊湯)(『동의보감』 탕액편, 1)', '반탕(飯湯)(『명종

실록』 11, 6년 6월조)' 등으로 쓰여 왔다.

이 세 한자어 가운데 '숙랭(熟冷)'이 복잡한 음운변화를 일으켜 오늘날의 '숭늉'으로 귀화어가 되었는데, 이 한자어는 조선조 성종(成宗) 20년(1489)에 간행된 한의학서 『구급간이방(救急簡易方)』권 2, 107에 '溫漿 ᄃᆞᄉᆞᆫ 슉ᄅᆡᇰ(따뜻한 좁쌀 미음)'에서 보듯 '따뜻한 미음'의 뜻으로 처음 출현했다.

이는 다시 광해군 5년(1613) 『동의보감(東醫寶鑑)』, 탕액편, 1에 '炊湯 무근 슉ᄂᆡᇰ믈(묵은 숭늉물)'에서 보듯 '슉ᄅᆡᇰ(熟冷)>슉ᄂᆡᇰ'으로 음운 변화되면서 오늘날의 '식후에 마시는 물'인 '숭늉'의 뜻으로 의미 변화되었다. 조선 현종(顯宗) 말기 때 한의학서인 『두창경험방(痘瘡經驗方)』 20에서는 '슉ᄂᆡᇰ>슝ᄂᆡᆼ'으로 'ㆁ > ㅇ'의 자형 변화와 동화주 'ㄴ'의 영향으로 'ㄱ > ㅇ'의 자음 역행 동화에 의한 비자음화 현상을 보이고 있다가, 숙종 12년(1690)에 간행된 『역어유해(譯語類解)』상, 49에서는 '슝ᄂᆡᆼ>슝농'처럼 'ㆎ > ㅗ'로 변화되었고, 이는 다시 오늘날 '슝농>숭늉'으로 모음조화에 의한 동화와 '슝>숭'의 단모음화를 보이면서 귀화어 · 표준어가 되었다.

이를 다시 정리하여 그 통시태를 밝히면, '슉ᄅᆡᇰ(熟冷)>슉ᄂᆡᇰ>슝ᄂᆡᇰ>슝ᄂᆡᆼ>슝농>숭늉'이 된다.

숭늉의 맛, 그것은 향수어린 한국 전통의 맛이요, 잊어버릴래야 잊어버릴 수 없는 내가 사랑하고 좋아하는 맛이다.

'설렁탕'에 대하여

나는 사시사철을 가리지 않고 우리나라 특유의 음식인 설렁탕을 즐겨 먹는다. 사시사철 중 특히 겨울철에 먹는 설렁탕을 더 좋아한다.

쇠머리, 쇠다리, 사골, 도가니, 사태, 양지머리, 내장 등을 토막내어 1시간 정도 물에 담가 핏물을 뺀 다음, 다시 누린내를 없애기 위해 파, 마늘, 생강과 함께 가마솥에 넣고 10여 시간 거품을 걷어내면서 푹 고면, 국물에 살코기와 뼈의 가용 성분이 우러나서 국물이 유백색의 골로이드성(性) 용액 상태를 이루면서 살코기만을 곤 국과는 다른 독특한 맛이 난다.

이때 도중에 찬물을 부으면, 누린내가 나고 맛이 없어지기 때문에 국물이 졸아들 때는 반드시 끓인 물을 넣어야 한다. 10시간 정도 끓인 다음 불을 끄고 고기류를 넣어 국물이 뽀얗게 될 때까지 다시 끓인 후 뼈와 파는 건져내고 살과 내장을 먹기 좋게 썰어서 국에 넣고 흐물물하게 될 때까지 푹 끓인다. 삶아진 쇠머리, 쇠혀, 쇠다리 등은 따로 건져서 편육으로 썰어 먹기도 하고, 뚝배기에 탕국을 담고 편육을 넣고 고추 양념과 소금으로 간을 맞추면서 송송 썬 파와 후춧가루를 타서 밥을 국물에 말아 먹는다.

국물에다 깍두기를 덩어리째 넣었다가 젓가락이나 숟가락으로 건져내어 입으로 듬성듬성 베어 먹으면 그 맛이 일품이다. 게다가 이 설렁탕 국물과 건더기를 안주 삼아 소주 한 잔 기울이면 그 맛이 진수성찬(珍羞盛饌) 저리 가라다. 특히 설렁탕은 한겨울에 따끈한 국물을 호호 입으로 불어 가면서 먹어야 제격이다. 그리하여 이마에 땀방울이 송송 맺히게 되면, 어느새 등마루에 촉촉이 땀이 배어 추위에 잔뜩 얼었던 몸이 스르르 풀린다.

내가 언제부터 '설렁탕'을 좋아했는지는 자세히 알 수 없으나, 아마 모르긴 해도 해장국(←解酲-)으로 더 유명한 서울 한복판인 종로구 청진동(淸進洞; 조선조 한성부(漢城府)의 5부의 하나인 '징청방(澄淸坊)'과 '수진방(壽進坊)'에서 한 자씩 따서 1914년 淸進洞이라 했고, 나는 이 동네 49번지에서 출생해서 만 5살 때까지 살다가 다른 곳으로 이주했다.)에서 살 때부터가 아닌가 한다. 지금도 어렴풋이 생각나는 것은 이따금 아버지께선 동트기 전 새벽에 설렁탕 국물을 받으러 나가셨다가는 수염이 잔뜩 허옇게 얼어붙은 모습으로 김이 모락모락 나는 설렁탕 국물을 냄비에다 받아 가지고 들어오셨던 모습이다. 당시는 모든 물자가 궁했던 일제 시대라, 이 하찮은 설렁탕 국물을 사는 데도 줄을 서서 한참을 기다려야 했던 것 같았다. 이 같은 사실로 보아, '설렁탕'은 우리나라 사람들한테 꽤는 인기 있는 기호(嗜好) 음식인 것 같다.

우리나라에서 '설렁탕'이라는 음식을 언제부터 먹기 시작했으며, 또 그 어원을 알 수 있는 기록은 전혀 없다.

현용 남북한 국어사전에 올라 있는 '설렁탕'에 관한 올림말을 살펴보면 다음과 같다.

1) 설렁탕(←先農湯) (『새 우리말 큰 사전』(신기철 · 신용철 편저, 1980))

2) 설렁탕(一湯) '설농탕(雪濃湯)'은 취음. (『국어 대사전』(이희승 편저, 1981))

3) 설렁탕(一蕩) (한) 설농탕(-蕩)(『우리말 큰 사전』(한글학회 편, 1992)

4) 설렁탕(一湯) (『국어 대사전』(은평어문연구소 편, 1999))

5) 설렁탕 (『조선말 대사전』(사회과학원 언어연구소 편, 1992))

6) 설렁탕(一湯) (『조선말 사전』(과학원 출판사 편, 1990))

7) 설렁탕(『조선말 대사전』(사회과학원 언어연구소 편,1992))
8) 설렁탕(−湯)(『조선말 사전』(과학원 출판사, 1990))

위에 열거한 것과 같이 1920년 조선총독부에서 발행한 『조선어사전』에서만 올림말이 '설넝탕(湯)'으로 올라 있고, 나머지는 남한이나 북한 공히 '설렁탕'으로 올라 있다. 또한 위의 『새 우리말 큰 사전』에서는 이 낱말의 어원을 '조선 때 매년 경칩(驚蟄) 뒤 첫 해일(亥日)에 그 해의 풍년을 빌기 위해 서울 동대문 밖 보제원(普濟院) 동동(東洞)에 있었던 선농단(先農壇)에서 농신(農神)인 신농씨(神農氏)와 후직씨(后稷氏)를 제사 지내고 나서 쇠고기로 국을 끓여 구경 나온 60세 이상의 노인을 불러 먹였던(『한국 민족문화 대백과사전(한국 정신문화 연구원, 1991)』 참조) 데서 왔다.'고 하는 민간어원설에 근거하여 '선농탕(先農湯)'으로 잡고 있다(이에 동조하는 학설을 피력한 분은 서강화(1983년 5월 28일자 조선일보),이규태(1983년 6월 7일자 조선일보)임).

그러나 나머지 다른 남북한 국어사전에서는 '설렁'의 어원을 밝히지 못한 채 '설렁탕(−湯)'으로만 올려져 있다.

이에 나는 고송무가 『한글 새소식』 138호(1984)에 <설렁탕에 대하여>라는 글에서 '설렁탕'이라는 낱말은 몽고어에서 '쌀, 채소, 생선, 고기 등을 끓여 달인 탕류의 음식'의 뜻인 'silü(n)>söl'에 한자어 '탕(湯)'과 혼종어(hybrid)적 합성어를 이루면서 의미가 축소되어 '푹 삶아 끓인 고깃국'의 뜻으로 귀화어가 되었다고 보는 견해에 동조하는 바이다.

설렁탕, 이 음식은 나에게 있어 아버지를 생각나게 하는 향수(鄕愁)어린 음식이다.

'가게' 기둥에 立春

정확한 간행 연대와 편자를 알 수 없는 조선조 때 한문 속담집인 『동언해(東言解)』에 '가게 기둥에 입춘(假家柱立春)'이라는 속담이 수록되어 있다.

이 속담의 뜻은 '입춘 날 집 주련(柱聯)에 '입춘대길(立春大吉)'처럼 한 해의 복을 기원하는 내용의 글귀를 붓으로 써 붙이는 것은 고대 광실(高臺廣室)의 큰 집에나 걸맞는 것이요, 가게처럼 허름한 집에는 걸맞지 않는다.'는 뜻으로, 다시 말하면 제격에 어울리지 않는 행위나 상황, 또는 분수에 넘치는 어쭙지않은 행위나 상황을 풍유하여 이를 때 쓰는 말이다. '개발에 놋대갈'이니, '거적문에 돌쩌귀'니, '사모에 갓끈'이니 하는 속담은 이와 같은 뜻의 속담이다.

사실 우리 인생 세간(人生世間)에는 이처럼 일반 정상인의 비위를 건드리고 속을 메스껍게 하는 비정상의 일들이 너무나 많다.

학력으로 보나, 경력으로 보나, 아니면 인품으로 보나, 도저히 그 자리에 앉을 수 없는, 아니 앉아서는 안 될 자가 얼굴에 철가면을 뒤집어쓰고나 몰라라 시치미를 떼고 천연덕스럽게 앉아 있는 자의 행위나 상황이 바로 그것이요, 귀동냥(←動鈴) 눈동냥의 한 홉밖에 안 되는 지식을 말[斗]로 과시하려는 사이비(似而非) 학자나 문필가의 행위나 상황이 바로 그것이요, 없었던 사실을 있었던 일로 억지로 꾸며서 명함에다 엉터리 경력을 빼곡이 써 넣고 자기 확대증 환자처럼 헤집고 다니는 행위나 상황이 그것이요, 남의 논문이나 싯구를 표절(剽竊)해서 마치 자기의 독창적인 이론이나 작품인 것처럼 허풍을 떨고 다니는 자의 행위나 상황이 바로 그것이다.

원래 '가게'라는 낱말은 우리나라에서 조자(造字)한 한자어 '가가(假家)'에서 변형된 귀화어이다. 이 '가가(假家)'가 보이는 우리나라 문헌으로는 위의 『동언해』 외에 조선 영조(英祖) 22년(1746) 조선 초기의 법전인 『경국대전(經國大典)』 이후의 교령(敎令)과 조례(條例)를 모아 편찬한 책인 『속대전(續大典)』에 '쇠털을 삶아 취하기 위해 만든 가게(牛毛煮取假家)'가 출현하고, 또 조선 순조(純祖) 8년(1808) 왕이 정무를 총람(總攬)할 때, 옆에 두고 참고하기 위해 만든 책인 『만기요람(萬機要覽)』에 '억울한 일의 소송의 순서를 어긴 자, 순라(巡邏)를 돌지 않고 가게에서 잠을 잔 자는 함께 중한 곤장을 치고 명부에서 삭제한다.(寃枉訴告不爲竢次者 不勤巡邏寢睡假家者 並從重決棍或除案)'가 출현한다.

이 '가가(假家)'가 언제부터 '임시로 지은 가건물(假建物)'의 뜻에서 '길가나 장터 같은 데서 물건을 파는 노점(露店)'의 뜻과 '일정한 붙박이 건물에서 물건을 사고 파는 전방(廛房), 전한(廛閒), 점방(店房), 상점(商店)'의 뜻으로 의미가 변했는지는 확실히 알 수 없다.

이 낱말은 조선 중종(中宗) 12년(1517)에 출간된 한자음 운서(韻書)인 『사성통해(四聲通解)』, 하, 59에 '가개는 또한 평방이라 이른다(가개亦曰平房)'라고 기록된 사실로 미루어 이때를 전후해서 종로 네거리에 설치되었던 상설 시장의 상점인 시전(市廛)보다는 작고 육주비전(六注比廛)에서 파는 물건을 집에서 파는 재가(在家)보다는 규모가 조금 큰 '방(房)'의 뜻으로 의미가 확대되어 쓰인 것 같다.

또한 이 한자어 '가가(假家)'의 조선 초기 전승한자음은 오늘날의 한자음과 같다(조선초기 전승한자음서인 『훈몽자회(訓蒙字會)』 하, 22와 중, 4에 각각 '假 빌 가, 家 집 가'로 출현함). 그런데 위의 『사성통해』에 '가가(假

家)'가 '가개'로 자생적 음운변화를 일으키면서 변형되었다가 다시 모음 이화 현상을 일으키면서 '가게'로 변형되어 귀화어가 되었다. 이 '가게'는 다시 '구멍[穴]'과 합성어가 되어 한때 '구멍처럼 작고 우중충한 소규모의 상점'이라는 뜻의 '구멍가게'라고 불리면서 서민층의 사랑을 받아 왔었다. 그러나 오늘날 대형 할인 매점에 밀려나 단독 주택가에서나 그나마 겨우 가물에 콩나기식으로 그 명맥을 유지하고 있을 뿐, 아파트촌에서는 단독 주택가에 있는 '구멍가게'보다는 그 규모가 조금 큰 '슈퍼마켓'이니, '마트'니, '편의점'이니 하는 외래어와 신조어의 상점으로 변했다.

물질 문명의 발달은 우리의 생활 패턴을 바꾸고, 동시에 그 주변의 모습들을 너무 많이 변화시켰다. 아직도 나는 '슈퍼 마켓'이니, '편의점'이니 하는 말보다는 '구멍가게'라는 낱말을 더 사랑한다. 왜냐 하면, '구멍가게'라는 낱말 속에는 서민 계층의 사람들의 애환(哀歡)이 깃들어 있는 낱말이기 때문이다.

이 낱말의 통시태를 다시 정리하여 밝히면 다음과 같다.

'가가(假家)[假建物, 露店]>가개[平房, 廛房, 廛閂, 店房]>가게[商店, 슈퍼마켓, 마트, 편의점]'이 된다.

'고약'한 날씨

우리나라 속담에 '춘삼월 추위에 장독 깨진다.', 또는 '꽃샘 잎샘에 반늙은 이 얼어 죽는다.'라는 우리나라 봄 날씨의 '고약함'을 비유한 속담이 있다.

전자의 춘삼월은 음력 3월을 뜻하는 말로 양력으로 따지면 4월에 해당되며, 후자의 꽃샘과 잎샘 추위도 한겨울 동안 추위에 앙상하게 떨고 있던 나무에 비로소 푸릇푸릇 새 잎이 나기 시작하고, 봄의 전령사인 매화, 목련꽃, 진달래, 개나리 등이 비로소 꽃봉오리를 터뜨리는 4월을 전후한 무렵인 것이다.

사실 지구상에서 우리나라처럼 봄, 여름, 가을, 겨울의 네 계절이 분명하게 나뉘어져 각기 계절마다의 특색을 지니고 있으면서 아름다운 자연의 경관을 보여 주고 있는 나라도 그리 흔치 않다.

세계 무전 여행가 고 김찬삼(金燦三) 교수가 세계 여행을 끝내고 나서 국내를 골골샅샅 여행한 적이 있는데, 그 때 김교수가 말한 다음과 같은 말이 내 머릿속에 각인(刻印)되어 잊혀지지 않고 있다.

"세계 여러 나라를 두루 다 다녀 보았지만, 우리나라의 산하(山河)처럼 사시사철의 특색을 보이면서 아기자기한 자연의 아름다움을 간직한 나라는 없었습니다."

나도 고 김찬삼 교수가 여행한 것만큼 많은 나라를 다녀 보지는 않았지만, 미 대륙, 유럽 대륙, 중국 대륙 등 꽤 많은 나라를 여행한 편이어서 고

김교수의 말에 전적으로 공감하는 바이다. 지난 88올림픽 때나 2002 한 · 일 월드컵 축구 대회 때, 우리나라를 방문한 세계 각국 사람들이 '한국은 전 국토가 공원이로구나!' 하고 감탄했었다는 일화는 무엇을 의미하는 것이겠는가? 애국가 가사에 나오는 '삼천리 금수강산(錦繡江山)' 바로 그것이 아니겠는가?

봄에는 붉노란 진달래, 개나리로 수놓은 불당(佛堂)의 금강전(金剛殿) 같아 금강산(金剛山), 여름에는 무성한 갈매 숲으로 하늘을 덮고 앞을 가린 신선이 산다는 산 같아 봉래산(蓬萊山), 가을엔 만산이 단풍으로 물들어 쥐어짜면 금방 진주홍 물이 주르륵 흘러 내릴 것 같아 풍악산(楓嶽山), 겨울에는 흰눈이 옷 벗은 나뭇가지에 눈꽃을 피우고 일만 이천 봉 봉우리 봉우리마다 설의(雪衣)를 입혀 온 산이 백골 같아 개골산(皆骨山)이 되는 세계적인 명산 금강산의 화려하게 변신하는 네 계절의 얼굴이 바로 이를 웅변으로 말해 주고 있지 아니한가?

그러나, 우리나라의 네 계절 가운데 겨울에서 봄으로 넘어 가는 환절기 3, 4월의 날씨는 아름다운 봄꽃의 잔치를 시샘이라도 하려는 듯 갑자기 기온이 급강하하여 한겨울에서나 볼 수 있는 함박눈을 쏟아 붓는가 하면, 장독대에 놓여 있는 장독이나 김칫독을 깨지게 하기도 하는, 이른바 '고약한' 심술을 부리기도 한다.

게다가 설상가상(雪上加霜)으로 시베리아 쪽에서 불어오는 찬바람이 중국 북부 고비사막, 칭짱(青藏) 고원 지역의 모래를 휩쓸고 지나오면서 황사(黃砂)의 풍진(風塵)이 한반도 쪽으로 내려와 우리나라의 4월은 그야말로 '고약한 달', '잔인한 달'이 되는 것이다.

옥에도 티가 있고, '서시(西施) 같은 미인에게도 추한 점이 있다(西施有所醜)'고 하지 않았는가? 우리나라가 이상향(理想鄕)의 나라가 아닌 이상, 일년 내내 좋은 날씨만 계속될 수는 없지 않은가? 그래도 위에서 말한 며칠 동안의 '고약한' 날씨를 제외하면 우리나라 날씨는 괜찮은 편이라고 할 수 있다.

'얼굴, 성질, 날씨, 냄새 따위가 괴팍하거나 흉하거나 나쁘다.'라는 뜻의 형용사 '고약하다'는 한자어 '말이나 행실이나 형세가 괴이하고 흉악함'의 뜻인 한자어 명사 '괴악(怪惡)'에서 후행적 반모음 'j'순행동화로 인해 '괴약'으로 변형되었다가 다시 동음생략으로 '고약'으로 변형된 귀화어 명사에 형용사화 접미사 '-하다'가 첨가되어 형용사로 전성된 파생어이다.

이 한자어 '괴악(怪惡)'은 4세기경 중국 동진(東晋)의 간보(干寶)가 육조(六朝) 시대 때의 지괴(志怪 ; 귀신 이야기) 등을 모은 설화집인 『수신기(搜神記)』에 '여러 사람들이 처음에 괴이하게 여기며 싫어함(衆初怪惡)'의 뜻으로 처음 출현한다. 그 후 이 한자어는 중국 북송(北宋) 말 휘종(徽宗) 선화(宣和) 3년(1121) 화이난(淮南) 양산박(梁山泊)을 근거로 송강(宋江) 등 108인의 군도(群盜)들이 일으켰던 난(亂)을 소설화한 중국 사대 기서(四大奇書)의 하나인 『수호전(水滸傳)』 41회분에 '형세가 괴이하고 흉악함'의 뜻으로 다음과 같이 출현한다.

> '宋江在馬上與晁蓋說道 這座山生得形勢怪惡 莫不有伙在內(송강이 말을 탄 채 조개(晁蓋)와 더불어 말하였다. 저 산의 모습이 괴이하고 흉악한 형세를 보이고 있어 큰 불기운이 안에 없지 않은 것이 없다.)

이 낱말의 통시태를 다시 정리해 보면 다음과 같다.

'괴악(怪惡; 괴이하고 싫어함>괴이하고 흉악함)>괴약(괴이하고 흉악함)>고약(괴이하고 흉악함)'이 된다.

말 타면 '경마' 잡히고 싶다

사람의 끝을 알 수 없는 무한한 욕망이나, 상황에 따라 이리 변하고 저리 변하는 '사람의 간사한 마음'을 풍유(諷喩)한 우리나라 속담에 '말 타면 경마 잡히고 싶다.'라는 말이 있다.

'말 타면 종 두고 싶다.'라든가, '되면 더 되고 싶다.'라든가 하는 풍유의 말도 이와 같은 뜻의 속담이다.

『예기(禮記)』에 '사람의 마음은 헤아리기 어렵고, 바다 물은 측량하기 어렵다.(人心難測 海水難量)'라고 기록되어 있는 것처럼 우리들 인간의 마음은 상황이나 처지에 따라 수시로 변하는 묘한 존재인 것 같다.

오늘 3월 24일자 조간 『국민일보』 사회면에 '로또 파경, 30대 부부 27억 당첨, 서로 내 돈……법정으로'라는 제목의 어두운 기사가 실려 읽어보니, 내용인즉 이러했다.

2001년 재혼한 최모(38)씨와 부인 김모(37)씨가 로또 복권(당첨금 27억 3백만원) 1등에 당첨된 것은 지난 해 11월초였다. 경기도 양평에 있는 한 식당에서 주방장으로 일하고 있던 최씨는 어느 날 부인이 준 돈 만원으로 식당 부근 가게에서 복권을 샀는데 이 복권 한 장이 1등에 당첨되었다. 흥분한 최씨는 이 같은 사실을 경기도 용인에 떨어져 살고 있는 아내 김씨에게 전화로 알렸고, 그 다음날 이들은 당첨금 중 세금을 뺀 18억 8,445만원을 받아 아내 명의로 된 통장 3개에 분산 입금시켰다. 그러던 중 어느 날 최씨는 아내에게 '부모님에게 전셋집을 마련해 주려 하니, 돈을 좀 달라.'고 요구했다. 그러나 김씨는 매정하게 이를 거절하였다.

이에 화가 난 최씨는 지난 해 12월 서울 지방법원에 은행 통장에 대한 가압류를 신청했고, 법원은 이를 받아들여 김씨는 당첨금을 한 푼도 인출할 수 없게 되었다. 이렇게 되자 김씨는 당첨금은 잠시 은행에 맡긴 것에 불과할 뿐이라며, 은행을 상대로 당첨금 반환 청구 소송을 제기했다. 김씨는 소송 내용에서 '좋은 꿈을 꾸고 나서 남편에게 돈을 주어 복권을 사게 한 것이므로 남편은 심부름만 했을 뿐, 복권 당첨금 실제 소유권은 자기에게 있다.'는 것이다.

결국 이들 부부는 돈 때문에 송사(訟事)에 휘말리게 되었고, 재혼해서 새로운 제2의 인생을 잘 살아 보려고 했다가 암초에 부짖쳐 재혼이라는 배는 난파 위기에 봉착하게 되었다. 참으로 어처구니없는 일이 아닐 수 없다. 도대체 황금이 무엇이기에 황금이 생기기 이전의 마음은 어디로 가고 이 같은 상황으로까지 비화되었단 말인가? 그래 부부의 애정보다도 황금이 더 중요했단 말인가? 황금에 눈이 먼 한 아녀자의 그악스러운 욕심이 불러일으킨 보기 흉한 인생 비극의 한 장면이 아닐 수 없다. 아니 황금 만능 사상에 찌든 사회 병리 현상의 한 단면이 그대로 노정(露呈)된 비화(悲話)라고 보는 편이 더 나을 것 같다.

걸어만 다니다가(돈 없이 가난하게 살다가) 뜻하지 않게 말을 타게 되니(거액이 생기게 되니), 갑자기 견마(牽馬)꾼의 종을 두고 으스대며 살고 싶은 욕심(돈을 몽땅 혼자만 갖고 부귀영화를 누리고 싶은 욕심)이 생겨 남편도 시부모도 눈에 보이지 않았던 모양이다.

하기사 요즈음 우리나라는 오랜 유교적 전통 관습으로부터 탈출한 여성들의 입김이 무성한 여성 상위 시대이긴 하다. 그리스 신화에 나오는 여자 무인족(武人族)인 아마존이 되어 기존의 남성 중심의 사회로부터 과감히 탈출할 것을 부르짖는 탈선한 여전사(女戰士)가 횡행하여, 결혼을 죄악시하고 결혼을 하더라도 연하의 남성을 취한다거나, 자식을 낳지 않고 살겠다고 하는, 가족이라는 공동체 의식이 전혀 없는 자기 중심적 사고가 팽배해 있는 실정이긴 하다.

그러나, 아무리 현대 사회가 이러한 인류 공통의 가치나 도덕 기준을 상실한 혼돈의 상태인 아노미(anomie) 현상이 팽배해 있는 암담한 비극적 사회라 할지라도 이 같은 그악스러운 한 여성의 행동은 그 어떤 말로도 정당화될 수 없는 행동이 아닐 수 없다.

이 글에서의 '경마'라는 낱말은 '두 사람이 일정한 거리를 말을 타고 경주하는 일'의 뜻인 '경마(競馬)'가 아니라, '조선 시대 임금이나 세자(世子), 또는 대군(大君) 등이 타고 있는 말의 고삐를 잡고 그 말을 모는 일을 맡은 사복시(司僕侍)에 딸린 종7품의 잡직이나, 또는 그 일을 맡은 사람'의 뜻인 '견마배(牽馬陪)(『태종실록(太宗實錄)』,권 14,7년 9월조)'나, '말의 고삐를 붙들고 가는 군졸'의 뜻인 '견마군(牽馬軍)(『태종실록』권 3, 2년 4월조)'의 '견마(牽馬)'가 자생적 음운 변화 현상을 보이면서 '경마'로 변형되어 귀화어가 된 것이다.

이 한자어 '견마(牽馬)'는 중국 문헌에는 전혀 출현하지 않고, 우리나라 문헌인 『태종실록』, 『세종실록(世宗實錄)』, 『반계수록(磻溪隧錄)』, 『속대전(續大典)』등에만 출현하는 사실로 보아, 우리나라에서 조자(造字)한 한자어라고 생각된다.

'운 좋게 말을 탔으면, 건방지게 견마꾼에게 말 고삐를 잡히려 하지 말고, 조신하고 너그럽게 처신했다면 얼마나 좋았을까?'라는 안타까운 생각을 하면서 욕심 많은 김여사에게 이글을 드린다.

'광'에서 인심 난다

2006년4월 17일자 〈조선일보〉 A6면에 '이대로 굶어죽을 순 없다…….전국이 좌판장사'라는 제목의 기사에서 북한 주민들의 비극적인 생활을 상세하게 보도하고 있다. 그 내용을 요약해 보면 다음과 같다.

1) 북한 주민들은 북한 돈으로 5만원(암 시세로 17달러) 안팎의 돈을 추가로 벌어야 생존할 수 있다. 월급은 있으나마나이며, 그렇다고 가장(家長)이 직장에 나가지 않으면 처벌을 받는다.

2) 북한 주민들은 생존에 필요한 5만원의 돈을 벌기 위해 노인이나 어린이나 할 것 없이 쌀 장사, 가축 장사, 과일 장사를 하며, 어떤 사람은 보안원(=경찰관)을 끼고 달러 장사를 하기도 한다. 보안원들은 체제 붕괴를 우려하여 가끔 단속하는 척하기는 한다.

3) 간혹 대기 숙박소(=여관)에선 매춘까지 알선한다.

4) 소수의 특수 계층 사람들은 최고급 승용차인 벤츠를 타고 다니며, 고급 양주를 즐기면서 '10만 달러 모으기'에 여념이 없다.

어찌하여 북한의 경제와 사회가 이 지경에까지 이르게 되었는지 도무지 알 수 없다. 부(富)의 균등 분배를 정치 기조로 삼는다는 공산주의 무산 계급 사회가 자본주의 체제보다도 더 심한 부익부 빈익빈의 계급 사회로 변하였다니 경천동지(驚天動地)할 일이 아닐 수 없다.

북한의 경제와 사회가 이처럼 나락(奈落)의 구렁텅이로 빠지게 된 데는 이런저런 이유가 있겠지만, 궁극적으론 북한 정권의 실정(失政)이 그 근본 요인이라고 보아야 한다.

이 같은 북한의 피폐(疲弊)한 경제 형편을 돕기 위해 국제 사회는 1995년부터 2006년 4월까지 긴급 구호성 식량 지원, 산림 복구, 축산 지원, 의료 지원 등으로 21억 6,890만 달러를 지원하였고, 우리나라에선 1995년 쌀 15만톤 무상 지원을 시작으로 2006년 4월까지 11억 6,071만 달러를 지원하였다.

그러나, 이는 뚫어진 동냥자루를 임시로 메꾼 미봉책(彌縫策)에 불과했을 뿐, 북한의 경제 형편을 근본적으로 바꾸는 데는 아무런 기여를 못했다. '밑 빠진 독에 물 붓기'요, '하마 입에 밥 숟가락 떠 넣기'였다.

'광에서 인심 난다.' 는 우리나라 속담이 있다. '제 살림살이가 넉넉하고 여유가 생기면, 남을 동정하고 돕게 된다.'는 풍유의 속담이다.

'광'이라는 낱말은 우리나라에서 조자(造字)한 한자어 '고방(庫房)'이 '고방'으로 유성음화되었다가 다시 'ㅸ'의 소멸로 '고왕'으로 변형되었고, 다시 동음생략으로 '광'으로 변형된 귀화어이다.

한자어 '고방(庫房)'이 최초로 출현하는 문헌은 조선 광해주(光海主) 5년(1613) 허준(許浚)이 지은 『동의보감(東醫寶鑑)』 침구편(鍼灸篇)에 '경혈(經穴)의 하나'의 뜻으로 나온다. 그 후 숙종(肅宗) 16년(1690) 신이행(愼以行), 김경준(金敬俊) 등이 편찬한 중국어 학습서인 『역어유해(譯語類解)』, 상, 16에는 '庫房 자븐 것들 녓는 집(잡은 것들을 넣는 집) 으로 출현하다가 '오늘날 세간이나 그 밖의 온갖 물건을 넣어 두는 방'의 뜻으로 의미변화되었다.

옛날엔 광 속에 곡식이 가득 쌓이고 생활에 필요한 여러 가지 물건들이 가득 쌓인다는 것은 곧 경제적으로 부유한 상태를 의미했었다. 남을 동정하고 돕는다는 것은 이렇듯 경제적으로 여유가 있는 사람들에게서 흔히 볼 수 있는 것이지 내 코가 석 자가 빠진 사람에게선 좀처럼 보기 어려운 일인 것이다.

1949년부터 1976년 모택동이 사망할 때까지 공산 체제의 통제 경제 실패로 어려움을 겪었던 중국은 1978년 중국의 작은 거인 등소평(鄧小平)이 집권하면서 시장 경제 정책을 실시하여 연평균 9.3%의 경제 성장을 유지해 왔고, 2003년 경제 규모(GDP 기준) 세계 6위, 교역 규모(수출입 기준) 세계 4위의 경제 대국으로 급성장하여 광 속에 식량과 온갖 생필품이 가득 쌓이게 되자 북한에 대해 대규모 원조를 하겠다고 옷소매를 걷고 나섰다.

2006년 3월 『주간조선』에 의하면, 중국의 북한 투자는 과거 소비재 공급에서 탈피하여 석유 및 지하자원 공동 개발, 항만 시설, 국가 기간 시설 투자로 확대되고 있다. 중국은 2004년 평양에 2억 6천만 위안(한화 340억 원)을 들여 대규모 유리 공장을 세웠고, 2005년에는 길림성(吉林省)에 있는 3개 철강 회사가 5천만 달러를 투자해 함경북도 무산 광산에 대한 50년 독점 개발권을 획득했고, 양강도 혜산의 구리 광산, 회령의 금광, 만포의 아연 광산에서도 이와 비슷한 거래가 이루어졌고, 이 밖에 평양의 제1백화점을 비롯하여 3곳의 백화점 운영권과 2곳의 호텔 운영권을 확보했다고 하며, 작년 9월에는 북한에 1억 달러를 주고 나진항 3,4 부두를 50년간 독점하는 계약을 체결했다고 한다.

얼핏 보면, '중국'이라는 이름의 광에서 인심이 쏟아져 나온 것처럼 보인다. 그러나 중국의 이 같은 대북 선심(善心)과 호의(好意) 속에는 중국 특유의 다음과 같은 무서운 흉계(凶計)가 숨어 있을지도 모른다는 사실을 우리는 그대로 간과(看過)해서는 안 된다.

첫째, 나진항 사용권 매수는 '상품 수출입'의 무역항으로서의 목적보다는 동해로 뻗어 나가기 위한 해군 기지 구축의 목적이 더 크다는 사실을 명심해야 한다.

둘째, 북한을 동북 3성(요녕성, 길림성, 흑룡강성)의 지원 보급소로 이용하면서 동북 제4성으로 흡수할 가능성이 있다.

셋째, 김정일 체제가 붕괴될 경우, 미국의 대북 영향력 증대 가능성을 사전에 차단하고, 친중(親中) 정권을 세우기 위한 사전 작업일지도 모른다.

우리나라 고구려 역사를 부정하고 자기네 역사의 일부로 종속시키려는 음흉하고 야비한 중국이다. 중국의 '광' 속에 있는 물건을 덥석덥석 주는 대로 받아 먹는 북한의 태도가 너무나 안쓰럽고 염려스럽다.

'거지' 발싸개

우리나라 비속어(卑俗語) 가운데 '거지 발싸개'라는 낱말이 있다. 이 낱말의 뜻은 '몹시 더럽고 추저분하여 보기에 흉한 사람이나 물건을 욕하여 이르는 말'의 뜻이다.

'거지'라는 낱말은 한자어 '구걸할 걸(乞)'자에 '그 어근(語根)의 의미나 내용에 관계하는 사람, 또는 그것에 종사하는 사람을 가리키는 명사를 형성시키는 접미사 (김형수(金炯秀), 『한국어와 몽고어와의 접미사 비교연구(1982, 형설출판사)』 82쪽 참조) '-어치'가 첨가된 혼종어적 파생어로 'ㄹ'이 연철되어 '거러치(『훈몽자회(訓蒙字會)(1527)』중, 1)'가 되었다가 다시 'ㅊ>ㅈ'의 평자음화, 'ㄹ' 탈락 현상으로 '거어지(『역어유해(譯語類解)(1690)』 상, 30)'로 형태 변화되었고, 또다시 'ㅓ' 모음 중복 기피로 인한 동음생략으로 2음절어 '거지'(『조선어사전(1920)』)가 되었다.

'거러치'와 '거어지'의 중간 형태로 보이는 '거러지'가 문헌에는 보이지 않으나, 현재 경남북 방언, 충북 방언, 전남 방언, 강원 방언(최학근(崔鶴根), 『한국방언사전(1978, 현문사)』, 225쪽 참조) 등에서 널리 쓰이고 있는 사실로 보아, '거러지'는 '거러치'의 후차형으로 널리 쓰인 낱말로 추정된다. 따라서, 이 낱말의 통시태는 '걸(乞)+어치→ 거러치>거러지>거어지>거지'가 된다.

이 낱말의 사전적 의미는 '1) 남에게 빌어서 얻어먹고 사는 사람. 걸개(乞丐), 걸인(乞人), 유개(流丐), 유걸(流乞), 비렁뱅이, 2) 남을 천대하고 멸시하는 뜻으로 욕할 때 쓰는 말.'의 뜻이다.

요즈음은 길거리를 유랑하는 '거지'를 좀처럼 보기 어려우나, 먹고 사는 문제가 심각했던 일제 시대나 6 · 25 전쟁을 전후한 시절에는 길거리에 누워 있거나 거리를 유랑하며 밥 동냥[←動鈴], 돈 동냥하는 거지를 지천으로 볼 수 있었다. 입을 것도 먹을 것도 잠잘 곳도 없어 이 집 저 집 동가식 서가숙(東家食西家宿)하며 유랑(流浪) 생활을 하는 거지의 용모는 제때 세면도 못해 얼굴은 굴뚝 청소부처럼 거뭇거뭇하고, 입은 옷은 때로 절어 거무튀튀하고 꾀죄죄하며, 발에는 신발도 양말도 없어 헝겊 조각으로 칭칭 동여맨 두툼한 '발싸개'를 하고 있었던 모습은 수십 년이 지난 지금도 내 머릿속에 각인(刻印)되어 좀처럼 잊혀지지 않고 있다.

그렇다. '거지 발싸개'는 거지가 몸에 지니고 있는 것 가운데서도 제일 고약한 냄새까지를 풍기는 추저분하고 더러운 물건이다.

더도 덜도 말고 '한가윗' 날만 같아라

우리나라 속담에 '더도 덜도 말고 한가윗날만 같아라.'라는 말이 있다. 예로부터 일년 중 우리 민족 최대의 명절인 음력 8월 15일 한가윗날이 되면, 우리나라에서는 추석빔(옛날에는 이 날 머슴들에게도 추석빔으로 새로 옷 한 벌씩 해 주었음)을 입고, 봄에 시작해서 여름 동안 가꾼 오곡과 백과를 가을걷이해서 햅쌀로 밥을 짓고 송편을 만들고 술을 빚어 조상께 천신(薦新)하는 차례를 지내고, 차례가 끝나고 나면, 서둘러 성묘(省墓) 갔다가 돌아 와서는 각종 민속 놀이에 참여하면서 즐거운 하루를 보냈다.

아무리 정신적으로나 물질적으로 어려운 처지에 놓여 있는 사람이라 할지라도 이 날만은 배불리 먹고 마실 수 있고, 또 아래와 같은 즐거운 민속놀이에 흠뻑 빠지기 때문에 모든 고통과 번민으로부터 자유로울 수 있는 날이 바로 이 날이요, '오월 농부요, 팔월 신선(神仙)'의 날이 되는 날이 바로 이 날인 것이다. 그러기에 글 제목과 같은 속담이 생겨난 것이 아닌가 생각된다.

전통적으로 내려오는 이 날의 민속 놀이는 지역에 따라 약간 다르기는 하지만, 농촌에서는 '농자천하지대본(農者天下之大本)'이라고 쓴 깃발을 앞세우고 농악에 맞춰 덩실덩실 춤추며 마을을 순회하기도 하고, 또 마을 마당에서는 소놀이, 거북놀이, 줄다리기, 소싸움놀이, 닭싸움놀이 등을 하기도 하며, 힘깨나 쓰는 사람들은 황소를 걸고 씨름판을 벌이기도 하고, 밤에는 유난히도 밝은 보름달을 머리에 이고 동네 아녀자들이 원무(圓舞)를 그리면서 '강강수월래' 춤을 추며 신명나게 논다.

이 날을 중국에서는 '중추절(仲秋節)', 또는 '월석(月夕)'이라고 했다. 이에 관한 송(宋)나라 때 오자목(吳自牧)의 『몽양록(夢梁錄)』에 출현하는 기록을 보면 다음과 같다.

> 팔월 십오일을 중추절이라 하는데 이 날은 가을 석 달 중 마침 절반이 되기에 중추라 부르며, 이 날 밤의 달빛이 평상시 때보다 배나 밝아 이 날을 또한 월석이라고도 한다.(八月十五日仲秋節 此日三秋恰半 故謂之中秋 此夜月色倍明于常時 又謂之月夕)

또한, 이 날을 우리나라에서는 한자어로는 '추석(秋夕)', 순수 고유어로는 '가위' 또는 '한가위'라고 부른다. '추석'이라는 한자어 명칭은 후한(後漢) 때 대덕(戴德)이 여러 『예기(禮記)』의 이본 중에서 85편을 발췌한 『대대예기(大戴禮記)』 48편, 보전(保傳)에 '봄 아침에는 아침해요(아침해가 밝고 아름다우며), 가을 저녁에는 저녁달이라(저녁달이 밝고 아름다우니라)(春朝朝日秋暮夕月)'라고 기록되어 있는 데서 차용한 것으로 보인다.

이는 조선 말기 순조(純祖) 때 홍석모(洪錫謨)가 지은 우리나라 세시 풍속에 관한 책인 『동국세시기(東國歲時記)』 팔월 추석조에 '십오일을 우리나라 풍속명으로 추석이라 부르며, 또한 가배라고 부르기도 하는데 이는 신라 풍속에서 비롯되었다.(十五日東俗稱秋夕 又日嘉俳肇自羅俗)'라고 기록되어 있는 것으로 보아 거의 확실하다고 추정된다.

그러면, '가위', 또는 '한가위'라는 명칭의 어원인 신라어 '가배(嘉俳)'는 어느 문헌에 기록되어 있으며, 또 이 낱말은 어떠한 음운변화 과정을 거쳐 오늘에 이르렀을까? 『삼국사기(三國史記)』 권一, 유리니사금(儒理尼師今)

에 '가위'의 어원인 '가배(嘉俳)'에 관한 기록과 유래가 다음과 같이 기록되어 있다.

> 왕은 이미 6부를 정한 후에 이를 두 패로 가르고, 왕녀 두 사람으로 하여금 각각 그 부내(部內)의 여자들을 거느리게 하여 붕당(朋黨)을 만들어 7월 16일부터 매일 아침 일찍부터 6부의 뜰에 모여 베짜기를 하는데 을야(乙夜=二更)에 이르러서야 끝났다. 이렇게 8월 15일까지 해서 그 성적의 다소를 가려 진 편에서 술과 음식을 마련하여 이긴 편을 대접하고 함께 음주 가무와 온갖 놀이를 하였는데 이를 가배(嘉俳)라고 한다.(定六部 中分爲二 使王女二人 各率部內女子 分朋造黨 自秋七月旣望 每日早集六部之庭績麻 乙夜而罷 至八月十五日 考其功之多少 負者置酒食 以謝勝者 於是歌舞百戲皆作 謂之嘉俳)

이 한자어 가배(嘉俳)는 오늘날 현대어의 근간이 된 신라어이며, 이 낱말은 '반(半), 중앙(中央)'의 뜻을 지닌 형용사 '갑다'의 어간에 명사화 접미사 '-ᄋᆡ'가 첨가된 파생어 '가ᄫᆡ'의 한자 음차 표기 형태이며, 그 뜻은 '한 달의 반'이라는 뜻인 '보름'이다(오늘날 형용사 '갑다'는 사어화되었지만, '가운데[中央](<가온대(초간본 두시언해, 十六, 42) <가온ᄃᆡ(석보상절, 六, 31)<가ᄫᆞᆫᄃᆡ(월인석보, 十四, 80)←갑+ᄋᆞᆫ+ᄃᆡ'나, '말가웃(=한 말 반), 되가웃(=한 되 반), 자가웃(=한 자 반)' 같은 낱말에서 그 잔영을 볼 수 있다.).

이 낱말이 오늘날 '가위', 또는 '가위'에 '대(大)'의 뜻을 가진 접두사 '한'이 첨가된 '한가위'로 유성음화, 모음이화 등의 음운변화 과정을 거쳐 오늘에 이르렀다. 이 낱말의 형태 변화된 통시태를 밝혀 보면, 다음과 같다. '갑[半, 中央]+ᄋᆡ→*가ᄫᆡ>가외(『역어유해』, 4) >가위>한가위'가 된다.

따라서 '한가위'의 뜻은 정월에 있는 '정월 대보름'과 쌍벽을 이루는 팔월에 있는 '팔월 대보름'의 뜻이 된다.

'배꼽' 웃기는 세상

하는 짓이 하도 어이가 없거나, 어린 아이의 장난 같아 가소롭기 짝이 없다는 풍유(諷諭)의 뜻을 가진 우리나라 속담에 '배꼽이 웃다.', '배꼽 웃긴다.'는 말이 있다.

2006년 8월 11일자 C일보 조간에 '농촌 아낙네들 배꼽춤 신바람'이라는 제목의 기사가 있어 읽어 보니, 다음과 같은 내용이었다.

> 경기도 안성 농협 주부대학에서 운영하는 '벨리 스포츠 댄스' 강좌를 듣는 60여명의 촌부(村婦)들은 일주일의 두 번 바닥을 쿵쿵 울리는 음악 소리에 맞춰 귀중한 배꼽을 드러낸, 채 강사의 "돌고, 흔들고, 위로, 아래로" 하고 외쳐대는 구령에 맞춰 요염한 날개옷을 펄럭이면서 치마 허리춤에 달린 금속 술의 경쾌한 소음과 함께 허리와 골반을 요란하게 흔들며 야하게 춤을 춘다.
>
> 이들이 매주 이렇게 두 번씩 모여 춤에 흠뻑 빠지는 이유는, 첫째 뱃살을 빼서 비만에서 오는 당뇨병 같은 성인병을 예방하고, 둘째 몸매를 아름답게 다지기 위해서란다.

건강과 몸매 관리를 위해서라니 굳이 토를 달아 반대할 이유는 없다. 그러나 건강과 몸매관리를 위한 운동을 하는 데 꼭 이처럼 배꼽을 드러내 놓고 요란을 피워 가면서 허리와 골반을 흔들어대야만 하는 이른바

'배꼽춤'밖에 없다는 말인가?

아무리 생각을 해 봐도 '배꼽 웃기는 일'이 아닐 수 없다. 흔히 현대 사회를 '여성 상위 시대'라고들 한다. 남녀가 서로 만나 결혼이라는 통과 의례를 치르는 데도 남자가 여자를 고르는 시대가 아니라, 여자가 남자를 고르는 시대가 되었다.

지능이나 지적 수준이 높아 사회적으로 출세한 남자보다는 지능이나 지적 수준은 조금 낮더라도 정신적으로나 물질적으로 자기를 편하게 해 주고 풍요롭게 해 줄 남자, 즉 물려받은 재산이 많거나, 아니면 운동선수처럼 앞으로 많은 돈을 벌 수 있는 가능성이 있거나, 약간은 바보스러워 제 마음대로 좌지우지할 수 있거나, 나이가 자기보다 어려서 어머니나 누이처럼 군림(君臨)(?)할 수 있는 연하의 남자를 선호(選好)하는 시대가 되었다.

그나 그뿐이 아니다. 요즈음은 결혼하여 살다가 권태(倦怠)가 생기거나, 성격의 갈등을 느끼거나, 남편이 무능하다고 판단되거나 하면 지체없이 이혼을 제기하는 쪽은 으레 여자 쪽이다. 가정 폭력 사건도 이젠 남성이 여성을 폭행하는 것이 아니라, 여성이 남성을 폭행하는 일이 심심치 않게 발생한다. 이처럼 요즘 여자들은 그악스럽기 이를데없어졌다.

바야흐로 여인 천하의 시대요, 여인 태평 성대의 시대다. 이러한 시대에 여자들이 배꼽을 드러내 놓고 춤추는 일이 무슨 큰 대수이겠는가? 아니 배꼽을 드러내 놓고 거리를 활보한들 그 무슨 흉이 되겠는가?

8 · 15광복 이후 요원의 불길처럼 밀려 왔던 서양 사조는 전통적으로 소극적, 폐쇄적, 순종적인 자세를 제1의 미덕으로 삼아 왔던 우리나라 여인들을 적극적, 개방적, 비판적인 여인으로 확 바꾸어 놓았다. 실로 코페르니쿠스적 대변화가 아닐 수 없다. 남자들에게 가급적이면 자신의 얼굴이나 맨살을 드러내 보이지 않으려고 머리나 몸에 썼던 남바위, 장옷[長衣], 너울 등을 벗어 던지고, 한때는 미니 스커트나 청바지가 유행이더니 요즈음 여인들의 여름 옷차림은 팬티 같은 아슬아슬한 초미니 바지에 배

꼽이 살짝 보이는 T셔츠를 걸쳐 입는 것이 대유행이다.

이 같은 여인들의 배꼽까지 드러내 보이는 과다 노출 현상을 어떻게 무슨 말로 설명할 수 있을까? 아무리 생각해 봐도 좋게 설명할 길이 없다.

특히 '배꼽'은 '나'라는 하나의 생명체가 모태(母胎)와 연결되었던 탯줄을 끊음으로써 비로소 이 세상에 하나의 독립된 생명체임을 고하고, 또 상징하는 귀중한 생명의 징표(徵標)인 것이다.

옛날에 우리나라에서는 지문(指紋)처럼 사람마다 각기 다른 배꼽무늬[臍紋]가 있고, 또 이 배꼽무늬는 아버지를 닮는다 하여 관가에서 친자 확인 송사가 발생할 때, 이 부자의 배꼽무늬를 확인해서 판결을 했다고 한다. 또한 모태와 연결된 탯줄 속의 두 동맥과 한 정맥의 절단면인 삼륜상(三輪狀)의 배꼽무늬는 사람마다 배꼽의 감돎새, 높낮이, 깊이와 넓이가 각기 달라 이것이 사람의 운명을 가늠하는 배꼽상[臍相]이 되는 것이다.

그리하여, 궁중에서 세자비를 간택할 때, 의녀(醫女)로 하여금 규수를 토방 속으로 데리고 가서 아랫배를 들추고 배꼽상을 보았던 것도 어떤 운명의 여자인가를 확인하기 위해서였다고 한다.

이처럼 한 생명체의 징표요, 자기 운명의 상징인 배꼽을 함부로 남에게 보인다는 것은 결코 바람직하지 않는 일이요, 더구나 시골 촌부들이 건강을 위한 춤으로 배꼽을 나 보라는 듯 벌렁 드러내 놓고 춤을 춘다는 것은 그야말로 꼴불견이 아닐 수 없다.

한 생명체의 징표요, 운명의 상징인 '배꼽'이라는 낱말의 어원은 어떠한가를 잠시 살펴보기로 하겠다.

이 낱말의 최초의 형태는 「월인석보(月印釋譜)」 권 2, 29에 '빗보ᄀᆞ로 放光ᄒᆞ샤'으로 출현하는 것으로 보아, 고유어 'ᄇᆡ[腹]'에 동의 한자어 '복(腹)'과 합성된 동의 첩어적 합성어 '빗복[臍]'('ㅅ'은 관형격 사잇소리)이다. 또한 이 낱말은 합성어가 되면서 '복(腹)'의 뜻에서 '제(臍)'의 뜻으로 의미변화되었다.

또한, 이 낱말은 정조(正祖) 16년(1792)에 간행된 『증수무원록언해(增修無冤錄諺解)』 권 1, 26에 'ᄇᆡᆺ복>ᄇᆡᆺ곱'으로 음운도치되었다가 다시 18세기 초 일본어 학습서인 『왜어유해(倭語類解)』에 'ᄇᆡᆺᄭᅩᆸ'으로 경음화되었고, 다시 1920년 조선총독부에서 간행된 『조선어사전(朝鮮語辭典)』에 'ᄇᆡᄭᅩᆸ'으로 형태 변화되었다가 오늘날 '배꼽'으로 고정된 것이다.

따라서 이 낱말의 통시태를 밝히면, 'ᄇᆡ[腹]+ㅅ+복(腹)=ᄇᆡᆺ복[臍]>ᄇᆡᆺ곱>ᄇᆡᆺᄭᅩᆸ>ᄇᆡᄭᅩᆸ>배꼽'이 된다.

바야흐로 여자들의 과다 노출증이 드디어 '배꼽'까지 노출시키는 것을 멋으로 인식하는 '배꼽 웃기는 세상'이 되고 말았다.

'동냥'아치

'중이 시주를 얻으려고 돌아다니거나, 거지나 동냥아치가 돌아다니며 구걸하는 일'의 뜻인 '동냥'이라는 낱말은 우리나라에서 조자(造字)한 한자어 '동령(動鈴)'에서 '동(動)'의 'ㅇ'이 'ㄹ'에 순행동화·비음화 현상을 일으켜 '동녕'이 되었다가 다시 모음조화에 의한 순행동화를 일으켜 '동냥'(『역어유해(譯語類解)』 상, 26)으로 변형된 귀화어·표준어이다.

'동냥'의 어원인 한자어 '동령(動鈴)'이 최초로 보이는 문헌은 조선조 말기 순조(純祖) 18년(1818)에 간행된 『목민심서(牧民心書)』로, 권 1 부임육조(赴任六條)에 다음과 같이 기록되어 있다.

> '…(전략)…수령이 취임한 뒤에 사령(使令)이 문안드리는 것을 빙자하여 마을에서 재물을 거두는데 이를 동령(빈손으로 재물을 거두는 일), 혹은 조곤(釣鯤)(패옥이나 술을 구걸하는 일)이라 한다.(…(전략)…上官之後 門隷(卽使令) 憑藉爲說 徵於村里 或稱動鈴 (卽白手求乞之名) 或稱釣鯤(卽佩酒求乞之名))'

이 같은 사실로 보아, '동령(動鈴)'의 원뜻은 '관아(官衙)에서 심부름하는 하인인 사령(使令)들이 고을 원님이 새로 부임할 때, 민가를 돌아다니면서 재물이나 술 따위를 거두는 일'의 뜻임을 알 수 있다.

이러한 원래의 뜻에서 '동령(動鈴)>*동녕>동냥'으로 음운변화 현상을 일으키면서 '구걸하는 일'의 뜻으로 의미변화되었다. '동냥'에 '사람'이나 '물고기'의 뜻을 지닌 알타이어 공통 접미사 '-아치(지)'가 첨가되어 파생어가 되면, '동냥꾼, 동냥바치'와 동의어인 '(거지보다는 조금 체면이 나은) 구걸하며 다니는 사람'의 뜻이 된다

일찍이 C. P. 보들레르는 그의 <백조(白鳥)>라는 제목의 시에서 자신의 암울했던 과거를 '내 그리운 추억은 바위보다도 무겁다.'라고 노래한 바 있다. 사람은 누구나 아름답고 행복했던 날의 추억이든, 비참하고 암울했던 날의 추억이든 잊을래야 도저히 잊을 수 없는 자기 자신만의 추억을 가지고 있게 마련이다.

6 · 25 동족 상잔의 비극적 전쟁은 당시를 살았던 모든 사람들에게 도대체 인간은 얼마만큼 잔인할 수 있으며, 또 얼마만큼 비참해질 수 있는가를 우리들 인간들에게 극명(克明)하게 보여 준 한(韓)민족 최대의 수치스러운 대사건이었다.

6 · 25 전쟁이 발발한 지 6개월이 조금 지난, 흔히 이 날을 '1 · 4 후퇴'라고 부르는 1951년 1월 4일 한강 이북에 살고 있었던 서울 시민들과 서울 인접 지역에 살고 있었던 대부분의 사람들은 또다시 공포의 적치하(赤治下)에서 지내게 될까 봐 너나 할것없이 피란 보따리를 남부여대(男負女戴)하고 단단히 얼어붙은 빙판의 한강(漢江) 위를 앞으로 고꾸라지거나 뒤로 나자빠지거나 하면서 남으로 남으로 개미떼처럼 몰려 내려갔다. 민족의 대이동이었다. 생존을 위한 인간들의 처참한 몸부림이었다.

이 때 15세 소년이었던 나는 철길을 따라 아버지와 두 누이, 그리고 갓난뱅이 어린 조카, 이렇게 우리 5식구와 손에 손을 잡고 목적지도 없이 무조건 남녘을 향해 발걸음을 재촉하며 내려가다가 수원(水原) 가까운 지점에서 가족들과 생이별하게 되었다. 내가 소피(所避) 보러 간 사이 우리

가족들은 아수라장(阿修羅場) 아비규환(阿鼻叫喚)의 대혼란 속에서 어디론가 떠내려가고 없었다.

이렇게 해서 그날부터 나는 고아 아닌 고아가 되었고, 수중에 돈 한 푼 없는 알거지요, 몸에 '동냥자루'만 차지 않았지 '동냥아치' 바로 그것이었다. 사람이란 극한 상황에 이르게 되면, 체면 같은 것 생각할 겨를이 없는 철면피(鐵面皮)가 되는 법, 나는 평택(平澤)역인가에서 쌀을 싣고 막 남쪽으로 떠나려고 하는 군(軍)트럭 뒷문을 철봉대 잡고 뛰어오르듯 무조건 올라탔다. 내겐 염치고 뭐고 없었다. 트럭에 이미 타고 있는 사람들이 뭐라고 웅성웅성거리는 것도 못 들은 척 시치미를 떼고 천연덕스럽게 앉아 있었다.

나중에 안 사실이지만 이들은 모두 군인 가족들이었다. 차가 한 30분쯤은 달렸을까? 등에 짊어지고 있던 이불(내 재산이라곤 이것이 전부였다.)을 펼쳐 덮고 쭈그리고 새우잠을 자고 있는데 갑자기 내 손에 차가운 감촉이 있어 눈을 떠 보니, 누가 주었는지 내 손에 군용 건빵 한 봉지가 쥐어져 있었다. 옆을 힐끗 쳐다보니 30대 여인이 빙그레 웃으며

"학생, 배고프지? 이거 먹어 봐."

하는 것이었다. 나는 고맙다는 인사를 하면서 마파람에 게눈 감추듯 허겁지겁 한만에 서너 개씩 열심히 입에 틀어넣고 있었다. 대여섯 시간을 쉬지 않고 밤새껏 달려왔던 트럭은 목적지인 대구(大邱)에 무사히 도착했고, 트럭에 타고 있었던 군인 가족들은 대기하고 있던 또다른 트럭을 타고 싸늘한 새벽 어둠을 뚫고 어디론가 미끄러져 가고 있었다.

나는 아스라이 미끄러져 사라지는 트럭을 물끄러미 쳐다보면서 역전쪽을 향해 무거운 발걸음을 옮기고 있다가 엄습해 오는 추위와 배고픔을 견디지 못하고 어느 기와집 현관 앞에 털썩 주저앉고 말았다. 그리곤 그 자리에서 신주단지처럼 짊어지고 다닌 이불을 꺼내 뒤집어쓰고 깊이 잠이 들어 버리고 말았다.

"에그머니나!"
하고 자지러지는 경상도 아줌마의 경악성(驚愕聲)에 어렴풋이 잠을 깬 나는 눈부신 아침 햇살로 얼굴을 찌푸린 채
"죄송합니다. 전 서울서 내려온 피란민입니다."
하고 다 죽어가는 목소리로 말했던 것 같다. 남의 집 처마 밑에서 하룻밤을 잔 나는 집주인 아줌마의 안내로 피란민 수용소라는 곳에 입소하게 되었다. 콩크리트 날바닥에 쌀가마를 뜯어 깔아 놓은 돼지우리만도 못한 곳이었다. 꽁보리 주먹밥에 콩나물 서너 개, 두부 두어 덩이가 둥둥 떠다니는 멀건 왜된장국 한 그릇, 이것이 피란민에게 지급되는 식사량의 전부였다. 오갈 데 없는 나로서는 비록 잠자리와 급식 상태가 부실했지만, 그나마 목숨만은 지탱할 수 있는 최소한의 음식을 먹을 수 있고, 또한 얼어 죽지 않을 정도의 잠자리가 마련되어 있으니 여간 다행한 곳이 아니었다.

이러구러 이 피란민 수용소에 수용된 지 한 보름쯤 되었을까 하는 때에 피란민들을 좀더 안전한 곳으로 보낸다고 하면서 반강제로 트럭을 타게 했다. 그리하여 최종적으로 정착한 곳은 경상남도 거제군 하청면(河淸面) 실전리(實田里)라는 곳이었다. 이곳의 피란민 수용 시설은 대구 피란민 수용소보다 더 열악(劣惡)했다. 논바닥에 삼각뿔 모양의 움막을 짓고 눅눅한 논바닥에 볏짚 쌀가마니를 깔아 놓은 그런 곳이었다.

그나 그뿐이 아니었다. 식량 배급은 더 형편 없어 하루에 1인 당 안남미(安南米) 3홉, 소금 서너 숟갈이 피란민들에게 지급되는 배급량의 전부였다. 배가 고파 도저히 견딜 수가 없었다. 그리하여 피란민들은 썰물 때가 되면 우르르 바닷가 쪽으로 뛰어가 바위에 닥지닥지 달라붙은 굴을 깨어 먹거나, 바닷벌을 헤집어 조개와 마살 등을 캐 먹으며 허기를 달래기도 했고, 때로는 민가에 가서 장작을 팬다든가, 산에 가서 나무를 한다든가

하면서 노동의 댓가로 밥을 얻어 먹으며 허기를 달래기도 했다.

'배가 고파 더 이상 수용소에 있을 수 없다. 하루라도 빨리 이곳을 벗어나서 가족을 찾아야겠다.'라고 결심한 나는, 경기도 장단(長湍)에서 피란 나오다가 나와 똑같은 처지가 된 K군을 설득해서 수용소 탈출 계획을 세워 은밀히 추진하고 있었다. 오늘날 거제도는 거제대교가 가설되어 육로로 오갈 수 있는 섬이 되었지만, 당시에는 육지로 나가려면 배를 타고 나가야만 했다. 게다가 고현리(古縣里) 일대에는 공산군 포로 수용소가 있어 경계가 여간 삼엄한 게 아니었다. 그 당시 '귀동냥'으로 몰래 들은 바에 의하면, 육지로 나가려면 밀항선을 타야 하는데 밀항료가 지금 돈 1인당 30만원 정도란다. 무일푼의 나와 K군은 궁리 끝에 포로 수용소 미군 헌병들을 상대로 구두닦이 사업(?)을 벌이기로 하고 이내 실천으로 옮겼다.

한 두어 달쯤 되었을 때, 우리들의 수용소 탈출 자금은 목표액을 약간 상회할 정도로 모였다. 이리하여 1951년 5월초 새벽을 틈타 나와 K군은 마산(馬山)행 밀항선을 타고 무사히 거제도 피란민 수용소를 탈출할 수 있었다. 마산에 도착한 우리는 나는 대구행을 고집했고, K군은 부산행을 고집했기 때문에 부득불 서로 헤어지지 않으면 안 되었다. 그리하여 나는 혼자서 도보로 '진영→하남→밀양→경산'을 거쳐 대구로 향해 갔다. 어깨엔 생명통인 구두닦이통을 짊어지고 읍내에 들어가서 구두를 닦아 국밥 한 그릇 사 먹을 수 있는 돈이 생기면 사 먹고, 돈이 안 생기면 농가 문전에서 '밥동냥'을 해 가면서 오로지 가족 상봉의 꿈을 안고 발바닥이 부르터서 피 나는 것도 아랑곳하지 않고 걷고 또 걸었다.

염력통암(念力通巖)이라고 했던가? 일편단심 오직 가족을 만나야겠다는 나의 염원은 대구에 도착한 지 한 달만에 극적으로 이루어졌다. 지금 생각하면 기적이라고 할 수밖에 없는 행운(?)이 내게 도래했던 것이었다(이에 대한 자세한 이야기는 졸저 정년 퇴임 기념 시문집 『살며 생각하며』에서 밝힌 바 있어 생략함).

마산에서 대구까지 도보행을 했을 그 당시 나의 행색은 '거렁뱅이', '동냥아치' 행색 바로 그것이었다. 지금 내 나이 막 고희(古稀)를 넘어 망팔(望八)의 나이가 된 이 순간에도 나는 그 때 비참했던 나의 모습을 잊지 못하고 있다. 그리곤 그 같은 비극적 상황을 굳건한 의지와 인내로 이겨낸 스스로를 자랑스럽게 생각하고 있는 것이다.

'불은 쇠를 단련(鍛鍊)시키고, 역경(逆境)은 강한 사람을 단련시킨다.'라고 말한 L. A. 세네카를 생각하면서 말이다.

‘마냥’ 이대로

머리가 희끗희끗한 나많은 사람들이 술좌석에서 ‘건배(乾杯)!’ 하고 외칠 때, 으레 그 다음 단골로 따라 다니는 외침의 후속어는 ‘이대로!’이다. 이 낱말은 지시대명사와 조사가 결합되어 감탄사로 전성된 낱말로 ‘늙음의 속도가 이제는 정지되었으면 좋겠다.’라는 간절한 내면적 염원과 절규가 담겨 있는 말이다.

사람이 이 세상에 태어 나서 ‘늙어 간다는 것’은 옛 사람이나 오늘날의 사람이나를 막론하고 똑같이 서글픈 일이기에 자신에게만은 영원히 현실화되지 않기를 내심 은근히 바랐던 것 같다.

오늘날 사람들이 술좌석에서 즐겨 쓰는 ‘‘마냥’ 이대로’라는 외침의 말은 ‘마냥(늘, 항상) (늙음이) 이 정도였으면 싶구나’의 뜻을 지닌 아래 시조 중장인 ‘ᄆᆡ양 이만 ᄒᆞ엿고져’의 뜻과 같다.

> 半나마 늘거시니 다시 졈든 못ᄒᆞ여도
> (반쯤 늙었으니 다시 젊어지지는 못할지라도)
> 이 後나 늙지 말고 ᄆᆡ양 이만 ᄒᆞ엿고져
> (앞으로 더 늙지 말고 마냥(늘, 항상) 이 정도였으면 싶구나)
> 白髮아 네나 짐작ᄒᆞ여 드듸 늙게 ᄒᆞ여라
> (백발아 너나 어림으로 헤아려 더디 늙게 하려무나)

이 시조는 조선 중기 때, 한성부윤, 도승지, 좌승지, 우승지, 부제학, 대사간, 대사헌, 대제학, 이조판서 등을 거친 문신이며 시인인 이명한(李明漢, 1595(선조 28)~1645(인조 23))의 시조 작품 전 6수 중 탄로(歎老)를 주제로 한 시조 작품이다. 조정의 주요 관직을 두루 섭렵한 그였지만, 흘러가는 세월 따라 늙어가는 자신의 인생길은 막을 수가 없었던 모양이다.

이 작품은 그의 60평생 중 초로(初老)의 나이인 40대 중반에서 50대 초반의 지은 것이 아닌가 추정된다.

동서고금을 막론하고 이처럼 늙어가는 인생의 덧없음과 서글픔을 노래한 시인 묵객(墨客)은 헤아릴 수 없을 정도로 많았다.

고려 말 때 성리학자요 문신인 역동(易東) 우탁(禹倬, 1263(원종 4)~ 1343(충혜왕 복위))이 'ᄒᆞᆫ 손에 가시를 들고 또 ᄒᆞᆫ 손에 막ᄃᆡ 들고/ 늙는 길은 가시로 막고 오는 백발 막ᄃᆡ로 치랴터니/ 백발이 제 몬져 알고 즈럼길로 오더라(한 손에 가시 들고 또 다른 한 손에는 막대를 들고, 늙어가는 길은 가시로 막고 오는 백발은 막대로 쳐서 오지 못하게 하고자 하였더니, 백발이 제 먼저 알고 지름길로 찾아 오더라)'라고 노래한 바 있고, 또한 당나라의 시선(詩仙) 이백(李白)은 그의 칠언고시 <장진주(將進酒)>에서 '아침에 청사(青絲)처럼 검었던 머리털이 저녁에는 눈처럼 하얗게 되었구나(朝如青絲暮成(如)雪)'라고 세월의 빠름과 덧없음을 노래한 바 있으며, 역시 이백과 쌍벽을 이루었던 당나라 시성(詩聖) 두보(杜甫)는 그의 <등고(登高)>라는 제목의 칠언율시 <등고(登高)>에서 '고난의 한으로 머리털이 희어지고, 늙음이 큰물 밀려 오듯 찾아 와 (좋아하던) 탁주잔도 새삼 들기를 중단하였노라(艱難苦恨繁霜鬢 潦倒新停濁酒杯)'라고 늙음을 개탄하면서 노래한 바 있다.

'늙어간다는 것', 그것은 인간의 힘으로는 도저히 막을래야 막을 수 없는 자연의 섭리요 법칙이다. 그러나 사람들은 그러한 사실을 알면서도 자기가 늙어가는 것에 대해서는 어떤 보이지 않는 절대자가 나타나서 흘러

가는 세월을 정지시켜 주기를 호소하기도 하였고, 자신만은 자연의 섭리요 법칙에서 벗어난 열외자가 되기를 바라기도 하였다.

모두(冒頭)에 인용한 이명한의 시조 중장에서 'ᄆᆡ양 이만 ᄒᆞ엿고져(마냥(늘, 항상) (늙음이) 이 정도였으면 싶구나)'라고 노래한 대목이 바로 그것의 하나인 것이다.

'ᄆᆡ양'이라는 낱말은 오늘날 '늘, 항상'의 뜻의 부사로, 이 낱말의 어원은 한자어 '매상(每常)'이다. 이 한자어가 최초로 출현하는 문헌은 중국 양(梁)나라의 소명태자(昭命太子) 소통(蕭統)이 진(秦) · 한(漢) 이후 제(齊) · 양(梁)대의 유명한 시문을 모아 엮은 시문집인 『문선(文選)』에 위(魏)나라 때 죽림칠현(竹林七賢)의 한 사람이었던 혜강(嵇康)이 산도(山濤)에게 보냈던 절교(絶交)의 서신 ＜여산거원절교서(與山巨源絶交書)＞ 가운데 '…每常小便而忍不起 令胞中略轉乃起耳…(…늘 소변 볼 때가 되어도 참고 일어서지 않다가 혹 과식을 해서 뱃속이 뒤집히면 그때야 일어나네…)'로 출현하는 것이 그 최초이다.

이 서신은 산도가 혜강에게 벼슬을 권유한 것에 대해 절교 선언을 하면서 자신이 벼슬길에 나서지 않는 이유를 해명하는 글 중 그 일부이다.

이 '每常'이 우리나라 문헌에서는 조선조 세조 5년(1459)에 간행된 『월인석보(月印釋譜)』권 十三, 9에 '每常 아ᄃᆞᆯ 念호ᄃᆡ(늘 아들을 생각하되)'로 출현하는 것이 그 최초이다. 그 후 이 한자어는 성종 12년(1481)에 출간된 『초간본 두시언해(杜詩諺解)』권 七, 2에 'ᄆᆡᅀᅣᆼ 주렷ᄂᆞᆫ 져믄 아ᄃᆞᄅᆞᆫ(恒飢稚子)(늘 굶주려 있는 젊은 아들은)'으로 '常'의 조선초 전승한자음 '샹(『광주판 천자문』7)'이 유성음화된 'ᅀᅣᆼ'으로 변화된 형태가 보이며, 같은 『초간본 두시언해』권 十五, 20에는 'ᄆᆡ양 ᄀᆞᅀᆞᆯ 외ᄅᆞᆯ 보고(每見秋)'처럼 'ㅿ'이 탈락된 형태인 '양'이 보인다. 이는 다시 인조 10년(1632)에 출간된 『중간본 두시언해』 十五, 20에는'ㅇ > ㅇ'으로 자형 변화의 형태인 '양'으로 출현하며,

영조 23년(1747)에 출간된 『송강가사(松江歌辭)』하, 13에는 'ᄆᆞ 양 우ᄂᆞᆫ 아ᄒᆡ (마냥 우는 아이)'처럼 'ᄆᆡ'의 동음생략 형태인 'ᄆᆞ'로 출현한다. 이 낱말은 다시 강화 현상으로 'ㄴ'음이 첨가되어 'ᄆᆞ냥'이 변화되었다가 오늘날 '마냥'으로 귀화어가 되었다.

이 낱말의 통시태를 다시 정리하여 밝히면 다음과 같다.

'ᄆᆡ샹(每常)>ᄆᆡ샹>ᄆᆡ양>ᄆᆡ양>ᄆᆞ양>ᄆᆞ냥>마냥'이 된다.

'지렁이'의 반항

우리나라 속담에 '지렁이도 밟으면 꿈틀한다.'는 말이 있다. 이 속담에서 '지렁이'의 본의(本義)는 '미물(微物), 약자(弱者), 어진 사람'이요, '밟다'의 본의는 '업신여기다, 무시하다, 건드리다'요, '꿈틀하다'의 본의는 '화내다, 반항하다'이다. 따라서 이 속담의 내면적 의미는 '아무리 어진 사람이라 할지라도 자존심을 상하게 되면, 화를 내면서 반항한다.'는 뜻이 된다.

최근 나는 저술가인 P씨가 내게 증정한 책을 읽다가 내용의 일부가 오류(誤謬)가 있어 전화상으로 이를 지적했다가 심한 반발과 저항을 받은 적이 있다. 평소에 얌전했던 그가 이처럼 거세게 저항하는 것으로 보아, 아마 나의 선의(善意)의 오류 지적이 그의 자존심을 심히 건드렸던 것 같다. 공연히 말을 꺼내 남의 심기를 불편하게 했구나 하고 자책을 하면서도 나는 적잖이 당황했다.

그후 한 달쯤 지나 나는 건대(建大) 충주 캠퍼스에 강의하러 내려 갔다가 한국 문단에 소설가로서 원로급인 K사형(詞兄)을 만나 점심 식사를 같이 한 적이 있다. 그날 K사형은 내게 자신의 최근 창작집을 건네주면서

"이 창작집 안에 <○○○>이라는 제목의 단편을 읽어 보게. 내 꽤 심혈을 기울여서 쓴 작품일세."

하는 것이었다. 나는 점심을 먹으면서 그가 내게 읽어 보라고 한 작품을 대충 훑어보고 있었다. 공자 맹자를 비롯해 사서삼경(四書三經) 속에 나오는

명구(名句)라는 명구는 모두 총동원된 한국 초유의 현학적(衒學的)인 소설이었다. 집안 형편이 여의치 않아 초등학교밖에 안 나왔지만, 그의 한문 실력은 대단한 친구였다.

그런데 이게 어찌된 일일까? 원숭이도 나무에서 떨어질 날이 있다고 했던가? 나는 그의 소설을 읽어 내려가다가 다음과 같은 대목에서 시선이 딱 멈춰 서는 것이었다.

> "…(전략)…초등학교밖에 안 나온 사람이 그 정도라면 공자처럼 안 배워도 아는 생이 지지(生而知之)거나 아니면 머리가 아인슈타인처럼 천재여서…(후략)…"

나는 즉석에서 이에 대한 잘못을 지적해 줄까 하다가 그만 꾹 참고 아무 말도 하지 않았다. 문득 순간적으로 P씨 사건이 떠올랐기 때문이었다. 잘못된 것을 보면 기어코 파해쳐서 바로잡아야 직성이 풀리는 나의 고약한 악취미(?)는 하루를 못 넘기고 또 폭발하고 말았다. 그 다음날 아침 나는 그에게 전화를 걸어 다음과 같이 조심스럽게 그의 오류를 일러 주었다.

"아침 식사했소? 당신이 어제 한번 읽어 보라고 했던 작품 잘 읽어 보았네. 그런데 말야, 소설 내용 중 '공자처럼 안 배워도 아는 생이지지(生而知之)……' 운운하는 대목은 잘못되었어. 공자(孔子)는 『논어(論語)』 계씨(季氏)에서 '나면서부터 아는 사람은 상등이고, 배워서 아는 사람은 그 다음이고, 힘들여 애를 써서 아는 사람은 또한 그 다음이다(生而知之者上也 學而知之者次也 困而知之者又其次也).'라고 언급하면서 『논어(論語)』 술이(述而)에서 '나는 나면서부터 아는 사람이 아니고, 옛것을 좋아하여 부지런히 찾아 배워서 안 사람이니라(我非生而知之者 好古敏以求之者).'라고 자비(自卑) · 겸양(謙讓)했었지. 『논어』 책 다시 한번 읽어 보게나."

나의 이 같은 지적에 대해 K형은 즉각적으로

"내 다시 한번 찾아서 읽어 보겠지만, 참으로 고맙네. 내 주변엔 나의 오류에 대해 제대로 지적해 주는 친구가 없었는데……자네의 오류 지적 참으로 고맙네."
하면서 진정으로 나의 오류 지적을 고마워하고 있었다.

나는 요즈음 끝까지 자신의 과오를 시인하지 않고 심한 반발과 저항을 한 P씨와 그 누구보다도 자존심이 강하지만 자신의 과오 지적을 진정으로 고마워하는 K사형의 상반된 두 인간상을 보고 착잡한 상념에 빠져 있다.

약 3천 종의 빈모강(貧毛綱)에 속하는 환형(環形) 동물인 '지렁이'의 어원이라고 볼 수 있는 '지룡(地龍)'이 처음으로 출현하는 문헌은 중국 당(唐)나라 때 이연수(李延壽)가 지은 『남사(南史)』, 왕승변전(王僧辯傳)이고, 우리나라 문헌으로는 세조(世祖) 12년(1466)에 간행된 한의학서 『구급방(救急方)』 상, 64~65에 'ᄆᆞ른 地龍ㅅ ᄀᆞᄅᆞ(마른 지렁이 가루)'로 출현하는 것이 그 최초이다.

이는 다시 광해주(光海主) 5년(1613)에 출간된 『동의보감(東醫寶鑑)』탕액(湯液), 2에 '地龍'의 조선 중기 전승한자음 '디룡(地龍)'에 접미사 '-이'가 첨가된 혼종어(混種語, hybrid word)적 파생어 '蚯蚓 디룡이……一名 地龍'가 출현하고, 숙종(肅宗) 16년(1690)에 간행된중국어 학습서인 『역어유해(譯語類解)』 하, 35에는 임진란 이후 'ㆁ > ㅇ'의 자형 변화를 보인 '蚯蚓 디룡이'가 출현하고 있으며, 정조(正祖) 13년(1789)에 이의봉(李義鳳)이 출간한 『고금석림(古今釋林)』 32, 삼학(三學)에는 '디>지'의 경구개음화를 보인 '지룡이'가 보인다. 이는 다시 오늘날 '지룡이'로 단모음화되었다가 'ㅗ> ㅓ'의 자생적 변화 과정을 거쳐 '지렁이'로 변형되어 귀화어 · 표준어가 되었다.

이를 다시 정리하여 그 통시태를 밝혀 보면, '디룡(地龍)+이→디룡이>디룡이>지룡이>*지롱이>지렁이'가 된다.

'썰매타기' 놀이

나는 서울 한복판인 종로구 청진동 49번지에서 출생했지만, 소년 시절은 무악재 고개 너머 당시는 경기도 고양군에 속해 있었던 산 좋고 물 좋은 지금의 서대문구 홍은동(弘恩洞)에서 살았었다.

지금은 벽계수가 흘렀던 홍제천은 완전히 복개(覆蓋=또는, 부개)되었고, 복개된 시멘트 바닥 위로는 상가와 고가도로가 생겨 옛 모습을 털끝만큼도 찾을 길 없는 상전벽해(桑田碧海)가 되었지만, 당시는 서울 근교에서 가장 경치가 빼어난 아름다운 전원마을이었다.

나는 그 당시 겨울철이 돌아와 눈이 오거나 홍제천(弘濟川)이 얼게 되면, 예외 없이 마루 밑에서 '썰매'를 꺼내 들고 추워도 아랑곳하지 않고 '썰매' 타기 놀이를 누구보다도 즐겨 했던 개구장이 소년이었다.

'썰매'라야 부서진 사과 궤짝을 분해해서 각목 위에 네 모 반듯하게 상판을 만들어 못으로 단단하게 박고, 그 상판 밑에 있는 양 각목에다 주로 철줄을 입혀 만든 엉성한 '썰매'였지만, 내겐 빙판 찍는 쇠꼬챙이를 전후로 움직이면서 빙판 위를 신나게 달리는 고속 자가용이었다.

눈이 올 때는 매끄럽게 응고된 눈길을 이리저리 누볐고, 홍제천이 유리알처럼 반들반들하게 얼 때는 빙판 상류 쪽인 세검정(洗劍亭)까지 올라가 그곳에서 하류 쪽인 홍제교까지 '썰매'를 타고 쏜살같이 내려왔던 고속의 아슬아슬한 쾌감은 망팔(望八)의 이 나이까지도 내 머릿속에 잊을래야 잊을 수 없는 아름다운 추억으로 남아 있다.

눈 위에서 뒹굴고 빙판 위에서 넘어지고 미끄러져 온통 입은 옷이 흙투성이 물투성이가 되어도 나는 어찌된 영문인지 전혀 추위를 의식할 수 없었고 마냥 즐겁기만 했다.

어쩌다가 못 쓰게 된 스케이트를 구해 '썰매' 각목 밑에 휘감은 철줄을 떼어내고 그 자리에 대신 헌 스케이트를 장착하고 빙판에 나타나면, 나는 왕자라도 된 듯 온통 내 주위엔 어느 새 동네 아이들로 문전성시를 이루었다. 그 중에서 힘센 몇몇 아이들이

"야, 나도 한번 타 보자."

하고 힘으로 우악살스레 나를 밀치고 스케이트 '썰매'를 빼앗아 탈 때는 기분이 그다지 유쾌하지는 않았지만, 나는 남보다 우수한(?) 고성능의 '썰매'를 가지고 있다는 자긍심(自矜心) 때문인지 그냥 순순히 응해 줄 수 있었다. 이렇듯 남보다 '썰매'타기 놀이를 즐겨 했던 내가 '썰매'타기 놀이를 못하게 된 것은 1950년 6 · 25 전쟁이 발발하면서부터였다고 생각된다.

의식주 문제가 시급했던 피란 생활 때문에 '썰매'타기 할 마음의 여유가 전혀 없었다는 것이 그 첫째의 이유요, 1 · 4후퇴시 우리 가족들의 보금자리가 흔적도 없이 불타 없어져서 서울 수복 후에도 내겐 고향이나 마찬가지인 홍은동에서 다시 살 수 없게 되었다는 것이 그 둘째 이유다.

사실 '썰매'는 처음부터 사람들의 놀이 도구로 사용되어 온 것은 아니었다고 생각된다. 현재도 날씨가 추운 북쪽 지방에서 살고 있는 에스키모족을 비롯한 여러 부족들이 이 '썰매'를 사람들의 교통 수단은 물론, 육지에서 사냥한 짐승이나 바다에서 낚은 어물이나 그 밖의 물건들을 특정 지역으로 옮기기 위한 운반 수단으로 이용하고 있는 사실이 이를 입증해 주고 있다고 볼 수 있다.

우리나라에서도 이 '썰매'의 어원인 '설마(雪馬)'가 사냥한 짐승이나 물건의 운반 수단으로 써 왔다고 하는 기록이 다음과 같은 문헌에 나온다.

재위 기간이 12년밖에 안 되는 폭군 연산군(燕山君, 1476~1506)에 관한 실록인 『연산군일기(燕山君日記)』 5년 7월조에

> '성종께서 화공(火攻) 병기 화차(火車) 36기를 보내서 신(臣)이 곧 여러 진영(鎭營)에 나누어 배치하였습니다. 다만 겨울에 3기를 놔 두고 15인이 이를 끌어당기는 시험을 했는데 깊게 쌓인 눈을 만나 능히 움직일 수 없었습니다. 이에 신이 민가에서 썰매를 얻어 화차를 그 위에 싣고 옮겼나이다(成宗送火車三十六 臣卽分置諸鎭 只留三車 於冬月 試以十五人挽之 値雪深不能運 臣取村家雪馬 傳火車其上).'

라는 기록이 보이는 것이 그것이요, 조선조 숙종(肅宗) 때 문신 이익(李瀷, 1681~1763)의 문집인 『성호사설(星湖僿說)』에

> '우리나라 북방 변두리에서 겨울 사냥에 썰매를 사용했다(我國北邊冬獵用雪馬)'

라는 기록이 보이는 것이 그것이다.

따라서 '썰매'의 어원은 중국 문헌에는 전혀 출현하지 않고 위의 우리나라 문헌에만 출현하는 사실로 보아, 우리나라에서 조자(造字)한 한자어 '눈 위를 달리는 말'이라는 뜻의 '설마(雪馬)'에서 왔음을 알 수 있다. 이 한자어는 후에 'ㅅ'의 경음화, '마>매'의 자생적 음운변화 과정을 거쳐 '썰매'로 형태 변화 과정을 거쳐 귀화어가 되어 오늘날 고유어처럼 사용되고 있는 터다.

작년 겨울에 대전(大田) 근교에 살고 계시는 누님 집에 갔다가 갑자기 내 소년 시절이 생각나서 밖에 나가 혹시 단단히 얼어붙은 논바닥이나 연못에서 '썰매' 타는 아이들이 있나 하고 괄목(刮目)하고 보았으나, 한 아이도

눈에 띄지 않았다. 이상한 일이었다. 나는 옆에 나와 동행하고 있었던 조카에게

"어째서 빙판에 나와서 노는 아이들이 하나도 안 보이지?"

하고 물어 봤다. 나의 이 같은 질문에 조카는

"요즈음 아이들은 밖에 나와 노는 것보다 방구석에서 컴퓨터 게임하는 것을 더 좋아한답니다."

라고 답변하는 것이었다. 디지털 시대의 어린이들은 모두 이토록 정서적으로 메말라 있단 말인가? 아무리 생각을 해 봐도 밖에 나가 마음껏 자연을 호흡하며 씩씩하게 성장해야 할 어린이들이 육체적으로나 정신적으로 아무런 도움이 안 되는 컴퓨터 게임에만 몰두(沒頭)해 있다는 것은 여간한 비극이 아닐 수 없다.

'미역'감고 놀던 그 시절

아카시아 향기/온 마을을 흠뻑 적시며/오뉴월 한여름이 찾아 오면/헐벗고 굶주렸던 아이들/천국을 만난듯/너나없이 집을 뛰쳐나와/세검정 너럭바위/감돌아 흐르는 여울목에서/무자맥질하며 신명나게 놀다가/뱃속이 출출해지면 산성을 넘어/수줍은 열여섯 소녀 볼처럼/볼그스레 잘 익은 능금/서리하기 도 하였고/홍제천 방죽 너머/논도랑에서 잡은 개구리/뒷다리 뽑아 구워 먹으며/릴릴리 삐리삐리삐/풀 피리 불러댔었지

이 시는 『문학예술』 2005년 봄호에 수록된 필자의 향수(鄕愁)를 주제로 한 등단(登壇) 장시 <사향(思鄕)> 전 5연 중 제2연 여름 노래이다. 나는 제2차 세계대전이 발발하기 3년전 일제시대 때 서울 청진동(淸進洞) 49번지에서 출생하였다. 그러나 나는 그 곳에서 오래 살지 못하고 선친의 사업실패로 다섯 살 무렵 선친의 등에 업혀 지금의 서대문구 현저동과 홍제동 사이에 있는 무악재(毋岳-=길마재, 무학재)를 넘어 홍은동 산동네로 이사 가서 그곳에서 소년시절을 보냈다.

지금은 도시화로 인해 상전벽해(桑田碧海)가 되어 옛 모습을 털끝만큼도 찾을 길이 없는 삭막한 동네가 되었지만, 그 당시 홍은동(弘恩洞)은 자연 환경이 서울 근교에서 가장 빼어나게 아름다웠던 전원마을이었다.

배산임수(背山臨水)의 산동네 앞을 큰 가뭄에도 마를 날이 없이 흘러내

리는 홍제천(弘濟川)은 북한산 국립공원 문수봉, 보현봉, 형제봉에서 발원(發源)하여 창의문(彰義門) 밖 조선조 인조 반정(仁祖反正) 때 우국지사 이귀(李貴), 김유(金瑬) 등이 광해군(光海君)을 폐위시키기 위해 칼을 씻으며 모의했던 세검정(洗劍亭)을 감돌아서 홍지문(弘智門=北漢門) 바로 옆 오간수(五間水) 다리 밑과 보도각백불(普渡閣白佛=부처바위) 앞을 지나 내가 살았던 홍은동 앞으로 흘러 지금의 성산대교 근처에서 한강과 합류하는 그야말로 1급 벽계수(碧溪水)였다.

홍제천 방죽 위에는 미루나무들이 일렬로 사열병처럼 도열해 서 있었고, 방죽 너머에는 인왕산(仁旺山)이 한 폭의 그림이 되어 사시사철 각기 다른 아름다운 풍광을 토해 내고 있었으며, 왼쪽으로는 산성(山城) 너머 북한산의 삼형제 백운봉(白雲峰), 인수봉(仁壽峰), 국망봉(國望峰)이 항상 인자한 모습으로 미소 짓고 있었던 그런 곳이었다.

나는 여름만 되면 위의 시에서 노래한 바와 같이 오간수 다리 밑이나 부처바위 밑을 감돌아 흐르는 여울목에서 '미역'감기를 즐기며 신명나게 놀았었다(그때 개구리헤엄을 치면서 배운 수영 실력은 나중에 고등학교와 대학생이 되어서 물살이 급했던 뚝섬 한강을 도하할 정도의 실력으로 발전하는 계기가 되었다고 생각된다.). 그렇게 아침부터 시간 가는 줄 모르고 놀다가 점심 때가 되어 배가 출출해지면, 부처바위 윗쪽 북한산성을 넘어 능금서리를 해서 먹거나, 칡덩굴을 찾아 맨손으로 칡뿌리를 캐서 흙 묻은 채 질겅질겅 씹어 먹거나, 방죽 너머 논도랑에서 개구리를 잡아 뒷다리를 뽑아서는 불에 구워 먹거나, 심지어는 그 아래 포방터(砲放- =사격장) 쪽으로 내려와서는 사격 훈련 왔었던 일본군이 먹다 남은 나무도시락에 붙어 있는 밥알을 뜯어 먹으며 허기를 달랬었다.

그때 그 시절은 정말 먹을 것이 너무나 부족해 많은 어린이들이 성장에 지장을 줄 정도로 영양 실조에 걸려 있었다고 해도 과언이 아니었다. 필자가 『문예사조』 2007년 4월호에 발표한 바 있는 <막걸리 유감>이라는 제목의 수필에서 이미 밝힌 바 있지만, 나는 초등학교 시절 식량 대용으로 술지게미를 시도 때도 없이 자주 먹어 이미 어려서부터 술꾼(?)이 되어 있었고, 이따금 술에 취한 채 등교했다가 담임 선생님으로부터 호되게 야단맞고 벌을 선 적이 있었다고 고백한 적이 있다.

세월은 백마가 문틈으로 휙 지나가듯 흘러 어느덧 내 나이 망팔(望八)의 나이가 된 지금도 나는 그때 오간수 다리 밑과 부처바위 밑에서 '미역'감고 천진무구(天眞無垢)하게 뛰놀았던 어린 시절을 잊지 못하고 그리워하고 있다. 비록 먹을 것이 부족해서 굶주리며 살았지만, 그 순간만은 배고픔의 고통도 가난의 번민(煩悶)도 자연에 몸을 던져 그를 호흡하는 동안 모두 용해(溶解)되어 어디론가 사라져 버린 채 마냥 즐겁고 행복하기만 했었다.

'미역'이라는 낱말의 뜻은 국어사전마다 뜻풀이가 조금씩 달리 나온다. 『국어 대사전(이희승, 민중서관, 1982)』에는 '냇물이나 강물 같은 데에 들어가 몸을 씻는 일'로 출현하고, 『새 우리말 큰 사전(신기철 · 신용철, 삼성출판사, 1980)』에는 '(냇물이나 바닷물 등에서) 물 속에 몸을 잠가서 씻는 일, 또는 물 속에 몸을 잠그고 헤엄치거나 씻거나 하며 노는 일'로 출현하고, 『국어 대사전(운평어문연구소, 금성출판사, 1999)』에는 '냇물이나 강물에 들어가 몸을 씻거나 노는 일'로 출현하고, 『우리말 큰 사전(한글학회 지음, 어문각, 1992)』에는 '냇물이나 바닷물 같은 데에 들어가 몸을 씻거나 놀거나 하는 일'로 출현하고 있다.

또한 북한에서 출간된 『조선말 사전(과학원 출판사, 1990)』에는 '(주로 '내물이나 바다'물 등에서) 물 속에 몸을 잠가서 씻는 일'로 출현하고, 『현대 조선말 사전(사회과학원 언어학 연구소, 1988)』에는 '(주로 내물이나 바다물 같은 데서) 물 속에 몸을 잠가서 씻거나 노는 일'로 출현하고 있다.

그러나, 위의 남북한 국어사전에서의 '미역'에 대한 풀이말은 모두 완전한 풀이말이라고 볼 수 없다. 왜냐 하면 '미역'이라는 낱말은 원래 '머리

감을 목(沐)'자와 '몸 깨끗이 할 욕(浴)'자와의 합성어이기 때문이다(『시경(詩經)』, 소아(小雅), 채록(采綠)에 '내 머리가 뒤엉켰으니 돌아가 머리를 감으리라(予髮曲局 薄言歸沐)'로 출현하고 있고, 『광아(廣雅)』, 석고(釋詁) 2에 '浴 洒也(욕의 뜻은 세(洒; 씻다)이니라'라고 출현하며, 『좌전(左傳)』문공(文公) 18년조에는 '두 사람이 못에서 몸을 씻었다(二人浴于池)'라고 출현하는 사실로 보아, '목욕(沐浴)'의 뜻은 '민물로 머리를 감거나 몸을 씻는 행위'를 뜻하는 말임을 확실히 알 수 있다.).

'목욕(沐浴)'이라는 한자어는 중국에서 조자(造字)한 한자어로, 이 한자어가 최초로 출현하는 문헌은 B. C. 11세기경 고대 중국 주(周)나라 문왕(文王)의 아들 주공(周公)이 주나라의 관제(官制)와 전국시대(戰國時代) 각국의 제도를 수집하여 유가(儒家)의 정치사상을 덧붙여 편찬한 『주례(周禮)』(『의례(儀禮)』, 『예기(禮記)』와 더불어 삼례(三禮)라고 함)로, 이 책 천관(天官), 궁인(宮人)조에 다음과 같이 기록되어 있다.

> 궁인이 왕의 육침(六寢 ; 천자의 침전과 다섯 개의 소침전)의 관리를 담당하는데, 그 정언(井匽 ; 빗물이나 구정물을 흘려 보내는 도랑, 또는 그 물을 받아 둔 곳)을 다스릴 때, 깨끗하지 못한 것을 제거하고 그 악취를 제거하여 왕과 함께 머리를 감고 몸을 씻는다(宮人掌王之六寢之脩 爲其井匽 除其不蠲 去其惡臭 共王之沐浴).

또한, 이 한자어는 '마음과 몸을 깨끗이 하고, 부정(不淨)한 일을 멀리 하는 일'의 뜻인 '재계(齋戒)'와 합성되어 '머리를 감고 몸을 깨끗이 하여 몸을 가다듬어 부정을 피하는 일'의 뜻인 '목욕재계(沐浴齋戒)'의 사자성어(四字成語)를 이루면서 널리 쓰이고 있다 (이러한 사자성어가 최초로 보이는 문헌은 『맹자(孟子)』로, 이루장구(離婁章句) 하에 '맹자 가로되 (아무리 절색미인인) 서자(西子=서시(西施))라도 불결한 것을 머리에 쓰면, 사람들은 모두 코를 가리고 지나갈 것이다. 추악한 사람이 있다 하더라도 목욕재계하면 상제(上帝)를 제사할 수 있을 것이다(西子蒙不潔 則人皆掩費而過之 雖有惡人 齋戒沐浴 則可以祀上帝).'라고 기록되어 있다.).

이 한자어는 우리나라에 들어와서 '목욕(沐浴)<월인천강지곡, 63> 모욕<구급간이방, 一, 104>'처럼 'ㄱ'이 간접 동음생략(또는 모음간 'ㄱ'탈락)되었다가 '모욕'이 되었고, 다시 모음 이화 과정을 거쳐 오늘날의 '미역'으로 음운변화 과정을 거치면서 '물 속에서 노는 행위'의 의미가 첨가된 의미변화어의 귀화어가 되었다.

따라서 '미역'의 올바른 풀이말은 '민물인 강물이나 냇물 속에 몸을 잠그고 머리를 감기도 하고 몸을 씻는 일, 또는 무자맥질이나 헤엄을 치며 노는 일'로 고쳐야 한다고 본다.

이 글을 쓰면서 나는 그 옛날 내 어린 시절 내내 오간수 다리 밑과 부처바위 여울목에서 '미역'감으며 배고픈 줄도 모르고 뛰놀았던 과거 속으로 빠져 들어가서는 한동안 행복한 미소를 짓고 있었다.

작은 '고추'가 더 맵다

'고추'는 가지과에 속하는 일년생 식물이다. '고추'에는 캡사이신과 당분이 함유되어 있어 매운 맛과 단 맛이 잘 조화되어 있고, 비타민 C성분이 감귤류의 2배, 사과의 50배나 된다고 한다. 특히 우리나라 사람들은 '고추'의 매운 맛을 퍽이나 좋아해 초록색의 장과(漿果)는 된장이나 고추장을 찍어 직접 밥반찬으로 먹기도 하고, 빨갛게 익은 장과는 여러 날 햇볕에 말려 빻아서 고춧가루를 만들어 김장 담글 때나 각종 반찬을 만들 때 조미료로 쓴다.

'고추'는 이처럼 우리네 식생활에 있어 '약방의 감초'와 같이 빼놓을 수 없는 식물인 것이다. 그러기에 이 식물은 우리나라 속담, 민속(民俗), 민요 등에 자주 등장하는 바, 예를 들면 다음과 같다.

첫째, 속담의 예

- 작은 고추가 더 맵다.(사람이 몸집은 작아도 힘이 세거나, 하는 일이 야무지거나 함을 풍유한 말)
- 고추 밭에 말 달리기(심술이 매우 고약함을 풍유한 말)
- 고추 밭을 매도 참이 있다.(아무리 작은 일이라도 사람을 부렸으면 보수를 줘야 함을 풍유한 말)
- 고추 먹은 소리(못 마땅하게 여겨 씁쓸해함을 풍유한 말)
- 고추보다 후추가 더 맵다.(작은 사람이 큰 사람보다 더 뛰어남을

풍유한 말, 뛰어난 사람보다 더 뛰어난 사람을 풍유한 말)

• 눈 어둡다 하더니 다홍 고추만 잘 딴다.(제 일만 알고 남의 일은 도와 주지 않는 사람을 풍유한 말. 비협조적이고 음흉한 사람을 풍유한 말)

• 고추나무에 그네를 뛰고 잣껍질로 배를 만들어 타겠다.(고추나무에서 그네를 뛸 수 있고, 잣껍질을 배 삼아 타고 다닐 수 있을 정도로 사람이 작아진다는 것을 풍유한 말. 세상이 말세가 되면 괴상 망측한 짓을 하는 사람이 생김을 풍유한 말)

• 고추가 커야만 매우랴.(반드시 커야만 제 구실을 하는 것이 아님을 풍유한 말)

둘째, 민속의 예

우리나라에서는 오래 전부터 붉은 색은 태양이나 불을 상징하는 색깔로 인식하여 왔다. 그러기에 붉은 색의 고추는 자주 벽사(辟邪)의 의미로 쓰여 왔으니, 장을 담근 뒤에 장맛을 나쁘게 하는 잡귀를 도망가게 하기 위해 숯이나 붉은 고추를 새끼에 꿰어 독에 둘러치거나, 장속에 직접 넣기도 하고, 경상북도 동해안 지방 별신굿에서는 굿상에 붉은 색 고추와 숯을 띄워 놓거나, 아들을 낳으면 왼새끼 인줄에 붉은 고추와 숯을 꿰어 대문에 걸어 놓거나 하는 등의 민간 풍속이 바로 그것인 것이다.

셋째, 민요의 예

고추는 특유의 매운 맛에 비유하여 민요에도 등장하고 있다. 다음과 같은 경상북도 경산 지방의 민요가 그것이다.

시집살이 개집살이/앞 밭에는 당추 심고/뒷밭에는 고추 심어/고추 당추 맵다 해도/시집살이 더 맵더라 시집살이의 어렵고 고됨을 매운 고추맛에다 비유한 민요이다.

이렇듯 우리의 식생활은 물론, 속담, 민속, 민요에 자주 등장하는 '고추'

의 원산지는 어디이며, 우리나라에 전래된 시기와 그 어원은 무엇일까?

1590년 명(明)나라의 이시진(李時珍)이 지은 본초학(本草學) 연구서 『본초강목(本草綱目)』에는 '고추'에 관한 기록이 전혀 없고, 1542년 일본에서 간행된 『초목육부경종법(草木六部耕種法)』에는 포르투갈 사람이 고추를 일본에 전했다고 하는 기록이 있으며(『한국민족문화대백과사전』권 2 참조), 조선 중기 때 학자 이수광(李睟光)이 광해군 6년(1614)에 지은 백과사전적 저서 『지봉유설(芝峰類說)』 하(下) 권 20 목부(木部)에는 '남만초(南蠻椒=고추)는 큰 독이 있으며, 처음에 왜국에서 들어 왔기에 속칭 왜개자(倭芥子)라고 한다(南蠻椒有大毒始自倭國來故俗謂倭芥子).'라는 기록이 있다. 이 같은 사실을 종합해 볼 때 고추가 우리나라에 들어온 시기는 1592년에 발발한 임진왜란을 전후한 무렵 중앙 아메리카에서 일본으로 전래되었다가 다시 우리나라로 전래된 것으로 추정된다.

또한 이희승 편저의 『국어 대사전(민중서림, 1982)』과 북한 과학원에서 펴낸 『조선말 사전(1990)』에는 위의 '고추'가 한자어 '고초(苦草)'에서 음운변화 현상을 일으켜 '고추'가 된 것으로 그 어원을 밝히고 있으나, 이는 큰 오류가 아닐 수 없다. 왜냐 하면 '고초(苦草)'는 북위(北魏) 때 가사협(賈思勰)이 지은 중국의 농서(農書) 『제민요술(齊民要術)(532~544)』 잡설(雜說)에 기록되어 있는 것처럼 '부인병을 치료하는 약재로 쓰는 풀이름'이기 때문이다.

따라서 귀화어 '고추'는 조선 정조(正祖) 20년(1796)에 간행된 경기도 수원성(水原城) 역사(役事)의 경위와 전말을 기록한 책인 『화성성역의궤(華城城役儀軌)』 6에 '고추 여덟 되(苦椒 八升)'로 기록되어 있는 사실과 『조선영조실록(朝鮮英祖實錄)』 44년 8월조에 '고추장(苦椒醬)'으로 기록되어 있는 사실로 보아, 오늘날의 '고추'라는 낱말은 중국에서 조자한 의미가 전혀 다른 '고초(苦草)'에서 모음이화된 귀화어가 아니라, 우리나라에서 조자한 한자어 '고쵸(苦椒)'에서 단모음화와 모음이화 과정을 거쳐 귀화어가 된 것임이 확실하다고 본다.

'감투'와 나

우리나라 국어에 흔히 '벼슬이나 어떤 직위'를 환유(換喩)해서 쓰는 말 가운데 '감투'라는 낱말이 있다.

이 낱말은 원래 '모직모(毛織帽)'의 뜻인 만주어 'kamtu'에서 귀화어가 된 낱말로, 조선 영정(英正) 시대 운학자(韻學者)인 황윤석의 문집 『이재유고(頤齋遺稿)』권 25, 잡저(雜著) 중 인명, 지명, 방언에 출현하는 어휘들을 한자음의 변천에서, 혹은 중국어, 범어, 여진어 등과의 비교 연구에서 그 어원을 밝히고 있는 『화음방언자의해(華音方言字義解)』에는 한자 음역어 '감두(贛頭)'로, 신라 이후의 우리나라 고유어와 일본어, 몽고어, 만주어 등 여러 나라에서 들어온 외래어를 모아 풀이한, 조선 정조(正祖) 13년(1789)에 출간된 『고금석림(古今釋林)』 제8편 『동한역어(東韓譯語)』에는 역시 한자 음역어 '가두(加頭)'로, 조선 중종(中宗) 12년(1517)에 간행된 중국어 학습서인 『번역박통사(飜譯朴通事)』상, 52에는 음운과 의미가 변한 '감토[帽子]'로, 조선 후기 영조(英祖) 24년(1748)에 간행된 만주어 사전인 『동문유해(同文類解)』 상, 55에는 격음화와 모음이화된 '캄투[帽子]'로 출현하고 있다.

이 낱말은 우리나라에서 '감투'로 음운변화되어 귀화어가 되면서 본래의 뜻인 '모직모'의 뜻에서 '1) 전날 머리에 쓰던 의관의 하나. 챗불처럼 결은 말총이나 가죽 헝겊 따위로 탕건 비슷하게 만들어 턱이 없고 민틋하다.

2) '탕건'의 낮은 말. 3) '복주 감투'의 준말. 4) '벼슬'이나 '직위'의 속된 비유. 5) (건) 기둥이나 도리 끝 따위에 쇠붙이로 만들어 씌운 것(『우리말 큰사전』(한글학회 지음, 어문각 간행. 1992) 참조)'등의 뜻으로 의미 변화되었다.

위의 5가지 의미 가운데 요즈음 우리나라에서 흔히 사용하고 있는 것은 4)의 뜻이 아닌가 한다.

나는 어렸을 적부터 '감투'하고는 어지간히 인연이 없었던 것 같다. 초등학교 다닐 때는 학년 전체 수석을 했으면서도 키가 작다는 이유로 반장 한번 못하고 5, 6학년 때 부반장만 두 번 하고 졸업했으며, 대학 시절에는 문학 동아리 <청탑문우회(青塔文友會)>를 결성하는데 앞장섰으면서도 회장직이 나를 기피했는지 내가 손사래를 쳤는지 잘은 몰라도 좌우간 그 알량한 감투(?)는 내 곁을 비켜 갔다.

대학을 졸업하고 15년간의 고등학교 교사 생활을 할 때나, 20여년 간의 대학교수 생활을 할 때도 '감투'는 내게 가까이 다가오지 않았다. 고등학교 교사 시절에는 3학년을 가르치면서 보충교재 만들랴, 교지 편집하랴, 급수별 한자 교본 만들랴 정신 없이 학교를 위해 분골쇄신(粉骨碎身)했어도 주임 한번 못했고, 대학교수 시절에는 줄을 잘못 섰는지, 어느 감투욕이 강한 비겁한 선비(?)한테 모함을 받았는지, 대개는 결정적인 과오가 없으면 부임 차례순으로 누구나 한번씩 거쳐 가는 '학장'이라는 알량한 '감투' 한번 써 보지 못하고 2001년 2월 28일자로 정년 퇴임을 하고 말았다.

학생들 간에는 '감투욕 없는 참스승'이라고 좋게 평했던 학생도 있었겠고, '융통성이 없는 무능한 스승'이라고 나쁘게 평했던 학생도 있었을 것이나, 그런 두 종류의 평들은 전혀 내게 걸맞지 않은 잘못된 평들이다.

왜냐 하면, 나는 내게 있어 '감투'는 어렸을 적부터 운명적으로 가까워질 수 없는, '어느 길 가는 나그네가 던져 준 비스켓 같은 것'이라고 생각하고 있는 사람이기 때문이다. 그러한 나에게 최근 '○○문학회'를 조직해서 이사장직으로 있는 L선생으로부터 '회장'직을 맡아 달라는 '감투' 제의가 들어 왔다. 솔직히 말해서 이러한 제의를 처음 듣는 순간 내 기분은 그리 나쁘지는 않았다. 왜냐 하면 자신을 인정해 주는 사람이 옆에 있다는 사실은 그리 기분 나쁜 일은 아니기 때문이다.

나는 L선생에게 생각할 말미를 달라 하고 2, 3일간 장고에 들어갔었다. 나는 오랜 장고 끝에 감투비(?)로 얼마를 내야 한다는 금전적인 문제도 자존심이 허락하지 않았지만, 다음과 같은 사실이 나로 하여금 모처럼 늙마에 찾아온 '감투'를 거절케 했다.

> 첫째, 일생을 두고 한 번도 중요 직책을 맡아 본 적이 없었기 때문에 문학회를 발전적으로 이끌고 나갈 자신이 없었다는 점.
> 둘째, 대학 재학시절부터 동인지를 발간하는 등의 문학 활동을 해왔으나, 정식으로 문단에 얼굴을 내민 시기가 일천(日淺)한 사람이 주제넘게 문학회 회장직을 맡는다는 것은 말 많은 문인들 간에 조롱거리가 되기 쉽다는 점.
> 셋째, 글 쓰는 문인에게는 화려한 감투보다는 좋은 작품을 창작하는 일이 보다 바람직하다는 점.

'감투', 그것은 많은 속된 사람들이 갖고 싶어하는 자기 위신의 신분증 같은 것인지 모르지만(특히 문인들이 좋아하는 것 같다), 나에게는 운명적으로 가까워질 수 없었던, 저 먼 곳에 있는 '행운의 여신(?)'이었는지도 모른다.

// 4. 서간문, 기행문 //

지조와 풍류의 시인, 조지훈(趙芝薰) 선생님께

지천명(知天命)의 나이를 마저 채우지 못하시고 유명(幽明)을 달리하신 지훈 선생님!

『장자(莊子)』 지북유(知北遊)에 '사람이 천지 사이에 살아 있는 시간이란 마치 백마가 벽의 틈새를 휙 지나가는 것과 같다(人生天地之間 若白駒之過卻(=隙)).'라고 기록되어 있는 것처럼 우리네 인간은 잠깐 이승에 나왔다가는 순식간에 사라져 버리는 무상(無常)한 존재인 것 같습니다.

어렸을 적부터 글읽기와 글쓰기를 좋아했던 이 제자가 문학 공부를 본격적으로 하고 싶어 민족사학 고려대학교 국어국문학과에 8 : 1의 관문을 뚫고 입학한 지가 엊그제 같은데 어느덧 반세기라는 기나긴 세월이 흘러갔고, 또한 선생님께서 4 · 19 혁명, 5 · 16 군사 구데타, 6 · 3 시위 등 민족 격동의 아픔을 겪으시고, 1968년 기관지 확장으로 48세의 짧은 생애를 마감하신 날로부터는 강산이 4번 변하는 세월이 흘러 갔으니 말입니다.

존경하옵는 지훈 선생님!

이렇듯 선생님께서 이승을 떠나신 지 수십 년이 흘러간 오늘, 산수(傘壽)의 나이가 된 제자가 새삼 선생님을 머리에 떠올리면서 이 글을 올리는 이유는, 선생님이 살아가셨던 인생의 족적(足跡)이 너무나 훌륭하셨기에 이를 40여년 동안 교편 생활을 통해 길러낸 제자들에게 널리 알리고, 또한 스스로를 반성하는 귀감(龜鑑)으로 삼기 위해서입니다.

반세기가 지난 오늘 선생님께 솔직히 고백하건대 제가 고려대학교 국어국문학과에 입학할 무렵, 저는 선생님에 관해서 다음과 같은 몇 가지 외면적인 사실 이외에 별로 아는 것이 없었습니다.

첫째, 선생님께서는 재불차(財不借; 남에게 재물을 빌지 말 것), 인불차(人不借; 양자를 들이지 말 것), 문불차(文不借; 남의 문장을 표절하지 말 것)의 엄격한 삼불차(三不借) 가훈을 가진 삼한갑족(三韓甲族)의 명가 출생으로, 아버지 제헌(制憲) 국회회원 조헌영(趙憲泳)과 어머니 유노미(柳魯尾)의 3남 1녀 중 차남으로 경북 영양군(英陽郡) 일월면(日月面) 주곡동(注谷洞=주실마을)에 있는 조선조 전형적인 양반가인 호은종택(壺隱宗宅)에서 1921년 1월 11일(음력 1920년 12월 3일) 출생하셨고, 본명은 동탁(東卓)이요, 흔히 아호로 알려진 지훈(芝薰)은 실은 어느 고로(古老)가 선생님이 어렸을 때 『공자가어(孔子家語)』에 출현하는 '지란(芝蘭)은 깊은 산중에서 살지만, 사람이 없어도 향기 뿜는 일을 멈추지 않는다(芝蘭生於深林 不以無人而不芳)'에서 '지란(芝蘭)'과 '방(芳)'자를 따서 '지란과 같은 늘 향내를 풍기는 사람이 되라'는 뜻으로 지어 준 필명이며, 실제 아호는 월정사에 계실 때 지은 '승려도 속인도 아니라는 뜻'의 '비승비속(非僧非俗)'에서 인(人)변을 뺀 '증곡(曾谷)', 당신의 집이름인 '방우산장(放牛山莊)의 주인이라는 뜻'의 '방우자(放牛子)', '밤비 오는 소리를 듣는 집인 침우당(枕雨堂)의 주인이라는 뜻'의 '침우당주인(枕雨堂主人)'의 세 가지 아호가 있다는 사실(수필 <나의 아호(雅號) 유래> 참조).

둘째, 선생님께서는 어려서 할아버지인 조인석(趙寅錫)에게 한문을 수학하시면서 영양보통학교를 졸업하시고 나서 한동안 일본 와세다대학의 통신강의록으로 독학하셨고, 1941년 3월 지금의 동국대학교 전신인 혜화전문학교를 졸업하셨다는 사실과 그 해 4월에는 오대산 월정사(月精寺) 불교

강원(講院) 외전강사(外典講師)로 근무하신 적이 있었고, 그후 경기여고 교사, 서울여자의학전문대학 교수, 동국대 강사를 거쳐 1948년에는 28세의 젊은 나이로 고려대학교 국어국문학과 교수로 부임하셨다는 사실.

셋째, 선생님께서는 19세의 젊은 나이인 1939년에 <고풍의상(古風衣裳)>, <승무(僧舞)>, 1940년에는 <봉황수(鳳凰愁)>가 『문장(文章)』지에 정지용(鄭芝溶)으로부터 추천을 받아 문단에 데뷔하셨다는 사실과 1948년에는 같은 『문장』지 출신인 박두진(朴斗鎭), 박목월(朴木月)과 함께 박목월의 시 <청노루>에서 책명을 따온 공동시집 『청록집(青鹿集)』을 상재(上梓)하셔서 그후 ’청록파‘ 시인, 또는 자연 현상을 시적 제재(題材)로 한 시를 주로 썼다고 해서 ’자연파‘ 시인라고 부르게 되었다는 사실.

존경하옵는 지훈 선생님 !

제가 선생님을 뵈온 지 반세기가 지났어도 선생님을 잊지 못하고 지금까지 존경의 마음이 연면(連綿)하게 이어져 내려온 이유는, 이 같은 외면적인 사실 이외에 다음과 같은 내면적인 사실을 알게 되면서부터였습니다.

첫째로, 선생님께서는 저에게 ‘시란 무엇인가?’에 대해서 조금은 눈을 뜨게 해 주신 참 스승이셨습니다.

선생님께서는 <승무(僧舞)>라는 시 한 편을 건지시기 위해 처음으로 한성준(韓成俊)의 승무를 보셨고, 두 번째로는 최승희(崔承喜)의 승무를 보셨으며, 세 번째로는 19세 때 가을에 수원 용주사(龍珠寺)에서 여승의 승무를 직접 보신 후 비로소 승무를 제재로 한 시를 써야겠다고 시상(詩想)을 잡으신 것으로 알고 있습니다.

그러나 선생님께서는 이듬해 늦은 봄까지 붓을 들지 못하시다가 여름에 조선 미술전람회장인 경복궁 안에 전시되었던 김은호(金殷鎬) 화백의 <승무도(僧舞圖)> 앞에서 78자로 된 초고(草稿)를 쓰셨고, 그 해 10월 구왕

궁 아악부(雅樂部)에서 <영산회상(靈山會相)>의 한 가락을 듣고 나서 초고 시를 다시 퇴고(推敲)에 퇴고를 거듭하시다가 승무를 구상하신 지 11달, 집필하신 지 7개월 도합 1년 6개월만에 드디어 한 편의 시를 완성하신 시창작의 진지성을 저에게 깨우쳐 주셨으며, 또한 C. D. 루이스가 그의 『시학 입문』에서 '언어는 시의 가장 근원이 되는 재료'라고 언급한 것과 같이 선생님께서도 <시의 언어>라는 제목의 문학론에서 '시 창생의 유일한 질료(質料)는 언어이다. 시의 뼈와 살, 빛과 소리, 혼과 향기는 모두 언어 속에 깃들어 있다.'라고 강조하시면서 시창작에 있어 시어(詩語) 선정의 중요성을 저에게 일깨워 주셨습니다.

이러한 선생님의 가르침은 늙마에 시단에 얼굴을 내민 저에게 있어 '한 편의 시를 짓는 데 사람을 깜짝 놀라게 할 수 있는 글귀를 얻지 못하면 죽어도 그런 글귀를 얻을 때까지 쉬지 않겠다(語不驚人死不休).'라고 맹세한 시성(詩聖) 당(唐)시인 두보(杜甫)의 시어 선정의 진지한 태도를 본받게 하셨고, 북송(北宋)의 소동파(蘇東坡)가 <적벽부(赤壁賦)>를 쓸 때, 퇴고(推敲)한 종이가 서랍에 가득했었다는 일화에서처럼 소동파의 퇴고 정신을 본받게 해 주셨습니다.

둘째로, 선생님의 주된 시의 세계는 민족애(民族愛)를 기조(基調)로 한 전통적 율격(律格)의 민족 시인이요, 전통적 서정시인이셨습니다.

일제 강점기말에 쓰신 <동물원의 오후>에서는 나라 잃은 민족의 처지를 역설적으로 '철책 안에 갇힌 나'로 노래한 참여시를, 6 · 25 전쟁 중에는 <다부원에서>라는 제목으로 동족상잔의 비극을 '피아의 공방의 포화가/ 한 달을 내리 울부짖던 곳'에서 '죽은 자도 산 자도 다 함께/ 안주의 집이 없고 바람만 분다'라고 노래한 참여시를, 4 · 19 혁명 직후에는 <늬들 마음을 우리가 안다>라는 제목으로 혁명의 주체인 학생들의 죽음을 애통해하시면서 '사랑하는 젊은이들아/ 붉은 피를 쏟으며 빛을 불러

놓고/ 어둠 속에 먼저 간 수탉의 넋들아'하고 노래하시면서 사상성이 강한 참여시를 쓰신 바 있지만, 선생님의 주된 작품 세계는 <승무>, <고풍의 상>, <봉황수> 등의 추천 작품과 『청록집(1946)』, 『풀잎 단장(1952)』, 『조지훈 시선(1956)』등에 수록된 초기시에서 보듯 뭐니뭐니 해도 '민족애를 기조로 한 전통적 율격'과 '민족과 자연, 모어(母語)에 대한 애정과 기다림의 정서'(수필 <내 시의 고향> 참조)를 바탕으로 하면서 1920년대의 김소월(金素月)에서 1930년대 김영랑(金永郞) · 박용철(朴龍喆)로 이어지는 민족애적 순수시의 음악성이 가미된 '전통적 서정시'라고 생각됩니다.

유불선(儒佛仙)의 동양적 사상을 근저(根底)로 한 우리나라의 전통적 서정시는 한때 20년대와 30년대에는 무산 계급의 사상적 목적성이 강조된 참여시인 카프(KAPF)시에 의해, 60년대는 6 · 25 동족 상잔의 비극적 상황을 소재로 한 참여시에 의해, 70년대는 이상화, 한용운, 이육사, 윤동주 등 일제에 대한 저항시인들을 후광적 배경 세력으로 한 군사 독재 체제에 대한 저항적 참여시에 의해, 80년대는 노동 운동을 소재로 한 대중 선동의 민중적 참여시에 의해, 90년대와 2000년대는 시의 압축성, 상징성, 서정성을 무시한 '시의 양식 파괴'와 '파괴의 양식화'를 시도한 미래파의 산문적 해체시에 의해 심한 도전을 받아 왔고, 또 현재도 받고 있지만, 뭐니뭐니 해도 서정시는 시의 원형이며 영원한 고향이라고 저는 확신합니다(이유식, 『반세기 한국문학의 조망』, 푸른 사상, 2003, 145~152 참조).

또한 선생님께서는 1942년 3월에 한글학회 전신인 조선어학회 『큰 사전』 편찬위원으로, 1945년 9월에는 한글학회 『중등 국어 교본』 편찬원으로, 그 해 11월에는 진단학회(震檀學會) 『국사 교본』 편찬원으로 근무하신 경력에서 보듯 선생님께서는 모국어와 국사에 대해서 남다른 식견과 애정을 갖고 계셨던 분이셨습니다.

선생님께서는 <우리말의 뿌리를 찾자>라는 제목의 문학론에서 '시는 이른바 언어의 예술이다. 석고나 대리석의 바탕을 체득하지 못하고 조각가가 될 수 없듯이 말을 마스터하지 않고 시인이 된다는 것은 거짓말이다.'라고 하셨고, 이어서 '국어 정화에는 학자보다도 시인이 앞장을 서지 않으면 안 될 것이다. 말을 만들되 거기에 생명을 불어넣는 사람은 시인이기 때문이다.'라고 강조하시면서 일찍이 독일어 순화에 크게 기여했던 J. W. 괴테나 J. C. F. 실러처럼 시인은 한 나라의 국어를 순화(醇化)시키는 데 앞장을 서야 함은 물론, 새로운 언어의 창조자가 될 것을 강조하셨습니다.

이런 관점에서 볼 때, 선생님께서는 한국 현대시의 올바른 지평을 열어 준 선각자(先覺者)요, 올바른 길라잡이이셨다고 말할 수 있을 것 같습니다.

셋째로, 선생님은 지조와 풍류를 겸한 대장부요 멋쟁이이셨습니다.

선생님은 1960년 3월호 『새벽』 3월호에 당대의 '지조 없는 지도자, 배신하는 변절자'들이 범람했던 시대를 개탄하시면서 <지조론(志操論)>이라는 논설에서 '지조란 것은 순일(純一)한 정신을 지키기 위한 불타는 신념이요, 눈물겨운 정성이며, 냉철한 확집(確執)이요, 고귀한 투쟁이기까지 하다.'라고 지조의 정의를 내리시면서 '양가의 부녀가 놀아나고 학자 문인까지 지조를 헌신짝같이 아는 사람이 생기게 되었으니, 변절하는 정치가들도 우리쯤이야 괜찮다고 자위할지 모른다. 그러나 역시 지조는 어느 때나 선비의, 교양인의, 지도자의 생명이다.'라고 힘 주어 강조하시면서 지성인과 지도층에 강한 충고와 질책을 하신 바 있으셨습니다.

또한, 선생님은 <멋 설(說) · 삼도주(三道酒)>, <주객(酒客) 아니라는 성명>, <술은 인정이다>, <주도유단(酒道有段)>, <춘풍 주담(春風酒談)> 등의 수필에서 보듯 대단한 두주 불사(斗酒不辭)의 호탕한 대장부요, 멋쟁이셨습니다.

선생님께서는 <멋 설 · 삼도주>라는 수필에서 '우주의 원리 유일의 실재에다 멋이란 이름을 붙여놓고 엊저녁 마시다 남은 머루술을 들이키고 나니 새삼스레 고개 끄덕여지는 밤이다. 산골 물소리가 어떻게 높아

가는지 열어젖힌 창문에서는 달빛이 쏟아져 들고, 달빛 아래는 산란한 책과 술병과 방우자(放牛子)가 네 활개를 펴고 잠들어 있는 것이다.'라고 고백하신 바 있고, <주객 아니라는 성명>에서는 '하기는 술을 찾아 어울려 다닌 것이 20년이라 일배주 안 마시는 날이 없고 보니, 하루 한 잔씩 쳐도 7,300 잔인데 어디 한 잔으로 끝나는 술이 있던가?'라고 고백하신 바 있으며, <술은 인정이라>라는 수필에서는 '술은 마시는 것이 아니라 인정을 마시고, 술에 취하는 것이 아니라 흥에 취하는 것이 오도(吾道)의 자랑이거니와……'라는 등의 발췌한 기록들을 종합해 보건대, 서재에는 늘 술병이 친구처럼 붙어 있어 시상(詩想)이 떠오를 때마다 매일 한두 잔 술을 마시면서 자연을 관조하셨으며 인생을 사색하셨던 것 같습니다, 술을 마시는 것은 인정을 마시는 것이요, 흥에 취하기 위해 마셨던 주선(酒仙)이셨습니다.

또한 선생님은 일제시대 일본이 싱가포르 함락을 축하하는 행렬을 강요한다는 말을 들으시고 하루 종일 술로 울분을 달래시다가 피를 토하신 적이 있었습니다. 이처럼 선생님에게 있어 술은 기관지 확장이라는 사망 원인이 되었을지 모르겠지만, 정신적으론 시적 영감을 일게 하는 영약(靈藥) 같은 것이었는지도 모르며, 민족적 울분을 삭게 해 주는 묘약(妙藥) 같은 것이었는지도 모릅니다.

존경하옵는 지훈 선생님 !

선생님의 육신은 이미 저승으로 가신 지 오래되었지만, 선생님의 근엄하시면서도 다정다감하셨던 모습과 풍류와 지조의 시인이시며 젊은이들에게 자유, 정의, 진리의 정신을 심어 주신 학자이셨던 선생님의 인생 발자취는 저의 삶이 끝나는 날까지 늘 제 마음 속에 남아 있을 것입니다. 선생님의 명복을 마음 속 깊이 빌면서 이 못난 제자가 글월을 올립니다. 안녕히 주무십시오.

P 시인님께

지난 4월 22일 S문학회 시 낭송 및 강평 모임에서 몇 가지 느낀 점이 있어 이 글을 씁니다. 이 글이 앞으로 계속해서 시 창작과 비평문학의 새로운 지평을 열어 가고자 하는 전도가 양양한 P시인에게 목을 축이는 한 모금의 청량수(淸凉水)가 되었으면 더없는 기쁨이겠습니다.

현재 우리나라 문단에 시인은 많으나, 시다운 시를 발견하기란 좀처럼 어려운 게 사실이지요. 그렇기 때문에 시 작품의 질적 향상을 도모하기 위해서라도 시를 쓰고 있는 동인들끼리나 문학회 회원들끼리 이따금 모여서 자신이 쓴 시 작품에 대한 강평 모임을 갖는 것은 절대 필요하다고 봅니다. 지난 4월 22일 모임에서 시 낭송 및 강평 모임을 갖게 된 것은 본인이 이러한 뜻을 살리기 위해 L회장님께 직접 건의해서 이루어진 것입니다.

그러나, 그날 강평 모임은 비평에 대한 모랄의 결핍으로 엉망진창이 되고 말았음은 P시인께서도 잘 아시리라 믿습니다. 만시지탄(晩時之歎)의 지나간 일이지만, 남의 작품을 비평하는 사람은 다음의 3가지를 반드시 명심했어야 했습니다.

첫째, 일찍이 J. 앤디슨이 그의 <방관자(傍觀者)>라는 글에서 '진정한 비평가는 …(중략)…한 작가의 결점보다는 오히려 장점에 더 유의해야 한다.'라고 언급한 것처럼 남의 작품을 비평하는 사람은 비평대에 오른 한 작품의 결점을 지적해서 비평하기에 앞서 장점을 먼저 지적해서 칭찬해 주는 일이 선행됐어야 했다고 생각합니다. 아무리 보잘것없는 수준 이하의 작품이라 할지라도 한 치의 장점은 어느 한 구석에 숨어 있는 법이니까 말입니다.

둘째, 모름지기 남의 작품을 강평하는 사람은 나르시시즘에 빠져 높은 곳에서 낮은 곳으로 군림(君臨)하려는 태도를 취하는 것은 바람직한 비평의 자세가 아니며, 겸손한 자세를 취해야 한다고 봅니다.

셋째, 현학적(衒學的) 궤변(詭辯)의 논리로 잘못된 지식을 마치 진실인 양 강변해서도 절대로 안 된다고 봅니다.

중국 고전의 하나인 『예기(禮記)』에 '학연후지부족(學然後知不足)'이라는 구절이 있지요. 이 구절을 직역해 보면 '배우고 난 뒤에 부족함을 알았다.'라는 뜻이지만, 이를 다시 곱씹어 보면, '학문의 세계는 너무나 깊고 광활해서 이때까지 자신이 쌓아 온 학문이란 창해일속(滄海一粟)에도 미치지 못하는 보잘것없는 것임을 알았다.'라는 학문에 대한 경건과 겸허의 고백이 담겨 있는 말이라고 생각됩니다.

참다운 학자는 자기 학문에 결코 자만(自滿)하거나 남에게 자랑하지도 않으며, 남의 학문을 깎아내리는 교만도 부리지 않고, M. E. 몽테뉴처럼 '나는 과연 무엇을 알고 있는가?(『수상록』 참조)'라고 자신의 학문을 회의(懷疑)하면서 자비(自卑), 겸양(謙讓)하는 태도를 취해야 한다고 봅니다. 문학 장르 가운데 학문성이 짙은 비평문학에서의 비평가의 태도도 이와 같아야 한다고 봅니다.

연전에 나는 어느 문학강연회에서 현 한국 문단에서 원로급 시인이며, 평론가로 널리 알려진 M시인의 다음과 같은 강연을 듣고 깊은 감명을 받은 바 있습니다.

'저는 대학 재학중 모 일간지 신춘문예에 시가 당선되어 문단에 얼굴을 내민 지가 어느덧 50여년이 되었지만, 아직도 시에 대해서 잘 모릅니다. 그만큼 시는 어느 시인의 말처럼 '인생의 비평'이요, '영혼의 음악'이기 때문인 것 같습니다. 이때까지 제가 쓴 시가 천여 수 가까이 되지만, 남한테 부끄럼 없이 자신 있게 이렇다 하고 내보일 만한 시가 별로 없습니다.' (요약)

그후 나는 M시인을 존경의 눈으로 다시 보게 되었으며, 그의 시집을 여기저기서 구해 가지고 열심히 그의 영혼이 담긴 시세계를 두루 섭렵하였습니다.

'글은 곧 그 사람이다.'라고 언급한 G. L. L. 뷔퐁의 말처럼 그의 시 속에는 자비(自卑)와 겸양의 인격이 곳곳에서 향기를 발산하고 있었으며, R. M. 릴케가 그의 소설『말테의 수기』에서 강조한 바 있는 진지한 인생 체험에서 생성된 '평생을 두고 수집한 꿀과 의미'를 음미할 수 있었습니다. 명료하면서도 깊이 있는 주제, 시의 생명인 조탁(彫琢)된 시어의 선택, 참신한 은유(隱喩), 얼음에 박 밀 듯 매끄럽게 흘러가는 운율(韻律) 등이 잘 살아 있는 주옥(珠玉) 같은 시편들이었습니다.

사실 '비평이란 과연 필요한가?'라는 명제(命題)는 이미 오래 전부터 서구나 우리나라 문단에서 종종 논란의 대상이 되어 온 문제이긴 하지요. 오늘날 세계 명작으로 널리 알려져 있는 W. 셰익스피어의 작품들은 일찍이 볼테르로부터 '술 취한 만인(蠻人)의 공상에서 이루어진 것'이라는 혹평을 받았었다는 사실은 무엇을 의미할까요? 또한 J. W. 괴테는 왜 '저 개를 내쫓아라. 저 자는 비평가이니까.'라고 외치면서 비평가를 배척했을까요?

이 같은 두 가지 사실은 비평문학이 가지고 있는 한계성과 모순성에 있다고 생각됩니다. 이러한 사실로 해서 한때 동서양 문단 공히 '비평문학 무용론'이 제기된 적이 있었음은 P시인께서도 잘 아시리라 믿습니다. 그러나 나는 비평가들이 '투명하고도 올바른 눈'을 가지고 작품을 제대로 옳게 분석해서 비평을 가한다면, 문학의 질적 향상을 위해서라도 비평문학은 절대적으로 그 존재 가치가 있다고 봅니다.

그날 P시인께서는 L시인의 시를 비평하는 자리에서 'L시인의 시에서 사용된 문장 가운데 "'－였었지만'은 영어의 과거완료형 시제(時制)이므로 한국어 문장에서는 적절하지 않다."라고 지적했습니다. 물론 한국어에는 '내가 역에 도착하였을 때 기차는 이미 떠났었다.'처럼 영어의 과거완료형 문장을 번역한 듯한 과거 완료형 시제는 없지만, 아래 문장에서 보듯이 선어말어미 '－었었－'은 흔히 '－었－'에 의하여 표현되는 '과거의 상황보다 한 발 앞선 때의 상황'을 나타내 주는 것으로 이해되어 이에 의한 시제를 흔히 대과거시제라 하며(『국어문법론(이익섭, 임홍빈 공저, 학연사, 1987』참조), 이러한 시제 표현은 한국어 문장에서 얼마든지 자연스럽게 쓸 수 있는 문장인 것입니다.

<예> 작년에는 이곳에 온통 코스모스가 피었었다(대과거)
벌써 코스모스가 피었구나(과거)

따라서 L시인의 시에서의 '하였었지만'의 문장은 대과거시제를 나타내는 자연스런 문장으로 추호도 잘못된 문장이 아닌 것입니다.

또한, 그날 내가 P시인의 시에서 주제와 운율의 부재를 지적했었을 때, P시인께서는 "요즈음 현대시에서는 운율이나 주제가 무시된 시들을 많이 쓰고 있습니다."라고 설명조로 말씀하신 데 대하여 시간에 쫓겨 제대로 반론을 제기하지 못한 것 같아 부연(敷衍)의 말을 하려고 합니다.

나는 제3시집『그물개 솔밭길 걸으며(월간문학 출판부, 2008)』자서(自序)에서 저의 시관(詩觀)을 다음과 같이 밝힌 바 있지요.

> '시란 형태론적인 면에서 언어와 운율이, 방법론적인 면에선 이미지, 은유, 아이러니, 역설, 상징이, 내용론적인 면에선 주제가 요구되는 것이 사실이다.…(중략)…나는 특히 이 가운데서 첫째로 시는 다른 어떤 장르의 문학형태보다 언어의 유기적 구조물로 형성된 언어예술이기 때문에 연금(鍊金)되고 조탁(彫琢)된 시어(詩語)가 가장 중요시되어야 한다고 보며, 둘째로는 R. 웰렉과 A. 워렌의 공저『문학의 이론』에서 '시를 구성하는 두 개의 중요한 원리는 운율(韻律)과 은유(隱喩)이다.'라고 언급한 것처럼 시의 음악성인 운율과 은유법이 중요시되어야 한다고 보며, 셋째로는 좋은 주제를 생성시킬 수 있는 올곧은 세계관과 인생관이 녹아 있는 시정신(詩精神)이 요구되는 문학이다.'(요약)

시는 언어를 매개로 한 예술이기 때문에 시에서 사용된 시어(詩語)가 무엇보다 중요하다고 하는 사실은 그 누구도 부정할 수 없을 것이라고 봅니다. 그렇기 때문에 P. 발레리는 '시는 언어의 연금술(鍊金術)'이라 하였고, C. D. 루이스는 '언어는 시의 가장 근원이 되는 재료'라 하였으며, 최재서(崔載瑞)와 함께 서구의 주지주의 시론을 도입한 우리나라 1930년대 모더니즘 시인인 김기림(金起林)은 '시는 언어의 건축'이라고 언급한 바 있지요.

또한 서사시(敍事詩), 서정시(敍情詩), 극시(劇詩) 중 시의 대명사로 불리는 기원전 6C경 그리이스의 여류시인인 사포(Sappho)에 의해서 최초로 얼굴을 보인 '서정시(Lyric)'의 본뜻이 'Lyra라는 악기에 맞추어 부르는 노래'라는 뜻에서 온 것으로 보아, 서정시는 노래를 부르기 위한 노랫말로서 '시가 곧 음악'이라는 불가분의 관계가 있다는 사실을 우리들에게 주지시켜 주고 있다 하겠습니다.

그러하기에 E. A. 포우는 '시란 미(美)의 운율적 창조이다.'라고 언급했고, 볼테에르는 '시는 영혼의 음악이다.'라고 언급한 사실은 정형시에서는 외재율(外在律)이, 산문시(散文詩)를 포함한 자유시에서는 내재율(內在律)이라는 운율이 필수적으로 갖춰져야 함을 강조한 말이라고 생각됩니다. 따라서 모든 시에서의 운율은 필수적 요소라고 생각되며, 이를 무시하고자 하는 소위 1990년대부터 한국 시단에 등장한 산문적 해체시(解體詩)는 이미 서정시의 궤도를 일탈(逸脫)한 시로서의 자격을 상실한 '타락시(墮落詩)'라고 볼 수밖에 없지 않을까요?

모든 글에서의 주제(主題)는 '글을 쓴 사람의 중심 사상'으로 시에서도 주제는 '시적 자아가 독자에게 전달하려고 하는 형상화된 중심 사상이요, 메시지'임은 주지의 사실이지요. 만일 시에서 주제가 없다면 그 시는 이미 시가 아니요, 다만 언어의 유희(遊戲)에 불과한 것이 아닐까요? 현대시 가운데 일부 해체시에서 주제를 찾아볼 수 없는 시가 존재한다는 사실은 한국 시단의 여간한 비극이 아닐 수 없습니다.

1919년 주요한(朱耀翰)의 <불놀이> 이후 우리나라 현대시의 흐름은 첫째 김억, 김소월, 백석 등 평북 오산학교 출신들에 의해서 형성되고 청록파(青鹿派=自然派) 시문학파(詩文學派=純粹詩派), 생명파(生命派=人生派)와 신경림, 박재삼으로 이어지는 민족 정서의 보편성을 보여 준 전통 서정시 계열, 둘째 정치 사회에 대한 비판의식을 근저로 한 박영희, 김기진 등에 의해서 일어난 1920년대 참여시이자 목적시인 신경향파시와 카프(KAPF)파시, 1980년대 박노해 등의 참여시이자 목적시인 민중시 계열, 셋째 시의 실험성을 시도한 1930년대의 정지용, 김기림, 이상, 김광균 등에 의해서 시도되었던 모더니즘 계열과 1990년대 중반 시에서의 기존 구조를 타파하고 시의 생명인 압축성, 상징성, 서정성을 무시한 '시 양식의 파괴'와 '파괴의 양식화'를 시도하고 있는 산문적 해체시(解體詩)를 주장하는 포스트모더니즘(post modernism) 계열 등 3갈래로 분류해 볼 수 있을 것 같습니다.

요즈음 젊은 계층의 시인들은 현대시의 이 같은 세 흐름 가운데 세 번째 흐름을 추종하는 시인들이 상당수 있는 것 같습니다. 시의 새로운 지평을 개척하려는 의지와 시도는 가상하나 이들의 시편들은 시의 생명인 은유에 의해서 생성된 시어도, 운율의 음악성도, 심지어는 주제조차 발견할 수 없는 타락시들이 판을 치고 있는 게 사실이지요.

시는 시다워야 한다고 봅니다. 그리고 어떤 시든 시가 창작된 그 나라의 보편적 민족 정서가 은은하게 깔려 있어야 한다고 봅니다. 이런 의미에서 볼 때, 우리나라 시가 지향해야 할 시의 방향은 한국 전통시의 원류(源流)인 첫 번째 흐름이라고 생각합니다. 왜냐 하면 이 시의 흐름은 '고대시가→ 신라의 향가(鄕歌)→ 고려 가요(歌謠)→ 조선의 시조(時調)와 가사(歌辭)'와 끈끈하게 접맥(接脈)된 한민족의 보편적 정서가 깃든 전통 서정시이기 때문입니다.

끝으로 앞으로 P시인의 괄목상대(刮目相對)할 문운(文運)이 크게 열리기를 기원하면서 이만 붓을 놓을까 합니다.

새 삶의 터전을 향해 떠나는 아들에게

새로운 삶의 터전을 찾아 낯설고 물선 이역만리 미국으로 떠나는 너에게 꼭 하고 싶은 말이 있어 이 글을 쓴다.

독일의 실존주의 철학자인 F. G. 니이체가 '인생의 목적은 끊임없는 전진이다. 인생의 앞길에는 언덕도 있고, 냇물도 있고, 진흙도 있다. 걷기 좋은 평탄(平坦)한 길만이 있는 게 아니다. 먼 곳을 향해 항해하는 배가 풍파를 만나지 않고 조용히만 갈 수는 없다. 풍파는 언제나 전진하는 자의 벗이다. 차라리 고난(苦難) 속에 인생의 기쁨이 있다. 풍파 없는 항해는 얼마나 단조로운가? 고난이 심할수록 내 가슴은 뛴다.'라고 언급한 바 있고, 중국 唐나라 때 시인인 도잠(陶潛)은 그의 시(詩)에서 '내 생활은 비할 수 없이 고통스러우나, 언제나 흐뭇한 표정을 짓기를 좋아한다(辛苦無此比 常有好容顔)'라고 읊은 바 있다.

그렇다. 고해(苦海)를 항해하는 우리네 한평생 인생길에는 순탄한 길만이 앞에 놓여 있는 게 아니요, 언덕이나 냇물이나 진흙 같은 장애물이 있는가 하면, 때론 뜻하지 않은 폭풍우를 만나 순항(順航)하던 배가 산산조각이 나는 수도 있는 것이다.

성공한 인생이란 뜻하지 않게 불어닥친 고난과 역경을 만날 때마다 좌절하지 않고, 굳센 의지로 이를 극복해 나간 삶이라고 말할 수 있다.

우리나라 옛 속담에 '되는 집은 가지나무에도 수박이 열린다.'라는 말과 '터서구니(=불화가 잦은 집) 사나운 집은 까마귀도 앉지 않는다.'라는 말이 있다.
전자의 말 속에 풍유하고 있는 뜻은 '집안이 화목하면 하는 일마다 좋은 수가 생겨 훈훈한 바람이 인다.'라는 뜻이요, 후자의 말 속에 풍유하고 있는 뜻은 '말썽이 잦고 불화가 잦은 집안은 아무도 찾아오는 사람도 없고 되는 일이 없어 찬 바람만 분다.'라는 뜻이다.
한 가정에 있어서 아버지라는 존재는 한 가정의 기둥인 동시에 인생 고해를 항해를 지휘하는 선장인 것이다. 가정이라는 이름의 배를 어떻게 이끌고 나아가느냐에 따라 전자의 가정을 이룰 수도 있고, 후자의 가정을 만들 수도 있음을 명심해 주기 바란다.

끝으로 너에게 신신당부하고 싶은 것은 건강에 유념하라는 것이다. 이 민자에게 있어 건강은 그 무엇과도 바꿀 수 없는 최고, 최대의 재산인 것이다. 아무쪼록 너의 새로운 인생 항로에 행운이 깃들기를 진심으로 두 손 모아 하나님께 기도드리며 이만 붓을 놓는다.

신선의 땅, 원가계(袁家界)

'사람으로 태어나 장가계를 가 보지 않았다면, 백 살이 되었어도 어찌 늙었다고 말할 수 있겠는가?(人生不到張家界 百歲豈能稱老翁)'라는 장가계의 비경을 찬양한 시대와 작자를 알 수 없는 이 싯구 하나만으로도 장가계가 천하에서 얼마나 아름다운 절경(絶景)의 승지(勝地)인가를 느끼게 해 준다.

3억 8천만년 전 바다 밑이었던 땅이 지각 변동으로 육상으로 올라 온 후 다시 침수되고 깎여 대협곡을 이룬 지질 공원 장가계는 중국 호남성(湖南省) 서북부에 위치하고 있는 중국 제1의 국가삼림공원이다. 1982년 9월 25일 국가 삼림공원으로 지정되었고, 1992년에는 유니세프에 의해 '세계 자연 유산'으로 지정되었다고 한다.

태산(泰山)의 웅장함, 계림(雞林)의 빼어남, 황산(黃山)의 기묘함, 화산(華山)의 험준함을 두루 갖추고 있으면서 3천여개의 기암괴석의 석봉(石棒)과 8백여개의 계류(溪流)가 절묘한 조화를 이루고 있는 이 공원의 경구(景區)는 장가계 국가삼림공원, 삭계곡(索溪谷) 자연보호구, 천자산(天子山) 자연보호구 등 셋으로 나뉘는데 그 중 장가계 국가삼림공원의 경관이 제일이요, 또한 이 장가계 국가삼림공원의 경관 가운데 핵심은 원가계(袁家界)이다.

장가계는 글자 그대로 '장(張)씨들의 마을'이라는 뜻이다. 장가계는 전한(前漢)의 개국공신인 장량(張良=字는 子房)이 역시 한나라 개국공신인 한신(韓信), 팽월(彭越), 영포(英布)를 토사구팽(兎死狗烹)시킨 한고조(漢高祖) 유방(劉邦)의 정치적 잔인성을 보고 언젠가는 자기에게도 그 같은 일이 올 것을 예측하고 몰래 토가족(土家族)이 살고 있는 청암산(青巖山)에 은거하면서부터 생긴 이름이다. 따라서 장가계의 옛 이름은 청암산이다. 그는 유방의 군사들을 피해 암봉(巖峰) 황석채(黃石寨) 정상에서 49일 동안 숨어 지낸 적도 있었다고 한다.

장가계의 핵심인 해발 1,100미터 무릉원(武陵源)에 자리하고 있는 원가계(袁家界)는 당나라 때 반란을 일으켰다가 실패한 원(袁)씨 성을 가진 장군이 숨어 살았던 곳으로, 주요 볼거리로는 백룡천제(百龍天梯), 천하제일교(天下第一橋), 미혼대(迷魂臺), 후화원(後花園) 등이다.

백룡천제는 수요사문(水繞四門)에서 원가계, 천자산, 오룡채를 연결하는 높이 335미터의 세계 제일 관광 전용 엘리베이터다. 실제 운행 높이는 313미터로 156미터는 산속 수직 동굴이며, 나머지는 산에 철강구조물을 부착하여 편도 1분 58초만에 정상에 이르면서 바깥 경치를 감상할 수 있게 되어 있다.

산 아래 쪽에서 보면, 마치 거대한 용 한 마리가 구름 속에서 승천하려고 꿈틀거리는 것 같은 이 철강 구조물은 독일 기술자들에 의해 제작되었다고는 하나, 암벽에 이러한 거대한 철제 구조물을 가설한 중국인의 대륙적 기질에 약간은 압박감을 느끼면서 나는 경이롭게 전개되는 우뚝우뚝 솟아 있는 기암괴석의 암봉들을 사열하듯 태고의 비경(秘景) 속으로 빠져들고 있었다.

그윽한 협곡 저 아래로부터 모락모락 피어나는 꿈결 같은 운무(雲霧)를 헤집고 여기 불쑥 저기 불쑥 용오름하며 하늘 높이 솟구친 수천 개의 기암괴석 석봉(石棒)들, 한 줌의 흙도 한 방울의 물도 없는 바위틈을 비집고 허공을 향해 손수건을 흔들듯 휘우듬 뻗어나온 소나무들은 바위와 기묘한 조화를 이루며 신선처럼 서 있다. 나는 잠시 자연을 이리 빚고 저리 빚은 조물주의 신묘(神妙)한 솜씨에 경탄하면서 넋을 잃고 우두커니 서서 깊은 사념에 빠져 있었다.

1982년에야 비로소 사람들에게 알려지기 시작한 천하제일교는 사람의 힘이 전혀 가해지지 않은 357미터의 두 석봉이 서로 그리워 떨어질 듯 다시 머리를 맞대고 있는 자연돌다리다. 두 석봉이 머리를 맞대고 있는 정상 부분 외엔 너비 2미터 간격으로 갈라져 있는데 이곳으로 운무가 신선되어 드나들어 사람들이 '천하에서 제일 아름다운 다리'라고 명명하였다고 한다.

원가계 제3관광구에 높고 낮은 수천의 석봉들이 운무에 휩싸여 석봉들이 갑자기 나타났다가는 없어지고 없어졌다가는 갑자기 다시 나타나 사람의 정신을 혼미(昏迷)케 한다고 해서 생겨난 미혼대에 이르니, 아닌게 아니라 홀현홀몰(忽顯忽沒)하는 석봉들 때문에 눈이 피곤하고 머리가 어지럽다.

원가계 제2관광구에 봄, 여름, 가을, 겨울 사시사철을 두고 온갖 새가 지저귀고, 온갖 들꽃, 안개꽃, 석봉의 설화들이 절묘한 조화를 이루면서 천하의 기묘한 경치를 자아낸다고 하는 후화원(後花園)은 바로 신선이 산다고 하는 선계(仙界) 바로 그곳이었다.

이 밖에 팔괘(八卦) 모양으로 생겼다고 해서 생긴 이름의 팔괘기둥, 아름다운 달을 바라볼 수 있는 공중에 떠 있는 취월대(醉月臺), 천왕탑(天王塔), 신귀노해, 양채 등이 구름과 안개 속에 푹 파묻혀 속인의 접근을 엄격하게 피하고 있었다.

나는 이번 원가계 관광을 통해서 거대한 중국의 산하(山河)는 남한 땅의 97배라는 영토비에서 알 수 있듯 우리나라의 산하에 비해 우선 그 규모가 웅장하다는 사실을 확인할 수 있었다. 그러나, 비록 우리나라의 산하는 규모면에선 중국에 비해 작을지라도 그 아기자기한 아름다움에 있어서는 절대로 떨어지지 않는다는 사실을 또한 알 수 있었다.

예로부터 우리나라를 대유법으로 '금수강산(錦繡江山)'이라고 불러 왔던 사실이 바로 그 같은 사실은 말해 주고 있지 않는가?

이탈리아 기행

일찍이 18세기 독일의 미술사학자 J. J. 빙켈만은 『고대 미술사』를 쓰기 위해 1755년부터 13년 동안 로마에 머물면서 지천으로 산재(散在)해 있는 로마의 위대한 미술품들을 보고 나서 '로마는 전세계에서 가장 위대한 미술 학교'라고 경탄한 바 있고, 또한 독일이 낳은 대문호 J. W. 괴테는 그의 나이 37세 때인 1786년 9월 3일부터 1년 9개월 동안 이탈리아를 여행하면서 '내가 로마 땅을 밟게 된 그날은 나의 제2의 탄생일이자 진정한 삶이 다시 시작된 날이라고 생각된다.'라고 그의 『이탈리아 여행(1829)』에서 술회한 것처럼 과연 이탈리아라는 이름의 나라는 고대 로마의 찬란한 문화적 유물로 뒤덮여 있는 나라다.

나는 2005년 10월 17일부터 10월 28일까지 롯테 여행사를 통해 고희(古稀) 기념으로 아내하고 '독일→ 영국→ 룩셈부르크→ 프랑스→ 스위스→ 이탈리아'를 순회하는 서부 유럽 여행을 다녀온 적이 있다. 이들 6개국 가운데 위의 독일의 두 명인이 경탄한 바 있는 이탈리아가 가장 인상이 깊어 언제고 기행문 한 편을 꼭 써야겠다고 마음속으로 벼르고 있다가 2년이 훌쩍 지난 다음에야 기억을 더듬으며 이 글을 쓴다.

또한, 이 기행문은 장기 체류하면서 이탈리아 전체를 골골샅샅 자세히 보고 쓴 글이 아니고, 10박 11일간(비행기 안에서 2박을 했으니 엄밀히 말하면 8박인 셈이다)의 여정 가운데 4박 5일간의 짧은 여행을 통해서 보고 느낀 점을 글로 옮긴 기행문임을 밝혀 둔다.

1. 물의 도시, 베네치아

치상(齒狀)궤도열차를 타고 파노라마처럼 갑자기 나타났다가는 아쉽게 사라져 가는 알프스의 목가적인 집 샬렛을 눈 아래로 굽어보기도 하고, 남성미의 산 아이거, 중성미의 산 묀히, 여성미의 산 융프라우 등 세 영봉을 쳐다보기도 하면서 알프스 산맥에서 유일하게 세계 자연유산으로 등록되어 있는 융프라우산과 알레취빙하가 시작되는 유럽 최고도(해발 3,454미터)의 역인 융프라우요흐(Jungfraujoch)에 올라 1934년에 만들어졌다고 하는 얼음궁전 관광을 끝내고 나는 다시 관광버스를 타고 이내 이탈리아를 향해 남쪽으로 내려갔다.

이탈리아는 알프스산맥을 경계로 프랑스, 스위스, 독일, 오스트리아와 접경을 이루고 있고, 지중해 한가운데 장화 모양으로 기다랗게 뻗어내려간 우리나라와 같은 반도 국가이다. 반도 북부는 알프스산맥이 동서로 뻗어 있고, 남북으로 우리나라 백두대간처럼 아펜니노산맥이 쭉 뻗어 있어 산이 많고 평야가 적은 나라요, 반도 서쪽으론 사르데나섬, 남쪽으론 시칠리아섬을 위시하여 70여개 섬을 아우르고 있는 국토 면적 30만 1,277평방 km, 인구 5,799만 8000명(2003년 통계)의 나라다.

버스는 스위스 베른을 출발해서 밀라노를 거쳐 약 5시간만에 '물의 도시'요, '천년의 도시'인 이탈리아 북부 베네토주의 주도(州都)이며, 과거 베네치아공화국의 수도인 베네치아에 도착했다. 베네치아(Venezia, Venexia, 영어명 Venice)의 역사는 5~7세기경 이탈리아 서북쪽에 침입한 서(西)코트족,

훈족, 랑고바르족의 침입을 피하기 위해 베네치아의 인접 지역인 아퀼레이아. 몬셀리세, 알띠노 등에 살고 있었던 사람들이 석호(潟湖)로 둘러싸인 섬들로 이주하면서부터라고 볼 수 있다.

아드리아해상 여기저기에 산재해 있는 122개의 섬과 섬을 400여개의 다리로 연결해서 건설한 이 도시는 세계 건축 공학상 최초요 유일의 해상 도시다. 176개의 운하가 종횡으로 흐르고 있고, 대운하 카날레 그란테는 시내를 북서쪽에서 남동쪽으로 S자형으로 관통하고 있다. 석조로 지은 아름다운 건물들이 즐비하게 들어찬 섬에는 협소한 인도만 있을 뿐, 자동차 도로는 전혀 없고, 운하의 수로에 모터 증기선과 곤돌라가 이 도시에 유일한 교통 기관이 되어 사람과 짐을 싣고 분주히 오가고 있다.

810년에는 비잔틴제국과 프랑크왕국의 조약으로 비잔틴제국에 귀속되었지만, 프랑크왕국과의 무역권을 가지게 되어 동서무역의 중심이 되는 발판을 마련하게 되었다. 9~10세기경에는 아드리아해 북쪽에 있는 해항 도시 코마키오를 정벌하여 주요 무역항로인 달마티아 연안의 패권을 수립하게 되었고, 동시에 동지중해로 진출하여 십자군이 시리아에 진출하자 십자군에 대한 원조의 댓가로 그곳에서 무역 특권을 얻었다.

이처럼 베네치아는 무역으로 얻은 경제력을 바탕으로 13~16세기에는 국제정치에 중요한 역할을 하였다, 그러다가 17세기 영국을 비롯한 북서 유럽 국가들의 지중해 무역 진출로 인하여 베네치아는 환락의 소국으로 전락하고 말았다.

1797년 나폴레옹은 베네치아를 점령하고 오랫동안 계속되어 온 공화제를 폐지시키고 오스트리아에 이양했었다. 1805년에는 나폴레옹 지배하에 있었던 이탈리아 왕국에 귀속되었다가 1815년에는 오스트리아왕국 지배하의 롬바르도베네토왕국에 귀속되었다. 이처럼 이탈리아왕국과 오스트리아왕국을 오가며 지배를 받았던 베네치아는 프로이센-오스트리아 전쟁에서 오스트리아가 패전하자 1866년 인민 투표에 의해 다시 이탈리아왕국에 귀속하게 되었다. 제1차 세계대전 후에는 항만 시설과 산업의 근대화가 추진되어 유리, 양복지, 비단 제품, 금철 가공품을 생산하는 산업도시로 발전하였고, 제2차 세계대전 후에는 1932년에 시작된 국제 영화제와 1895년에 시작된 국제 미술 비안날레와 같은 국제 행사를 더욱 활성화시켜 세계적인 국제 관광도시로 재도약하고 있다.

베네치아에는 유명한 건축물들이 너무나 많다. 일찍이 나폴레옹이 '세계에서 가장 아름다운 응접실'이라고 극찬했던 베네치아의 심장 산마르코광장, 500개의 석주, 400평방미터를 모자이크로 장식한 비잔틴식 건축양식과 고딕식 건축 양식이 융합된 산마르코 대성당, 조형미가 아주 빼어난 베네치아 고딕 양식의 대표적 건축물인 두칼레궁전, 대운하 그란테 옆에 서 바로크 양식의 거대한 살루테성당, 내부에 금박과 보석으로 장식된 '황금의 계단'이 있는 산마르코대사원, 대리석과 벽돌로 지은 프라리성당, 빈곤과 권력의 지난 날을 회상하듯 우뚝 솟아 있는 성요한, 성마울성당, 그 밖에 베네치아 미술의 신전 아카데미미술관 등 아름다운 건축물들이 너무나 많다.

그러나, 매년 1,500만~1,800만 관광객이 몰려드는 이렇듯 아름다운 신비의 해상 도시인 베네치아는 눈에 띄지는 않지만, 서서히 바닷속으로 침잠하고 있다고 하며, 집값과 물가가 비싸 베네치아를 떠나는 사람들이 많아 1951년 17만명의 인구에서 현재 6만 2,000명으로 줄어들었다고 한다. 언젠가는 이 도시가 지구상에서 사라질지도 모르겠구나 하고 생각하니 안타깝기 그지없다.

2. 미술의 도시, 피렌체

아침 6시에 잠자리에서 일어나 세면을 하고 용변을 본 다음, 1층 식당으로 내려가 아침 식사를 했다. 송충이는 솔잎만 먹고 살아야 한다고 했던가.

유럽의 음식은 한국 사람 입에 정말로 맞지 않는 것 같다. 억지로 빵 한 조각과 우유 한 컵으로 허기를 달래고 나서 버스에 올랐다. 정각 8시가 되자 버스는 이탈리아 중부 토스카나주(州)의 주도(州都)요 '미술의 도시'인 인구 약 42만 5천명(1987년 통계)의 피렌체(Firenze, 영어명 Florence)를 향해 움직이기 시작하였다. 3시간쯤 달렸을까. 버스는 아르노강 양안의 구릉과 선산지(扇狀地) 위에 위치한 피렌체에 도착하였다. '미켈란젤로 언덕'에서 붉은 지붕으로 뒤덮여 있는 피렌체 시내를 조망(眺望)해 보니, 그야말로 '미술의 도시' 답게 너무나 아름다웠다.

피렌체는 고대 아테네와 예루살렘처럼 세계 속에 문명의 빛을 유도한 곳으로 풍요로운 예술과 작은 언덕으로 조화를 이루고 있는 아름다운 도시다. 피렌체는 기원전 30~20년경에는 로마의 식민지이었고, 4~5세기경까지는 비잔틴족, 롬바르디아족들의 침략으로 철저하게 파괴되었다가 1070년경에는 수도자들과 토스카나 마틸데 백작부인의 노력으로 정치적 안정을 얻게 된 후, 자치 도시국가의 기초를 세우면서 영토 확장과 경제적 번영을 누리게 되었다. 1215년 귀족이 겔프당(교황당)과 기벨린당(황제당)으로 분열되어 싸우다가 겔프당과 대상인(大商人)이 정권을 잡게 되었으며, 1290년대의 대상인들은 교황청으로부터 정세 업무를 위임받고 금융과 무역면에서 국제적으로 크게 활약하여 경제를 비약적으로 발전시켰다,

연대기(年代記) 작가 G. 빌라나에 의하면, '1338년에는 9만명의 인구가 살았었고, 유럽에서 다섯 손가락에 드는 대도시였다.'고 기록한 바 있다. 1348년에는 페스트가 유행하여 인구의 절반이 사망하는 천재지변을 겪기도 하였으며, 1412년을 전후한 십수년간 피렌체는 해상권 확립으로 견직물 공업과 공예품 산업이 크게 발달하였다.

1422년 밀라노의 확장 정책이 추진되자 피렌체는 전비(戰費) 조달로 인한 중세(重稅) 때문에 경제 부진의 악순환에 빠지게 되었고, 1434년에는

코지모 메디치가(家)가 실권을 장악하여 과두 지배 시대가 열렸으나, 1494년에는 메디치가 공화국에서 추방되어 피렌체는 보다 민주적인 정치 체제가 실시되었다. 그후 G. 사보나롤라의 신정(神政)이 시작되지만, 그는 교황과 정면으로 충돌하였고, 시민으로부터 지지도 받지 못하여 1498년에 단두대의 이슬로 사라졌다. 1512년 메디치가가 교황의 후원으로 다시 복귀함으로써 헌법은 폐지되고 공화제는 해체되었다.

1527년 시민들은 재차 메디치가를 추방하여 1530년까지 공화제가 부활하였으나, 에스파냐군의 침략으로 피렌체가 항복한 후 메디치가가 다시 권좌를 차지하게 되면서 드디어 공화제는 사라지게 되었다. 1860년 국민투표에 의해 이탈리아 왕국과의 합병이 이루어졌고, 1865년~70년까지 피렌체는 이탈리아 왕국의 수도가 되었다.

피렌체를 관광하면서 가장 인상 깊었던 건축물은 유럽에서 4번째로 큰 규모를 자랑하는 두오모성당이다. 이 성당은 13세기말에 시작해서 14세기초까지 63년 걸려서 완성되었다고 하니, 가히 그 규모를 짐작할 만하지 않은가? 목조 건축물이 주종을 이루고 있는 우리나라의 건축물들을 떠올리면서 나는 잠시 착잡한 사념에 사로잡혀 있었다.

두오모 성당 옆에 죠또, 안드레아 피사노, 프란체스코 탈렌티 등 3인의 건축가들에 의해 1,300년대 30년에 걸쳐 완성된 죠또의 종탑(鐘塔)은 고전적인 로마네스크 양식과 우아한 고딕 양식이 융화를 이루고 있는 아름답기 이를데없는 건축물이다.

이 밖에 피렌체에는 산타 마리아 노벨라성당, 산타트리니티성당, 브르넬리스키성당, 미켈란젤로와 로렌죠 데 메디치의 무덤이 있는 로렌죠성당 등 한 집 건너 크고 작은 성당들이 산재해 있어 가히 피렌체는 '성당 전시장'이라 할 만하다.

우피치박물관은 프랑스의 루브르박물관과 함께 세계에서 유럽 회화의 역사를 한눈으로 볼 수 있는 걸작품들이 소장되어 있는 곳이다. 이 박물관은 1,500년 중반 바사리에 의해 건축되었다고 한다. 1,300년대 성화로는 치마브에의 <옥좌의 성모 마리아>를 비롯해서 삐에로 로젠제티의 <겸손한 복자의 제단>, 두치오 다 본인센야의 <옥좌의 성모 마리아>, 지오또의 <모든 성인들의 성모 마리아> 등이 소장되어 있고, 1,400년대의 성화로는 잰떨레 다 파브리아노의 <성체 조배>, 바올로 우첼로의 <성 로마노의 전투>가 소장되어 있다.

또한 이 밖에 중세의 막을 내리고 문예부흥의 문을 열면서 인문주의 이상의 절정을 표현한 보티첼리의 <비너스 탄생>과 <봄>, 필립보 리삐의 <성모와 아기 예수>, <동방 박사들의 경배>, 미켈란젤로의 <성가정>, <똔도 도니> 등이 소장되어 있다. 이 밖에 1600년대에 지어진 팔라티나 미술관에는 라파엘의 <라 포르나리나>, <의자에 앉은 성모 마리아>, <대공이라 불려지는 성모 마리아> 등과 같은 명화가 전시되어 있다. 이 밖에 피렌체에는 성당 못지 않게 세계적 명화를 소장하고 있는 박물관들이 산재해 있으니, 고대 이집트, 그리스, 로마의 미술품을 소장하고 있는 고고학 박물관, 르네상스 시대의 가구들을 소장하고 있는 호른 박물관, 중세부터 바로크 시대까지의 조각품과 가구들을 소장하고 있는 스테파노 바르디니박물관, 르네상스 시대의 희귀한 무기류를 소장하고 있는 스티베르티박물관, 미켈란젤로, 도나텔로, 베로끼오, 델라 로비아 등의 조각과 같은 유명한 미술품들이 소장되어 있는 바르젤르와 국립박물관 등이 그것이다.

1450년 루가 피티가 개인용 저택으로 사용되었다가 후에 피렌체의 초대 공작 코시모 1세 궁으로 사용되었었고, 1815년 이탈리아 통일의 왕 사보이아의 개인 궁정으로 사용되었던 피티궁은 일찍이 마키아벨리가 '개인 주택으로서 이처럼 큰 규모의 건축물은 전례가 없었다.'고 갈파한 것처럼 그 규모가 엄청나다. 또한 코시모 1세는 건물 뒷면과 언덕을 변형시켜 세계에서 가장 아름다운 '보볼리정원'을 만들었다.

피렌체는 모두(冒頭)에서도 말한 것처럼 한 마디로 '아름다운 미술품으로 목욕을 한 도시'임이 확실하였다.

3. 3천년 고도(古都), 로마

로마(Roma)는 이탈리아 반도 중서부 티베르강을 끼고 있는 인구 약 3백만의 현재 이탈리아의 수도이다. 약 3천년의 역사를 가진 로마는 라틴어의 생성지로 오랜 동안 지중해 문화를 지배하였고, 고대 로마의 법전(法典), 예술, 건축 양식 등은 서양 여러 나라에 지대한 영향을 끼쳤다. 이 도시는 과거 로마 제국의 수도이었으며, 로마 제국이 멸망한 이후에도 카돌릭교의 총본산으로 로마시내 서쪽 0.44평방킬로미터의 바티칸시국이 존재하고 있음은 이를 입증하고 있다 하겠다.

전설에 의하면, 로마는 B. C. 753년 로물루스와 그의 동생 레무스에 의해서 탄생되었으며, '로마'라는 명칭은 로물루스의 '로'와 레무스의 '무'를 합성한 데서 왔다고 한다(다른 여러 이설이 있음). 그러나, 고고학적으로는 B. C. 1천년기(紀)초에 이미 팔라티노 언덕에 라틴인, 퀴리날레 언덕과 에트루리아 언덕에 사비니인이 거주한 것으로 알려지고 있으며, 이들에 의해서 로마시가 생성된 것은 B. C. 7세기 중엽이라고 한다. 건국 이후 7대의 왕들에 의해 통치되어 오다가 에트루리아인 왕조의 지배를 거쳐 B. C. 509년 2인의 집정관에 의해 통치되는 공화정이 수립되었다. B. C. 270년에는 로마의 정치적 권위가 막강해져 이탈리아 반도는 물론, 반도 너머의 여러 나라를 정복하여 거대한 로마 제국을 건설하였다.

로마 제국의 아우구스투스 시대를 정점으로 네로, 갈리골라, 크라우디오황제들의 부패함과 기독교 사상의 탄생, 광대한 제국을 수호하기 위한 군사비의 과다한 지출, 국경지역 야만인들의 침략 등 여러 복합적인 원인 때문에 로마제국은 서서히 영락(零落)의 길로 접어들었다. 313년 콘스탄티누스대제는 밀라노 칙령을 공포하여 카돌릭교를 공인하였고, 380년 데오도시우스는 카돌릭교를 로마제국의 국교로 공표하였으나, 훈족의 왕 아띨라(406년~453년)의 통치로 로마는 동방 비잔틴제국의 두 번째 도시로 전락하고 말았다.

그러는 동안 로마에서는 강력한 교황권이 점차로 뿌리내리게 되며, 성피에트로 대성당이 세워진 뒤 로마제국은 카돌릭교 중심의 국가가 되었다. 1309년부터 1377년까지 교황은 프랑스의 아비뇽으로 옮기게 되며, 그후 2세기 동안 정치적으로 매우 어려운 시기였지만, 교황청의 권한은 점차로 확장되어 아름다운 예술과 사상을 꽃피웠다. 율리우스 2세나 레오 10세 같은 위대한 교황은 로마의 르네상스를 창조하였으며, 그후 바로크 시대에는 브라만테, 미켈란젤로, 라파엘 같은 위대한 예술가들이 출현하여 예술과 건축의 꽃을 피웠다.

1789년 프랑스 혁명의 여파는 교황청에까지 영향을 끼쳐 1849년에는 사상가 G. 마치니의 주도로 로마에 공화국이 세워졌으나 얼마 안 가서 붕괴되었다. 1861년 이탈리아 왕국이 성립된 후에도 로마는 정치적으로 독자적 입장을 고수하였다.

1870년 9월 20일 이탈리아 군대의 로마 입성은 교황의 권한에 종지부를 찍으면서 이탈리아 왕국과 합병하게 하였고, 로마는 1871년 이탈리아왕국의 새로운 수도가 되었다. 그러나 교황 비오 9세는 바티칸에 칩거하면서 이탈리아왕국과 냉전을 계속하였고, 1929년 교황 피비오 11세는 무솔리니 파시스트 정권과 '라테난 조약'을 맺음으로써 냉전 상태의 종지부를 찍고 바티칸시국을 성립시켜 오늘에 이르렀다.

그후 로마는 급속한 발전을 거듭하여 1936년에는 인구 100만을 돌파하는 대도시로 성장하게 되었고, 무솔리니는 고대 로마의 영광을 재현시키고자 많은 토목 공사와 건축 공사를 하였으나, 고도 로마를 근대 도시로 변형시키지는 못하였다. 제2차 세계대전 말기 연합군의 공격을 앞두고 무솔리니는 로마를 '무방비 도시'로 선언함으로써 귀중한 문화재로 하여금 전화(戰禍)를 면할 수 있게 하였음은 여간 다행한 일이 아닐 수 없다.

로마에는 세계적으로 널리 알려진 문화적 유물들이 지천으로 산재해 있다. 아침 8시에 아침 식사를 간단히 마치고 바티칸시국 안에 있는 피에트로(Pietro=베드로(Peter, Petros, Petrus) 성인의 순교가 있었던 자리에 세워진 세계 최대의 산피에트로대성당과 미켈란젤로가 그린 <천지 창조>의 거대한 천정화가 있는 시스티나 소성당 및 바티칸박물관을 보기 위해 2백미터 가량 기다랗게 늘어 선 줄 맨 뒤에 섰다.

관광객 중 삼분의 일 정도는 한국 사람인 것 같았다. 어느 나라를 가나 한국 사람들을 흔히 볼 수 있다는 것은 그만큼 한국의 경제력이 좋아졌다는 것을 반증하는 것일까? 아니면 과람하게 관광을 좋아하는 낙천성 때문일까? 이런저런 생각을 하면서 1시간쯤 성벽 밖에서 천천히 느림보 걸음을 걷다가 드디어산피에트로대성당 안으로 들어섰다.

순간 나는 난생 처음 보는 거대한 궁궐 같은 화려 · 찬란한 건축물 속에서 죄 지은 사람처럼 파랗게 질려 있었다. 총면적 1만 6,600평방미터, 정면의 너비 71미터, 입구에서 앱시스까지 183미터, 돔의 안 지름 42미터, 오더의 높이 34미터, 지반에서 돔 꼭지점의 십자가까지 138미터, 베르니니, 미켈란젤로 등이 제작한 450개의 조각상, 신도 6만명을 일시에 수용할 수 있는 이 세계 최대의 거대한 성당 속에서 나는 작은 난쟁이 촌사람처럼 이것 저것 넋을 잃고 두리번거리고 있었다.

산피에트로대성당은 330년경 최초로 로마제국에 그리스도교를 공인한(313년 밀라노 칙령) 콘스탄티누스 대제(大帝)의 명에 의해 착공되었던 것을 1502년 교황 율리우스 2세 때 브라만테가 다시 설계하여 짓기 시작하였고, 그후 미켈란젤로, 베르니니 등에 의해 증·개축 과정을 거쳐 1667년 완공되었다.

이 웅장하고 현란한 성당 안에서의 대표적인 볼거리로는 미켈란젤로가 조각한 죽어 있는 예수를 안고 있는 성모 마리아상인 <피에타>, 피에트로 무덤 위에 있는 교황님의 제단인 베르니니의 <대천개(大天蓋)>, <피에트로 청동상> 등이다.

산 피에트로 대성당 옆에 있는 1400년 말엽 죠반니 돌치에 의해 건축된 시스티나 소성당은 미켈란젤로가 그린 <천지 창조> 천정화와 제단 뒤에 있는 <최후의 심판> 벽화로 유명하다. 천정화는 미켈란젤로 혼자서 율리우스 2세를 위해 1508년에 착수해서 1512년에 완성한 세계적 명화이다. 미켈란젤로는 먼저 건축 디자인을 그려 천정을 구획한 다음 중앙부에 세로로 이어지는 9개의 직사각형 틀 속에 성경에 나오는 창세기 이야기를 그렸다.

아무리 생각을 해 봐도 불가사의하다. 성력(聖力)이 아니고는 이루어질 수 없는 일이 아닐 수 없다. 신비한 빛과 어둠의 분리, 해와 달의 창조, 원죄와 실락원, 카인과 아벨의 이야기, 노아의 대홍수 등의 그림 가운데 하나님의 손가락이 지구상의 첫 번째 인간인 아담의 손가락과 맞닿으므로써 비로소 하나님께서 인간이라는 생명을 탄생시키는 <천지 창조>는 이 천정화의 절정이요 압권이다. 또한 이 성당 제단 뒤에 있는 <최후의 심판>은 바오르 3세의 요청으로 역시 미켈란젤로가 그린 그림으로 단테의 <신곡(神曲)>에서 소재를 얻어 자신의 종교관을 대담하게 조형화시킨 걸작이다.

이 밖에 제단을 향하여 왼쪽에 있는 <모세의 생애>, 오른쪽에 있는 <그리스도 생애> 등 유명한 그림들이 즐비하게 전시되어 있어 이 시스티나 소성당은 가히 종교화 미술관이라 이를 만하다.

바티칸시국 안에서 마지막으로 둘러본 곳은 바티칸미술관이었다. 이 미술관에는 주로 고대에서 르네상스 때까지의 로마와 유럽 여러 나라의 유명 미술품들이 전시되어 있다. 트로이 사람들 몰래 성내로 목마를 들여옴으로써 제우스가 보낸 뱀에게 물려 고통받고 있는 사제 라오콘과 그의 아들들의 모습을 조각한 <라오콘>은 보는 이로 하여금 전율(戰慄)을 금치 못하게 한다. 이 박물관에는 라파엘의 방이 특별히 마련되어 있다. 그의 방에 들어가면 예수가 초자연적인 빛을 타고 승천하는 모습을 그린 <예수의 변모>, 1512년 초기 작품 <폴리뇨의 성모 마리아>, 교황 레오 4세가 기적으로 화재를 소화시키는 모습을 그린 <보르고의 화재의 방> 등을 볼 수 있다.

바티칸시국 안 관람을 끝낸 우리 일행은 모처럼 로마시 변방에 있는 한인 식당에서 한식을 먹었다. 김치를 오래간만에 먹으니 살 것 같았다. 상추에다 된장을 넣고 밥을 싸 먹는 맛이란 진수성찬 저리 가라다. 점심을 맛있게 먹고 난 우리 일행은 로마 주변에 있는 관광물을 보기 위해 차에 올랐다.

제일 처음으로 간 곳은 오드리 햅번과 그레고리 팩이 주연한 로맨스 영화인 <로마의 휴일> 촬영지 몇 군데를 둘러보았다. 거짓말을 한 사람이 입에 손을 넣으면 손이 잘린다는 '진실의 입', 어느 한 처녀가 전장에서 돌아온 병사에게 샘이 있는 곳을 알려 주었다는 전설과 등 뒤로 동전을 한 번 던지면 로마를 다시 올 수 있고, 두 번 던지면 사랑이 이루어지고, 세 번 던지면 사랑하는 사람과 이별하게 된다는 전설이 있는 '트레비 분수', 138개의 계단이 있는 '스페인 광장' 등을 두루 살펴본 다음, 우리 일행은 로마 황제들의 승전을 기리는 의미에서 지었던 콘스탄티누스 개선문, 쎄티미우스 개선문, 세배루스 개선문, 티투스의 개선문 등과 이집트에서 약탈해 온 태양과 불사의 상징인 몇몇 오벨리스크(로마에 13개가 있다고 하며, 제일 오래된 것은 기원전 15세기 때 만든 것이며, 제일 높은 것은 31미터라고 함)를 수박 겉핥기식으로 보고 난 다음, 오후 관광의 하이라이트인 로마의 상징이요, 당시 로마인들의 생활상을 엿볼 수 있는 거대한 고대 원형투기장 콜로쎄오(Colosseo, 일명 콜로세움(Colosseum))를 보러 갔다.

이 콜로쎄오의 정식 명칭은 '플라비우스의 원형투기장'으로 72년에 베스파시아누스황제가 네로황제의 인공 연못이 있던 자리를 메꾸고 80년에 완공한 투기장 겸 극장이다. 523년 데오도시우스황제 때까지 여러 세기 동안 생사를 겨누는 검투사와 짐승, 검투사와 검투사의 격투기가 여기서 벌어졌었다고 한다. 완공 축제 기간에 약 5,000마리의 맹수들이 검투사의 손에 죽었다고 하니 인간의 잔인성에 그저 경악할 뿐이다. 네로 통치시대를 그린 영화 <쿼바디스>에 이 콜로쎄오가 기독교도들의 순교장으로 등장하나, 이에 대한 확실한 증거는 없다고 한다.

이 콜로쎄오를 일명 '콜로세움'이라고 부르는 이유는 콜로쎄오 옆에 32미터 높이의 거대한 네로 황제의 거상(巨像) '콜로수스 네로니스'가 있기 때문에 중세 때부터 그리 부르게 된 것이라고 한다. 최대 지름 188미터, 최소 지름 156미터, 둘레 527미터, 높이 48.5미터의 타원형이며, 약 5만 5천명을 수용할 수 있는 고대 로마 유적지 가운데 가장 규모가 큰 건축물이다.

4. 비극의 도시, 폼페이

폼페이(Pompei)는 이탈리아 남부 캄파니아주 북서부 나폴리만(灣) 가까이에 있는 관광지로, 79년 8월 24일 베수비오화산 대폭발로 매몰되었던 폼페이시 전체가 유적으로 보존되어 있다.

나는 이 폐허의 도시를 관광하면서 만물의 영장이라고 호언하는 인간의 능력도 천재지변에는 속수무책의 보잘것없는 존재이었음을 실감하면서 2천년 전의 로마인들의 화려했던 생활상을 가이드의 안내를 받으며 하나하나 열심히 관찰하고 있었다.

베수비오화산 남동쪽 기슭의 비옥한 토지와 나폴리만에서 가까운 교통의 요지이었기에 일찍이 이탈리아 선주민 오스크인들이 취락(聚落)을 이루고 있었다고 한다. B. C. 8세기경에는 그리스인들이 이주해 왔었고, B. C. 7세기경에는 에트루리아인도 이주하여 일찍이 도시국가로 성장, 귀족공화정을 이루었다.

도시에는 그리스 신전이 세워졌고 포도, 농산물, 경석(輕石) 등을 수출하여 번영을 구가하였다. B. C. 91~88년 동맹시전쟁(同盟市戰爭) 때에는 로마에 저항하여 로마 시민권을 취득하기는 했으나, 결국 로마에 복속하고 말았다. 로마의 유력자 술라파(派)의 퇴역병이 다수 거주하여 도시 이름도 술라파의 가명(家名)을 따서 '폼페이'라고 명명했다고 한다.

그후 급속히 라틴화, 로마화되어 로마 부유층의 별장이 여기저기 지어졌고, 극장, 신전, 목욕탕, 개선문, 주랑(柱廊), 상점 등이 속속 건설되었다. 그리하여 캄파니아주에서 가장 화려한 도시가 되었고, 제정기에는 수도시설이 완비되고 포장 도로까지 정비된 휴양지로서의 번영을 누렸었다.

그러나 79년 8월 24일 베수비오화산의 대폭발로 폼페이시는 화산n재와 화산력(火山礫)이 쏟아져 내려 도시 전체가 일시에 매몰되어 버렸다. 이때 사망한 사람이 2만명의 시민 가운데 10분의 1인 2천명이 사망했다고 하니 경천동지(驚天動地)할 일이 아닐 수 없다.

땅속에 파묻혀 있던 이 도시를 처음으로 발견한 시기는 16세기 중엽이었으며, 발굴이 시작된 것은 1748년이었다고 한다. 지금은 거의 발굴이

완료된 상태로 파묻히기 직전의 생생한 도시 모습과 도시민들의 각양각태의 모습을 생생하게 보여 주고 있다.

광장을 에워싸고 있는 아폴로, 베누스(비너스), 유피테르(쥬피터)의 각 신전과 삼각광장의 대소 극장, 반듯하게 구획 정리된 길바닥에 노출된 수도관, 질서정연하게 줄지어 늘어 선 상점과 술집, 차도와 보도가 구별되어 있는 시가(市街), 교외의 비의장(秘儀莊)에는 디오니소스의 화려한 벽화, 부유한 상인이었다는 웨티의 집 등은 2천여년 전에 이 도시에 살았던 사람들의 생활 수준이 상당히 높았다는 사실을 단적으로 입증해 주고 있었다.

그러나 미처 도피하지 못한 남녀가 부둥켜안고 죽은 처참한 모습, 자식을 꼭 껴안고 죽은 모자의 애처로운 모습, 식사중이던 어느 가정의 테이블, 음식물, 식기 등이 화석으로 변해 있는 광경들은 보는 이로 하여금 눈시울을 뜨겁게 해 주고 있었다.

결론적으로 말해서 이탈리아는 고약한 냄새를 풍기는 화장실마다 어김없이 입장료를 받는 무서운 수전노(守錢奴)의 나라요, 호시탐탐 관광객의 주머니와 들고 다니는 가방을 노리는 소매치기와 날치기가 득실거리는 나라이긴 하지만, 찬란한 고대 문화 유적이 지천으로 깔려 있어 관광객에게 풍성한 볼거리를 제공해 주는 세계 제1의 관광국임은 확실하다고 생각된다.

(나) 평론, 평설

시적(詩的) 대상에 대한 인식의 오류

1. 문제의 제기

시인은 우리들 생활 주변에 산재(散在)해 있는 수많은 시적 대상들 가운데 특정한 대상을 선택해서 그 속에 시인의 무한한 상상력과 사상을 용해(溶解)시켜 잘 정제되고 조탁(彫琢)된 시어(詩語)를 통해 비로소 그 제재(題材)를 주제로 발전시킨다. 이처럼 시에 있어서 중요한 비중을 차지하고 있는 시적 대상이 시인의 착각이나 식견 부족으로 인식의 오류를 범했다면, 그 작품은 과거에 많은 사람들의 입에 회자(膾炙)되었던 것이라 할지라도 결코 좋은 작품이라고 할 수 없다.

이러한 관점에서 이때까지 우리나라 시문학사(詩文學史)에서 그 누구도 제기하지 않았던 아래의 두 문제를 제기하면서 이에 대한 깊은 천착(穿鑿)과 시 창작에 있어서의 올바른 지표를 설정하고자 한다.

1) 강낭콩꽃 빛깔의 문제

거룩한 분노는/종교보다도 깊고/불붙는 정열은/사랑보다도 강하다/아, 강낭콩꽃보다도 더 푸른/그 물결 위에/양귀비꽃보다도 더 붉은/

그 마음 흘러라//아리땁던 그 蛾眉/높게 흔들리우며/그 石榴 속 같은 입술/죽음을 입마추었네/아, 강낭콩꽃보다도 더 푸른/그 물결 위에/양귀비꽃보다 더 붉은 /그 마음 흘러라//흐르는 강물은/길이길이 푸르리니/그대의 꽃다운 혼/어이 아니 붉으랴/아, 강낭콩꽃보다도 더 푸른/그 물결 위에/양귀빛 꽃보다 더 붉은/그 마음 흘러라.

위의 시는 지금까지도 많은 사람들의 입에 회자되고 있는 1924년 8월 22일에 출간된 수주(樹州) 변영로(卞榮魯)의 시집 『조선(朝鮮)의 마음』에 수록된 <논개(論介)>라는 제목의 시다.

임진왜란 당시 촉석루(矗石樓)에서 만취한 왜장 케다니(毛谷村六助)를 껴안고 남강(南江)에 투신한 진주(晉州) 기생 논개의 불타는 애국적 정열을 '강낭콩꽃보다 더 푸른' 남강의 물결에 비교법과 대조법을 써서 논개의 애국적 충성심을 '양귀비꽃보다도 더 붉은 마음'으로 형상화하여 노래하였다. 이 시에서 필자가 제기하고 싶은 문제는 '강낭콩꽃'이라는 시적 대상이 과연 '푸른 색'이냐 하는 것이다.

2) 두견이(杜鵑－)와 소쩍새(＝접동새)의 동일시 문제

고려 가요가 탄생할 무렵부터 현재까지 우리나라의 시가문학이나 현대시 작품에서 흔히 볼 수 있는 비극적 정서를 내포하고 있는 시적 대상으로서의 '두견이'와 '소쩍새(＝접동새)'는 아래 2. 몸말에서 자세히 밝히겠지만, 조류학상으로나 보나 그 생김새나 전래 민담으로 보나 전혀 다른 새다. 그러나 어찌된 일인지 이 두 새는 오늘날까지 같은 새의 다른 명칭의 새로 동일시되어 혼동의 오류를 범하여 왔으니, 그 예를 통시적으로 살펴보면 다음과 같다.

가) 고려 가요(歌謠)의 예

내 님믈 그리ᅀᆞ와 우니다니(내가 임금님(의종(毅宗)을 그리워하여 울면서 지냈는데)

山졉동새 난 이슷ᄒᆞ요이다(나는 산에 사는 접동새의 처지와 너무나 비슷합니다)

아니시며 거츠르신ᄃᆞᆯ 아으((나를 모함하는 말들이) 사실이 아니며 허황된 것인 것을, 아아)

殘月曉星이 아ᄅᆞ시리이다(새벽 하늘에 남아 있는 희미한 달과 샛별은 알 것입니다)

넉시라도 님은 ᄒᆞᆫᄃᆡ 녀져라 아으(넋만이라도 님과 함께 가고(=살고) 싶어라. 아아)

벼기더시니 뉘러시니잇가((내가 죄가 있다고 끝까지) 우기던 사람이 누구입니까)

過도 허믈도 千萬 업소이다(나는 과실도 허물도 전혀 없습니다)

ᄆᆞᆯ힛마리신뎌(뭇 사람들의 참언(讒言)이로다. (소명(召命)하실 줄 알았는데) 말짱 거짓말이었구나)

ᄉᆞᆯ읏븐뎌 아으(슬프도다. 아아)

니미 나ᄅᆞᆯ ᄒᆞ마 니ᄌᆞ시니잇가(님께서 벌써 나를 잊으셨습니까)

아소 님하 도람 드르샤 괴오쇼셔(앗으시오. 님이여,마음을 돌려 제 말을 들으사 다시 사랑하소서)

위 작품은 고려 18대왕 의종(毅宗, 1146~1170) 때 정서(鄭敍)가 유배지 동래(東萊)에서 임금을 그리워하면서 지은 향가(鄕歌)계 여요(麗謠)인 충신연주지사(忠臣戀主之詞) <정과정(鄭瓜亭)> 전문이다. 이 작품에 출현하는 시적 대상인 '접동새(=소쩍새)'가 중국 촉(蜀)나라 왕이었던 두우(杜宇)가 그의 신하 별령(鼈靈=令, =별랭(鼈冷)에게 선위(禪位)하고 나서 이내 후회하고 복위 운동을 전개하다가 뜻을 이루지 못하고 서산(西山)에서 비참하게 죽은 두우의 화신인 '두견이'(2. 몸말 참조)와 동일시되어 혼동의 오류를 범했다.

이 같은 사실의 방증적 자료는 고려말 익재(益齋) 이제현(李齊賢)이 그의 문집인『익재난고(益齋亂藁)』소악부(小樂府)에 위의 <정과정>을 아래와 같이 칠언절구의 한시로 한역(漢譯)해서 수록할 때, '소쩍새'와 같은 새인 '접동새'를 '두견이'의 별칭인 '자규(子規)'로 한역한 사실이 바로 그것이다.

憶君無日不霑衣(님을 그리워하여 옷이 젖지 않은 날이 없었으니)
政似春山蜀子規(봄날에 산속에 사는 촉나라의 자규와 비슷하구나)
爲是爲非人莫問(사람들이여, 옳고 그름을 묻지 마오)
只應殘月曉星知(다만 지는 달과 새벽별은 알겠지)

이처럼 '두견이'를 '접동새(=소쩍새)'로 잘못 인식한 오류의 사실은 조선조에까지 이어져 내려왔으니, 중종(中宗) 22년(1527)에 출간된 예산본(叡山本) 『훈몽자회(訓蒙字會)』 상권 9에 '鵑 졉동새 견 俗呼 杜ㅡ 又呼寒火虫'이라고 기록된 사실이 바로 그것이다.

나) 고시조의 예

<작품 1>
山 밋히 ᄉᆞ쟈 ᄒᆞ니 杜鵑이도 붓그럽다(산 밑에서 살고자 하니 두견이 보기에 부끄럽다
ᄂᆡ집을 구버보고 솟적다 우ᄂᆞᆫ고야(소쩍새가 내 집을 굽어보고 솟쩍솟쩍 우는구나)
두어라 安貧樂道ㅣ니 恨ᄒᆞᆯ 줄이 이시랴(그만두어라, 구차한 생활 속에서도 편안한 도를 즐기니 그 무엇을 한할 까닭이 있겠는가)

위의 시조는 자세한 연대와 작자를 알 수 없는 조선 중기 때 작품으로 추정된다. 이 작품에서는 '두견이'와 '소쩍새(=접동새)'가 동일시되어 섞여 나오면서 혼동의 오류를 범했다.

<작품 2>
蜀帝의 죽은 魂이 접동새 되야이셔(촉나라 왕의 죽은 넋이 접동새

되어서)

밤마다 슬피 우러 피눈물로 그치ᄂᆞ니(밤마다 슬피 울어 피눈물로 그치니)

우리의 님 그린 눈물은 언의 ᄢᅵ에 그칠고(우리 임금 그리워하는 눈물은 어느 때 그칠까)

위의 시조는 조선 영조 때 가객인 김묵수(金默壽)의 작으로 촉왕(蜀王) 두우(杜宇)의 죽은 혼백의 새인 '촉혼(蜀魂=두견이)'과 '접동새(=소쩍새)'를 동일시한 오류를 범했다.

다) 현대시의 예

<작품 1>

눈물 아롱아롱/피리 불고 가신 님의 밟으신 길은/진달래 꽃비 오는 西域 삼만리/흰 옷깃 여며여며

가옵신 님의/다시 오진 못하는 巴蜀 삼만리//신이나 삼아 줄걸, 슬픈 사연의/올올이 아로새긴 육날메투리/은장도 푸른 날로 이냥 베어서/부질없는 이 머리털 엮어 드릴 걸//초롱에 불빛 지친 밤하늘/굽이굽이 은핫물 목이 젖는 새/차마 아니 솟는 가락눈이 감겨서/제 피에 취한 새가 귀촉도 운다/그대 하늘끝 호올로 가신 님아.

* 육날메(미)투리는 신 중에서는 으뜸인 미투리 중에서도 가장 아름다운 조선의 신발이었느니라. 귀촉도는 항용 우리들이 두견이라고도 하고 소쩍새라고도 하고 접동새라고도 하고 子規라고도 하는 새가 귀촉도…귀촉도…그런 발음으로써 우는 것이라고 地下에 돌아간 우리들의 祖上의 때부터 들어온 데서 생긴 말씀이니라.

<작품 2>

우리들의 봄은/온몸에 피 흘려 꽃피워도/캄캄한 밤 캄캄하게/소쩍새 소리로 애터지게/윈 산을 헤매며/핏빛 진달래로 피었다/핏빛으로

지는구나//아, 봄아 봄은 쉽게도 왔건만/봄맞이 임맞이 나갈 사람들의 마음은/이리 추워 문 열 수가 없구나/사람들의 봄은/올해에도 홀로 지는 꽃처럼 쓸쓸하고/흙바람으로 숨이 턱턱 막히는구나

위의 <작품 1>은 1930년대 생명파(生命派)의 거봉 미당(未堂) 서정주(徐廷柱)의 <귀촉도(歸蜀道)>의 전문이다. 치수(治水)의 공을 세운 별령(鼈靈=令, =별랭(鼈冷)에게 선위(禪位)했다가 이내 후회하고 복위하려다 뜻을 이루지 못하고 죽은 촉왕(蜀王) 두우(杜宇)의 화신인 '두견이(2. 몸말 참조)'의 '피를 토하면서 우짖는 모습'을 형상화한 이 시의 말미 각주(脚註)에서 미당은 '귀촉도(=자규, 두견이)'와 '소쩍새(=접동새)'를 동일시한 오류를 범하였다.

<작품 2>은 1980년대 '섬진강 시인'인 김용택의 '고통스런 삶의 절박한 심정'을 주제로 한 <쉬운 봄>이라는 제목의 시이다. 이 시도 위에서와 같이 슬픈 전설의 새인 '두견이'를 역시 '소쩍새(=접동새)'와 동일시하면서 오류를 범하고 있다.

2. 몸말

위에서 제기한 문제 중 1)의 '강낭콩꽃'의 빛깔은 과연 푸른 색일까?

1590년 명(明)나라의 이시진(李時珍)이 지은 본초학 연구서인 『본초강목(本草綱目)』권 24, 12쪽에 '큰 잎에 가는 꽃이 피는데 그 꽃의 빛깔은 홍색과 백색의 두 종류이다(大葉細花 花有紅白二色)'라 기록되어 있고, 또한 1991년 한국정신문화연구원에서 간행한 『한국민족문화 대백과사전』권 1, 392쪽에 '잎겨드랑이에서 꽃송이가 나와서 백색, 자색, 홍색 등의 꽃이 달리

는데……'라고 기록되어 있는 사실로 보아, 강낭콩의 줄기나 잎은 푸른 초록색이지만, 강낭콩꽃의 색깔은 푸른 초록색이 아니고, 백색, 자색, 홍색의 세 가지 색깔인 것이다. 따라서, '강낭콩꽃보다 더 푸른'이라는 싯구는 시적 대상에 대한 작자의 착각이나 무지에서 온 커다란 오류가 아닐 수 없다.

또한, 위에서 제기한 문제 중 2)의 '두견이'와 '소쩍새(=접동새)'를 동일시한 혼동의 오류는 왜 발생했을까?

'두견이'와 '소쩍새(=접동새)'는 조류학상으로나 보나, 전래 민담상으로 보나, 또 그 생김새로 보나, 우는 소리로 보나, 전혀 다른 새다. '두견이'는 두견이과(科) 새로 생김새가 유선형의 예쁘장한 뻐꾸기와 비슷하나, 몸집이 뻐꾸기보다 조금 작다. 5월경 동남아시아 쪽에서 날아와 9월경에 다시 남하한다. 또한 이 새는 노출되지 않은 채 산중턱이나 우거진 숲속에서 사는 비교적 보기 드문 여름 철새다(중국의 새 백과사전인『금경주(禽經注)』에는 '밤부터 새벽까지 운다(夜啼達旦)'라고 야행성(夜行性)의 새로 기록되어 있고,『본초강목』에는 '밤낮으로 그치지 않고 애절하게 운다(晝夜不止 其聲哀切)'라고 주행성(晝行性)과 야행성을 겸한 새로 기록되어 있으며, 우리나라 이우신이 지은『우리 새 소리 백 가지(현암사, 2007)』에는 '날 때도 울고 밤이나 낮이나 운다'라고 역시 주행성과 야행성을 겸한 새로 기록하고 있다. 그러나 조류학자 윤무부 경희대 교수의 증언에 의하면 이 새는 4월말~5월초인 번식기에만 간혹 밤에 울기도 하지만, 주로 낮에 우는 주행성 여름 철새'라고 주장하고 있다.).

수컷은 '홀딱 자빠졌다', 또는 '쪽박 바꿔쥬우', 혹은 '키욧 쿄쿄쿄'하고 울고, 그 후에 '삐 삐 삐애'하고 예리한 소리로 울며, 암컷은 그냥 '삐 삐 삐이'하고 운다. 또한 이 새는 직접 자기 둥지를 틀지 않고, 휘파람새, 굴뚝새, 산솔새 등의 둥우리에 1개의 알을 낳아 포란(抱卵)과 육추(育雛)를 위탁시키는 이른바 얌체 새다(『한국민족문화 대백과사전, 정신문화연구원, 1991)』 권7,

392쪽 참조,『한국의 조류(원병오, 교학사, 2005)』 227쪽 참조).

이 '두견이'에 관한 중국의 전래 민담(民譚)을 중국 촉(蜀)나라 사서(史書)『성도기(成都記)』에 기록된 원문과 번역문을 소개하면 다음과 같다.

> 두우(杜宇)는 두왕(杜王)이라고도 부르며 하늘에서 내려왔다. 또한 망제(望帝)라고도 하는데 농사일
>
> 을 무척 좋아하였다. 당시 형주(荊州) 사람 별령(鼈靈)이 죽어 그 시신이 강물을 거슬러 올라와 문산
>
> (汶山)에 이르러 다시 살아나 망제를 만나게 되었다. 망제는 그를 재상으로 삼고 개명(開明)이라 불렀다. 그때 마침 무산(巫山)에 강물이 막혀 사람들은 홍수의 고통을 당하였다. 이에 개명은 물을 소통
>
> 시키는 큰 공을 세웠다. 망제는 이로 해서 그에게 임금 자리를 선양(禪讓)하였다. 그리고 망제는 죽어
>
> 그 혼이 새가 되었는데 이를 두견(杜鵑), 또는 자규(子規)라 부른다.
>
> (杜宇亦曰杜王 自天而降稱望帝 好稼穡 時荊人鼈靈死 其尸泝江而上至汶山下復生見望帝 望帝因而爲相 號開明會巫山江壅 人遭洪水 開明爲鑿通流大功 望帝因以其位禪之 望帝死其魂化爲鳥 名曰杜鵑 亦曰子規)

한편, 송(宋)나라 초엽에 출간된 지지(地誌)『태평환우기(太平寰宇記)』의 기록을 보충적으로 살펴보면, '뒤에 복위하고자 했으나, 그 뜻을 이루지 못하고 죽어서 두견이가 되었다(後欲復位不得 死化爲鵑)'라고 기록되어 있고, 진(晉)나라 상거(常璩)가 지은 사서『화양국지(華陽國志)』권 3,「촉지(蜀志)」에는 '재상인 개명(開明=별령(鼈靈=令, 冷)이 옥첩산(玉疊山)을 무너뜨려 수해를 제거하였다. 망제는 마침내 정사(政事)를 그에게 위임하고 요(堯)임금이 순(舜)임금에게 선위(禪位)한 것처럼 그에게 선위하고 서산(西山)에 들어가 은거하였는데 때마침 2월이라 자견(子鵑=두견(杜鵑)이 슬피 우는 고로, 촉나라 사람들이 자견의 우는 소리를 슬퍼하였다(相開明 決玉疊山以除水害 帝遂委

以政事 法堯舜禪授之義 遂禪位于開明帝 升西山隱 時適二月子鵑鳥鳴 故蜀人悲子鵑鳥鳴也)'라고 기록되어 있는 것으로 보아, 망제가 별령(鼈靈=令, 泠)에게 선위할 때 심사숙고하지 않고 경솔하게 양위(讓位)하였다가는 이내 후회하고 복위운동을 벌이다가 뜻을 이루지 못하고 서산에서 죽은 것 같다.

또한, 중국의 『조여사료(鳥與史料)』, 『본초강목』 등 여러 문헌 속에 나오는 '두견이'의 별칭을 열거하면 다음과 같다.

'자규(子規), 자견(子鵑), 제결(鶗鴂=稊鴂, 鵜鴂), 두우(杜宇), 두견(杜鵑), 두왕(杜王), 두주(杜主), 두혼(杜魂), 두백(杜魄), 촉혼(蜀魂), 촉혼조(蜀魂鳥), 촉백(蜀魄), 촉조(蜀鳥), 원조(怨鳥), 원금(寃禽), 망제(望帝), 망제혼(望帝魂), 불여귀(不如歸), 사귀(思歸), 최귀(催歸), 전견(田鵑), 사표(謝豹), 양작(陽雀) 선객(仙客), 주연(周燕), 시조(時鳥)' 등 약 30종이나 된다.

우리나라에서의 명칭으로는 '두견(杜鵑)'에 접미가 '-이'가 첨가된 파생어 '두견이(杜鵑-)', '새'가 합성된 합성어 '두견새', 순수 고유어 '주걱새', '임금새', 우리나라에서 조어(造語)한 한자어 '귀촉도(歸蜀道=途)'(이는 중국 문헌에는 전혀 보이지 않고, 조선조 말기에 생성된 잡가(雜歌)나 개화기 시조에 최초로 보인다.)가 있다.

한편, '소쩍새(=접동새)'는 조류학상 올빼미과 새로 생김새가 험상궂게 생긴 부엉이나 올빼미와 유사하게 생겼으며, 올빼과 새 가운데 가장 작다. 이 새는 온대 지역과 열대 지역에 서 번식하며, 북부 번식 집단은 겨울에 열대로 이동한다. 우리나라에서는 전역에 낮은 산, 산림, 공원의 나무구멍에 둥지를 틀고 드물게 살고 있는 텃새와 4월경에는 동남아 지역에서 날아와 9월경에 남하하는 여름 철새로 구분된다. 이 새는 '밤에는 날면서 활동하고, 낮에는 숨어 사는(夜飛晝伏)(『본초강목』권 49, 1482 참조)' 야행성 새로 초저녁부터 새벽까지 우는데 수컷은 '솟쩍 솟쩍', 혹은 '솟쩍다 솟쩍다' 하고 울고, 암컷은 '과과', 또는 '괏괏'하고 운다. 이 새는 5~6월경에 나무구멍 속에 4~5개의 알을 낳으며, 포란은 암컷이 전담한다(『한국문화 대백과사전(정신문화연구원, 1991)』권 12, 787쪽 참조, 『한국의 조류(원병오, 교학사, 2005)』232 참조, 『우리 새 소리 백 가지(이우신, 현암사, 2007)』 23쪽 참조, 윤무부 교수 증언 참조).

'소쩍새'는 남한 지역에서 즐겨 부르는 명칭으로 다음과 같은 전래 민담이 있다.

> 옛날 옛적에 며느리를 몹시 구박하는 시어머니가 있었는데, 며느리를 굶겨 죽이려고 아주 작은 솥
> 에다 밥을 짓게 하였다고 한다. 며느리가 먹을 밥을 없게 하기 위해서였다. 그리하여 결국 며느리는
> 굶주려 죽었고, 죽은 며느리의 넋은 새가 되어 '솥이 적다 솥이 적다'하고 시어머니를 원망하면서 울
> 었다고 한다. 이후 남한에서는 '솟쩍다 솟쩍다'하고 울면 그 해에 풍년이 들고 '솟쩍 솟쩍'하고 울면 흉년이 들었다고 한다(이우신, 『우리가 알아야 할 우리 새 백 가지』(현암사, 1999) 참조).

이 새는 '어미 새로부터 먹이를 받아 먹고 성장하다가 다 자라면 어미 새의 눈알을 쪼아
먹고 날아가 버리는(주진(周鎭)의 『조여사료(鳥與史料)』 187쪽 참조)' 불효조요, 또한 '다른 새의 새끼를 잡아 먹어 불행을 가져다 주는 치효(鴟鴞)(『시경(詩經)』빈풍(豳風) 참조)'이기 때문에 예로부터 중국에서는 '화조(禍鳥), 괴조(怪鳥), 악조(惡鳥)'의 뜻인 '괴복(怪鵩)), 휴류(鵂鶹)'로 불려 왔으며, 그 밖에 '치휴(鴟鵂), 괴치(怪鴟), 노면(老免), 구각(鉤鵅), 기기(鵋鵙), 각치(角鴟)(『본초강목』권 49, 1482 참조)' 등으로 불리기도 했다.

우리나라에서는 금언체(禽言體) 한시에서는 '솥 작다'의 한자 훈차어(訓借語) '정소(鼎小)(정민(鄭玟), <한시 속의 두견이와 소쩍새> 『한국한시연

구』 62~71쪽 참조)'로 썼고, 국문 명칭으로 의성어 '솟적다 솟적다, 솟적다시, 적다' 등으로 불렀다.

이 '소쩍새'와 같은 뜻의 낱말로 '접동새'가 있다. 이 '접동새'는 북한 지역에서 즐겨 쓰는 표준어로 방언에서 '접둥이' 또는 '접이'라고도 한다. 이 '접동새'는 '소쩍새'와는 다른 다음과 같은 독자적인 전래 민담이 있다.

> 옛날 옛적에 어느 부인이 아들 아홉에 고명딸 하나를 낳고 죽었다. 그런데 후처로 들어온 여자가 이 고명딸을 몹시 미워하였다. 딸이 장성해서 시집 갈 무렵 혼수를 다 장만해 놓은 채 딸이 갑자기 죽었다. 아홉 오라버니들이 슬퍼하면서 여동생의 혼수를 마당에다 태우고 있는데 계모가 나타나서 태우지 못하게 방해하였다. 이에 화가 난 아홉 오라버니들이 그 계모를 불속에 던져 태워 죽였다. 죽은 계모는 까마귀가 되어 하늘로 날아가 버렸고, 죽은 누이동생은 접동새가 되어 밤만 되면 아홉 오라버니들을 찾아와 울었다고 한다. 이 새가 밤에만 나타나서 우는 것은 낮에 나타나면 계모의 화신인 까마귀한테 물려 죽을까 겁을 먹었기 때문이라고 한다(『한국민족문화대백과사전(한국정신문화연구원, 1991)』권 19, 684쪽 참조).

위에서 살펴본 바와 같이 '두견이'와 '소쩍새(=접동새)'는 조류학상으로 보나, 전래 민담상으로 보나, 생김새로 보나, 전혀 다른 새임을 알 수 있다. 이렇듯 '두견이'와 '소쩍새(=접동새)'는 전혀 다른 새임에도 불구하고 고려가요 <정과정>을 비롯해서 조선조의 시조, 현대시에 이르기까지 수많은 작품에서 이 두 새를 동일시한 혼동의 오류를 범했으며, 심지어는 조선조 초기 한자자전인 『훈몽자회』에서의 '鵑 졉동새 견 俗呼 杜-'이라 한 풀이말과 현용남한의 국어사전이나 북한의 국어사전에서조차 이 두 새를 동일시한 오류를 범하고 있는 실정이다.

그렇다면, 이처럼 이 두 새를 동일시한 혼동의 오류 현상이 발생한 근본 원인은 도대체 어디에 있을까? 이에 필자는 그 원인을 다음의 세 가지로 집약해 보고자 한다.

첫째, 촉왕(蜀王) 두우(杜宇)가 별령에게 왕위를 선양하고 나서 다시 복위를 꾀하다가 그 뜻을 이루지 못하고 서산(西山)에 숨어 살다가 죽은 두우의 화신 '두견이'의 상징적 정서인 한(恨), 비애, 비운(悲運) 등의 정서와 시어머니에게 구박을 받고 살다가 죽은 '소쩍새'의 한, 비애, 비운 등의 정서나, 계모에게 구박을 받고 살다가 결혼도 못하고 죽은 '접동새의 한, 비애, 비운 등의 정서가 일맥상통하고 있었다는 점이다.

둘째, '두견이'는 조류학상으로 보나, 전래 민담상으로 보나, 생김새로 보나, 우는 소리로 보나, '소쩍새(=접동새)'와는 전혀 다른 새임에도 불구하고, <정과정>의 작자 정서는 '접동새'를 '두견이'와 같은 새로 오인하고 제재화(題材化)했으며, 또한 익재 이제현은 이 같은 사실을 더욱 확실하게 증명이라도 하듯 <정과정>을 칠언절구의 한시로 한역할 때, <정과정> 작품에 출현하는 '접동새(=소쩍새)'를 두견이의 별칭인 '자규(子規)'로 오역(誤譯)함으로써 그때부터 우리나라 사람들에게 '두견이'와' '접동새(=소쩍새)'가 같은 새라는 인식을 갖게 하였다고 본다. 따라서, 이러한 오류의 시원(始源)이 되는 우리나라 시가(詩歌) 작품은 고려 중기 때 출현한 <정과정>이라 추정된다.

셋째, 또한 조선조 중종 22년(1572)에 출간된 예산본『훈몽자회』 상권 9에서 '鵑 졉동새 俗呼 杜ㅡ'으로 잘못 기록되어 있어 조선조에서도 '두견이'와 '접동새(=소쩍새)'가 같은 새로 인식되었고, 이러한 잘못된 인식의 오류는 현대에 이르러서도 여전한 실정이다.

3. 맺음말

이상 우리나라에서 널리 알려진 시가(詩歌)에 등장하는 제재화된 시적 대상들이 의외로 진실과 다르다는 사실을 규명해 보면서 다음과 같은 결론을 내릴 수 있었다.

첫째, 수주(樹州) 변영로(卞榮魯)의 <논개(論介)>에서의 '강낭콩꽃보다 더 푸른'의 싯구에서의 시적 대상인 '강낭콩꽃'의 빛깔은 녹색 계통의 '푸른 색'이 아니고, '백색, 자색, 홍색'의 3가지 색임을 알 수 있었다.

둘째, 고려 때 향가계 여요 <정과정>에서의 '접동새'는 '소쩍새'와 같은 뜻의 다른 명칭이며, 치수(治水)의 공으로 별령(鼈靈=令, 별랭(鼈冷))에게 선위(禪位)하고 나서 다시 복위하려다가 뜻을 이루지 못하고 죽은 촉왕(蜀王) 두우(杜宇)의 화신인 '한(恨), 비애, 비운(悲運)'의 새인 '두견이'와는 조류학상으로 보나, 전래 민담상으로 보나, 생김새로 보나, 우는 소리로 보나, 전혀 다른 새임을 확인할 수 있었다.

셋째, 그러함에도 불구하고 <정과정>을 비롯해서 우리나라의 여러 문학 작품에서 '두견이'와 '소쩍새(=접동새)'를 동일시한 혼동의 오류를 범하게 된 원인은 다음의 세 가지라고 추정할 수 있었다.

1) 고려 중기 충신연주지사(忠臣戀主之詞)로 널리 사람의 입에 회자(膾炙)되어 오고 있는 <정과정>의 작자인 정서(鄭敍)는 '접동새(=소쩍새)'를 '두견이'와 같은 새로 잘못 인식하고 <정과정>에서 제재화하였다고 생각되며, 또한 고려말 익재 이제현이 이 <정과정>을 한역(漢譯)할 때, '접동새'를 '두견이'의 별칭인 '자규(子規)'로 잘못 한역하였다.

2) 조선조 중종(中宗) 22년(1527)에 출간된 한자자전 예산본『훈몽자회(訓蒙字會)』상권 9에 '鵑 졉동새 견 俗呼 杜－ '으로 잘못 기록되어 있다.

3) 복위의 뜻을 이루지 못하고 피를 토하며 죽은 촉왕의 넋인 '두견이'의 비극적 정서와 시어머니 구박(또는, 계모의 구박) 때문에 죽은 '소쩍새(=접동새)'의 비극적 정서가 유사하였다.

넷째, 현용 남북한 국어사전에서 '소쩍새(=접동새)'와 '두견이'를 구분하지 않은 채 같은 새로 동일시한 혼동의 오류를 범하고 있음을 개탄하며 하루 빨리 올바르게 시정되어야 한다고 본다.

다섯째, 모름지기 모든 시인들은 시적 대상을 선정하여 제재화함에 있어 이 같은 오류를 범해선 안 되며, 또한 그렇게 하기 위해선 그 시적 대상에 대한 면밀(綿密)한 조사와 충분한 고증을 하여야 한다. 왜냐 하면 불후(不朽)의 명시(名詩)란 시적 대상에 대한 잘못된 지식이나 인식을 아름다운 언어로 분칠하여 그럴 듯하게 도금(鍍金)한 것이 아니기 때문이다.

여섯째, '두견이'는 밤부터 울기 시작해서 새벽까지 우는 야행성 새인가? 또는 밤낮을 가리지 않고 우는 야행성과 주행성을 겸한 새인가? 아니면 간혹 번식기에는 밤에 울기도 하지만 주로 낮에 우는 주행성 새인가?' 하는 문제는 앞으로 보다 철저하게 밝혀져야 한다고 본다.

중국의 조류 백과사전인 『금경주(禽經注)』에 '일명 원조(怨鳥)라고도 부르는 두견이는 괴로운 듯 피를 흘리면서 우는 것을 그치지 않고 밤을 새워 새벽까지 울며, 그 흘린 피는 초목까지 적신다(一名怨鳥苦啼血不止 夜啼達旦血漬草木)'라고 기록되어 있어 마치 이 새가 야행성인 새로 인식케 하고 있고, 또한 중국 명대(明代) 본초학(本草學) 연구서인 『본초강목』에는 '봄에는 저녁이 되면 곧 울기 시작하여 밤을 새워 새벽까지 울며, 울 때는 반드시 북쪽을 향해 운다. 여름에는 더욱 심하게 밤낮으로 그치지 않고 울며 그 소리가 애절하다(春暮卽鳴 夜啼達旦 鳴必向北 至夏尤甚 晝夜不止 其聲哀切)'라고 기록되어 있어 마치 이 새가 야행성과 주행성을 겸한 새로 인식케 하고 있으며, 우리나라의『우리 새 소리 백 가지(이우신, 현암사, 2007)』에서도 '두견이는 날 때도 울고 밤이나 낮이나 운다.'라고 기록되어 있어 중국의 『본초강목』 기록과 동궤(同軌)의 입장을 취하고 있다.

그러나, 조류학자 경희대학교 윤무부 교수의 증언에 의하면, '두견이'는 틀림없는 주행성새이며, 그렇기 때문에 '두견이'는 주로 낮에 울며, 번식기(4월말~5월초)에만 간혹 밤에 울기도 한다고 주장하고 있다.

위의 세 가지 상반된 기록과 주장은 앞으로 철저하게 규명되어야 한다고 본다. 왜냐 하면 우리나라에 전해 내려오고 있는 수많은 고시조, 한시(漢詩), 현대시에서 시적 대상으로 등장하는 '두견이'는 '밤새도록 피를 토하면서 우는 야행성 새'로 노래되었기 때문이다.

'시다운 시' 창작을 위한 나의 관견(管見)

나는 10여년 전에 우리나라 원로 시인 가운데 한 분이신 M시인이 어느 문학 강연에서 다음과 같이 말한 것을 지금도 기억하고 있다.

"내가 시(詩)를 처음으로 쓰기 시작한 것은 지금으로부터 약 60여년 전부터인데 지금까지도 난 아직 시에 대해서 잘 모르고 있습니다."

참으로 공감이 가는 진솔(眞率)한 고백의 말이 아닐 수 없다.

사실 만인의 심금(心琴)을 울릴 수 있는 '시다운 시'를 쓰기란 마치 황량한 사막에서 사금(砂金)을 발견하는 일처럼 어렵다고 볼 수 있다.

당대(唐代) 시인 소동파(蘇東坡)가 <적벽부(赤壁賦)>를 지을 때, 찢고 또 찢어버리며 퇴고(推敲)한 종이가 큰 서랍 속에 가득했었다는 일화나, 고려 때 문신 김황원(金黃元)이 부벽루에 올라 대동강의 아름다운 경치를 보고 '넓은 들 동쪽 머리엔 즐편하게 흘러가는 강물이요, 길게 뻗은 성 한 면엔 점점이 산이로구나(大野東頭溶溶水 長城一面點點山)'이라고 읊고 나서 다음 싯구를 잇지 못하고 자신의 무능을 통탄한 나머지 그후 절필(絶筆)하였다는 일화가 바로 그것이요, 1940년대 청록파(靑鹿派=자연파(自然派)) 시인의 한 사람인 조지훈(趙芝薰)이 그의 『시의 원리(산호장, 1956)』에서 밝혔듯이 그의 대표시 <승무(僧舞)>를 짓기 위해 19세 때 '한성준(韓成俊)→ 최승희(崔承喜)→ 용주사 여승'으로 이어지는 승무의 무용을 직접 보고 시상(詩想)을 굳혔다가 20세 때 선전(鮮展)에 전시된 김은호(金殷鎬) 화백의 <승무도(僧舞圖)> 앞에서 비로소 78자로 된 스케치 초고(草稿)의 시를 썼고, 쓴 초고의 시가 마음에 들지 않아 고민하다가 그 해 10월 구왕궁 아악부에서 연주한 <영산회상(靈山會相)>의 한 가락을 듣고 나서 또다시 퇴고에 퇴고를 거듭한 끝에 불후(不朽)의 명작 18행(처음엔 20행)의 시 <승무(僧舞)>를 장장 1년 6개월의 오랜 산고(産苦) 끝에 탄생시켰다는 일화가 바로 그것이다.

'시란 마음 속의 뜻을 언어로 표현하는 것이다(詩者…… 在心爲志 發言爲詩)(『시경(詩經)』).', '시란 미의 음악적 창조이다(E. A. 포우).', '시는 기본적으로 인생의 비평이다(M. 아놀드).', '시는 가장 행복한 심성의 최고 열락(悅樂)의 순간을 표현한 기록이다(P. B. 셸리).', '시란 사람이 생각하고 있는 것처럼 감정이 아니고 체험이다(R. M. 릴케).' 등등 사람마다 시에 대한 정의(定義)나 관점이 다 다르게 언급하고 있는데, 이 같은 이유는 시라는 장르의 문학은 단순한 언어 나열의 문학 형태가 아니요, '인간의 사상과 감정을 비유법(比喩法)에 의해서 형성된 압축된 언어로 표현하는, 오묘(奧妙)하고 심원(深遠)한 미적 감동의 예술'이기 때문이라고 생각된다.

나는 2001년 상아탑(象牙塔)에서 법정년(法定年)을 채우고 물러난 이후 새로운 제2의 인생길을 모색하다가 그 옛날 기웃거리기만 했던 문학 동산에서 남은 인생을 보내고자 2005년 계간지 『문학예술』에 향수(鄕愁)를 주제로 한 장시 <사향(思鄕)>을 발표함으로써 문단에 정식으로 얼굴을 내민 이후 지금까지 본격적으로 시와 수필을 써 오고 있는 터다.

대학에서 우리나라 중세국어 문법과 어원학을 강의했던 내가 어느 날 갑자기 시인과 수필가가 되다니 경천동지(驚天動地)할 코페르니쿠스적 대변신이 아닐 수 없다.

사실 나는 책 머리와 자전적 수필에서 고백한 것처럼 젊은 시절엔 남

못지 않은 열혈 문학청년이었었다. 5대 문학 장르 가운데 특히 시에 관심이 깊었던 나는 대학에서 어학을 강의하면서도 시의 곁을 완전히 떠나지는 않았었다.

내 서재 한구석엔 늘 『현대 문학』지와 『문학 사상』지가 한 호도 거르지 않고 빼곡이 꽂혀 있었으며, 이따금 마음이 울적하거나 그 누군가가 그리울 땐 나는 펜을 들어 시와 수필을 끼적거리곤 했었다.

그러고 보니, 1954년 고등학교 2학년 때 교내 백일장에서 <해당화>라는 제목의 시가 장원으로 입선되어 이로 인해 문예반장이 되고, 이어 K대 국어국문학과에 입학하자마자 문학에 뜻을 같이했던 동급생 몇몇과 함께 <청탑문우회>라는 이름의 문학 동아리를 결성하고 작품을 써서 문학 동인지 『백류(白流)』에 열심히 발표했던 시기를 내가 시를 본격적으로 접한 기점(起點)으로 본다면, 나의 시력(詩歷)은 이러구러 반세기가 훌쩍 넘어 가는 것 같다.

그토록 오랜 세월 시를 읽고 써 왔으면서도 나는 아직도 어떻게 시를 써야 '시다운 시'가 되는지 잘 모른다.

나는 시란 형태론적인 면에서 언어와 운율(韻律), 방법론적인 면에선 이미지, 은유(隱喩), 아이러니, 역설, 상징이, 내용론적인 면에선 주제(主題)가 요구되는 문학 양식이라는 평범한 사실을 잘 알고는 있다.

위에서 언급한 사실들은 모두 한 편의 시를 완성하는 데 있어 빼놓을 수 없는 필요한 요소들이긴 하다. 그러나 한 편의 시를 쓰는 데 있어 이러한 요소들을 모두 갖췄다고 해서 모두 '시다운 시'가 되는 것은 아니다.

마치 어느 저명한 화가나 서예가의 그림이나 글씨가 모두 명화요 명필이 될 수 없듯, 어느 저명한 시인이 쓴 시가 모두 명시(名詩)가 될 수는 없는 것이다. 나는 열 편 중 한 편의 시를 건지기 위해 다음과 같은 시관(詩觀)을 가지고 시를 쓴다.

첫째, 시는 다른 그 어떤 장르의 문학 형태보다 특히 언어의 유기적 구조로 형성된 언어 예술이기에 잘 연금(鍊金)되고(P. 발레리), 조탁(彫琢)된 시어(詩語)가 중시되어야 한다고 본다. 이런 의미에서 볼 때, 요즈음 저질스런 언어의 나열을 일삼는 포스트 모더니즘(post modernism) 계열의 소위 해체시(解體詩)는 엄밀한 의미에서 시라고 볼 수 없다. 자기 체형을 전혀 고려하지 않고 몸에 맞지 않는 옷을 입는 것은 행동의 자유를 방해하는 요소가 되듯 무조건 서구의 문예사조를 받아들여 새로운 형태의 시를 쓴다는 것은 한국 문학 발전에 저해 요인이 될 뿐, 전혀 도움이 되지 않는다고 본다.

둘째, R. 웰렉과 A. 워렌이 그들의 저서 『문학의 이론』에서 '시를 구성하는 두 개의 중요한 원리는 운율(韻律)과 은유(隱喩)이다.'라고 언급한 것처럼 시의 대표적 형태인 '서정시(抒情詩, Lyric)'이라는 말은 원래 그리스의 수금(竪琴 ; 7현금)인 'Lyra(=Lyre)'에 맞추어 혼자서 노래하던 'Lyrikos(시)'에서 유래한 말이다.

이 같은 사실로 미루어 보아, 서정시는 음악과 불가분의 관계에 있는 문학 형태인 것인 만큼 시에서의 음악성은 시의 생명이요 본체(本體)라고 볼 수 있다. 따라서 정형시(定型詩)에서는 외재율(外在律)이, 자유시나 산문시에서는 내재율(內在律)이 필수적으로 갖춰져야 한다고 본다.

또한, 시는 표현 기법상 은유에 의해서 형성된 보조관념을 씀으로써 시의 함축적 의미와 독자로 하여금 오묘한 상상(想像)의 세계로 비행케 해야 한다.

셋째, 시는 올곧은 인생관과 세계관이 녹아 있는 참다운 시정신(詩精神)에 의해 시가 창작되어져야 한다. 그래야만이 독자들을 감동시킬 수 있는 주제 설정이 가능하기 때문이다. 정의와 불의를 구분할 줄 모르는 청맹과니(靑盲-) 시인에게서 올바른 목소리를 기대한다는 건 연목구어(緣木求魚)가 아니겠는가?

올곧은 인생관과 세계관을 가지려면 많은 독서를 통한 지식의 습득도 중요하지만, 남보다 다양한 체험이 요구된다. R. M. 릴케가 그의 『말테의 수기(手記)』에서 '좋은 시'란 꿀벌이 쉼없이 꿀을 채집하듯 '진지하고도 다양한 인생 체험'을 통해서만 가능함을 역설한 바가 있다. 모두(冒頭)에서 '시란 본질적인 면에서 인생의 비평이다.'라고 역설한 M. 아놀드의 말도 시문학은 감성의 문학이 아니요, 체험의 문학임을 강조한 것이라고 볼 수 있다.

넷째, '고대가요→ 신라의 향가(鄕歌)→ 고려의 여요(麗謠)→ 조선조의 시조 및 가사(歌辭)→ 1920년대 김억, 김소월, 백석 등의 시→ 1930~40년대 시문학파, 생명파, 청록파 등으로 이어지는 작품에서 볼 수 있는 한국인의 보편적 정서인 '이별의 한, 그리움, 은근과 끈기, 자연 친화'를 주조(主調)로 한 전통시(傳統詩)라야 생명력 있는 시가 됨을 명심해야 한다. 여요(麗謠) <가시리>와 접맥(接脈)된 김소월의 <진달래꽃>이 오늘날까지도 변함없이 인구(人口)에 회자(膾炙)되고 있는 애송시(愛誦詩)가 된 사실이 바로 그 같은 사실을 입증하고 있지 아니한가?

다섯째, 독일어 순화에 앞장섰던 J. W. 괴테나 J. C. F. 실러처럼 모름지기 시 쓰는 사람들은 모국어 순화의 선도자(先導者)가 되어야 하며, 그러기 위해선 시 창작하기 앞서 다음과 같은 일을 필수적으로 병행해야 한다.

1) 한자어나 외래어를 시어화하지 말 것.
2) 정확한 띄어쓰기와 맞춤법 사용은 글 쓰기의 기본임을 잊지 말 것.
3) 사어화되기 일보 직전의 순수 고유어를 찾아 시어화하는 작업에 힘쓸 것.

오늘날 우리나라엔 시인은 많아도 '시다운 시'가 별로 없어 안타까운 마음에서 이 글을 쓴다.

분출(噴出)된 육성(肉聲)의 언어들

— 성동제 시조집 『길마가 무겁기로』의 시세계 —

1. 들어가는 말

2012년 가을 『문학예술』지를 통해 문단에 처음 얼굴을 내민 성동제 시인이 만 1년만에 시조(時調)들만 따로 모아 3번째 시집을 상재(上梓)한다고 한다. 참으로 놀라운 일이 아닐 수 없다.

오랫동안 켜켜이 녹이 슬어 있던 펌푸에 마중물을 붓더니 등단하자마자 그 동안 써 놓았던 300여편의 시편들을 솎아내고 다듬어서 처녀시집 『마중물 붓는 마음』을, 금년 봄에는 『들꽃은 바람 먹고 핀다』를 상재하더니, 그로부터 6개월이 채 안 되어 노인성 황반변성의 눈병으로 실명 위기의 처해 있음에도 불구하고 제2시집에 수록하고 남은 100여편의 시조 작품들과 최근 새로 창작한 시조 작품들을 정리해서 시조집 특색으로 세 번째 시집 『길마가 무겁기로』를 상재한다고 한다.

무한한 가소성(可塑性)을 가지고 있는 인간은 어려운 상황에 처해 있을 때, 오히려 놀라운 일을 성취하는 것 같다. 독일이 낳은 세계적 음악가인 악성(樂聖) L. 베토벤은 27세 때(1800년), 음악가로선 치명적인 귓병을 앓으면서도 교향곡 3번 <영웅>, 교향곡 5번 <운명>, 교향곡 6번 <전원>을 잇달아 작곡하였으며, 청력을 완전 상실한 이후 1818년에는 피아노소나타 <하머클라비어>, 1824년에는 교향곡 9번 <합창>을 작곡했던 사실과, 세익스피어와 쌍벽을 이루고 있는 영국의 대문호 J. 밀턴은 1652년 과로로 실명하고 나서 1667년 대서사시 <실낙원(失樂園)>을 완성하였으며, 이어 1671년에는 <복낙원(復樂園)>과 <투사 삼손>과 같은 대작을 창작해 냈던 사실이 바로 그 같은 사실을 입증하고 있다 하겠다.

언어의 절제미(節制美)와 율격미(律格美)를 기조로 하는 시조(時調)라는 명칭의 문학 형식은 학자에 따라 그 발생 시기와 기원(起源)에 관해 여러 이설이 있으나, 신라의 향가(鄕歌)와 접맥된 고려 가요에서 분장되어 고려말 조선초에 출현한 3장(초장 3,4,3(4),4, 중장 3,4,3(4),4, 종장 3,5,4,3) 6구 45자 내외의 우리나라 고유의 전통시요 정형시(定型詩)다.

1920년대에 접어들어서 현대시조(=근대시조, 신시조)가 출현하기 이전까지의 개화기 시조를 포함한 현전하는 5,492수(『한국시조대사전(박을수 편저, 1992, 아세아문화사)』 참조)의 고시조들의 시적 대상이나 주제들은 대체적으로 '회고(懷古), 개세(慨世), 충의(忠義), 강호(江湖), 산천(山川), 송죽(松竹), 인륜(人倫), 탄로(歎老), 취흥(醉興), 한정(閑情), 연군(戀君), 연정(戀情), 우국(憂國), 개화(開化)' 등이라고 볼 수 있다. 또한, 17세기 병자호란(丙子胡亂)(1637) 이전의 시조들은 중종 때 황진이(黃眞伊) 같은 기녀(妓女)의 작품들과 투철한 창작 정신에 의해 시조를 창작한 중종－선조 때 문신 정철(鄭澈), 선조－현종 때 문신 윤선도(尹善道), 명종－인조 때 문신이며 무신인 박인로(朴仁老)의 작품들을 제외하고 대부분 고위 관료들이거나 유학자들의 여기(餘技)로 창작된 일종의 귀족문학 작품들이라고 볼 수 있고, 그 이후 실학사상(實學思想)의 대두와 함께 평시조의 기본형 율조에서 벗어나 사설체화, 장형화된 엇시조와 사설시조가 출현하면서 김수장(金壽長), 김천택(金天澤)과 같은 시조의 창작 계층이 평민 계층으로 확대되어 비로소 시조 문학이 평민문학으로 발전하여 오늘에 이르렀다고 볼 수 있다..

시조가 단형 서정시로서의 신축성과 유연성을 시도하면서 새로운 가능성을 보여 주기 시작한 현대시조의 대두 시기는 1925년에 결성된 좌익 문학단체인 가프(KAPF, 조선 프롤레타리아 예술가동맹)에 대항하여 맹목적인 서구화에 반기를 들고 전통적 자기 질서의 복귀를 위한 몸부림으로 1926년 최남선(崔南善)에 의해 '민족문학으로 가장 알맞은 전통 양식은 시조임'을 강조하고 시조문학의 부흥을 제창한 <조선 국민문학으로서의 시조(『조선문단(1926, 5)』)>라는 명칭의 논문이 발표되고, 그의 최초의 개인 창작시조집 『백팔번뇌(百八煩惱)』가 출간된 이후 이광수(李光洙), 주요한(朱耀翰), 정인보(鄭寅普), 조운(曺雲), 이병기(李秉岐), 이은상(李殷相) 등이 활발하게 작품을 창작했던 시기라고 볼 수 있다.

그후 1940년 이병기 추천으로 『문장(文章)』지를 통해 등단한 이호우(李鎬雨)는 인간의 내면세계를 그리는 데 성공하여 현대시조의 격을 한층 높였고, 1940년 『문장』과 이듬해 <동아일보>를 통해 등단한 김상옥(金尙沃)은 섬세하고 조탁(彫琢)된 시어의 사용과 과감한 연시조(聯時調)의 사용으로 역시 현대시조의 격을 한층 높였으며, 또한 1946년 『죽순(竹筍)』 동인으로 문단에 등단한 여류시조시인 이영도(李永道)는 간결한 표현으로 인생을 관조하는 작품 세계를 보여 주면서 역시 시조의 격을 높였다.

또한 8 · 15 광복 직후 1924년 『조선문단』을 통해 등단한 조운(曺雲)의 『조운시조집(1946)』, 한문학자요 국학자인 정인보(鄭寅普)의 『담원시조집(薝園時調集)(1948)』, 국문학자인 이병기(李秉岐)의 『가람시조집(嘉藍時調集)(초판 1939년, 중판, 1947)』 등 일제 암흑기에 창작되었던 작품들을 한데 묶은 시조집들이 잇달아 출간되어 시조계를 풍성하게 하였다. 특히 이병기는 1925년 『조선문단』에 <한강을 지나며>라는 제목의 시조를 발표한 이후 1926년 <동아일보>에 <시조란 무엇인가?>라는 제목의 시조론(時調論)을 비롯하여 20여편을 발표하였고, 이어 1926년 '시조회(時調會)'를 최초로 발기, 조직하여 시조문학의 구심점 역할을 하였다.

1950년대에 들어와서는 이은상(李殷相)의 <너라고 불러 보는 조국아(1951)>, <고지가 바로 저긴데(1954)>와 같은 6 · 25 전쟁으로 인한 극한상황을 노래한 참여시조와 최승범(崔勝範), 정소파(鄭韶坡), 장순하(張諄河), 송선영(宋船影) 등의 전통적 서정을 노래한 서정시조의 두 갈래의 시조들이 등장했었다. 또한 이태극(李泰極)은 1960년 『시조문학』지를 창간하여 많은 신인들을 배출하면서 시조문학 발전에 크게 기여하였다.

4 · 19와 5 · 16의 역사적 격동을 겪은 1960년대 이후의 시조문학은 사회적, 정치적 가치의 전도(顚倒), 인간성의 상실 등의 소용돌이 속에서도 시조문학 열기는 식을 줄 모르고 왕성한 불꽃을 피워 2013년 1월호 한국문인협회 기관지인 『월간문학(月刊文學)』지에 등록된 시조시인수가 물경 770여명이나 된다.

위와 같은 과정을 거쳐 오늘에 이른 현대시조는 고시조와 비교해 볼 때, 형식과 내용면에서 어떤 양상으로 발전해 왔는지 잠시 살펴보면 다음과 같다.

<형식상의 특징>

1) 시조의 형태를 6구의 형식으로 분절한 것이 많다.

2) 이은상에 의해 시도된 것처럼 3장에 담을 내용을 압축해서 평시조의 잣수를 단축하여 30자 내외로 하고, 종장의 3,5자를 지키면서 중장을 생략한 양장시조(兩章時調)가 있다.

3) 음절수에 파격을 보였다. ; 종장의 3,5는 대체적으로 지키면서 3,4 내지 4,4의 기본 잣수에서 벗어나는 경우가 많다.

4) 시행(詩行)(구와 장)의 배열 방법이 다양하다. ; 고시조는 장별조차 구분함이 없이 내리닫이로 잇대어 기술하지만, 현대시조는 수별(首別)의 별도

처리는 물론, 초, 중, 종장을 구별해 씀으로써 시각적 효과를 위한 배열도 고려했다.

5) 연시조 형태를 많이 취했다. ; 고시조는 대부분 단수(單首)이나 현대 시조는 복잡다단한 문명상이나 사상을 노래하기엔 45자 내외에 제한된 잣수로는 부족하여 연시조 형태를 취하는 경우가 많다.

6) 허사(虛辭)이거나 감탄사인 '어즈버, 아마도, 두어라, 아희야, 엇더타, 어긔야' 따위의 독립어나, '－도다', '－노라'와 같은 감탄형 종결어미나 서술형 종결어미를 피했다.

<내용상의 특징>

1) 전문적인 창작정신이 스며 있다. ; 17세기 이전의 고시조가 대부분 성리학자들의 여기(餘技)로 창작되었던 귀족문학 성격을 띠고 있었지만, 현대시조는 전문적인 시조시인의 창작정신에 의해 창작되었다.

2) 참신하고 개성적이다. ; 음풍농월(吟風弄月)의 외면세계를 노래하거나 표피적 감정 처리를 하지 않고, 인간의 내면세계로 파고들어가 인성(人性)의 심층 묘사를 하기 위해 은유법을 즐겨 쓰며 파격의 빈도가 많다.

3) 제목을 반드시 붙인다. ; 고시조는 대부분 연시조를 제외하고 작품에 제목을 붙이지 않으나, 현대시조는 단시조든 연시조든 반드시 작품에 제목을 붙였다.

2. 제1부 ; 내린천 삼다(三多)

제1부는 자연 현상의 큰 축을 이루고 있는 산, 강, 바다 등을 시적 대상으로 노래한 작품들이다.

'자연은 신의 예술(A. 단테)'이요, '신이 쓴 위대한 책(안병욱安秉旭)'인 동시에 경외스런 신비의 존재다. 그러하기에 동서양을 막론하고 수많은 사상가들과예술가들이 이를 대상으로 사상적 이론을 정립했거나, 작품을 창작해 냈던 것이다.

항도(港都) 부산에서 태어나서 등대가 보이는 푸르른 해원(海原)을 바라보면서 성장한 성동제 시인이 자연 현상의 큰 축인 산, 강, 바다 등을 어떤 시각으로 관조하면서 어떻게 노래했는가를 감상해 보기로 하자.

서시선西視線 다섯이요
동시선東視線 여섯이라

큰 파도 골 부리면
그나마 없어지니

맑은 날 해안에 서서
눈 안 소복 가두자

여섯 중 으뜸섬은
굴 갖춘 굴섬이고

사람이 사는 섬은
등대섬 하나란다

사람은 없다 하여도
숱한 생명 군락지

솔섬과 방패섬이
아랫도리 거의 붙어

미세기* 들고날 제
하나 됐다 둘 됐다

보는 이 눈매 따라
달라지는 섬 숫자

* 밀물과 썰물

— <오륙도> 전문

이 시조는 3수의 평시조를 각각 6행으로 늘려 쓴 연시조(聯時調)이다. 부산 북쪽 송두말로부터 남동쪽에 위치해 있는 부산의 명물로 국가가 지정한 문화재 제24호인 서쪽 방향에서 보면 다섯으로 보이고, 동쪽 방향에서 보면 여섯으로 보이는 '방패섬, 솔섬, 수리섬, 송곳섬, 굴섬, 등대섬'의 6개의 섬이 옹기종기 모여 있는 '오륙도'의 신비미(神祕美)를 보고 지은 서경시적 서정시조이다. 부산에서 출생해서 고등학교 졸업할 때까지의 세월을 보낸 성동제 시인의 고향에 대한 향수와 체취가 물씬 배어 있는 작품의 하나다.

'큰 파도 골 부리면'의 의인법적 표현이 익살스럽고 참신하다. 또한 '여섯 중 으뜸섬은 굴 갖춘 굴섬이고'는 시인의 필수적인 예리한 관찰력에서 우러나온 리얼한 표현이며, '솔섬과 방패섬이 아랫도리 거의 붙어 있어'의 활유법적 표현은 섬들의 밀착성을 절묘하게 표현한 대목이라 할 수 있겠다.

성동제 시인은 '시는 언어의 연금술(P. 발레리)'이요, '언어는 시의 근원이 되는 재료'(C. D. 루이스)이며, '시는 언어의 건축(김기림金起林)'이라는 사실과 시인은 모름지기 J. W. 괴테나 J. C. F. 실러처럼 모국어 순화에 앞장서야 한다는 사명감을 가지고 시를 써야 한다는 사실을 누구보다도 잘 아는 시인이다. 사어화(死語化)되기 일보 직전에 놓여 있는 '밀물과 썰물'의 뜻인 순수고유어인 '미세기'를 시어화(詩語化)해서 작품 속에 쓰고 있음이 바로 그것이다. 지나치게 시어(詩語) 선택에 골몰하다 보면, 시적 상황을 난해, 생경한 분위기로 몰아가는 경우를 전혀 배제할 수 없으나, 설혹 그러한 경우가 발생할지라도 시인은 '나는 모국어의 올바른 보급자요, 전달자'라는 의식을 촌각이라도 잊어서는 안 된다고 본다.

수십년 시간 먹고
여태껏 자란 숲을

한순간 부주의로
잿더미 만들다니

이보다 더한 손재
어디 또 있다던가

무수한 서식 생물
죽거나 쫓겨나고

어떤 발김쟁이*
사막스레* 저질렀나

상심이 곱씹힐수록
오만분통 터진다
공산품 만들기는
기계로 한다지만

자연의 연결고리
시간이 주체인데

이 참상 복원되려면
한 세월 아닌가

* 못된 짓을 하며 마구 돌아다니는 사람.
*성질이나 태도가 매우 악한 데가 있는 모양.

—<산불> 전문

이 시조는 3수의 평시조를 각각 6행으로 늘려 쓴 연시조다. 이 작품에는 시적 자아인 성동제 시인의 자연애(自然愛) 사상이 잘 나타나 있다. '오랜 세월에 걸쳐 성장한 숲이 인간의 한 순간 실수로 허무하게 재가 되어버리는 안타까움'을 노래한 작품이다. '수십년 시간 먹고 자란'의 활유법적인 수사가 참신하다. '이보다 더 한 존재 어디 또 있다던가'의 설의법적 표현으로 개탄하면서 '발김쟁이의 사막스레한 행동'을 꾸짖고 있다. 이 시조에서도 역시 사어화되기 일보 직전의 순수고유어 '발김쟁이'와 '사막스레'를 발굴해서 시어화하고 있다.

3. 제2부 ; 꽃처럼 나비처럼

제2부에서는 주로 자연을 현란(絢爛)하게 수놓고 있는 회화적 존재인 '꽃'과 같은 식물들과, 역시 자연을 아름다운 목소리로 노래하고 있는 음악적 존재인 '새'와 같은 동물들을 시적 대상으로 한 시조들로 짜여져 있다.

줄기에서 가지로
전체에 털 돋우고

꽃들은 고개 숙여
마음껏 겸손하고

해바른 양지 밭에서

한여름을 즐긴다

세우면 초롱초롱
그냥 보면 종鐘 모습

단순한 색상으로
멋지게 뽐낸 자태

아낙네 치맛자락이
이보다 더 고울까

— <초롱꽃> 전문

이 시조는 2수의 평시조를 각각 6행으로 늘려 쓴 연시조다. '종처럼 생긴 초롱꽃의 모습'을 의인법을 써서 '고개 숙여 마음껏 겸손한 꽃'이라고 표현한 대목이 정겹기 그지없다. '아낙네 치맛자락이 이보다 고울까'라고 원관념 '초롱꽃잎'을 보조관념 '여인의 치맛자락'에 은유하고 있는 것이 참신하다.

화려한 깃털 색상
보는 이 탐하기에

경계심 두런두런
섬만 골라 살면서

짤막한 꽁지 흔들어
사래질을 하나 봐

높다란 가지 골에
돔형으로 집을 짓고

초하의 여름 아침
즐기며 울다가도

파드닥 날개짓하면
햇귀* 더욱 야하다

* 아침 첫 햇빛

―<팔색조> 전문

이 시조는 2수의 평시조를 각각 6행으로 늘려 쓴 연시조다. 대만과 중국에서 살다가 여름철에 우리나라 남쪽 도서(島嶼) 지방에 날아와 한여름을 보내고 가을에 되돌아가는 적색, 청색, 녹색, 흑색 등 다양한 색깔을 띠고 있는 여름 철새 팔색조의 모습을 '화려한 깃털 세상 보는 이 탐하기에/경계심 두런두런 섬만 골라 살면서/짤막한 꽁지 흔들어 사래질을 하나봐'라고 읊은 서경시적 서정시다. 단독으로 살면서 지상으로 걸어다니며 먹이를 구하는 이 새는 부지런하여 날이 밝자마자 활동하는데 이런 모습을 성동제 시인은 '눈부시게 환한 아침 첫 햇빛'의 뜻인 아름다우면서도 고운 낱말 '햇귀'를 발굴해서 '파드닥 날개짓하면 햇귀 더욱 야하다'라고 참신하면서도 리얼하게 표현하고 있다.

4. 제3부 ; 티끌 모아 부부애

성동제 시인은 부부애가 남달리 두터운 사랑의 시인이다. 중국의 고전인 『예기(禮記)』에 '부자 사이가 도탑고, 형제 사이가 화목하고, 부부 사이가 화합하면, 그 집안은 기름진 집안이다(父子篤 兄弟睦 夫婦和 家之肥也).'라고 기록되어 있고, 프랑스 속담엔 '부부가 서로 사랑하는 것은 가장 아름다운 일이다.'라는 말이 있는 것처럼 부부가 서로 한평생 비익연리(比翼連理)(비익조는 두 마리가 나란히 있어야 날 수 있는 새이며, 연리지는 두 나뭇가지가 서로 결합해서 하나의 결을 이루고 있는 나뭇가지를 뜻하는 말로, 부부 사이가 좋음을 비유하는 말)처럼 두 몸이 한 몸되어 금실지락(琴瑟之樂)을 누린다는 것은 여간한 행복이 아닌 것이다.

제3부에서는 성동제 시인의 아내에 대한 지극한 사랑과 소중한 가족들을 시적 대상으로 노래한 시조들이 주류를 이루고 있다.

검은 티 하얀 티끌
함께 한 시간만큼

쌓이고 쌓여지어
뭉쳐진 부부 사랑

날[刃] 세워
볶아치어도
돌아서면 웃는다

늙도록 잠동무하여
서로를 다독이고

상대가 신병 덜까
조바심하는 사이

혹여나
먼저 보낼까
노심초사 끝없다

— <티끌 모아 부부애> 전문

이 시조는2 수의 평시조를 각각 초장과 중장은 2행으로, 종장을 3행으로 늘려 쓴 연시조다. 청사(靑絲)처럼 검었던 머리털이 팟뿌리처럼 하얗게 될 때까지 함께 살아 온, '날[刃] 세워 볶아치어도 돌아서면 웃는', '늘 잠동무하여 서로를 다독이는' 부부애를 주제로 한 사랑 시조다. 아내에 대한 따뜻한 사랑의 정을 아무런 수사나 기교 없이 진솔하게 서술적으로 표현하고 있다.

아장걸이 외손녀
등에 업은 할아버지

어르고 달래지만
울기는 마찬가지

그래도 웃고 선 모습
그림처럼 곱더라

인형을 쥐어 줘도
멈칫 않고 발버둥

소리내어 나무라면
아이 울음 더욱 악성

든버릇* 고치려다가
지레 접고 말더라

* 고치기 어려운 고질적인 버릇이나 습관.

– <외손녀와 할아버지> 전문

이 시조는 2수의 평시조를 각각 6행으로 늘려 쓴 연시조다. '아장쟁이 외손녀 등에 업은 외할아버지'의 인자하고도 훈훈한 사랑의 정이 물씬 풍기는 작품이다. 응석받이 손녀는 '어르고 달래도 울기만 하는' 손녀지만 '그림처럼 곱게만 보이는' 손녀다. 일찍이 18세기 프랑스의 박물학자이며, 문필가인 G. L. L. 뷔퐁은 '글은 곧 그 사람이다.'라고 갈파한 것처럼 우리는 이 작품을 통해서 시적 자아인 성동제 시인의 따뜻한 인간미를 엿볼 수 있다.

5. 제4부 ; 스쳐간 그림들

제4부는 꿈에도 잊혀지지 않는 등대가 보이는 고향 부산에 대한 향수와 최근 노인성 황반변성의 눈병 악화로 약화되어 가는 시력 속에서도 절망하지 않고 이를 초극(超克)하려는 내적 절규와 의지를 노래한 작품들로 짜여져 있다.

등성이 돌아올라
산 아래 내려다보니

냇물은 예사롭고
마을은 천하태평

살벌한 도시보다야
살맛 나지 않겠니

넝쿨 채
호박 따러

떠난 지
한 세월

낙향의 빈 배 타고
동구 밖 찾아드니

무거운
걸음걸이
갈짓자를 그린다

– <고향 언덕> 전문

이 시조는 2수의 평시조 가운데 앞엣것은 6행으로, 뒤엣것은 초장은 4행, 중장은 2행, 종장은 3행으로 자유시에 가깝게 늘려 쓴 특이한 형태의 연시조다.

인간은 누구나 나이가 들면 자신이 태어나서 성장한 고향을 그리워하는 애틋한 마음인 향수(鄕愁)에 젖기 마련이다. 향수란 고대 그리스의 철학자 플라톤이 언급한 것처럼 '원류(源流)에 대한 동경(憧憬)'이요, 여우가 죽을 때 머리를 자신이 태어난 곳을 향해 죽는다는 '수구초심(首丘初心)의 마음'이기도 하다.

시적 자아인 성동제 시인은 오래간만에 고향에 내려가 마을을 감싸고 있는 산등성이에 올라 '냇물은 예사롭고 마을은 천하태평'한 고향 마을을 내려다보면서 '살벌한 도시보다야 살맛 나지 않겠니' 하면서 고향에 대한 애정을 노래하다가는 이내 청운의 뜻을 품고 고향을 떠난 지 한세월이 흘러갔건만 '낙향의 빈 배 타고 찾아든' 초라한 인생 나그네인 자신의 모습을 '무거운 걸음걸이 갈짓자를 그린다.'라고 노래하면서 잠시 감상에 젖는다.

갑자기 찾아든
불청객
시력 악화

보는 것 힘에 겨워
만지기 예사이네

어쩌다 칼끝 닿으면
나도 몰라 놀란다

하마나 시기 놓쳐
불가라니
어쩌나

남은 날 지내기에
매운 고추 씹겠지만

새로운 내심 다지며
꽃을 피워 내리라

제대로
아니 보여
넋 잃고 있을건가

손발톱 깎으려다
살점도 보태지만

오감을 눈 대신하여
오달지게 살리라

– <절망을 넘어> 전문

이 작품은 3수의 평시조를 각각 초장을 3행, 중장과 종장은 2행으로 늘려 쓴 연시조다. 3수의 평시조 첫장을 3행으로 벌려 쓴 것은 강조법적 특이 표현이다.

인간의 행불행은 예고 없이 불시에 찾아와서 인간을 즐겁게 하기도 하고, 때로는 고통의 나락(奈落)으로 빠뜨리기도 한다. 성동제 시인은 금년 봄 단란했던 가정에 두 가지 불행한 일이 발생했었으니, 그 하나는 아내의 척추 질환으로 대수술을 받은 사실이요, 또 하나는 성동제 시인 자신에게 찾아 온 노인성 황반변성으로 눈 수술을 받았으나, 현대 의술로는 자꾸만 약화되어가는 시력을 회복시킬 길이 없다는 사형 선고 못지 않은 진단을 받게 된 사실이다.

위의 작품은 황반변성으로 악화된 시력을 가지고 최근의 참담한 심경을 노래한 눈물이 묻어 있는 작품이다.

어느날 뜻하지 않게 노인성 황반변성으로 세상이 캄캄해지면서 물체가 희끄무레하게 잘 보이지 않는 고통과 괴로움을 시적 자아인 성동제 시인은 3수의 연시조 초장을 '갑자기 찾아든/불청객/시력 악화', '하마나 시기 놓쳐/ 불가라니/어쩌나', '제대로/아니 보여/넋 놓고 있을건가'라고 3행으로 늘리면서 '갑자기 불청객으로 찾아온 시력 약화'에 놀라면서 '치료 시기를 놓쳐 치료 불가'라는 의사 말에 실망하면서도 '제대로 보이지 않는다고 넋 놓고 있지 않겠다'고 오달진 결심을 한다. 3수의 평시조 초장에서 3행으로 벌려 쓴 싯구는 이 작품의 핵심이요 주제다. 닷곱장님같이 되어 '어쩌다 칼끝 닿으면/나도 몰라 놀라'거나 '손발톱 깎으려다/살점도 보태지는' 불구의 신세가 된 것을 마음 아파하면서도 절망하거나 좌절하지 않고 '오감을 눈 대신하여/오달지게 살리라'라고 다짐하는 모습이 눈물겹도록 아름답다.

6. 마무리 말

성동제 시인은 오랜 동안을 잠자고 있었던 휴화산이었다가 작년 가을 녹이 슨 펌푸에 마중물을 붓더니 시심(詩心)의 용암(熔巖)을 쉴새없이 꿀럭꿀럭 분출하는 활화산으로 돌변했다.

더군다나 그는 최근 뜻하지 않게 찾아온 노인성 황반변성의 눈병으로 악화된 시력을 가지고 좋은 시들을 마구 토해내고 있다. 마치 베토벤이 청력을 완전 상실한 이후 불후의 명곡 교향곡 9번 <합창>과 피아노 소나타 <하머클라비어>를 작곡해서 세상을 놀라게 했고, J. 밀턴은 시력을 완전 상실한 이후 불후의 명작 <실낙원(失樂園)>과 <복낙원(復樂園)>과 같은 장편 서사시를 창작해서 세상을 놀라게 한 것처럼 말이다.

성동제 시인은 문단에 얼굴을 내민 지 얼마 안 된 일천(日淺)의 시인이지만, 그가 문단에 뿌리고 있는 다음과 같은 청량(淸凉)한 바람은 한국 시문학사에 커다란 영양제가 될 것으로 믿어 의심치 않는다.

첫째, 그의 시편들은 모두 진지한 인생 체험에서 우러나온 올바른 인생관과 세계관이 용해(溶解)된 시정신(詩精神)을 바탕으로 한 육성(肉聲)의 언어들이다.

둘째, 독일어 순화에 크게 기여했던 J. W. 괴테나 J. C. F. 실러처럼 사어화 일보 직전의 순수고유어를 색출해서 시어화(詩語化)하고 있는 국어 순화 앞잡이요 모국어 지킴이다.

셋째, 시조 작품의 특징인 율격의 제한성과 구속성에서 약간의 파격을 시도하면서 '정형시이면서 자유시요, 자유시이면서 정형시'가 되도록 노력하였다.

넷째, 현대시조는 '정형(定型)'이 아니고, '정형(整形)'이라고 하는 사실을 살리기 위해 언어의 절제(節制)와 정제(整齊)에 심혈을 기울였다.

끝으로, 세상을 밝히고 있는 태양은 서산으로 넘어 가려 하는 순간에 보다 아름답고 화려한 풍광을 토해 내듯, 늙마에 갑자기 찾아온 육체적 불행과 고통을 겪고 있으면서도 좌절하거나 절망하지 않고 오히려 왕성한 시 창작을 하고 있는 성동제 시인의 뜨겁게 분출하는 시심(詩心)의 불꽃에 힘찬 박수를 보내면서 이 글을 마무리지을까 한다.

한뫼 晶峯 趙世用 敎授 傘壽紀念文集

그리움은 잉걸불처럼

초판 1쇄 인쇄일	2015년 5월 14일
초판 1쇄 발행일	2015년 5월 15일
지은이	조세용
펴낸이	정진이
편집장	김효은
편집/디자인	김진솔 우정민 박재원
마케팅	정찬용 정구형
영업관리	한선희 이선건
책임편집	우정민
표지디자인	박재원
인쇄처	월드문화사
펴낸곳	국학자료원 새미 (주)

등록일 2005 03 15 제25100-2005-000008호
서울특별시 강동구 성안로 13 (성내동, 현영빌딩 2층)
Tel 442-4623 Fax 6499-3082
www.kookhak.co.kr
kookhak2001@hanmail.net

ISBN	979-11-86478-13-4 *93800
가격	32,000원